AF301037

SASKIA LOUIS

# BASEBALL LOVE

## DIE LIEBE IST (K)EIN SPIEL

Überarbeitete Neuausgabe Januar 2022

© 2022 dp Verlag, ein Imprint der dp DIGITAL PUBLISHERS
GmbH

Made in Stuttgart with ♥
Alle Rechte vorbehalten

## Die Liebe ist (k)ein Spiel

ISBN 978-3-98637-560-7
E-Book-ISBN 978-3-98637-445-7
Hörbuch-ISBN 978-8-72616-255-4

Copyright © 2017, dp Verlag, ein Imprint der
dp DIGITAL PUBLISHERS GmbH
Dies ist eine überarbeitete Neuausgabe des bereits 2017 bei dp Verlag, ein Imprint der dp DIGITAL PUBLISHERS GmbH erschienenen Titels Die Liebe ist (k)ein Spiel (ISBN: 978-3-96087-078-4).

Covergestaltung: Vivien Summer
Umschlaggestaltung: ARTC.ore Design
Unter Verwendung von Abbildungen von
Shutterstock.com: © Pooh photo, © G-Stock Faces, © Oleksii
Sidorov, © ExpertOutfit, © Eugene Onischenko, © BaLL LunLa
Lektorat: Astrid Rahlfs
Satz: dp DIGITAL PUBLISHERS GmbH
Druck und Bindung: Books on Demand GmbH, Norderstedt

# Prolog

**Vor sechs Jahren …**

„Oh hey, Sam. Tut mir leid, ich wollte nicht stören. Ich dachte, Dex wäre vielleicht hier und … tut mir leid."

Sam richtete sich in seinem Stuhl auf und betrachtete das Mädchen im Türrahmen, das nervös von einem Bein auf das andere trat. Ihre braunen Haare fielen ihr glatt über den Rücken und wippten mit ihren Bewegungen mit.

„Chloe", sagte er überrascht. „Du hast nicht gestört, alles okay. Ich lerne nur."

„Du lernst viel, oder?", fragte sie, die Hände ineinander ringend.

„Ja, ich … lerne viel", wiederholte er. „Dex ist nicht da. Er hat ein Spiel."

Sie nickte und zupfte an ihrem Ohrläppchen. „Oh, natürlich. Hätte ich mir denken können, dass mein Bruder wieder mal auf dem Feld brilliert. Na dann …" Sie deutete ein Lächeln an und wollte wieder gehen.

Ihre Haltung wirkte geknickt und Sam hätte schwören können, dass ihre Augen feucht geglänzt hatten.

„Chloe, warte", rief er sie zurück. „Ist alles okay mit dir?"

„Was?" Sie drehte sich noch einmal um und er konnte sie schlucken sehen. „Oh, ja, alles gut, ich …" Sie holte tief Luft und hob wackelig ihre Mundwinkel an. „Ich bin, na ja schätze ich, einfach etwas einsam. Es ist meine erste Woche hier und ich weiß, Dex geht eigentlich nur noch als Alibi zum College, aber ich dachte, er wäre vielleicht hier und hätte Lust, Abendessen zu gehen oder sonst etwas ...“

Sie holte erneut Luft. „Ich kenne noch niemanden wirklich und ich meine ... ich war so kurz davor, Mama anzurufen“, sie ließ Zeigefinger und Daumen beinahe aufeinandertreffen, „und sie darum zu bitten, mich sofort wieder abzuholen.“ Nervös lachte sie auf. „Wie peinlich ist das bitte? Ist egal. Ich rede wieder zu viel. Du bist ganz offensichtlich alleine und beschäftigt, also ... viel Spaß dir noch. Ich wollte echt nicht stören.“

„Tust du nicht. Wirklich. Ähm ...“ Er kratzte sich am Kinn und stieß sich vom Schreibtisch ab. „Dex ist zwar nicht hier, aber wie wäre es, wenn ich dir einfach etwas Gesellschaft leiste?“

Sie verengte die Augen. „Du?“

Die Art und Weise, wie sie das Wort hervorstieß, war fast schon beleidigend.

„Ja, ich. Wieso ist das so komisch?“

Sie hob eine Schulter an. „Na ja, nimm es mir nicht übel, aber ich dachte ehrlich gesagt immer ... dass du mich nicht sonderlich magst.“

Verblüfft hob er die Augenbrauen. „Was?“

Dass er sie nicht mochte? Nein. Das war nicht sein Problem. Sein Problem war, dass sie gerade achtzehn geworden war, einen Rock trug, der mehrere Zentimeter über ihrem Knie endete und sie Dexters kleine Schwester war. „Wieso dachtest du, ich mag dich nicht?“

„Du redest nicht mit mir, Sam“, sagte sie lachend und zwei Grübchen schlugen sich in ihre Wangen. „Du wechselst kaum ein Wort mit mir, wenn du uns besuchst und ... du bist etwas distanziert, wenn ich das so sagen darf. Außerdem lachst du nie über das, was ich sage.“

Verwirrt runzelte er die Stirn. „Leute, die nicht über das lachen, was du sagst, mögen dich also automatisch nicht?"

„Nun, nein. Aber viele lachen über das, was ich sage und da habe ich angenommen ..." Sie räusperte sich und ihre Wangen verfärbten sich rosa. „Entschuldige. In Ordnung. Du ... magst mich also?"

Ja, er mochte sie und es war verdammt bezaubernd, wie ihr Kopf sich immer dunkler verfärbte.

„Klar", sagte er und stand auf. „Ich wollte sowieso eine Pause machen. Da kann ich auch mit dir essen gehen."

„Oh, okay ..." Ihr Mund blieb leicht offen stehen.

„Überlegst du gerade, ob *du* mich magst?", fragte er amüsiert.

„Äh, nein", stammelte sie. „Ich mag dich. Wirklich. Danke. Ich hoffe, es ist dir nicht allzu peinlich, mit der kleinen Schwester deines besten Freundes über den Campus zu laufen."

Ja, es war furchtbar peinlich, mit einem hübschen Mädchen an seiner Seite essen zu gehen. Wie sollte er das ertragen?

„Ich bin hart im Nehmen", murmelte er und hielt ihr die Tür auf.

# Kapitel 1



Wer hatte behauptet, dass das Leben kein Ponyhof sei?

Chloe O'Connor hätte gerne die Adresse des Schuldigen, um ihm einen Beschwerdebrief zu schreiben. Denn sie wusste es besser:

Das Leben *war* ein Ponyhof. Nur hatte jemand vergessen zu erklären, dass man kein Gast dort war, sondern das verdammte Ding leitete! Und die Ponys geklaut worden waren.

Zumindest war das in ihrem Fall so.

Sie hatte keine Ahnung, wie sie so tief hatte sinken können. Im einen Moment war sie noch zufriedene Studentin gewesen und im Nächsten trug sie ein goldenes Paillettenkleid, das kaum ihren Po verdeckte, und hatte ein toupiertes Haarnest auf dem Kopf, das an Amy Winehouse erinnerte. Möge sie in Frieden ruhen.

Chloe zog einen Block aus ihrer wirklich sehr eleganten Bauchtasche, wich einer männlichen Hand aus, die nach ihrem Hinterteil grabschte, und versuchte nicht daran zu denken, dass dieser Job unter ihrer Würde war.

Das war gar nicht so einfach, denn alles – von dem gedämpften rötlichen Licht bis zu der billigen Popmusik, die durch die Lautsprecher dröhnte – drückte ihr diese Tatsache ins Gesicht. Die quadratischen Tische waren eng aneinandergedrängt, es roch nach billigem Parfüm und Schweiß und die Gäste wirkten genauso schäbig wie der abgewetzte Dielenboden.

Aber was hatte sie schon für eine Wahl? Sie würde ganz sicher nicht für ein weiteres Jahr bei ihrem Bruder wohnen bleiben. Sie hasste es, von Dexter abhängig zu sein, und sie würde jeden würdelosen Job annehmen, wenn das hieß, nicht mehr allzu lange bei ihm wohnen zu müssen.

„Willkommen im *Passion Shack*, kann ich Ihre Bestellung aufnehmen?" Sie zwang sich zu einem Lächeln und betrachtete die Gruppe von Frauen vor ihr, die vor ein paar Minuten zur Tür hereingekommen war. Sie hatten allesamt gerötete Gesichter und kicherten über irgendetwas. Vielleicht darüber, dass die Linke von ihnen das Gesicht einer Bulldogge hatte. Wahrscheinlich aber eher über etwas anderes.

„Cocktails für alle!", kreischte eine kleine Blondine am anderen Ende des Tisches, die eine weiße Federboa um den Hals und ein weißes Netz auf dem Kopf trug. „Ich heirate am Samstag!"

Ja, das interessierte Chloe wirklich nicht.

„Darf ich Ihre Bestellung aufnehmen?", wiederholte sie hölzern.

„Ich heirate Samstag den besten Mann der Welt", fuhr die Braut in spe fort und hielt ihre Hand hoch, sodass alle ihren Verlobungsring bewundern konnten. „Ich kann mich wirklich glücklich schätzen, ihn gefunden zu haben! Da draußen gibt es ja so viele Idioten."

Die drei Dinge, die Chloe gerade am wenigsten interessierten, waren, wer Weltmeister im Pokern war, welche Frisur Beyoncé gerade trug und welchen Grund diese Frauen brauchten, um sich zu betrinken.

Was sie jedoch interessierte, war ihr Trinkgeld. Also behielt sie ihr Lächeln und fragte minimal verkniffen: „Soll ich in fünf Minuten noch einmal wiederkommen?"

„Nein!", kreischte die Braut sofort. „Wir dürfen nicht aufhören zu trinken, sonst bemerken wir, dass wir peinlich sind."

Die Kundin schien doch nicht so dumm zu sein, wie zuerst angenommen. Ein mögliches Resultat von Alkohol schien sie zumindest erfasst zu haben. Dennoch blieb die Frage offen, warum sie an einem Donnerstag ihren Junggesellinnenabschied feierte. Aber vielleicht wollte sie ja nicht mit Kater heiraten müssen.

„Also Mädels, bestellt einfach irgendeinen Cocktail."

Hektisch schlugen die Frauen die Karten auf und fingen an, Chloe die Namen diverser Getränke entgegenzurufen. Chloe notierte sie, bis nur noch die Braut ihre Bestellung aufgeben musste.

„Ich hätte gerne einen Orgasmus", sagte sie süffisant grinsend.

„Ja, ich auch", murmelte Chloe.

„Was?", fragte die Braut verblüfft.

„Ja, ich auch", wiederholte Chloe lauter und steckte den Block zurück an seinen angestammten Platz.

„Oh. Dürfen Sie denn während Ihrer Arbeitszeit trinken?"

„Ich wünschte ja."

Alkohol würde das Ganze vielleicht erträglicher machen. Den Job und den Rest.

Seit vier Wochen lebte sie im selbstauferlegten Zölibat und konnte sich immer noch nicht entscheiden, ob das eine ihrer besten oder dümmsten Ideen gewesen war. Die Männer vermisste sie nicht, die anderen Dinge jedoch schon ein wenig. Aber sie hatte in den letzten drei Jahren einfach mit zu Vielen geschlafen und sich nach Veränderung gesehnt. Sie brauchte ein neues Gleichgewicht. Nein, kein neues – ihr altes. Sie brauchte ihr altes Gleichgewicht zurück.

Keine flüchtigen Beziehungen mehr, keine dummen Entscheidungen.

„Die Cocktails kommen sofort, Ladies“, sagte sie bemüht euphorisch und ging, um die Bestellung weiterzugeben. Sie schob sich durch die eng aneinandergedrängten Tische auf die Bar zu. Kurz bevor sie den Durchgang zur Theke erreicht hatte, fischte wieder eine Hand nach ihrem Hintern.

Sie fuhr herum und fing sie mit ihrer eigenen ab. „Finger weg“, knirschte sie.

„Warum denn? Dein Fummel schreit doch quasi danach“, sagte der Eigentümer der Hand und grinste schmierig.

Chloe stieß seinen Arm weg. „Wenn du schon hörst, wie die Arbeitsuniform mit dir redet, solltest du vielleicht besser aufhören zu trinken.“

Sie ließ ihren Blick über den gedrungenen Mann wandern, dessen dunkle Haare mit einer Unmenge von Gel an seinen Kopf geklatscht worden waren. Widerlich. „Außerdem solltest du auch aufhören, dich am Frisiertisch deiner Mutter zu vergreifen.“

Mit verkniffenem Gesicht lehnte der Gast sich auf seinem Hocker zurück. „Süße, vielleicht passt du besser auf, was du sagst. Du bist die kleine, erbärmliche Kellnerin und ich der Kunde. Der Kunde ist König. Schon mal was von gehört?“

„In den USA wird keine Monarchie anerkannt und wärst du König, würde ich auswandern“, sagte sie ungerührt und verschwand hinterm Tresen. Sie gab die Bestellung durch und tauchte in die Küche ab.

Sie musste einige Minuten durchatmen. Die paar Wochen, die sie bereits hier arbeitete, waren jetzt schon zu viel. Das Trinkgeld war gut – genug betrunkene Idioten, die einen Ein-Dollar-Schein nicht von einem Zwanziger unterscheiden konnten, gab es immer – aber der ganze Rest zerrte an ihren Nerven.

„Na, alles klar bei dir?“, fragte Olivia, eine Hilfskellnerin, die ein paar Jahre jünger war als sie. Sie war so unauffällig, dass Chloe sie zuerst gar nicht bemerkt hatte. Ihr dunkelblondes glattes Haar war zu einem Pferdeschwanz zusammengefasst, ihr Gesicht umrahmt von kürzeren Strähnen, die möglicherweise mal ein Pony gewesen waren. Olivia war eine dieser Frauen, die unsichtbar werden konnten, wenn sie es darauf anlegten. Sie lief an den Herdplatten vorbei und betrachtete Chloe mit kritisch geneigtem Kopf. „Du siehst aus, als würdest du deinen Kopf gerne in einen der Kochtöpfe stecken."

„Das hört sich toll an, welcher Topf ist der größte?", fragte Chloe seufzend und lehnte sich an die Wand hinter sich.

Olivia lachte. „So schlimm?"

Chloe war es lieber, nicht darauf zu antworten. Stattdessen rieb sie sich mit der rechten Hand über ihre Schläfe und lauschte dem Klappern von Metall und den Rufen, die unter den Köchen ausgetauscht wurden.

„Menschen sind eklig", sagte sie schließlich.

Olivia grinste breit. „Woher kommt denn die Erleuchtung?"

„Nach einem Blick an den Tresen."

„Ach, ich seh' das schon gar nicht mehr. Ich habe mich ohnehin damit abgefunden, dass ich mit Menschen, die älter als sechs sind, eigentlich nichts anfangen kann. Im ersten Jahr an der Schule wird den Kindern beigebracht wie man lügt und betrügt und am gemeinsten beleidigt – und ab dem Punkt geht alles den Bach runter."

„Wie ich sehe, bist du von unserem Schulsystem überzeugt."

Die Hilfskellnerin machte eine wegwerfende Handbewegung. „Das liegt nicht am Schulsystem, das liegt an den Lehrern. Und dem Älterwerden. Und der ganzen miesen bösartigen Welt."

Olivia wurde Chloe mit jedem Wort sympathischer. Sie fand auch, dass es zu wenige gute Lehrer gab. Und sie hatte vor, etwas dagegen zu unternehmen.

„Und ich dachte immer, ich wäre zynisch", stellte sie fest.

„Es ist kein Zynismus, wenn es wahr ist", belehrte sie Olivia. „Ich werde nicht umsonst Kindergärtnerin! Die Kinder unter sechs sind noch zu jung, um zu verstehen, dass die Welt sie in wenigen Jahren verschlucken und verbraucht wieder ausspucken wird."

Chloe starrte ihre Kollegin für einige Momente überrascht an. Dann sagte sie: „Ich mag dich, Olivia. Wir sollten Freunde werden. Wir können uns treffen und über Menschen herziehen und zusammen unsere Köpfe in Töpfe stecken. Das verbindet bestimmt." Und wenn Chloe ehrlich war, dann konnte sie eine Freundin wirklich gut gebrauchen.

„Das hört sich wunderbar an!", stellte ihre neue Freundin enthusiastisch fest und reichte ihr die Hand. „Aber wenn wir jetzt befreundet sind, solltest du mich Liv nennen. Olivia heiße ich nur, wenn meine Schwester auf mich wütend ist."

„Ältere Geschwister sind hart."

„Sie ist zwei Jahre jünger als ich", bemerkte Liv lachend. „Aber sie ist schon Mutter, hat es also raus, Leute herumzukommandieren."

„Oh." Liv war höchstens zweiundzwanzig, zwei Jahre jünger als Chloe, die in etwas mehr als einem Monat fünfundzwanzig werden würde. Ihre Schwester musste dann ...

„Sie ist zwanzig", half Liv ihr schulterzuckend auf die Sprünge. „Das Kind war nicht geplant, aber es ist, wie es ist."

„Sorry, mein Blick sollte wirklich nicht urteilend sein. Ich habe überhaupt nicht das Recht, irgendwem

Vorwürfe für ihr Leben zu machen. Dafür bin ich selbst zu verkorkst."

„Ich glaube, wir werden uns sehr gut verstehen, Chloe!"

„... all die Kellnerinnen hin!? Die Gäste warten da draußen!", herrschte plötzlich eine Stimme durch die Schwingtür, die unaufhörlich in Bewegung war. Das war ihr lieblicher Boss. Er war leider älter als sechs.

„Ich glaube, es wird nach uns verlangt", seufzte Chloe und stieß sich von der Wand ab.

Sie mochte diesen Job nicht.

Sie mochte ihre Wohnsituation nicht.

Sie mochte ihre vergangenen Entscheidungen nicht.

Zusammengefasst: Es fiel ihr gerade sehr schwer, ihr Leben zu mögen. Sie war sich nicht einmal sicher, ob sie sich gerade selbst leiden konnte.

„Das wird schon", meinte Liv und klopfte ihr auf die Schulter. „Das Leben ist ein Abenteuer."

Ja, genau das war das Motto, nach dem Chloe die letzten Jahre gelebt hatte. Glücklich gemacht hatte sie das auch nicht. Aber vielleicht war sie einfach auf der Suche nach den falschen Abenteuern gewesen.

Sie stieß die Tür auf und nahm das Tablett mit den Cocktails für die Mädchengruppe entgegen, das ihr ein Barmann in die Hand drückte. Sie hielt es über den Kopf und schlängelte sich durch das bunte Treiben, als erneut eine Hand auf ihrem Po landete und zudrückte.

Erschrocken zuckte sie zusammen, das Tablett fiel aus ihrer Hand und die bunten, klebrigen Flüssigkeiten ergossen sich über ihren Kopf, ihr Dekolleté und so ziemlich jede andere Körperstelle. Hustend und sich schüttelnd wandte sie sich um.

Ihre Haut brannte, doch das kam nicht vom Alkohol. Das war die Wut, die wie Lava durch ihre Adern schwappte.

Der schmierige Typ von gerade grinste sie an. Er war von seinem Barhocker aufgestanden und zwinkerte ihr zu. „Die Farben stehen dir, Schätzchen."

Chloes Hände zitterten und sie ballte sie zu Fäusten. Die gesamte Bar schien sie anzustarren, doch das war ihr egal.

Sie war es so leid!

So leid, das Gefühl zu haben, nicht Herrin über ihr eigenes Leben zu sein! Sich vom Schicksal oder anderen Menschen herumschubsen zu lassen!

„Du wirst dich bei mir entschuldigen", sagte sie langsam, sich zur Ruhe zwingend.

„Entschuldigen? Aber was kann ich dafür, dass du gestolpert bist?"

Ihre Fingernägel gruben sich in ihre Handballen.

„Du wirst dich entschuldigen und mir dann mein Kleid bezahlen." Ihre Stimme bebte und dank ihrer High Heels überragte sie den Mann um mehrere Zentimeter.

Der Gast wechselte einen hämischen Blick mit seinen betrunkenen Freunden, die sich vor Lachen krümmten.

„Süße, ich habe nichts getan, wofür ich mich entschuldigen müsste."

„Deine letzte Chance", sagte Chloe kalt. „Entschuldige dich."

„Oder was?", feixte ihr Gegenüber.

„Oder ich werde dich vor allen Leuten niederstrecken."

Der Mann lachte noch lauter und sie presste die Zähne aufeinander. Sie hasste es, dass sie immer von allen unterschätzt wurde!

„Also? Entschuldigst du dich jetzt?", fragte sie ungeduldig, die Augen verengt.

„Einen Scheiß werde ..."

Bevor er zu Ende sprechen konnte, packte Chloe seinen Arm, drehte ihn mit Gewalt auf seinen Rücken und zog ihm gleichzeitig mit ihrem Fuß die Beine weg. Der Mann schrie auf und krachte vorwärts auf die klebrigen Holzdielen.

„Bist du wahnsinnig!?", brüllte er sie an und drehte sich auf den Rücken.

„Darüber wird noch debattiert", bemerkte sie trocken.

Liv trat neben sie und legte ihr einen Arm um die Schulter.

„Du bist meine Heldin!", flüsterte sie.

Das bewahrte Chloe leider auch nicht davor, vom Fleck weg gefeuert zu werden.

Zwanzig Minuten später saß sie in ihrem Wagen, die Stirn auf das kalte Lenkrad gelegt.

Wieder einmal hatte sie unüberlegt gehandelt. Wieder hatte sie nicht daran gedacht, was für Konsequenzen ihr Handeln haben könnte. Warum nur war ihr Herz immer so viel schneller als ihr Kopf?

Da musste doch Doping im Spiel sein!

Sie bereute es nicht, den Typen niedergeschlagen zu haben – sie bereute es eher, es nicht direkt beim ersten Vorfall getan zu haben. Aber sie hätte es ja zumindest wie einen Unfall aussehen lassen können.

Wie konnte sie immer wieder die gleichen, dummen Fehler begehen? Sie hatte das Gefühl, sich nicht mehr auf sich selbst verlassen zu können. Sich selbst nicht mehr zuzutrauen, die richtige Entscheidung zum richtigen Zeitpunkt zu treffen.

Denn letztendlich lag doch sowieso nichts in ihrer Hand. Das Leben machte doch ohnehin, was es wollte – ohne dass ihre Entscheidungen oder Handlungen einen großen Einfluss darauf hätten.

Verdammt.

Sie wischte sich die Tränen aus den Augenwinkeln und richtete sich in ihrem Sitz auf. Das war früher anders gewesen. Vor dem Tod ihrer Eltern, vor ... allem. Sie hatte genau gewusst, was sie vom Leben wollte. Nichts hatte sie aufhalten können. Und jetzt?

Wütend umklammerte sie das Lenkrad und schob den ersten Gang rein. Scheiß drauf. Sie würde nicht aufgeben. Sie konnte dorthin zurück. Sie *würde* zu diesem Punkt zurückfinden.

Sie fuhr vom Parkplatz und schließlich auf den Highway, Richtung Philadelphia City, wo Dex sein Penthouse hatte, in dem sie zurzeit wohnte. Der Himmel war bereits schwarz und mit Wolken verhangen und es war kalt geworden. Der Herbst verabschiedete sich so langsam und hieß den Winter willkommen. Und wer hatte heute Morgen gedacht, sie bräuchte nur eine Jeansjacke?

Richtig. Ihr langsamer Kopf, der absolut von nichts eine Ahnung hatte.

Sie sollte einfach immer das Gegenteil von dem tun, was ihre innere Stimme ihr vorschlug. Damit wäre sie am Ende wahrscheinlich besser bedient.

Meine Güte, was für ein Tag! Sie wollte sich nur noch auf die Couch lümmeln und Kakao trinken. Kakao mit Rum. Einer Menge Rum. Sie würde ...

Der Motor stotterte.

Nein.

Chloe fuhr langsamer, während die Kupplung unter ihrem Fuß vibrierte.

Nein!

Weißer Rauch stieg aus der Motorhaube und hastig fuhr sie auf den Seitenstreifen.

Nein! Nein, nein, nein!

Der Rauch wurde dichter und nahm ihr jetzt komplett die Sicht. Fluchend stieß sie ihre Tür auf und betrachtete das qualmende Auto. Scheiße!

Sie war unten angekommen.

Sie hatte keinen Job, ihre echten Freunde hatte sie über den Tod ihrer Eltern verloren, ihre falschen Freunde wollte sie gar nicht mehr haben und alle um sie herum hielten sie für eine Witzfigur. Sie hatte zwar ein Dach über dem Kopf, allerdings nur, weil sie das Glück hatte, mit einem reichen Bruder gesegnet zu sein und jetzt hatte ihr einziger Vertrauter den Geist aufgegeben.

Bunny. Ihr treues Auto, das ihr schon so einen guten Dienst damit erwiesen hatte, Dexter auf die Palme zu bringen.

Wie schlimm sollte es bitte noch werden!?

Es fing an zu regnen.

Chloe legte den Kopf in den Nacken und eine Hand über die Augen.

Sie hasste ihr Leben.

***

Sam Parker liebte sein Leben.

Wenn man seine Familiensituation mal außen vor ließ, ging es ihm verdammt gut.

Er hatte einen Job, den er liebte, er hatte treue Freunde – nun gut, *einen* treuen Freund – eine bezaubernde Ballerina als Freundin und er hatte Geld. Eine Menge davon.

Vielleicht war es falsch, dass Sam etwas materialistisch veranlagt war, aber ihn interessierte es nicht wirklich, was andere als falsch und richtig ansahen. Denn die Menschen hatten da eine verquere Ansicht auf diese beiden Punkte. Geld und Status waren wichtig und jeder, der ihm was anderes erzählen wollte, log.

Er war PR-Manager der Delphies, der ortsansässigen Baseballmannschaft, und ganz allgemein mochte er die Aufgaben, die er zu erledigen hatte. Er arbeitete hart und er arbeitete lange – und auch hier war ihm egal, was die Leute davon hielten.

Er rückte liebend gern den Spielern die Köpfe zurecht, schrieb enthusiastisch Pressemitteilungen oder beaufsichtigte penibel genau Werbekampagnen. Er war jeder Aufgabe gewachsen.

„Emma, ich bin dem wirklich nicht gewachsen."

„Ich habe nicht einmal mit meiner Präsentation angefangen!"

Das wusste er und er war jetzt schon gelangweilt. „Triff du einfach alle Entscheidungen. Ich vertraue deinem Urteilsvermögen da vollkommen."

„Aber ... das geht nicht." Die kleine Blondine ihm gegenüber hatte die Arme verschränkt und schüttelte entschlossen den Kopf. „Du hast mir den Auftrag gegeben und du musst mit mir zusammenarbeiten! Es ist deine Feier!"

„Es ist nicht meine Feier. Es ist die der Mannschaft. Die der gesamten Organisation."

„Aber es liegt in deiner Verantwortung!"

Da hatte sie leider recht.

Er lehnte sich in seinem Bürostuhl zurück. „Betrachte die Verantwortung hiermit als an dich abgegeben."

Entgeistert sah sie ihn an. „Du kannst doch nicht einfach die Verantwortung auf mich abwälzen!"

Sam seufzte schwer. Er mochte Verantwortung. Sie war seine Leidenschaft. Er genoss es, für alles und jeden verantwortlich zu sein. Solange es wichtig war! Herzlich gerne konnte man ihm die Verantwortung für den Weltfrieden übertragen, wenn er dafür nie wieder über diese bescheuerte Party reden musste.

„Sam. Ich nehme das, was ich tue, sehr ernst. Und du wirst mir genau zuhören und dann sagen, wie dir meine Ideen gefallen."

Emmas Blick war eisern.

Luke, ihr Freund und Pitcher der Delphies, hatte ihn vorgewarnt. Er hatte gemeint, dass Emma sehr ‚eifrig‘ werden konnte, wenn es um ihren Job ging. Er hatte aber nicht erwähnt, dass sie sich dabei wie ein Pitbull verhielt.

„Schön“, sagte er erschöpft. Es war bereits nach zehn und eigentlich war er seit einer halben Stunde verabredet. Aber Emma hatte darauf bestanden, sich noch heute zu treffen, damit sie mit ihren Vorbereitungen beginnen konnte. „Dann erzähl mir, was deine Pläne sind.“

„Sehr gerne. Danke für dein Interesse.“ Auf einmal strahlte sie. „Also, zu allererst: Ich hatte mir überlegt, dass wir ein Thema festlegen sollten.“

„Es ist eine Weihnachtsfeier. Das Thema ist Weihnachten. Was gibt es da zu überlegen?“

„Wieso bist du so fantasielos, Sam?“, schalt ihn Emma und stützte kopfschüttelnd ihre Ellenbogen auf den Schreibtisch. „Ich dachte, man könnte ja eine Art Kostümfest veranstalten.“

Einer der säuberlich aufgereihten Papierstapel am Rand des Tisches begann bedrohlich zu wackeln, als Emma ihren Arm ausstreckte und mit den Fingern auf die Platte trommelte. Sam packte ihn und verstaute ihn ordentlich in einer der Schubladen. Es gab wenig, was er mehr verabscheute als Partys zu organisieren. Doch Chaos war eines dieser Dinge.

„Kostümfest?“, wiederholte er verdrießlich ihre Worte. „Was für ein Kostümfest? Sollen sich alle als Weihnachtselfen verkleiden?“

„Du kannst sehr gerne als Weihnachtself gehen“, meinte Emma grinsend. „Ich dachte jedoch eher an ein Zwanziger-Jahre-Motto. Du weißt schon: schicke Kleider im Charleston-Stil, alte Musik wie aus dem Grammofon, Hosenträger. Vielleicht Billardtische …“

Ja, von ihrer Vorliebe gegenüber Billard hatte er schon gehört. Aber ... eine Mottoparty? Bei der man sich verkleiden musste? Bei der *er* sich verkleiden müsste?

Sam konnte sich zehn Dinge ausmalen, die er lieber tun würde. Angefangen damit, sich seine Beine wachsen zu lassen, bis hin dazu, sich von einem Pferd gegen die Stirn treten zu lassen.

„Wieso müssen wir ein Motto haben?", hakte er nach.

Emma hob verwirrt die Augenbrauen. „Weil es Spaß macht?"

„Sagt wer?"

„Ich!"

Großer Gott, er hatte dafür heute wirklich keinen Nerv. Er war seit über zwölf Stunden im Büro und wollte Sadie nicht noch länger warten lassen. Gleichwohl sie immer äußerst verständnisvoll war. Das war eine ihrer besten Eigenschaften. Sie klammerte nicht und machte ihm nie Vorwürfe dafür, dass er zu viel arbeitete.

„Emma", sagte er gedehnt und lehnte sich vor, „bei allem Respekt für deine Kreativität: Warum kann es nicht eine ganz normale Abendveranstaltung werden, bei der Mistelzweige an der Decke hängen und Eierpunsch ausgeschenkt wird?"

„Weil das langweilig ist."

„Ja, genau. Langweilig ist das, wonach ich suche!"

„Dann hättest du mich wirklich nicht einstellen dürfen", sagte sie bedauernd. „Aber jetzt hast du den Vertrag schon unterschrieben, was bedeutet: Eine Zwanziger-Jahre-Motto Party wird es sein. Keine Sorge, das Budget wird natürlich nicht überschritten."

Ungläubig sah er sie an. „Was ist daraus geworden, dass ich dir meine Meinung sagen soll?"

Sie stand von ihrem Stuhl auf. „Da wusste ich ja noch nicht, dass du so ein Spielverderber bist! Das Motto ist also entschieden. Für den Rest werde ich mich mit dir in Verbindung setzen."

Sie reichte ihm eine Hand über den Tisch, die er etwas verdattert ergriff. Plötzlich bekam er eine ganz neue Art von Respekt vor Luke.

„Schön mit dir zusammenzuarbeiten, Sam", sagte sie lächelnd und ging zur Tür, die sich in genau dem Moment öffnete, in dem sie hinaustreten wollte. „Oh, hey Dex", begrüßte sie Sams besten Freund. „Wusstest du, dass Sam absolut fantasielos und langweilig ist?"

„Ja. Steht glaube ich sogar im jährlichen Newsletter der Delphies."

„Den habe ich wohl nicht ordentlich genug gelesen. Werde ich nachholen. Wiedersehen, Jungs! Ich wette, ihr seht mit Hosenträgern toll aus. Danke für alles, Sam."

Danke für was!?

Er hatte überhaupt nichts getan. Sie hatte ihn einfach ... überfahren.

„Hosenträger?", fragte Dex interessiert und sah ihr nach.

„Frag nicht."

„Okay, da werde ich wohl deinem Urteil vertrauen müssen." Dex lehnte sich an den Türrahmen. „Wieso wundert es mich eigentlich nicht, dass ich dich hier noch antreffe?"

„Ich weiß nicht", sagte Sam und schaltete den Computer aus. „Vielleicht, weil du einfach ein sehr unreflektierter Mensch bist."

Dexter schnaubte. „Du arbeitest zu viel."

Immer dieselbe Leier. „Natürlich arbeite ich zu viel! Im Vergleich zu dir arbeitet jeder zu viel. Sogar ein kleines Mädchen, das sonntags Limonade an Nachbarn verkauft, tut mehr als du. Die Frage ist, was du hier machst." Er stand auf und lockerte seinen Krawattenknoten. „Die Saison ist vorbei. Das große Faulenzen hat begonnen.“

„Ja, ich weiß. Aber ich treffe mich gleich mit Kaylie. Sie wollte ein Restaurant ausprobieren, das hier um die Ecke liegt.“

„Und da bist du vorbeigekommen, um mir vorher Hallo zu sagen, ein paar Blumen vorbeizubringen und mir einen Kuss zu geben?“, fragte Sam, den Blick auf den Strauß in Dex’ Händen gerichtet.

Sein Freund zog eine Grimasse. „Ich lasse deine Klugscheißerei mal unkommentiert, weil ich dich ehrlich gesagt um einen Gefallen bitten wollte.“

„Tatsächlich? Ich dachte, die Zeiten, in denen ich deine Hausaufgaben für dich erledige, sind vorbei.“

Sam und Dexter kannten sich seit dem College. Er hatte sich den Allerwertesten aufgerissen und sich angewöhnt, mit nur fünf Stunden Schlaf die Nacht zurechtzukommen, während Dexter die Kurse hatte schleifen lassen, Baseball und mit Frauen gespielt hatte. Als Dexter schließlich beinahe sein Stipendium verloren hatte, hatte Sam ihm ausgeholfen und als Sam Probleme gehabt hatte, hatte Dexter den Gefallen erwidert. Er war der älteste Freund, den Sam hatte. Was vor allem daran lag, dass er grundsätzlich nichts mehr mit den Leuten zu tun haben wollte, die ihn gekannt hatten, bevor er sein eigenes Geld verdient hatte. Er wollte niemanden haben, der ihn an das Leben davor erinnerte. Dafür hatte er schon seine Familie und die war wahrlich genug. Eigentlich sogar zu viel.

Und zurzeit hasste sie ihn.

Zu Recht.

Aber damit kam er sehr gut klar. Es war ihm sogar lieber.

„Es geht um Chloe.“

Sam schreckte aus seinen Gedanken hoch. „Was?“

„Bei dem Gefallen, um den ich dich bitten wollte, geht es um Chloe."

„Oh." Er drückte automatisch den Rücken durch. Chloe.

Dex' Schwester war eine Hausnummer für sich. Ihr Name löste gemischte Gefühle in ihm aus. Schuld, Nervosität und vollkommene Verwirrung waren hier vorrangig.

„Was ist mit ihr?" Er versuchte seine Stimme so beiläufig wie möglich klingen zu lassen, was er ausgesprochen gut beherrschte. Das hatte er die letzten Jahre über perfektioniert.

„Ihr Auto hat den Geist aufgegeben und sie erreicht kein Taxi und hat mich gefragt, ob ich sie abholen kann ..."

„Und was hat das mit mir zu tun?"

„Na ja, ich treffe mich gleich mit Kaylie und sie geht nicht ans Telefon. Ich will sie nicht versetzen, du weißt, dass sie da etwas empfindlich ist und ich war gerade in der Gegend und dachte ..." Sam seufzte und kratzte sich am Kopf. „Alter, ich weiß, du und meine Schwester hattet schon immer ein Problem, aber ich will nicht, dass sie allzu lang alleine am Highway steht. Es regnet, es ist kalt und dunkel. Also, wenn du nichts vorhast, könntest du sie vielleicht kurz einsammeln?"

Sam fand Dexters Wortwahl sehr passend.

Chloe und er hatten schon immer ein Problem. Ja, so könnte man es ausdrücken. Sie würde entzückt sein, ihn zu sehen. Er war sowas wie ihr Lieblingsmensch.

Dennoch sagte er sofort: „Klar, kein Ding. Ich hol' sie ab."

Dex ließ erleichtert die Schultern sinken. „Danke. Du bist hier ja sowieso fertig und hast nichts mehr vor, oder?"

„Nein, alles gut."

Er würde Sadie absagen. Er schuldete Dex so unglaublich viel, dass es eine Selbstverständlichkeit war, dass er ihm einen Gefallen tat.

Auch wenn dieser Gefallen ihn womöglich umbringen könnte. Und das war nicht in übertragenem Sinne zu verstehen. Chloe hatte einen wirklich fiesen rechten Haken und war zurzeit nicht besonders gut auf ihn zu sprechen.

Ach, was redete er da? Sie war eigentlich noch *nie* besonders gut auf ihn zu sprechen gewesen.

Und so oft er Dex auch erzählt haben mochte, er wisse nicht, wieso dies so war ... er hatte eine ungefähre Vorstellung von den möglichen Gründen. Einer davon könnte sein, dass er ein Arsch war. Ein anderer, dass Chloe dies wusste.

Sam hielt sich an den meisten Tagen für einen mehr als anständigen Kerl, aber es gab da einige Dinge, auf die er nicht stolz war.

Sie verließen zusammen das Büro und schlenderten zum Parkplatz.

„Danke, Strüh!", sagte Dex und klopfte ihm auf die Schulter. „Wirklich, ich schulde dir was."

Dex schuldete ihm überhaupt nichts. Würde ihm nie etwas schulden.

„Kein Ding. Solange du aufhörst, mich Strüh zu nennen."

Sein Freund grinste und schüttelte den Kopf. „Kann ich leider nicht!"

Sam seufzte genervt. Das Wort hatte Dex von seiner Freundin. Kaylie wollte „Strüh" in den allgemeinen Sprachgebrauch einführen und hatte Dexter dazu angestachelt, sie dabei zu unterstützen. Was er nach Herzenslust tat.

„Pantoffelheld", hustete Sam hinter vorgehaltener Hand.

„Stolzer Pantoffelheld, mit einer Menge Sex", grinste Dex.

„Liebling, ich weiß, du liebst mich, aber wir müssen wirklich nicht alle Informationen teilen", sagte Sam trocken und tätschelte ihm die Schulter.

Dex lachte. „Ich schick` dir Chloes Standort, damit du weißt, wo du hin musst." Er hob noch einmal die Hand zum Abschied und sie gingen getrennte Wege.

Sam holte sein Handy hervor und drückte die Kurzwahl. Sadie hob nach dem dritten Klingeln ab. „Hey Sadie, hier ist Sam. Ich schaffe es heute nicht."

„In Ordnung. Wir sehen uns dann nächste Woche?"

„Gerne. Ich schicke dir meinen Zeitplan."

„Gut. Schönen Abend noch."

Sie legten auf.

Es war das perfekte Telefonat gewesen. Effizient, kurz, auf den Punkt und ohne weitere Nachfragen darüber, warum er es nicht schaffte.

Sadie war genau die richtige Frau für ihn. Er mochte sie, respektierte sie und sie forderte nichts von ihm. Sie fand genauso wie er, dass sie ein gutes Paar abgaben und Liebe nun wirklich nicht nötig war, um ein erfolgreiches Leben zu führen.

Liebe war unordentlich. Liebe war verwirrend, irrational, dreckig.

Unterm Strich: Nach dem zu urteilen, was er beobachtet hatte, machte Liebe die Leute dumm, nicht zu vergessen schwach. Nein, Liebe war nichts für ihn. Auf Chaos konnte er verzichten.

# Kapitel 2

Chloe war Verfechterin der Chaos-Theorie.

Also, nicht die Chaos-Theorie von diesen mathematischen Physikern, die auf Grundlagen der nichtliberalen Dynamotechnik ... nee, Moment. War es die nichtkurvige Diddylle? Nein. Nichtlineare Dynamik! Das war es.

Na ja, jedenfalls nicht die. Von dieser Theorie hatte sie bewiesenermaßen keine Ahnung.

Sie war Verfechterin ihrer eigenen Chaos-Theorie:

Ordnung ist bescheuert, Chaos macht mehr Spaß.

Keine Wissenschaft, aber doch fundamental richtig, fand sie. Es war ganz simpel: Menschen verschwendeten viel zu viel Zeit damit aufzuräumen und Dinge zu ordnen. Dabei gab es so viel Wichtigeres. Das Leben war zu kurz – ein Fluch und ein Segen zugleich – und das musste man ausnutzen.

Als sie jedoch vollkommen durchnässt vor ihrem qualmenden Auto auf der Straße stand, die Cocktailsäfte aus ihrem Kleid zu einem einzigen, unförmigen Fleck zerliefen und ihr die klebrigen Haare ins Gesicht klatschten, fragte sie sich, ob ihr so ein ganz klein wenig Ordnung – nur hier und da – nicht vielleicht guttun würde. Ein Plan wäre auch manchmal ganz nett.

Sie lehnte sich gegen das Auto, ließ die Regentropfen auf ihr Gesicht hinabprasseln und sah schließlich den Highway hinunter. Dex hatte ihr gesagt, dass so schnell wie möglich jemand kommen würde.

Sie hatte es merkwürdig gefunden, dass er auffällig unspezifisch gewesen war, sich aber keine weiteren Gedanken darüber gemacht. Als sie jetzt jedoch Scheinwerfer näherkommen sah und ein schwarzer BMW hinter ihrem Auto zum Stehen kam, war sofort klar, warum Dexter diesen Jemand nicht weiter ausgeführt hatte.

Sam stieg aus dem Auto.

Seine braunen Haare waren kurzgeschnitten, die grauen Augen durchdringend. Er trug einen schwarzen Mantel, dessen Kragen er gegen den Regen aufgeschlagen hatte, und ließ seinen Blick über ihren Anblick wandern.

Sofort zog sie die Jeansjacke enger um ihre Schultern.

Sam Parker.

Gott, dieser Mann, er ... warum?

Von allen Menschen, die Dexter hätte schicken können, hatte er *ihn* gewählt? Wer wollte sie heute bestrafen?

Sie wollte ja niemandem eine Schuld zuweisen, warf jedoch trotzdem einen kurzen Blick in den Himmel.

„Ich dachte, du wärst Kellnerin und keine Zirkusdompteurin", stellte Sam fest, die Augen auf den Saum des goldenen Paillettenkleides gerichtet.

„Du hast eben eine schlechte Menschenkenntnis. Nicht so wie ich. Ich dachte nämlich du bist ein Blödmann – und liege bis heute immer noch richtig."

Sams Miene blieb nichtssagend. Er war so glatt, dass es sie wunderte, dass die Regentropfen nicht einfach an ihm abperlten.

Sie betrachte ihn und fragte sich, ob er sich in den letzten Jahren großartig verändert hatte.

„Warum starrst du mich an?"

Sam war noch nie Fan von Mystik gewesen.

„Ich bin nur fasziniert. Ich hätte fast damit gerechnet, dass die Regentropfen einfach so auf deiner Haut gefrieren. Aber du musst die Kälte irgendwie in deinem Herzen festhalten können", überlegte sie gespielt nachdenklich.

Er hob eine Augenbraue. „Bist du dann fertig damit, mich zu beleidigen?“

„Gib mir fünf Minuten, mir fällt bestimmt noch was ein.“

Sam seufzte. „Dex meinte, du könntest Hilfe gebrauchen?“

Er war der letzte Mann, vor dem sie das zugeben wollte, aber dennoch nickte sie.

Ihr war kalt. Sie war bis auf die Unterwäsche durchnässt und sie wollte einfach nur noch nach Hause.

„Ja, Bunny hat den Geist aufgegeben.“

„Bunny?“

„Ja, mein Auto.“

Es wurmte sie, dass er den Regen so viel würdevoller ertrug als sie! Die Tropfen durchnässten seinen Mantel, liefen in seinen Kragen und er stand einfach ungerührt da und sah sie an. Im Vergleich zu ihm zitterte sie, versuchte krampfhaft, den Saum ihres Kleides an ihren Oberschenkeln nach unten zu ziehen und roch nach Alkohol, der ihr aus den Haaren den Hals hinabglitt.

„Dein Auto heißt Bunny?“, fragte er mit gerunzelter Stirn, während er aus seinem Mantel schlüpfte und auf sie zukam. „Mir war nicht bewusst, dass du jetzt auch Ford entmannst. Ich dachte, das tust du nur mit deinen Eroberungen.“

Er reichte ihr seinen Mantel.

„Was soll ich damit? Ihm auch einen Namen geben? Wie wäre es mit *Tortilla*? Oder *Doodle*? Ich finde, er sieht aus wie ein *Doodle*.“

„Zieh ihn an, Chloe“, sagte Sam. „Dir ist kalt.“

„Mir ist nicht kalt.“

„Du zitterst.“

„Ja, das ist, weil ich so aufgeregt bin, dich zu sehen.“

Kopfschüttelnd starrte Sam sie an.

Dank ihrer Schuhe war sie auf Augenhöhe mit ihm. Chloe würde es nie laut aussprechen, aber genau das war der Grund, warum sie High Heels überhaupt trug: um mit anderen Menschen auf Augenhöhe zu sein. Um ernst genommen zu werden. Vielleicht auch, um sich selbst ernst zu nehmen. Auch das hatte sie in den letzten drei Jahren verlernt.

Als Chloe nichts weiter sagte, legte ihr Sam ohne Worte den Mantel um die Schultern, öffnete die Fahrertür, betätigte einen Knopf und ließ so die Motorhaube aufklappen, unter der es aufgehört hatte zu rauchen.

Chloe hatte nicht einmal von der Existenz dieses Knopfes gewusst.

„Wann hast du das letzte Mal Öl gewechselt?", fragte er, schob sich die Ärmel seines hellblauen Hemdes hoch und blickte auf den Motor.

„Öl gewechselt?"

So etwas tat man? Sie hatte geglaubt, dass das nur ein Märchen der KFZ-Mechaniker war, damit sie mehr Geld verdienten.

Chloe war wirklich nicht dumm. Es hatte sogar eine Zeit gegeben, in der sie als äußerst intelligent gegolten hatte, aber jetzt gerade ... jetzt gerade fühlte sie sich mehr als dämlich.

„Der Motor ist im Eimer."

„Wow, danke Sam. So weit war ich noch gar nicht gekommen."

„Willst du den Wagen abschleppen lassen? Denn ganz ehrlich, ich würde ihn einfach hier verrecken lassen. Dieses Auto hat eigentlich keine vier Räder verdient."

„Er wird abgeschleppt", knurrte sie. Er war das Einzige, was wirklich ihr gehörte. Was sie von ihrem eigenen Geld gekauft hatte. „Ich habe den Abschleppdienst schon gerufen, aber sie haben irgendwelche Probleme. Ich soll den Schlüssel einfach auf das Vorderrad legen. Sie meinten, das Auto würde schon keiner klauen."

Einer von Sams Mundwinkeln zuckte, als er von dem Motor abließ und die Haube wieder schloss. „Nein. Sicher nicht. Auch nicht für Geld."

„Lass mein Auto in Ruhe!", fuhr sie ihn an. „Es ist nicht seine Schuld. Nur weil du ein Snob und Autorassist bist, heißt das nicht, dass es weniger wert ist!"

Sam hob die Hände. „Tut mir leid, ich wollte Bunny wirklich nicht zu nahe treten. Es sieht auch so aus, als wäre sie schon oft genug getreten worden. Fahren wir?"

Chloe presste die Lippen aufeinander, die Arme eng um ihren Körper gezogen. Sie wollte wirklich nicht zu Sam ins Auto steigen.

„Ich glaube, ich warte doch auf den Abschleppdienst."

„Sei nicht albern. Das könnte Ewigkeiten dauern."

Ja, aber jetzt gerade zog sie eine Ewigkeit im strömenden Regen der Ewigkeit in Sams Auto vor. Sie blieb, wo sie war.

Ihr Gegenüber atmete einmal tief durch, trat wieder vor sie und rieb sich mit der flachen Hand über den Nacken.

„Chloe ..."

Er sollte das lassen. Ihren Namen zu nennen. Mit genau dieser Stimme und diesem Wort hatte er die Rede eingeleitet, mit der er ihr das Herz gebrochen hatte. Es mochte sechs Jahre her sein, aber ... der Rest war es nicht.

„Ich weiß, wir sind nicht die größten Fans voneinander ..."

„Ach ich weiß nicht, Sam." Sie verengte die Augen. „Es gab da einige Momente, in denen ich schon dachte, dass du Fan von mir wärst."

Seine Schultern versteiften sich. „Chloe. Wir sind beide erwachsen. Wir sollten doch rational mit unserer Situation umgehen können."

Sie wippte auf ihre Fersen zurück. „Mhm, interessant. Welche Situation ist das genau?"

„Du weißt, was ich meine.“

„Ich *denke*, ich weiß es. Aber um *vollkommen rational* damit umgehen zu können, solltest du es mir vielleicht besser aufschreiben. Oder buchstabieren. Nur, um wirklich hundertprozentig sicher zu sein.“

Sam seufzte. Es war kein schweres Seufzen, nicht besonders emotional. Einfach nur nichtssagend. „Steig einfach ein.“

„Ich weiß nicht, ich würde gerne noch weitere Dinge über *unsere Situation* erfahren...“

„Steig ein, Chloe! Ich möchte nicht unnötig länger im Regen stehen“, sagte er, öffnete die Fahrertür und ließ sich hinters Lenkrad sinken.

Großartig.

Unentschlossen blieb sie für einige Sekunden stehen, während Sam den Motor startete. Doch was blieb ihr für eine Wahl? Selbst mit Sams Mantel fror sie noch.

Sie schob ihre Hände in die weichen Ärmel – der Mantel roch nach ihm und das allein war eigentlich schon Grund genug, ihn sofort wieder auszuziehen – zog hastig ihre Handtasche von Bunnys Rücksitz, positionierte die Autoschlüssel auf ihrem Vorderrad und lief schließlich um den Wagen herum, um auf den Beifahrersitz zu sinken.

Sie schloss seinen Mantel, damit er ihre viel zu nackten Beine verdeckte und schnallte sich an.

„Freust du dich, dass du mich retten konntest?“, murmelte sie und presste ihre Finger fest ineinander. „Darin bist du doch so ausgezeichnet.“

„Du bist keine Jungfrau in Nöten, Chloe.“

„Nein, richtig. Die Jungfräulichkeit hast du mir ja genommen, oder?“

Er schnaubte, sah sie jedoch nicht an. „Du bist ganz schön melodramatisch, hat dir das schon einmal jemand gesagt?“

„Ja, danke. Das Kompliment bekomme ich dauernd.“

„Gern geschehen. Jederzeit wieder."

Er fuhr an und fädelte sich in den spärlichen Verkehr ein.

Sie schluckte und sah aus dem Fenster.

Man konnte Sam nicht provozieren. Das war es, was sie am meisten störte, denn somit nahm er ihr ihre Geheimwaffe! Sie konnte *jeden* auf die Palme bringen, wusste einfach, welche Knöpfe gedrückt werden mussten. Aber nicht bei Sam. Sam zeigte nie eine Regung. Das war schon immer so gewesen. Er antwortete schlagfertig, ließ sie auflaufen – aber zeigte nie, dass ihre Worte irgendeinen Effekt auf ihn hatten. Er blieb kühl. Als würde er einfach nichts fühlen. Vielleicht tat er das ja auch nicht.

Durch ihren Atem beschlug die Windschutzscheibe und sie ließ sich tiefer in den Sitz zurücksinken.

Das würde eine tolle Fahrt werden ...

Sie hatte schon immer mit dem Mann, mit dem sie nicht einmal, auch nicht zweimal, sondern gleich dreimal geschlafen hatte ohne dazuzulernen, in einen engen Raum gepresst werden wollen.

Heute wurden ihr einfach alle Wünsche erfüllt!

***

Diese Frau machte ihn wahnsinnig!

Sam hatte Mühe damit, das Lenkrad nicht mit seinen Fingern zu zerquetschen. Niemand konnte Knöpfe drücken wie Chloe O'Connor. Warum konnte sie das Geschehene nicht einfach ruhen lassen? Er kam sich auch so schon schäbig genug vor.

Da half es ihm auch nicht, dass sie aussah wie das reinste nervliche Wrack. Und das meinte er durchaus negativ.

Ihre Schminke war verlaufen und irgendein rosa Zeug tropfte aus ihren Haaren, die zu einem unordentlichen Nest auf ihrem Kopf zusammengefasst waren.

Chloe war das reinste Chaos. Sie war es schon immer gewesen. Vor drei Jahren hätte er noch gesagt, dass das einfach ihre Art und nichts Schlimmes war. Aber heute?

Heute, als er sie am Straßenrand hatte stehen sehen, hatte sie einfach nur unglaublich verloren gewirkt.

Er kannte sie seit mehr als sieben Jahren, seit Dex ihn einmal mit nach Hause genommen hatte, und so wie heute Abend hatte er sie noch nie gesehen. Chloe war schon immer das pure Leben gewesen und – wem machte er etwas vor – das war es, was ihn seit dem ersten Moment, an dem er sie gesehen hatte, zu ihr hinzog. Ihre Ausstrahlung war magnetisch. Aber seit der Sache auf dem College ... seitdem schienen sie unfähig dazu, eine vernünftige Unterhaltung zu führen.

Chloes Spezialität war es, andere Leute anzustacheln. Das Leben leichtzunehmen. Dem, was sie tat, nicht allzu viel Bedeutung beizumessen. Sie lebte locker und leicht und das war schön für sie, aber einfach nicht mit seiner Persönlichkeit zu vereinbaren.

Leider interessierte das diese wenig, sobald Chloe einmal nackt war.

Und wenn Dexter das je herausfand, wäre er ein toter Mann.

„Also Sam, willst du Smalltalk führen oder sollen wir das Auto lieber noch eine Weile mit unangenehmer Stille füllen?"

Als ob sie dazu in der Lage wäre, Stille zu ertragen.

„Schön, führen wir Smalltalk."

Er konnte sie aus seinen Augenwinkeln nicken sehen, während weiter schwere Tropfen gegen die Windschutzscheibe klatschten und darauf warteten, vom Scheibenwischer weggeschoben zu werden.

„Furchtbares Wetter, oder?"

„Unglaublich furchtbar."

Stille.

„Wie feierst du dieses Jahr Weihnachten?“
„Gar nicht.“
„Gar nicht?“, wiederholte sie verwirrt seine Worte.
„Gar nicht“, sagte er.
„Gehst du nicht zu deiner Familie?“
„Nein.“
„Aber wohnt sie nicht in New York?“
„Ja.“
„New York City ist nicht weit weg.“
„Ich weiß.“
„Und du gehst trotzdem nicht?“
„Nein.“
„Warum nicht?“
„Ich tue es einfach nicht.“
Chloe seufzte. „Du bist sehr schlecht im Smalltalk.“
„Das wusstest du doch bereits.“
„Ja, stimmt“, meinte sie schulterzuckend. „Meine Schuld, dass ich damit angefangen habe. Ich habe Smalltalk mit Dirtytalk verwechselt. In einem von beiden bist du nämlich wirklich talentiert.“

Sie tat es schon wieder. Sie wollte ihn aus der Reserve locken und verdammt noch mal, wenn er nicht jedes Mal kurz davor wäre, sie mit Erfolg zu belohnen!

Doch er schwieg. Er hatte sich nicht jahrelang antrainiert, die Kontrolle zu bewahren, nur um sie sich von Chloe jetzt nehmen zu lassen.

„Okay, darüber willst du also auch nicht reden“, sagte sie gespielt enttäuscht, als er weiterhin schwieg. „Wie geht es der Balletttänzerin?“

„Eifersüchtig?“, fragte er interessiert.

„Um ihren Geisteszustand besorgt.“

„Du hast da was falsch verstanden, Chloe. Die Frauen sind verrückt *nach* mir. Nicht *von* mir.“

Sie schnaubte laut. „Nein, ich glaube, du hast etwas falsch verstanden. Das *Nach* ist zeitlich zu sehen. *Nachdem* sie mit dir zusammen waren, sind sie verrückt.“

„Ich habe schon immer geahnt, dass zu viele Orgasmen dem weiblichen Gehirn schaden."

Chloe gab einen unterdrückten Laut von sich und wenn er sich nicht irrte, dann versuchte sie gerade nicht zu lachen.

„Ich glaube, die Arroganz der Baseballspieler färbt allmählich auf dich ab, Sam", sagte sie nach einer Weile.

„Denkst du, ja?", fragte er und warf ihr einen Seitenblick zu, während er vom Highway fuhr. „Du musst ja wissen, ob es Arroganz oder die Wahrheit ist. Wie du die letzte Viertelstunde nicht müde wurdest mich zu erinnern, weißt du ja, wie gut ich bin."

„Ganz ehrlich, Sam?", meinte sie verkniffen. „Ich wollte eigentlich nur wissen, ob du dich überhaupt noch daran erinnerst."

Ob er sich ... war sie komplett übergeschnappt? Wie sollte er das vergessen?

„Natürlich erinnere ich mich", sagte er düster. „Und du warst es, die sagte, sie wolle nicht darüber sprechen!"

„Was? Wann soll das gewesen sein?"

„Bei dem einen Mal, Chloe", presste er zwischen den Zähnen hervor.

„Von welchem Mal sprichst du hier? Von der Sache im College, wo du mich einfach hast sitzen lassen, von der Sache vor zwei Jahren oder von dem ... anderen Mal?"

Dieses Gespräch ging in die vollkommen falsche Richtung!

„Ich habe dich nicht einfach sitzen lassen." Er gab sich Mühe, seine Stimme weiter ruhig zu halten.

„Hast du, Sam!"

Ja, verdammt. Okay! Das hatte er. Aber was hätte er anderes tun sollen?

„Und es ist auch egal. Es ist Ewigkeiten her. Also, wovon sprichst du?"

„Ich spreche von letztem Jahr, Chloe. Von dem Mal, wo du gesagt hast, dass wir nicht drüber reden sollten!"

„Ich habe nie gesagt, dass ich nicht darüber sprechen will!", fuhr sie ihn ungläubig an. „Ich sagte: ‚Ich gehe davon aus, dass du wieder nicht darüber sprechen willst.' Das ist ein Unterschied."

„Also hättest du dich gerne darüber ausgetauscht?", fragte er trocken. „Denn Chloe: Tu dir keinen Zwang an. Jetzt haben wir Zeit. Warum hattest du letztes Jahr das Gefühl, du müsstest mich mit einem besonderen ‚Hallo' begrüßen?"

„Halt die Klappe, Sam", knurrte sie.

Er schnaubte. Sie musste sich schon entscheiden. Entweder sollte er mehr reden oder weniger. Beides konnte er nicht.

„Warum warst du heute überhaupt schon so früh fertig mit der Arbeit?", fragte er, als wieder ein Stück goldenes Kleid unter seinem dunklen Mantel hervorblitzte. „Hattest du nicht die Nachtschicht?"

„Woher weißt du, dass ich Nachtschicht hatte?"

Shit. Er musste aufpassen, was er sagte. Er war vielleicht manchmal etwas zu aufmerksam, wenn Dex über sie redete. „Ich weiß es einfach."

„Mhm."

„Also?"

„Was glaubst du? Ich wurde gefeuert, Sam."

„Weswegen?"

„Ich wurde begrabscht und habe es mir nicht gefallen lassen."

Sie waren bei dem Hochhaus angekommen, von dem Dexter die oberen zwei Etagen bewohnte, und Sam drückte möglicherweise etwas zu fest auf die Bremse.

Der Gurt schnitt in seine Schulter und ruckartig wandte er seinen Kopf zu ihr. „Du wurdest was?"

Sie machte eine wegwerfende Handbewegung. „Keine große Sache. Ich habe es da ohnehin nicht sonderlich gemocht." Sie nagte an ihrer Unterlippe.

„Chloe! Das *ist* eine große Sache." Seine Handknöchel traten weiß hervor. „Du wurdest gefeuert, weil du ... Gott, welcher schmierige Typ-"

„Sam, ist egal", sagte sie ernst, die Augen groß. „Und wehe, du sagst es Dexter! Ich wurde schon oft gefeuert. Was soll's. Der Grund ist letztendlich nicht wichtig. Dann suche ich mir eben einen neuen Job. Ist mir wirklich egal."

Sie log. Es war ihr nicht egal. Ihre Hände hatten sich auf ihrem Schoß verkrampft. Aber er würde einen Teufel tun und sie trösten. Dinge schienen einen unvorhersehbaren Lauf zu nehmen, wenn er anfing Chloe aufzuheitern. Damit hatte er bereits Erfahrung. Denn Trost ging meistens mit Körperkontakt einher und Körperkontakt schien bei ihnen zwangsläufig zu noch sehr viel mehr Kontakt zu führen.

Sam war stolz auf seine Beherrschung. Sie war es, die ihn ausmachte. Aber bei Chloe? Sobald er die Finger auf sie legte, segelte jede Beherrschung aus dem Fenster. Er wusste nicht, was es war. Vielleicht einfach Körperchemie, aber die Schwester seines besten Freundes konnte mit nur einem Blick Dinge mit ihm anstellen, zu denen nackte Frauen mit talentierten Händen nicht fähig waren.

Was der Grund dafür war, dass er immer einen weiten Bogen um sie machte. Er hatte sein ganzes Leben darauf hingearbeitet, dort zu sein, wo er jetzt war. Er hatte eine Freundin, die perfekt zu ihm passte. Und Chloe ... Chloe war dazu geboren, Dinge durcheinanderzubringen.

Gott, jemand hatte sie *angefasst* und sie war ... verdammt. Es war nicht seine Aufgabe, sich darüber aufzuregen. Nicht seine Aufgabe, dem Kerl eine verpassen zu wollen. Daran sollte er sich erinnern.

Er konnte ihren Blick auf sich spüren, während er aus dem Fenster sah, seinen Atem regulierend.

„Sam schweigt", murmelte sie. „Ein allseits beliebter Klassiker, erhältlich in der Buchhandlung Ihrer Wahl!"

„Du hast gesagt, ich soll die Klappe halten."

„Ja, du hast recht. Die Wonne mit dir zu reden, kann man nur für sehr kurze Zeiträume ertragen. Sonst ist das Glücksgefühl zu groß."

Sie schulterte die Handtasche und schnallte sich ab.

„Weißt du was, Chloe", sagte er ruhig. „Du stellst dich immer als Opfer dar, aber du bist wirklich nicht unschuldig an der Situation."

Und das war die Wahrheit. So sehr er auch Mist gebaut hatte – Chloe war Teil davon gewesen.

Sie sah ihn nicht an. Sie starrte nach draußen. Der Regen trommelte unaufhörlich auf das Autodach und er konnte sehen, wie sie ihre Lippen zu einer dünnen weißen Linie zusammenpresste. Sie war wütend. Auf ihn.

Nun, das war nichts Neues.

„Gute Nacht, Sam", sagte sie und schälte sich aus seinem Mantel. Ihre Stimme zitterte ein wenig. „Danke dafür, dass du mir geholfen hast. Auf dass wir das jeden Abend wiederholen!"

Ehrliche Dankbarkeit hörte sich anders an, aber er nahm, was er kriegen konnte.

„Gute Nacht, Chloe", sagte er – warum fühlte er sich, als hätte ihn ein Auto überfahren? „Gern geschehen."

„Ich glaube dir kein Wort", murmelte sie und stieg aus.

„Ich dir auch nicht."

„Dann bist du also dazu in der Lage, Sarkasmus zu erkennen?", stellte sie gespielt verblüfft fest und drückte die Tür ins Schloss.

# Kapitel 3

Chloe atmete die feuchte Luft ein, wischte sich die Cocktailschlieren aus ihrem Gesicht und ging zur Tür, die in einem überdachten Eingang lag.

Zehn Minuten mit Sam und sie wollte ihn umbringen. Nachdem sie vielleicht noch ein, zwei Stunden mit ihm in seinem Bett verbracht hatte.

Aber nein.

Es tat nicht gut, dauernd daran zu denken, was hätte sein können. Sie streckte den Rücken durch.

Es war eine Ewigkeit her.

Nur Herzen vergaßen nicht.

Sie öffnete ihre Handtasche und steckte ihren Arm bis zur Schulter dort hinein. Eines Tages würde sie bei dem Versuch, ihren Schlüssel zu finden, umfallen. Und trotzdem wäre die Tasche es wert gewesen. Chloe waren Anziehsachen ziemlich egal. Wenn sie könnte, würde sie jeden Tag in Jogginghose und T-Shirt herumlaufen. Bei Schuhen und Handtaschen war das etwas anderes. Hohe Schuhe gaben ihr Selbstbewusstsein und Handtaschen waren einfach toll. Sie rochen nach Zuversicht. Jedenfalls schien Chloes Geldbeutel das jedes Mal zu denken, wenn sie an einem Lederwarengeschäft vorbeilief.

Das einzige Problem bei großen Handtaschen war nur – man fand nie etwas darin!

Frustriert zog Chloe ihren Arm aus dem Lederbeutel, um die Seitentaschen abzutasten. Dann steckte sie den Kopf in die Tasche, nur um ihn sofort wieder herauszuziehen. Es war wirklich viel zu dunkel darin, um etwas zu erkennen. Sie zückte ihr Telefon und leuchtete in das Innere. Wühlte darin herum, zog Sachen hervor, ließ sie wieder fallen. Kontrollierte die kleinen Innentaschen.

Nichts.

Das konnte nicht sein!

Das konnte einfach nicht sein!

Stöhnend ließ sie ihre Stirn gegen die Tür sinken. Für ein paar Sekunden verharrte sie in der Pose, dann zwang sie sich wieder in eine aufrechte Position und stülpte ihre Handtasche kurzerhand um, sodass ihre Habseligkeiten auf den Boden fielen.

Ein Nagellackfläschchen, dessen Existenz sie vollkommen vergessen hatte, traf auf eine Steinkante, brach auf und der Inhalt ergoss sich über ihr Portemonnaie. Fluchend bückte sie sich und fischte es hervor. Das war falsches, echt billiges Leder, verdammt! So gut gefälscht würde sie das nie wieder finden.

Eine Hand an die klebrige Stirn gelegt, durchsuchte sie den Haufen an Lippenpflegestiften, Quittungen, Bonbons, Kaugummis und Stiften. Ihre alte Ausgabe von *Stolz und Vorurteil* konnte sie gerade noch vor dem Lack retten, doch die Schlüssel blieben verschwunden.

„Scheiße", flüsterte sie das Wort, das sie seit drei Stunden konsequent dachte, als sich plötzlich zwei weitere Hände zu ihren gesellten. Überrascht sah sie auf.

„Wolltest du den Boden mit dem Rot verschönern?", murmelte Sam. Er war ganz offensichtlich noch nicht gefahren. Oh Gott. Hatte er etwa alles mitangesehen?!

„Ja. Solltest du vielleicht auch mal mit deinem Gesicht probieren."

Sam ignorierte ihren Konter, wie immer. „Großer Gott, was für Müll schleppst du mit dir herum?"

„Ich dachte, ich hätte meinen Müll gerade in deinem Auto zurückgelassen", knirschte sie und schlug auf seine Hand, die ein Tampon in die Höhe hielt. „Ich brauche deine Hilfe nicht", sagte sie gereizt.

„Hast du deine Schlüssel vergessen?", fragte er und stapelte drei Packungen Taschentücher sorgfältig aufeinander.

„Nein!", antwortete sie sofort. „Er muss hier irgendwo sein, er …" … lag auf dem Küchentresen.

Sie vergrub ihr Gesicht in den Händen und ließ sich auf den kalten Boden sinken.

„Ich bin so ein Desaster", flüsterte sie und versuchte das Brennen aus ihren Augen zu verbannen.

Sie konnte Sam gedehnt ausatmen hören. „Du bist kein Desaster. Etwas zerstreut vielleicht."

„Sam! Ich kann keinen Job halten, habe mich ausgeschlossen und Cocktails in meinen Haaren!"

Außerdem war sie sich ziemlich sicher, dass ein Kaugummi unter ihrem rechten Schuh klebte. „Ich glaube, Desaster ist hier doch der gesuchte Begriff."

„Komm", sagte er und seine Arme schlossen sich um sie, zogen sie auf die Beine. „Du kannst zu mir, bis Dex nach Hause kommt."

Sie riss die Augen auf.

„Was? Nein. Ich bleibe einfach hier sitzen und bemitleide mich noch ein wenig selbst. Denn das scheint das Einzige zu sein, in dem ich erfolgreich bin."

„Wenn du hier sitzen bleibst, sammelt dich noch Animal Control ein." Er reichte ihr die Handtasche. Sie hatte gar nicht gemerkt, dass er ihren Kram wieder zusammengepackt hatte.

Ernst sah sie ihn an. „Sam, nimm das bitte persönlich: Ich will nicht mit zu dir."

„Ja, ich will dich auch nicht unbedingt bei mir haben, aber du bist klitschnass. Du brauchst trockene Anziehsachen und eine heiße Dusche. Nachher bin ich derjenige, der Schuld ist, wenn du eine Lungenentzündung hast."

Ja, wenn er schon für sonst nichts die Schuld auf sich nehmen wollte, dann doch wenigstens dafür.

Sie kratze sich am Kopf, während eine Gänsehaut ihren Körper überzog. Ihr war wirklich kalt.

„Hast du Alkohol in deiner Wohnung?", wollte sie wissen.

„Nein."

„Schokolade?"

„Nein."

„Irgendetwas mit Zucker!?"

„Ich habe Ketchup da."

Kopfschüttelnd sah sie ihn an. „Was für ein Leben führst du?"

„Ein hoffentlich langes."

„Wie steht es mit Erdnussbutter?"

„Die habe ich."

„Crunchy oder creamy?"

„Crunchy natürlich."

Na wenigstens da lag er richtig. „Fahren wir."

Verzweifelte Situationen verlangten nach verzweifelten Maßnahmen.

***

Sam verstand es nicht, wenn Menschen von unangenehmer Stille sprachen. Er mochte Stille. Bei Stille konnte man nachdenken. Evaluieren und planen. Er bekam jedoch das vage Gefühl, dass Chloe das Konzept der Stille nicht verstand oder ihm schlichtweg nichts abgewinnen konnte.

„Hast du dich schon einmal gefragt ..."

„Höchstwahrscheinlich nicht."

Chloe schnaubte. „Du scheinst sonst so höflich zu sein. Warum ist das bei mir anders?"

„Ich weiß nicht", sagte er trocken, stellte den Motor ab und stieg aus. „Vielleicht weil alles, was aus deinem

Mund herauskommt, wenn ich in der Nähe bin, beleidigend, unangebracht oder sarkastisch ist."

Es hatte aufgehört zu regnen, doch Chloes Kleidung klebte immer noch wie eine zweite Haut an ihrem Körper. Nicht, dass er sonderlich darauf geachtet hätte.

Wenn er sich heute Morgen gefragt hätte, wie der Tag noch enden würde, dann hätte er sich sicherlich nicht dieses Szenario vorgestellt!

Zum dutzendsten Mal zog Chloe sich den Saum des goldenen Kleids herunter. Die Pailletten fingen das Licht einer Straßenlaterne auf, schienen sie nun in goldenen Schlieren zu umgeben – wenn Chloe den Mund für ewig geschlossen halten würde, hätte man sie glatt mit einem Engel verwechseln können. Einem zurzeit etwas schäbigen Chaos-Engel.

Das Kleid gab nach und rutschte tatsächlich einige Zentimeter ihre Oberschenkel hinab.

Warum macht sie sich die Mühe? Es lag so eng an, dass es ohnehin nichts verbarg, außerdem hatte Sam ein sehr gutes Gedächtnis und er würde wohl eher seinen eigenen Namen vergessen, als den Anblick von Chloes nacktem ...

„Oh, spiel dich nicht so auf", meinte sie augenverdrehend, „du bist da nun wirklich nichts Besonderes. Ich sage zu jedem unangebrachte, sarkastische Sachen. Nicht nur zu dir."

Das mochte stimmen. Gleichwohl das nicht immer so gewesen war. Innerhalb der letzten Jahre war sie sehr zynisch geworden. Dex hatte sich deswegen Sorgen gemacht. Gemeint, dass das ihre Art und Weise wäre, sich von der Welt abzuschotten.

Aber Sam wusste es besser. Chloe war schon immer dazu fähig gewesen gemein zu sein. Nur scherte es sie im Moment offenbar nicht mehr, dies auch zu zeigen.

Sam schloss den Wagen ab und schritt zu dem dreistöckigen Haus, in dem sein Appartement lag. Es war aus rotem Stein und weitläufige Balkone zierten die Fassade. Allesamt mit Blumen bestückt.

Na ja, allesamt bis auf einen. Seinen Balkon.

Wer brauchte Blumen und wer hatte die Zeit dafür, sich um sie zu kümmern? Dann konnte er ja gleich ein Kind bekommen oder drei Hundewelpen kaufen.

„Mir ist es nie aufgefallen, Sam, aber du strahlst sehr düstere Energie aus. So als seist du äußerst unzufrieden mit der Situation."

Sie konnte offenbar seine Gedanken lesen.

„Dabei brauchst du dich wirklich nicht zu schämen", fuhr sie fort. „Viele hässliche Männer werden glücklich. Ich wette, du bist da keine Ausnahme. Und die Tatsache, dass du Auto fährst als hättest du Angst davor, du könntest ein Bobby-Car überholen … ich finde es toll, wie du trotz allem an deiner Männlichkeit festhältst!"

Sams Kiefer spannte sich an und er schloss für eine Zehntelsekunde die Augen. Dann öffnete er die Haustür und nickte knapp.

„Ja, danke für deine aufmunternden Worte. Das sagt mir die Selbsthilfegruppe für hässliche und schlechte Autofahrer auch immer. Aber es aus deinem Mund zu hören, macht mich besonders glücklich. Es ist schön, so angenommen zu werden, wie man ist."

Chloe verengte die Augen und das Grün ihrer Iris blitzte auf. Sie sah wütend aus.

Warum?

Er verstand es nicht. Warum forderte sie ihn jedes Mal heraus? Warum testete sie jedes Mal aufs Neue seine Kontrolle? Was brachte es ihr? Was würde sie gewinnen, wenn er ausnahmsweise doch einmal die Beherrschung verlor?

Denn er war sich fast sicher, dass Chloe nicht sehen wollte, was aus ihm wurde, wenn er seine hart antrainierte Kontrolle fahren ließ. Der letzte Mann, der das gesehen hatte, war Samuel Parker Senior gewesen. Und der war jetzt tot.

Nun gut, dazu hatte Sam nicht allzu viel beitragen müssen, das hatte seine Leber schon ganz alleine geschafft – Sam dankte ihr beinahe täglich – dennoch ... Chloe wusste nicht, was sie da herausforderte.

„Gib mir einfach Erdnussbutter, Sam", sagte sie verkniffen. „Dann bin ich für ein paar Minuten leise."

Er würde ihr das ganze Glas geben.

Chloe lief an ihm vorbei, zog sich ihre Schuhe aus und schritt die Treppen hinauf.

Liebe Güte, diese Schuhe. Chloe trug immer High Heels und sie zog sie nie aus. *Nie.* Das wusste Sam aus Erfahrung.

Gut. Vielleicht hatte er sie darum gebeten sie anzubehalten.

Zielsicher blieb sie vor seiner Wohnungstür stehen.

Ach ja, richtig. Sie war ja schon mal hier gewesen. Wenn auch nur für eine halbe Stunde.

Er lehnte sich über ihre Schulter, ihr Scheitel reichte ihm jetzt nur noch bis knapp zur Nase, und schloss auch diese Tür auf.

Chloe roch süßlich. Nach Alkohol, Zucker ... und ihr selbst. Er konnte sehen, wie sich eine Gänsehaut ihren Nacken hochzog und fragte sich, ob das an seiner Nähe lag oder daran, dass ihr immer noch kalt war. Doch er würde sich hüten zu fragen.

Sie lief voraus in sein Appartement und er durfte ihr Gesicht dabei beobachten, wie es sich in Zeitlupe zu einer Grimasse verzog.

„Sam, deine Wohnung sieht aus, als würde hier täglich ein Tatortreiniger durchgehen."

„Danke."

„Das war kein Kompliment."

„Ich weiß. Nichts, was aus deinem Mund kommt, ist ein Kompliment. Ich dachte, ich hätte bereits zum Ausdruck gebracht, dass ich das begriffen habe."

Er war stolz auf seine Wohnung. Sie hatte vier Zimmer, dunkles Parkett, eine Küche mit Granitflächen und eine Fensterfront dort, wo es auf den Balkon hinausging. Zusammengefasst: Sie war groß, lag in einer guten Gegend und sah so gar nicht aus wie die, in der er großgeworden war. Das war es, was er hatte erreichen wollen – somit war sie ein Erfolg. Chloe mochte recht damit haben, dass sie möglicherweise etwas kahl und sauber war, aber er sah nicht, was daran schlecht sein sollte.

„Na ich schätze, es hat auch was Gutes", stellte sie fest und ließ ihre Handtasche fallen. Einfach so. Auf den Boden. „Wenn es im Krankenhaus zu voll wird, können sie einfach zu dir gehen und hier operieren."

Sam hob ihre Tasche auf und hängte sie an die Garderobe, während Chloe in sein weitläufiges Wohnzimmer mit Einbauküche ging. Er betrachtete ihren Rücken und schüttelte den Kopf. Sie passte hier genauso gut rein wie ein Clown in die Wüste.

Sie drehte sich einmal im Kreis, fuhr mit ihren Fingern über den Cordstoff seiner Couch, den Wohnzimmertisch, die Küchenanrichte ... warum musste sie alles anfassen?

Ihr Blick landete wieder auf ihm. „Du hast keine Bilder."

„Und du keine Manieren. Ich würde sagen, da fehlt uns beiden etwas."

Sie lächelte matt. „Warum klingst du überrascht? Wir kennen uns seit sieben Jahren."

Ja, sie kannten sich seit sieben Jahren. Aber Sam war sich nicht sicher, ob sie sich wirklich kannten.

Er war gut darin, Leute einzuschätzen. Er sah jemanden an und wusste, ob er Ärger machen würde, bluffte oder Angst vor etwas hatte. Aber bei Chloe? Bei ihr füllte ein statisches Rauschen seinen Kopf. Jede Emotion war aus ihren Augen abzulesen, aber da war zu viel – zu viel Verschiedenes, das er nicht nachzuvollziehen oder zu deuten vermochte. Mal sagte sie das eine, meinte aber das andere, mal sprach sie genau das aus, was sie fühlte. Er verstand sie einfach nicht. Und das machte ihn unsicher. Und Sam *hasste* Unsicherheit. Fast noch mehr als Unordnung.

Sie starrten sich an, bis Chloe den Kopf senkte, zu seinem Kühlschrank spazierte und ihn wie selbstverständlich öffnete.

„Die Erdnussbutter ist nicht im Kühlschrank", meinte er.

„Das sehe ich. *Nichts* ist im Kühlschrank!" Sie deutete ungläubig auf die fast leeren Regale. Eine einsame Flasche Ketchup stand in der Tür und ein angefangener Laib Käse prangte auf der mittleren Schiene. Wann hatte er den gekauft?

Sam konnte sich partout nicht erinnern.

„Du hast nichts zu essen hier!"

Er zuckte die Schultern. „Ich esse meistens im Büro."

„Du isst meistens im Büro", wiederholte sie starr. „Mhm. Hast du eine heiße Sekretärin?"

„Was?"

„Oder bist du heimlich doch schwul und versuchst, in der Mittagspause einen Blick auf nackte Baseballer zu erhaschen?"

Er verengte die Augen. „Du weißt sehr genau, dass ich nicht schwul bin."

„Das dachte ich auch, aber mir fällt sonst kein Grund ein, warum man in seinem Büro essen sollte. Das ist traurig, Sam. Sehr traurig."

Sam kannte traurig, wusste wie es aussah und Chloe war im Unrecht. Es war traurig, wenn man seiner Mutter Tag für Tag dabei zuhören musste, dass sich bald etwas ändern würde. Dass sie sich wehren würde, aber nie etwas geschah.

Traurig war, wenn man seinem Bruder zum Geburtstag Süßigkeiten klaute, nur damit er überhaupt ein Geschenk hatte. Traurig war, dass man versuchte, es besser zu machen, dass man jeden Monat Geld schickte, dass man Hilfe anbot und man trotzdem einen Scheißdreck verändern konnte.

Ja, Sam kannte traurig und im Büro zu essen, fiel nicht in diese Kategorie.

Sein Kiefer verhärtete sich und er lehnte sich mit verschränkten Armen gegen die Sofalehne.

„Hab` ich das Memo nicht bekommen?"

Chloe legte den Kopf schief. „Welches Memo?"

„Das, wo draufsteht, heute ist Kritisieren-Wir-Sams-Leben-Tag."

„Dafür bekommst du kein Memo. Den halte ich jeden Tag ab."

Er schnaubte. „Wie rührend. Warum bekomme ich keine Glückwunschkarte?"

„Ich wusste nicht, ob du lesen kannst. Kannst du?"

„Ein wenig."

„Dann werde ich dir ab heute eine schicken", sagte sie fröhlich.

Kopfschüttelnd betrachtete er sie. Sie wirkte äußerlich gelassen und dennoch flog ihr Blick unruhig über seine Erscheinung. Als wisse sie nicht, wie sie sich verhalten solle.

Er kannte das Gefühl.

Er hasste das Gefühl.

Und er würde es sofort aus dem Weg schaffen.

„Ich verstehe es nicht, Chloe", sagte er.

„Wie eine Glückwunschkarte funktioniert? Das kann ich dir gerne erklären."

„Was ist unser Problem?", ignorierte er ihren Einwurf. „Was haben wir beide für ein Problem?"

Chloes Hand fuhr in ihren Nacken und er konnte sehen, wie ihre Brust sich schwer hob und senkte. Aber ausnahmsweise sagte sie einmal nichts.

„Ich verstehe es nicht, Chloe", wiederholte er ruhig. „Wieso fällt es uns so schwer, wie zivilisierte Menschen miteinander umzugehen?"

Die Hand glitt von ihrem Nacken auf ihre Stirn. Sie blickte ihn an und neue Emotionen fluteten ihre Augen. Chloe schien mehr als normale Menschen zu fühlen, aber normalerweise war niemand so gut wie sie darin, genau das zu verstecken.

Doch nicht jetzt. Jetzt gerade verbarg sie gar nichts. Und das verunsicherte ihn mehr als würde sie versuchen, ihn zu Tode zu provozieren.

Sie atmete gedehnt aus und ihre Schultern sackten nach unten. „Ich weiß es nicht."

Auf einmal klang sie müde. „Wirklich Sam, ich ... keine Ahnung."

Ihr Blick ging über seine Schulter, richtete sich aus dem Fenster. „Vielleicht ist einfach zu viel zwischen uns passiert."

Er runzelte die Stirn. „Du bist immer noch wütend auf mich? Weil ich auf dem College mit dir Schluss gemacht habe?"

„Schluss gemacht", prustete sie. „Bitte. Das, was wir hatten, kann man wohl kaum Beziehung nennen und nein ... ich bin wirklich nicht mehr wütend auf dich. Eher wütend auf mich. Wegen letztem Jahr. Das war eine Kurzschlussreaktion meinerseits. Das tut mir leid."

„Na ja, ich war als Partei auch nicht gerade unschuldig."

Sie lachte leise. „Nein, warst du nicht."

Die Hände sinken lassend, machte sie einen Schritt nach vorne. „Weißt du, ich habe mir vorgenommen, erwachsener zu werden – und ich fange bei uns beiden an." Sie lächelte etwas wackelig. „Wir können vielleicht nicht befreundet sein, aber normal miteinander reden, das können wir hinkriegen ... oder?" Sie hörte sich nicht sehr zuversichtlich an.

„Darin waren wir früher ... na ja, für sieben Tage, bevor du mit mir geschlafen hast, sehr gut!"

Sam persönlich fand, dass sie auch in dem Part nach den sieben Tagen sehr gut gewesen waren, hielt es aber für weise, das nicht laut auszusprechen.

„Du denkst, dass wir nicht miteinander befreundet sein können?", fragte er langsam.

Sie dachte nicht einmal darüber nach, sondern schüttelte einfach den Kopf. „Nein."

„Warum?"

„Weil ...", sie holte tief Luft, „weil du mich an all das erinnerst, was ich mal war, wohin ich nicht mehr zurückfinde und ich genau das bin, was du nie haben wolltest."

Da war sie wieder. Die Chloe, die alles aussprach.

Diese Frau war wie ein Kreuzworträtsel auf Klingonisch. Und Sam sprach kein Klingonisch! Wo bekam er also ein Wörterbuch her?

„Okay", sagte er nach ein paar Momenten, die zu einer Ewigkeit verflossen. „Dann konzentrieren wir uns darauf, normal miteinander umzugehen?"

Sie nickte. „Deal. Und jetzt, wo alles total normal ist: Kann ich deine Dusche benutzen?"

Na klasse. So fing man einen platonischen, unfreundschaftlichen Normalzustand an: Man stellte sich den Nicht-Freund eine halbe Stunde nackt unter der Dusche vor.

Daran konnte man anknüpfen.

# Kapitel 4

Chloe war stolz auf sich.

Sie und Sam hatten ein offenes Gespräch geführt und waren beide darin übereingekommen, dass sie zivilisiert sein konnten. Das hatte sie zum ersten Mal von sich behauptet, aber in ihren Ohren hörte sich das gut an.

Sie war Teil der Zivilisation, sollte also durchaus dazu in der Lage sein, sich auch wie das dazu passende Adjektiv zu verhalten. Zumindest besagte das ihre Art von Chaos-Theorie.

Sie schälte sich das klebrige Kleid vom Körper und sah sich in Sams Bad um. Sie war sich sicher, dass sie die Erdnussbutter, nach der sie vergessen hatte zu fragen, auf den Toilettensitz streichen und ablecken könnte, ohne sich ekeln zu müssen.

Sie hängte das goldene Kleid über einen Handtuchständer, wo es den blitzblanken weißen Boden mit rosa Flüssigkeit volltropfte und ließ ihre Schultern kreisen.

Vielleicht war es gar nicht schlecht, dass sie gefeuert worden war. Vielleicht sollte sie das als Möglichkeit für einen Neuanfang sehen.

Sie würde sich mit Sam verstehen – na ja, soweit wie man sich mit einem Mann wie Sam verstehen konnte – ihre College-Kurse aufstocken und einen neuen Job suchen. Sie brauchte Geld, um den Abschluss machen zu können. Es war zwar nur ein Community-College, aber trotzdem teuer.

Liebe Güte, wenn Dex wüsste, dass sie vor einem Monat angefangen hatte Kurse zu belegen, würde er ihr das Geld nur so hinterherwerfen. Aber das war es nicht, was sie wollte. Das war es nicht, was sie *brauchte*. Sie brauchte ihr altes Selbst wieder. Das Selbst, das alleine für sich sorgen und auf eigenen Füßen stehen konnte. Sie schien mit ihren Eltern noch so viel mehr verloren zu haben ... und vielleicht, wenn sie das College fertig machte, sich mit dem Fonds, zu dem sie in ein paar Monaten Zugriff haben würde, eine eigene Wohnung suchen konnte und das Kapitel Sam abschloss ... vielleicht könnte sie ihrem Spiegelbild dann wieder in die Augen sehen.

„Warum habe ich letztes Jahr noch einmal mit ihm schlafen müssen, Mom?", seufzte sie und entledigte sich auch ihrer Unterwäsche. „Du hast mich doch besser erzogen!"

Sam mochte gesagt haben, dass er an der Sache nicht ganz unschuldig war, aber das hatte er nur aus Höflichkeit behauptet.

Dex hatte erzählt, dass Sam nach Philadelphia ziehen würde und sie hatte nur bei ihm vorbeisehen wollen um sicherzustellen, dass sie sich beide noch einig waren, einfach nie wieder darüber zu reden, dass sie zweimal miteinander im Bett gelandet waren.

Doch dann hatte sie ihn gesehen und ... ja. Mehr hatte ihr Körper dann auch nicht gebraucht.

Kopfschüttelnd öffnete sie den Spiegelschrank über dem Waschbecken, auf der Suche nach Seife oder irgendetwas, mit dem sie die schwarzen Mascara-Flecken unter ihren Augen entfernen konnte, doch in dem Schrank gab es nicht das, was sie suchte. Stattdessen waren die Regalbretter fast leer. Dort standen nur ein Rasierer, Desinfektionsmittel und eine schwarze Schachtel. Chloe hatte sie seit einigen Wochen nicht mehr benutzt, aber sie wusste durchaus noch, wie Kondome aussahen.

Mit verdrießlicher Miene zog sie die Packung aus dem Schrank.

Kondome für Sam und seine blöde Ballerina, die bestimmt Schmetterlinge pupste und Regenbogen rülpste.

Nein, sie sollte die Schachtel vielleicht besser verstecken. Damit die beiden nicht miteinander schlafen konnten. Sam stand doch so auf Ordnung und Sex gehörte da nun wirklich nicht zu! Jedenfalls nicht so, wie sie ihn in Erinnerung hatte.

Er mochte in seinem ganzen Leben kontrolliert sein, aber unter den Laken ... stopp! Da sollten ihre Gedanken nicht hinwandern. Sie hockte sich hin und wollte die Kondome schon in die Toilette schütten und einfach herunterspülen, als ihr ein plötzlicher, schockierender Gedanke kam.

Wenn sie nicht verhüteten und trotzdem miteinander schliefen ... oh Gott. Nein! Nachher wurde die Balletttänzerin noch schwanger und starb bei dem Versuch, aus ihren viel zu schmalen Hüften ein Kind mit Sams Dickkopf zu pressen. Chloe wollte wirklich nicht zur Mörderin werden, deshalb stellte sie die Packung lieber wieder zurück. Die Balletttänzerin war vielleicht eine Schlampe – so zumindest stellte sie sich eine Frau vor, die aus beruflichen Zwecken den ganzen Tag in rosa Tüll herumlief – aber den Tod hatte auch sie nicht verdient.

Chloe klopfte sich selbst auf die Schulter. Sie war wirklich ein guter Mensch.

Sie wusch sich das Gesicht mit normaler Handseife – Chloe konnte Make-up eigentlich nicht allzu viel abgewinnen, Mascara war bei ihr das Höchste der Gefühle – und stieg unter die Dusche. Sie ließ den heißen Strahl auf ihre Schultern und ihr Gesicht trommeln und fragte sich, ob sie sich sehr verändert hatte. Wie konnte es möglich sein, dass sie ihr Selbstbewusstsein durch etwas verloren hatte, an dem sie keine Schuld trug, für das sie nicht verantwortlich war?

Es war normal, um die Eltern zu trauern.

Warum nur fühlte sie sich dann so schwach? Als wäre die große Lücke in ihrem Herzen nicht gerechtfertigt? Zumindest nicht nur durch den Tod ihrer Eltern.

Wieso schien sie das Vertrauen in das ganze Leben verloren zu haben?

Dex kam so viel besser damit klar. Er hatte sich um sie gekümmert, seine Karriere weiterverfolgt und jetzt auch noch eine Frau gefunden, die er liebte. Und das alles tat er mit einer Leichtigkeit, von der Helium nur träumen konnte.

Sie seufzte schwer, schloss die Augen und wusch sich die Haare mit Sams Shampoo. Sie war doch tatsächlich neidisch auf ihren Bruder!

Sie gönnte es ihm, glücklich zu sein. Sie gönnte ihm alles Glück der Welt, denn er hatte es verdient, es war nur ... sie gönnte auch sich selbst alles Glück der Welt.

*Aber dafür musst du auch etwas tun, Chloe*, flüsterte eine Stimme in ihrem Kopf. *Dafür musst du endlich weitermachen und aufhören, dumme Entscheidungen zu treffen.*

Sie stellte das Wasser ab, stieg aus der Duschwanne und wickelte sich in ein Handtuch.

„Das werde ich", sagte sie entschlossen und streckte den Rücken durch.

Dann blieb sie für einige Sekunden so stehen, blickte zu ihrem Kleid und in den Rest des Raumes.

Mist. Sie hatte vergessen, Sam nach Anziehsachen zu fragen. Typisch. Nach so einer mentalen Ankündigung hätte sie eigentlich einen schicken Hosenanzug vorfinden müssen, mit dem sie äußerst emanzipiert aus Sams Wohnung hätte gehen können, um ihr neues, erfolgreiches Leben zu beginnen.

Das war doch gerade ein einschneidender Moment der Selbsterkenntnis gewesen, warum ging denn kein

Feuerwerk los? Zumindest sollte doch irgendwer klatschen!

Aber als auch nach zwei Minuten nichts passierte, ließ sie seufzend ihre Schultern wieder sinken, schnürte das Handtuch enger um ihre Achseln und lugte aus dem Bad.

Erst Anziehsachen, dann Planung der nächsten Schritte zu ihrem neuen, alten Ich!

„Sam?", rief sie zaghaft.

Niemand antwortete.

Sie trippelte durch sein Schlafzimmer – wer hatte den Nerv, jeden Morgen sein Bett zu machen – zum Wohnzimmer und wollte gerade den Mund öffnen, um noch mal nach ihm zu rufen, als sie seine Stimme hörte.

Er klang aufgebracht. Und das hieß bei Sam schon etwas.

„... ist wie es ist! Er hat seine Entscheidungen getroffen, ich meine ... und mit dem Endergebnis hätte er rechnen müssen! ... Natürlich ist es mir nicht egal! Denkst du, mir ist es leichtgefallen?"

Chloe stieß sacht die Tür auf und blickte durch den Spalt. Sam stand mit dem Rücken zu ihr, die eine Hand im Nacken, die andere mit dem Telefon an seinem Ohr. Das Hemd spannte sich über seine breiten Schultern und seine Hand ballte sich nun zur Faust. Sam war nicht übertrieben muskulös. Nicht aufgepumpt. Einfach nur ... ja ... perfekt?

Wäre es nicht zu laut gewesen, hätte Chloe sich die Hand vor die Stirn geschlagen.

Abschließen! Sie wollte das Kapitel Sam abschließen!

„Mutter", presste er hervor und Chloe konnte praktisch spüren, wie er sich zur Ruhe zwang. „Selbst wenn ich die Aussage zurücknehmen wollte, was ich nicht tue, würde das nichts an seiner Situation ändern ... nein ... nein ..." Er seufzte. „Nein. Es ist seine Schuld. Ich habe getan, was richtig war. Dafür werde ich mich nicht entschuldigen ... okay. Bis dann."

Sam legte auf und Chloe machte hastig einige Schritte von der Tür weg, falls er sich umdrehen sollte.

Das war ... intensiv gewesen.

Welche Situation konnte sich nicht ändern?

Sie hörte Schritte, doch bevor er die Tür erreichen konnte, stieß sie sie auf.

Sam blieb stehen. Sein Blick glitt über den Saum des Handtuchs, den weißen Stoff hinauf bis zu ihren feuchten Haaren, die ihr über die Schultern hingen. Schließlich starrte er in ihr Gesicht.

„Probierst du modisch mal was Neues?"

Chloe kam sich auf einmal sehr nackt vor und Röte kroch ihren Hals hinauf. „Ich wollte mich nicht wieder in das eklige Kleid quetschen. Hast du vielleicht etwas, das ich anziehen kann?"

Er starrte sie an und sein Blick war so intensiv, dass Chloe vorsichtshalber noch einmal an sich hinabsah um sicherzugehen, dass das Handtuch nicht doch nach unten gerutscht war. Als sie wieder nach oben blickte, war der Ausdruck von Sams Gesicht verschwunden.

„Natürlich. Warte einen Moment", sagte er und schob sich an ihr vorbei in sein Zimmer. Chloe wusste nicht, wie er das schaffte, aber er berührte sie dabei nicht. Dabei blockierte sie praktisch den gesamten Türrahmen.

Sekunden später kam er mit einer Jogginghose und einem Kapuzenpullover in den Armen zurück, was er ihr beides reichte.

„Hier. Macht es dir was aus, wenn ich auch duschen gehe?"

„Ähm, nein. Natürlich nicht."

Er nickte und im nächsten Moment ging die Tür des Badezimmers hinter ihm zu.

Chloe starrte ihm nach und schüttelte den Kopf. Manchmal schien es fast so, als wäre sie nicht die Einzige, die ein Kapitel abzuschließen hatte.

Sie zog sich hastig um, damit Sam sie nicht nackt überraschen konnte, und schlenderte dann ins Wohnzimmer, wo sie sich auf die Couch setzte und in die Nacht hinaussah. Sie war erschöpft und müde. Sie hasste es, wenn sie müde war, denn das bedeutete, dass sie bald schlafen gehen musste. Sie rieb sich mit den Händen über die Augen und dann durch die feuchten Haare.

Sie fragte sich, ob es kindisch war, in den Sternenhimmel zu sehen und sich zu fragen, ob ihre Eltern noch immer irgendwo da waren.

Sie zog ihre Beine an und versank in dem Kapuzenpullover. Er roch nach Sam. Sie roch nach Sam.

Sie schloss die Augen. Es war schön, wieder ein Ziel im Leben zu haben. Einen Plan.

Ihr Kopf glitt nach hinten und ihr Atem wurde ruhiger …

Sie saß in einem Auto.

***

Sam lehnte die Stirn gegen die kalte Keramikwand und versuchte sich zusammenzureißen. Wie konnte immer noch etwas zwischen ihnen sein? Wie konnte er sich immer noch so zu ihr hingezogen fühlen? Wie machte sie das?

Im einem Moment hatte er sich mit seiner Mutter gestritten und im Nächsten war alles, woran er denken konnte, wie er Chloe dieses verdammte Handtuch vom Körper zog.

Sie war schlecht für ihn. Sie provozierte ihn, ohne dass sie es versuchte und sie provozierte ihn, während sie es versuchte! Sie war konzentriertes Chaos und das komplette Gegenteil von ihm. Vielleicht war es ja das, was ihn so faszinierte. Gegensätze zogen sich an. Obwohl er diese Redewendung nicht ganz passend fand, da sich Gegensätze doch bewiesenermaßen eher aus- als anzogen.

Das Problem von Gegensätzen war nur … dass sie so gegensätzlich waren. Das mochte sich als Aussage dumm anhören, aber es war die Wahrheit und mehr musste Sam nicht wissen.

Er stellte die Dusche noch ein wenig kälter, wusch sich seine Gedanken aus dem Kopf und zog sich dann ein T-Shirt und eine Jogginghose an. Es war nach elf und entgegen Chloes vermutlicher Ahnung trug er nicht zwölf Stunden am Tag einen Anzug und eine Krawatte. Es waren nur zehn.

Er fuhr sich mit Mittelfinger und Daumen über die Augenlider und wollte gerade wieder ins Wohnzimmer gehen, als sein Telefon erneut klingelte. Erleichtert drehte er sich noch einmal um und nahm das Handy vom Nachttisch. Dexters Name leuchtete auf und augenblicklich hatte er ein schlechtes Gewissen. Dabei hatte er überhaupt nichts getan – dreckige Gedanken mal außen vorgelassen.

„Ja?“

„Hey Sam, hast du Chloe nicht abgeholt? Sie ist nicht zu Hause und ich fange an, mir Sor…“

„Doch, ich habe sie abgeholt. Sie … ist bei mir.“

Einen kurzen Moment herrschte Stille, dann: „Was?“

Sam wunderte der verblüffte Tonfall nicht. Dex kannte sie beide nur als die Personen, die nicht allzu viel Zeit im selben Raum verbringen konnten.

Er kratzte mit dem Zeigefinger über seine mittlerweile raue Wange. „Ja, sie hatte sich ausgeschlossen und war klitschnass, ich habe ihr angeboten, mit zu mir zu kommen, bis du wieder zu Hause bist.“

„Oh, okay. Und das hat sie angenommen?“

„Ich habe sie überredet.“

„Mhm ... bis du schwer verletzt?"

Er schnaubte. „Die Drama-Queen hat sie also von dir."

Dex lachte leise. „Sie hat einen fiesen rechten Haken ... aber andererseits hast du den auch."

„Ja, nur würde ich niemals eine Frau schlagen. Und du bist keine Frau, Dex. Nur als Erinnerung."

Sam ging ins Wohnzimmer, auf der Suche nach Chloe, und blieb vor der Couch stehen, während sein Freund weitersprach.

„Jaja. Leere Drohungen. Aber danke, Mann. Soll ich sie abholen?"

Sam starrte auf Chloe hinab. Die feuchten Haare, wie auch ihr Kinn, verschwanden in seinem Pullover, während ihr Brustkorb sich gleichmäßig hob und senkte. Sie hatte die Beine unter ihren Körper gezogen, sich an die Lehne der Couch gekuschelt und die Lippen leicht geöffnet. Ihr Gesicht war frei von Make-up, ihre Augen geschlossen.

„Sam? Bist du noch dran?"

Er blinzelte und wandte den Blick ab. „Ähm, ja. Sicher. Hol sie ab. Ich sag' ihr Bescheid."

„Alles klar, bis gleich."

Sam ließ das Telefon sinken und starrte auf das Mädchen vor sich.

Nein, auf die Frau vor sich. Sie war längst kein Mädchen mehr. Ach Herrgott, er sollte der Letzte sein, der das vergaß!

Er ließ sich neben sie sinken und legte seinen Kopf auf die Lehne. Sie hatte gemeint, dass sie nicht befreundet sein konnten und er glaubte ihr. Er war im Allgemeinen nicht gut darin, ein Freund zu sein. Freunde erzählten sich private Dinge und Sam war schlichtweg der Meinung, dass sein Leben die anderen einen Dreck anging. Er redete eigentlich nur mit Dexter über Persönliches – und selbst der wusste nicht alles.

Sam konnte nicht sagen, wie lange er dalag, Chloe beim Atmen zuhörte. Lange genug, um sich aufzurichten, als ihre Atemzüge plötzlich kürzer, hektischer wurden.

Er blickte ihr ins Gesicht. Sie hatte die Augenbrauen zusammengezogen, die Lippen aufeinandergepresst. Doch sie wachte nicht auf. Sie schlief noch.

Sie zuckte zusammen und er konnte sehen, wie sich ihre Fingernägel in die Ärmel seines Pullovers gruben. Und dann, ganz langsam, löste sich eine Träne aus ihrem Augenwinkel.

Sams Brust zog sich zusammen und er lehnte sich über sie. „Chloe", murmelte er. „Wach auf."

Ihre Lippen zitterten.

„Chloe", sagte er lauter und berührte sie an der Schulter. „Du träumst. Wach auf."

Eine zweite Träne folgte der ersten und Sam wischte sie mit seinem Finger weg, ließ seine Hand auf ihrer Wange.

„Chloe ..."

Keuchend fuhr sie hoch.

Schweiß glitzerte auf ihrer Stirn und sie atmete so hektisch, dass Sam Angst hatte, sie könne hyperventilieren.

Sie starrte ihn verwirrt an, so als frage sie sich, was er hier tat.

„Nichts passiert, Chloe", flüsterte er und ließ seine Hand in ihren klammen Nacken wandern. „Du hast nur geträumt."

„Ich ... wo ... was?"

Er konnte sie schlucken sehen, als sie die Augen schloss und versuchte, ihre hektischen Atemzüge zu regulieren.

„Du hast nur geträumt", wiederholte er und strich ihr beruhigend über die feinen Härchen im Nacken. „Du hast geschlafen."

Ein dritte und eine vierte Träne fielen ihre Wangen hinab und nun war sie selbst es, die sie fahrig wegstrich.

Sie nickte, presste ihre Augenlider aufeinander und nickte erneut. „Ich habe nur geschlafen. Ich bin bei dir zu Hause und … es war nur ein Traum. Ich … habe nur geschlafen. Es war nur ein Traum."

Die Worte hörten sich an wie ein Mantra. Etwas, das sie einstudiert hatte.

Sam spürte ihren hastigen Puls unter seiner Hand schlagen, während sie sich in seine Berührung lehnte, ihre Schulter gegen seine presste.

„Ist alles in Ordnung?"

Sie nickte schluckend und öffnete die Augen. „Alles in Ordnung, du kannst mich jetzt … loslassen."

Doch er ließ sie nicht los, denn sie log. Da war Panik in ihrem Blick, als er seine Hand bewegte. So als fürchte sie sich davor, seine Nähe zu verlieren.

„Wovon hast du geträumt, Chloe?"

Sie wich seinem Blick aus. „Von nichts. Ist schon in Ordnung."

„Also vom Unfall."

Ihre Lippen formten sich zu einer dünnen Linie. „Wieso fragst du, wenn du es weißt?"

„Es erschien mir die höflichere Variante."

„Schön, Herr Höflich. Natürlich habe ich vom Unfall geträumt!", presste sie hervor. „Wovon denn sonst?"

Verwirrt hob er die Augenbrauen. „Warum bist du denn jetzt wieder wütend auf *mich*?"

„Weil ich ganz offensichtlich nicht darüber reden will und du immer noch bei dem Thema bist."

Okay, jetzt sollte er sie wohl doch loslassen.

Er zog seine Hand weg, doch sie ließ hastig den Kopf zur Seite sinken und drehte sich geschmeidig in seinen Arm, sodass ihre Seite sich nun an seine drängte.

„Noch nicht", flüsterte sie so leise, dass er sie kaum verstand. „Bitte."

Sam wusste nicht, ob sie gerade einfach nur Nähe brauchte oder *seine* Nähe – und wenn er ehrlich war, dann war es ihm auch egal.

Sie sah so verdammt verletzlich aus, dass er zu diesem Zeitpunkt alles tun würde, damit es ihr besser ging.

„Was genau passiert in dem Traum?", murmelte er.

„Ich schwimme in einem Meer aus Marshmallows und Zuckerwatte, während Kinder auf einer Hüpfburg herumspringen."

Er sagte nichts dazu, sah sie einfach nur an.

Chloe mochte es nicht wissen, aber manchmal brauchte sie niemanden, der ihr Konter gab, sondern einfach jemanden, der nichts weiter tat, als zuzuhören.

Ihr Mund öffnete sich leicht, schließlich flüsterte sie: „Ich bin im Auto. Ich sitze hinten. Mom und Dad streiten wegen irgendetwas. Darüber, wer der Verkorkstere von ihnen beiden ist. Sie reden, ich höre nicht richtig zu … und dann reden sie nicht mehr. Es wird still. Und dann laut. Und dann … sehe ich nichts mehr. Aber ich fühle noch, weißt du? Ich weiß, was passiert und fühle. Und das ist schlimmer als es zu sehen. Denn wenn ich es sehen würde, könnte ich vielleicht helfen. Wenn ich etwas erkennen würde, sähe ich vielleicht, wie …"

Sie hielt inne, atmete zitternd ein und zitternd wieder aus. „Aber es ist nur ein Traum. Ich kann nichts ändern. Selbst wenn ich etwas sehen würde."

Sam nickte und ließ seinen Finger über ihren oberen Rücken kreisen.

„Du hättest nichts tun können."

Sie schloss die Augen, bestätigte dies jedoch nicht.

„Ich habe mich so hilflos gefühlt. Es war so schnell vorbei und … all mein Selbstbewusstsein und meine vermeintliche Intelligenz haben mir nicht geholfen.

Ich war … *nutzlos.* Und dieses Gefühl lässt mich nicht mehr los."

„Redest du mit jemanden darüber?", fragte er, als er spürte, wie sie ihren Kopf sachte, beinahe vorsichtig, auf seine Schulter sinken ließ. So, als befürchte sie, dass er sie wegschubste.

Die Geste wirkte genauso vertraut wie fremd.

„Möchtest du wissen, ob ich in psychologischer Behandlung bin, Sam?"

„Nein, aber du solltest deine Gedanken mit jemandem teilen. Reden. Über das, was passiert ist. Jemand anderem als mir."

„Sam Parker, Schweigefuchs Nummer eins, empfiehlt mir zu reden?"

„Chloe. Du solltest mit jemandem sprechen", wiederholte er behutsam.

„Worüber? Dass ich ein Trauma hatte und jetzt unter Albträumen leide? Ich glaube, das ist nicht besonders erwähnenswert. Das ist sogar relativ gewöhnlich."

„Nichts an dir ist gewöhnlich, Chloe O'Connor. Du bist durch und durch sonderbar."

Sie lachte leise und hob den Kopf an. Ihre grünen Augen glänzten nicht mehr vor Tränen. Sie schienen belustigt.

„Hast du mich gerade zum absolut unpassendsten Zeitpunkt, wenn ich weinend neben dir liege und meine traumatische, durchaus dramatische Vergangenheit gerade noch einmal durchlebt habe, als sonderbar beschimpft?"

Sein Mundwinkel zuckte. „Bezeichnet, nicht beschimpft. Wer sagt, dass ‚sonderbar' beleidigend ist?"

„Ich. Ersetze ‚sonder' durch ‚wunder' und wir können noch einmal miteinander reden."

„Ich finde, dass Wort ‚wunderbar' wird zu inflationär benutzt. Es verliert an Bedeutung. Heute ist jedes zweite YouTube-Video und jede dritte dreckige Muschel vom

Strand ‚wunderbar‘. Als ‚sonderbar‘ bezeichnet zu werden, ist somit von höherem Wert.“

„Du wolltest mich also nur aufwerten?“

Er schüttelte den Kopf. „Nein, ich habe lediglich Tatsachen ausgesprochen.“

Diesmal erreichte ihr Lachen ihre Augen.

„Danke, Sam“, flüsterte sie und er konnte spüren, wie ihre Finger über seine andere Hand strichen, die auf seinem Knie lag.

Absichtlich?

„Wofür?“

„Dafür, dass du mich abgelenkt hast. Und wahrscheinlich abstreiten wirst, dass du es mit Absicht getan hast.“

„Auf die Idee würde ich nie kommen. Ich habe vor, alle Lorbeeren einzuheimsen, die ich bekommen kann“, murmelte er und konnte nicht anders, als seinen Blick zu ihrem Mund wandern zu lassen. Ihre Lippen waren einfach zu nah an seinem Gesicht.

Was zum Teufel war nur los mit ihm!?

Sie war gerade in einer verletzlichen Situation. Er sollte an *ihr* Wohlbefinden und nicht *seines* denken, das zugegebenermaßen gerade in seiner Hose steckte. Und er hatte verdammt nochmal eine Freundin!

Chloe wurde still. Auffällig still. Sie starrte ihn an und jetzt konnte er ihre Hand auf seiner Brust spüren, wie sie vorsichtig, langsam zu seinem Hals wanderte. Ihre Pupillen vergrößerten sich, als er den Kopf nach unten …

Es klingelte an der Tür und sie schraken zusammen.

Chloes Hand fiel von seinem Hals und augenblicklich rutschte sie vom ihm weg. Er bildete sich ein, sie „Glück gehabt“ murmeln zu hören.

„Das wird Dexter sein“, stellte er fest und räusperte sich. „Er wollte dich abholen.“

Sie nickte, stand auf und wischte sich fahrig imaginäre Falten aus dem Pulli. „Okay. Danke."

Sie sah ihn nicht an, lief zur Tür, griff sich die Handtasche von der Garderobe und schlüpfte in ihre High Heels. In der nächsten Sekunde war sie weg.

Sam starrte auf das Holz.

Eines war klar: Es gab ganz offensichtlich einen Bereich seines Lebens, den er nicht kontrollieren konnte.

Und das war sein Körper.

Daran würde er arbeiten müssen.

# Kapitel 5

„Erzähl doch mal, Sam. Was ist dein tiefster Wunsch? Dein größter Traum?"

„Fängst du Gespräche immer so leicht an?", wollte er schmunzelnd wissen.

„Ja, ich finde, die Antwort auf diese Frage sagt sehr viel über einen Menschen aus."

Er atmete lang aus, blinzelte in die Sonne, die über den Campus strahlte, und zuckte schließlich die Schultern.

„Ich schätze, ich ... möchte unabhängig sein."

„Ist das ein Euphemismus für reich?"

Er musste lachen. „Ja, vielleicht. Reich und erfolgreich."

„Mhm", sie hob eine Augenbraue, „ich weiß nicht, ob dich das zu einem besonders guten Menschen macht."

„Mich interessiert nicht, zu was mich das macht. Es ist die Wahrheit."

Sie blieb stehen und blickte ihn mit großen grünen Augen an.

„Du bist ein sehr interessanter Mensch, Sam Parker."

Er wusste nicht, was das bedeuten sollte. Er konnte nur hoffen, dass es gut war.

„Was ist mit dir? Was ist dein tiefster Wunsch, Chloe O'Connor?"

Sie zuckte die Achseln. „Ich möchte glücklich werden."

„Das ist alles?"

„Ja."

„Und was würde dich glücklich machen?"

*„Das …", sie hielt inne und fing an zu lachen, „… weiß ich noch nicht. Aber das herauszufinden, ist doch das Beste am Leben, oder? Wo bliebe denn der Spaß, wenn ich es schon wüsste?"*

*„Im Leben geht es aber nicht immer nur um Spaß."*

*„Aber natürlich tut es das."*

Sam schlug die Augen auf und starrte an die weiße Decke.

Das ging zu weit. Wer hatte Chloe O'Connor erlaubt, ihn bis in seine Träume zu verfolgen? Und dann nicht einmal in einen feuchten!

Stöhnend legte er sich den Unterarm über die Stirn und schloss wieder die Augen.

Da war noch etwas anderes. Eine andere Erinnerung, die sich in seinen Kopf drängte. Er sah Chloes Gesicht, doch ihr Lächeln war verschwunden.

*Du brichst mir das Herz, Sam Parker.*

Ruckartig richtete er sich im Bett auf.

Erst sein Körper und jetzt verlor er auch noch die Kontrolle über seine Gedanken? Scheiße, nein! So würde er sicherlich nicht den Tag beginnen! Er hatte eine tägliche Routine! Und Chloes verletzten Gesichtsausdruck vor sich zu sehen, würde bestimmt kein Teil davon werden.

Er stand um halb sechs auf, verbrachte eine Stunde auf dem Laufband in seinem Fitnessraum, duschte, frühstückte Haferkleie mit Joghurt und Früchten und brachte seinen Terminkalender auf Vordermann, bevor er aus dem Haus zur Arbeit ging.

Und genau das würde er tun.

Er hievte die Beine aus dem Bett und ging ins Bad, um die Toilette zu benutzen. Sein Blick fiel auf ein goldenes Paillettenkleid, das über einem Handtuchtrockner lag.

Ach, verdammt.

Chloes Gesichtsausdruck zu vergessen, könnte schwieriger werden als gedacht.

Drei Stunden später saß Sam hinter seinem Schreibtisch und verfluchte sein verdammt gutes Gedächtnis. Es war sechs Jahre her!

Er sollte sich mit anderen Dingen beschäftigen. Er hatte Pressemitteilungen zu schreiben, Spieler zu verhätscheln, Fotoshootings zu organisieren. Außerdem musste er für den Teambesitzer die jährliche Bilanz der Ticket- und Fanartikelverkäufe anfertigen. Der Medienmogul und Besitzer der Delphies, Clint Panther, war kein einfacher Mann und er hatte seine Statistiken lieber früh als spät auf seinem Schreibtisch liegen. Eigentlich lieber früher als früh.

Gerade als Sam damit beginnen wollte, die Zahlen der letzten Saison zusammenzufassen, klingelte sein Telefon.

„Ja?"

„Hey Sam, der Oberboss ist am Apparat und möchte dich sprechen. Soll ich ihn durchstellen?"

Wenn man vom Teufel sprach ...

Sam lehnte sich in seinem Stuhl zurück und massierte sich den Nasenrücken. „Ja, stell ihn durch. Danke, Savannah."

Savannah war neue PR-Beraterin und seine offizielle Assistentin. Sie besetzte das Büro nebenan und spielte nebenbei Sekretärin. Sie arbeitete zwar erst seit ein paar Monaten hier, aber bis jetzt war sie sehr gut in dem, was sie tat. Das war von Vorteil, denn Sam hatte absolut keine Geduld für Menschen, die in dem, wofür sie Geld bekamen, nicht brillierten.

Er wechselte die Seite, auf der er das Telefon hielt und betätigte den rot aufleuchtenden Knopf, der für die Leitung stand, die Savannah ihm gerade durchgestellt hatte.

„Sam Parker", meldete er sich diesmal ein wenig offizieller.

„Parker, ich habe Neuigkeiten und eine Bitte."

Clint Panther war kein Mann, der sich mit Nebensächlichkeiten wie einem Hallo aufhielt. Eine Panther-Minute war wahrscheinlich auch über hundert Dollar wert, da nahm Sam es ihm nicht übel.

„Ich habe entschieden, dass ich Ende des Jahres als Besitzer zurücktreten und das Amt meinem Sohn in die Hand drücken werde. Ich will nicht bis zu meinem Tod warten und dann vom Himmelstor aus zusehen, wie er ohne meine Leitung versagt, deswegen werde ich ihn nächstes Jahr einsetzen und ihm eine Zeit lang bei seiner Arbeit über die Schulter gucken."

Sam hätte jetzt argumentieren können, dass der Medienhai sicherlich nicht in den Himmel kommen würde – nicht auf die Art und Weise, wie er effektiv, aber auch skrupellos sein Geld vermehrte – tat es aber nicht. Er mochte seinen Job.

Er räusperte sich. Das war eine ziemlich große Bombe.

„Welchem Sohn?"

Er hatte drei.

„Meinem ältesten natürlich! Cole hat sich die letzten Jahre darauf vorbereitet und mit meiner Anleitung wird er einen guten Ersatz abgeben."

„Da bin ich sicher. Was für einen Gefallen kann ich Ihnen denn nun tun?"

„Ich will die Übergabe in einer großen Pressekonferenz Ende diesen Jahres, am besten direkt vor Silvester, bekanntgeben."

„Wie wäre es mit dem Dreißigsten? Dann kann das Ganze noch Teil der medialen Jahresrückblicke werden."

„Eine wunderbare Idee! Ich will die Nachricht in jeder Zeitung sehen und ich will, dass alles glatt verläuft. Dafür sind Sie mein Mann, Parker."

Es dürfte nicht schwer sein, die Nachricht in jede Zeitung zu bringen. Der Medienansturm würde sich von ganz allein ergeben. Aber eine Teamübergabe medientechnisch glatt laufen zu lassen ... Sam bekam Kopfschmerzen.

„Ich werde mein Bestes geben, Sir."

„Dann hoffen wir, dass Ihr Bestes genug ist. Mein Sohn wird sich für Fotos und Weiteres noch mit Ihnen in Verbindung setzen und ... Parker?"

„Ja?"

„Kein Tropfen dieser Informationen wird vor dem dreißigsten Dezember die Presse erreichen, haben wir uns verstanden?"

„Natürlich. Ich behalte das eben Besprochene für mich."

„Gut. Sie haben die letzte Saison über gute Arbeit geleistet und ich vertraue darauf, dass das weiter so gut funktionieren wird. Ich hasse es, wenn ich mein Vertrauen an die falschen Menschen verschwende."

Clint Panther verstand es, einen nicht unter Druck zu setzen.

„Das verstehe ich sehr gut, Sir. Ich habe selbst keine Geduld mit Menschen, die mein Vertrauen nicht verdienen."

„Ja, so hatte ich Sie eingeschätzt. Die Berichte über die Verkaufszahlen der letzten Saison ..."

„Liegen heute Abend auf Ihrem Schreibtisch."

„Gut!", bellte Panther und legte im gleichen Atemzug auf.

Sam ließ das Telefon zurück auf die Halterung sinken.

Mann, Mann, Mann.

Die Ankündigung würde die Spieler nervös machen. Das Team blieb zwar praktisch in der Familie, aber jeder Übergang zu einem neuen Teambesitzer ging mit Veränderungen einher. Auch wenn Clint Panther seinem Sohn noch eine Weile über die Schulter sah, würde Cole seine eigenen Entscheidungen treffen. Der zweiunddreißigjährige Anwalt war nicht gerade dafür bekannt, zimperlich zu sein.

Sam seufzte und rieb sich über die Stirn. Er hatte den ältesten Sohn des Mediengurus bisher dreimal getroffen und er mochte sympathisch sein, aber ... er war eben ein Anwalt. Ein guter und berechnender noch dazu. Das respektierte Sam, er war selbst nicht anders, dennoch: Es würde Verkäufe geben, es würde Einkäufe geben und möglicherweise Streit mit dem Team-Manager und Coach des Teams.

Kein wünschenswerter Einstieg in das neue Jahr.

Wäre Sam eine Frau, hätte er jetzt wohl geweint.

Da er aber Sam war und sich nicht daran erinnern konnte, wann er das letzte Mal eine Träne vergossen hatte, stürzte er sich einfach wieder in die Arbeit. Denn darin war er am besten.

****

„Was meinst du damit, du hast schon wieder deinen Job verloren?"

Dex sah seine Schwester mit zusammengekniffenen Augen an und ließ seine Brötchenhälfte sinken.

Chloe verdrehte die Augen. Sie hatte es für die richtige Idee gehalten, das Pflaster einfach abzureißen, dennoch hätte sie ahnen sollen, dass Dex noch etwas in der Wunde herumstochern würde. „Dex, das ist wirklich keine Aussage, die man noch sonderlich analysieren müsste. Ich habe im Satz ‚Ich wurde gefeuert‘ keine geheime Botschaft versteckt. Er ist als das zu verstehen, was er ist: traurig, aber wahr."

„Du bist doch erst seit ein paar Wochen dort!", regte er sich weiter auf. „Was kannst du denn jetzt schon falsch gemacht haben?"

Das war eine gute Frage und auch Chloe konnte nicht verstehen, warum ein tätlicher Angriff auf einen Kunden sie für den Job als Kellnerin disqualifizierte.

Sie zuckte die Achseln und trank ihren Orangensaft leer. „Ich habe die Firmenpolitik wohl verletzt, ist aber auch egal! Es hat mir dort sowieso nicht gefallen."

Kellnerin zu sein, war nichts für sie. Dort musste man zu viel mit Menschen agieren und wenn sie genauer darüber nachdachte, dann konnte sie Menschen eigentlich wirklich nicht allzu viel abgewinnen. Nein, sie blieb ihrer gestrigen Erkenntnis treu: Dies war ein Neuanfang.

Job finden, College beenden, eigene Wohnung suchen und glücklich werden. In genau dieser Reihenfolge.

Und sie konnte nicht umhin zu bemerken, dass Dexter auch glücklich zu machen nicht auf ihrem Plan stand. Sie sah also kein Problem darin, ihn heute einmal so richtig unglücklich zu machen.

Dexter hatte die Hände auf dem Tisch zusammengefaltet und schüttelte den Kopf. „Warum hast du gestern nichts gesagt?"

„Weil ich gestern keinen Nerv dazu hatte, mit dir zu reden. Heute habe ich wieder einen neuen, frischen Geduldsfaden, an dem du jetzt gerne zerren darfst."

Ihr Bruder schnaubte und öffnete den Mund, sicherlich um diesen Faden direkt zu zerreißen, als eine Hand sich auf seinen Arm legte.

„Wenn es ihr dort nicht gefallen hat, dann macht es doch nichts, dass sie gefeuert wurde."

Dexter schloss den Mund wieder und sah zu der Frau neben ihm.

Chloe seufzte. Seit er Kaylie hatte, war das mit dem Unglücklichmachen schwieriger geworden als zuvor.

„Warum bist du immer auf ihrer Seite?"

„Weil deine Seite wütend und manchmal falsch ist", bemerkte seine Freundin lächelnd und küsste ihn. „Es ist Chloes Leben und du mischst dich schon wieder ein."

Man konnte nicht anders als diese Frau zu mögen.

„Danke, Kaylie", sagte Chloe nickend. „Du bist sehr weise und viel zu gut für meinen Bruder."

„Ich weiß", sagte sie ernst. „Aber er hat einen so schönen Körper."

Dazu konnte Chloe nichts sagen. Sie verbrachte nicht allzu viel Zeit damit, über den Körper ihres Bruders zu sinnieren.

Dex brummte irgendetwas Unverständliches, gab Kaylie aber noch einen kurzen, abwesenden Kuss, bevor er sich wieder an Chloe wandte.

„Also wenn du wolltest, dann könntest du bestimmt auch bei den Delphies anheuern. Coach Thompson hatte da mal was angeboten."

Sie nickte. „Wenn ich wollte, könnte ich auch meine Hand abhacken. Aber werde ich das tun?"

„Wenn du wieder versuchst zu kochen, dann ja."

„Oh, apropos kochen!" Das hätte Chloe beinahe vergessen. „Kannst du mir Ryans Telefonnummer geben?"

Dexter starrte sie an. „Ryan?"

„Ja, Ryan Hale. Dein Spielerkollege."

„Ich weiß, wer Ryan Hale ist!"

„Kann ich ja nicht wissen, du sahst gerade nämlich sehr dümmlich aus."

Dexters Hände ballten sich zu Fäusten und Kaylie legte eine Hand über ihre Augen und seufzte schwer anhand seiner nächsten Frage. „Warum willst du die Telefonnummer von Ryan Hale?"

„Kay meinte, er könne gut kochen und dass er mir vielleicht etwas Nachhilfe geben könnte."

Es wurde einfach Zeit, dass sie es lernte. Sie wollte für sich selbst sorgen können und die Fähigkeit zu kochen ohne das Haus abzufackeln, gehörte da zwangsweise zu.

Ruckartig wandte Dexter den Kopf zu seiner Angebeteten. „Du hast *was*?"

„Sieh mich nicht so an, du Strüh! Er kann wirklich gut kochen!“

„Ich weiß, dass er kochen kann. Aber das soll er mal schön zu Hause machen. Allein!“

Chloe stützte ihre Ellenbogen auf den Tisch und legte den Kopf schief. „Du weißt schon, dass Kochen kein Synonym für Sex ist, oder?“

„Ich habe bei dir manchmal das Gefühl, dass *alles* ein Synonym für Sex sein kann“, knurrte er.

Ja, schön. Er hatte nicht ganz unrecht. Sie hatte es das letzte Jahr ein wenig übertrieben. Aber das würde sich ja ändern. „Den Zug fahre ich nicht mehr“, versprach sie. „Ich lebe zurzeit im Zölibat.“

Dex verzog das Gesicht zu einer Grimasse der Verdrossenheit. „Großer Gott.“

„Meine Güte, Dex! Ich kann dir nicht erzählen, wenn ich Sex habe und ich kann dir nicht erzählen, wenn ich keinen Sex habe. Es scheint fast so, als sollten wir überhaupt nicht miteinander reden.“

Sie wechselte einen Blick mit Kaylie, die ähnlich wie sie selbst Schwierigkeiten damit hatte, ihr Lachen zu unterdrücken.

„Ich will einfach nicht, dass du etwas mit einem der Spieler anfängst!“, presste er hervor. „Das bringt mich nämlich in eine echt unangenehme Situation.“

Chloe machte eine wegwerfende Handbewegung. „Ach Dex, du bist zu sensibel. Ich schlafe doch andauernd mit deinen Freunden und Kollegen. Mit Sam zum Beispiel war ich schon dreimal im Bett.“

Dex schnaubte und verdrehte die Augen. „Du bist wieder unglaublich witzig, Chloe.“

Ja, wenn man die Situation genauer betrachtete, dann war sie das.

„Schön, wenn du mir die Nummer nicht geben willst, macht das bestimmt Kaylie.“

„Klar“, antwortete die sofort.

Ungläubig sah Dexter sie an.

Sie hob beide Hände in die Höhe. „Hey, du liebst mich schon. Deine Schwester muss ich erst noch dazu bringen!“

Sie war definitiv auf dem richtigen Weg. „Super, danke!“, sagte Chloe. „Und auch danke hierfür.“ Sie deutete auf den gedeckten Tisch. „Ein richtiges Familienfrühstück! Hat Spaß gemacht. Aber ich muss jetzt auch los.“ Sie schob den Stuhl zurück.

„Wohin musst du los? Du hast keinen Job!“

„Ich tue geheime Dinge, Dex.“

„Was für geheime Dinge?“

„Wenn ich dir das sagen würde, wären sie nicht mehr geheim, oder?“, meinte Chloe augenverdrehend und schulterte ihre Tasche. „Aber ich kann dir versprechen, dass es nichts Unzüchtiges ist.“

„Was soll das denn jetzt schon wieder heißen?“

Ach, es war so leicht, Dexter zu provozieren. So viel simpler als bei Sam.

„Genau das, was ich sage. Mensch, Dexter! Hast du nicht zugehört? Du brauchst meine Aussagen nicht zu analysieren. Ich bin da sehr deutlich.“

Sie hatte gleich einen Collegekurs, aber darüber würde sie kein Wort verlieren. Das selbstgerechte Grinsen auf dem Gesicht ihres Bruders würde sie nicht ertragen. Er erzählte ihr seit drei Jahren, dass sie endlich ihren Abschluss nachholen sollte. Natürlich hatte er recht! Sie bräuchte nur noch ein paar Kurse, dann wäre sie mit ihrem Bachelor fertig. Es wäre dumm, das College nicht zu beenden. Aber dass ihr das bewusst war, musste sie Dex ja nicht gleich auf die Nase binden.

„Ich bin heute Abend wieder da, Dex. Keine Sorge.“

Sie wandte sich zum Gehen, doch Kaylie berührte sie am Handgelenk. „Ach Chloe ... mir fällt gerade ein: Ich glaube, Emma sucht eine Assistentin.“

Sie hielt inne. „Eine Assistentin?“

„Ja, für ihre Eventfirma. Wir gehen heute Abend mit den Mädels was trinken ... willst du vielleicht einfach mitkommen und sie da selbst fragen?"

Chloe starrte sie an und ihre Kehle wurde eng, während ein warmes Gefühl sich in ihrer Brust ausbreitete. „Das wäre ... super. Danke. Wenn die anderen nichts dagegen haben ..."

„Ach, Blödsinn. Erzähl eine peinliche Geschichte über Dexter und du bist im Club."

Chloe grinste. „Ich habe diverse Geschichten."

„Hey!", beschwerte sich Dex.

Kaylie lächelte breit und tätschelte Dex' Schulter. „Sehr gut! Dann hole ich dich heute Abend einfach ab oder ist Bunny bis dahin wieder gesund?"

Sie schüttelte den Kopf. „Ich glaube nicht."

Sie musste mit dem Bus zum College. Sie hasste den Bus. Dort war es eng, dreckig und laut – und Menschen gab es da auch. Aber der Mechaniker hatte gemeint, dass die Reparatur mindestens bis morgen früh dauern würde.

„Alles klar. Heute Abend um sieben."

Chloe hatte den spontanen Drang, Kaylie zu umarmen. Sie hatte Freunde bitter nötig und mit Liv zusammen waren da jetzt schon zwei Frauen, die sie als Freund bezeichnen würde.

Aber sie ließ die Arme, wo sie waren.

„Danke", sagte sie nur noch einmal. „Das wäre super!"

# Kapitel 6

„Wie läuft die Vorbereitung eurer Produktion?"

„Sehr gut. Alles geht zügig voran und ich werde nächste Woche wohl schon zum ersten Mal mit Kostüm proben können."

„Das freut mich", meinte Sam und sah auf seine Kalbsleber.

Er sehnte sich nach einem Burger. Das war eindeutig die bessere Variante, eine Kuh zu verwerten.

Heute war einer der seltenen Tage, an denen er im Büro nicht auch noch zu Abend aß. Aber da er Sadie gestern versetzt hatte, hielt er es für angemessen, ihr Date heute nachzuholen. Sie hatte überraschenderweise keine anderweitigen Verpflichtungen gehabt und zugesagt.

„Und bei dir? Ist es zurzeit sehr stressig auf der Arbeit?" Sadies Stimme drückte kühles Mitgefühl aus.

„Ja, ich habe heute noch eine zusätzliche Aufgabe bekommen, um die ich mich kümmern muss, tut mir leid, dass es gestern nicht geklappt hat."

Ihre Mundwinkel verzogen sich milde nach oben und ein Salatblatt verschwand zwischen ihren Zähnen. Sadie aß sehr wenig und wenn, dann war ihr Essen grün. Aber das war bei Balletttänzerinnen wohl üblich.

„Kein Problem", sagte sie gelassen.

Sam lächelte und seine Schultern entspannten sich. Es war unglaublich einfach, mit Sadie zusammen zu sein. Kein Stress, keine Sorgen.

Und eine ihrer besten Eigenschaften: Sie erzeugte kein künstliches Drama.

„Oh Gott! Oh Gott, oh Gott, oh Gott, oh Gott!"

„Du hast *was*?"

„Was zum Teufel!?"

„Leute, beruhigt euch und macht kein Drama draus." Michelle verdrehte die Augen. „Es hat sich nun einmal so ergeben."

Chloe war eine Stunde hier und sie liebte die Mädelsgruppe bereits jetzt. Sie lebte für Drama! Denn Drama machte Spaß und wenn es im Leben nicht um Spaß ging, worum dann?

„Es hat sich so ergeben?", wiederholte Emma ungläubig. „Ein Kinobesuch ergibt sich! Ein blauer Fleck ergibt sich! Ein Bankräuber ergibt sich – aber eine Spontanhochzeit ohne alle deine Freunde ergibt sich doch nicht einfach so!"

Grace und Kaylie nickten entgeistert und starrten auf den goldenen Ehering an Michelles Finger.

Chloe traute sich noch nicht zu starren. Dafür kannte sie die Frauen zu schlecht. Grace, ihr Gegenüber, war eine zierliche Fotografin und die Mitbewohnerin von Kaylie. Emma war die Frau von Luke, einem von Dexters Teammitgliedern, den sie schon öfter getroffen hatte, und aus Deutschland. Michelle war eine hübsche Latina, die Frau von Wesley, der Agent von Luke war … na, zumindest die Gruppenkonstellation untereinander kannte sie schon einmal. Zeit, sich in das Gespräch einzubringen.

„Ich finde es romantisch, dass sie einfach so durchgebrannt sind", bemerkte Chloe und die Blicke verlagerten sich zu ihrem Gesicht. Sie wurde rot und ließ einen Pommes sinken. „Na ja, so würde ich es wahrscheinlich auch machen."

„Großer Gott, das darf ich wirklich nicht deinem Bruder erzählen", murmelte Kaylie kopfschüttelnd.

„Danke Chloe", meinte Michelle lächelnd und legte ihr einen Arm um die Schultern. „Seht ihr? Ich bin romantisch und nicht bösartig."

„Was für eine billige Hochzeit war das denn dann bitte?", fragte Grace und trank ihren Cocktail leer. „Wesley verdient unglaublich gut! Er hat Luke. Praktisch eine goldene Kuh."

„Oh, die Umschreibung muss ich Luke schicken", kicherte Emma und zog ihr Handy aus der Tasche.

„Es ging nicht um Geld!", verteidigte sich Michelle. „Es ging darum, dass wir uns lieben und plötzlich nicht länger warten konnten. Da haben wir uns angesehen und gleichzeitig vorgeschlagen, dass wir einfach durchbrennen sollten ... na ja, nicht ganz gleichzeitig. Okay, eigentlich war es meine Idee. Aber er war Feuer und Flamme ... wenn ich es seiner Mutter verklickern würde. Was ich habe. Okay: werde. Ich werde es ihr verklickern."

„So schön es ist deinem Selbstgespräch zu lauschen, Michelle", wandte Kaylie ein, „wir haben uns alle auf deine Hochzeit gefreut."

Man sah Michelle ihr schlechtes Gewissen deutlich an, aber sie zuckte nur die Schultern und nickte zu Chloe. „Können wir uns nicht lieber darauf konzentrieren, dass Chloe hier zwei ganze Burger verdrückt hat und nebenbei noch Emmas Pommes vernichtet?"

Chloe hob ihre Hände verteidigend in die Höhe. „Ich hatte Hunger! Ich habe seit zwei Stunden nichts mehr gegessen."

Das College heute Morgen war auch wirklich anstrengend gewesen. Sie war es einfach nicht mehr gewöhnt, sich über lange Zeiträume hinweg zu konzentrieren. Sie brauchte Kohlenhydrate und Zucker, um das zu kompensieren.

„Luke sagt, er möchte wenigstens als goldener Stier bezeichnet werden, ist aber sonst einverstanden", ging

Emma lachend dazwischen und schob ihren Teller weiter zu Chloe hinüber. „Und du, Michelle: Ich bin total enttäuscht! Ich hätte eure Hochzeit doch auch geplant. Ich bin nicht so der Fan von Tüll und dem ganzen Kram, aber für dich hätte ich eine Ausnahme gemacht."

„Ja, es tut mir ja auch leid, aber ..."

„Aber was?", fragten Grace, Kaylie und Emma unisono.

Die Latina seufzte schwer und stöhnte dann, bevor sie sich an Chloe wandte. „Chloe, du bist die Neue in der Gruppe. Du hast heute das Recht, ein Urteil zu fällen: Ist es unverzeihlich, dass ich spontan den Mann, den ich liebe, geheiratet habe, ohne jemandem Bescheid zu geben? Nicht einmal unseren Eltern?"

„Also, ich weiß wirklich nicht, ob man mir die Verantwortung für ein solches Urteil überlassen sollte", bemerkte Chloe und kratzte sich am Kopf.

„Doch."

„Doch, klar", bestätigte Kaylie.

„Ist schon okay", stimmten die anderen mit ein.

Alle starrten Chloe an.

„Ähm ..."

Sie hatte das vage Gefühl, dass diese Situation für sie nur schlecht enden konnte.

„Also, na ja. Ich finde es romantisch, wie schon gesagt ..."

Emma seufzte laut. „Schön. Wenn du glücklich bist, Michelle, dann sind wir auch glücklich. Wir wollen dir kein schlechtes Gewissen machen."

Michelle wirkte erleichtert. „Danke! Und wenn es hilft: Ich werde natürlich noch eine fette Party schmeißen."

„Das hilft", bestätigte Kaylie. „Und hey! Auf die Party kann Grace dann ihren mysteriösen Freund mitbringen."

Die Blondine lief rosa an. „Kann ich. Werde ich … er steht nicht so auf Menschenmassen."

„Wie kann ich deine beste Freundin sein und fast nichts über ihn wissen?", hakte Kaylie nach. „Ich weiß nur, dass er dich im Fotostudio angequatscht hat, bei dem du arbeitest."

Grace räusperte sich. „Gearbeitet habe."

„Was?"

„Ich habe gekündigt. Heute Morgen."

„Was ist denn jetzt los?", fragte Kaylie sichtlich verwirrt. „Ist heute Tag der großen Ankündigungen? Chloe, willst du vielleicht loswerden, dass du schwanger bist? Dann können wir Dexters spontanen Tod auch gleich auf die Liste der Überraschungen setzen."

„Wo wir schon bei Ankündigungen sind …", sagte Emma und Chloe war froh darum, dass sie nicht antworten musste. „Ich glaube, Luke wollte mir heute Morgen einen Antrag machen."

„Was!?" Michelle riss die Augen auf.

„Was heißt denn bitte *wollte*?" Kaylie schien immer verwirrter.

Chloe lächelte in sich hinein. Das war besser als jede Soap-Opera.

Emma wiegte den Kopf hin und her. „Na ja, als ich aufgewacht bin, hat er auf meiner Seite des Bettes gekniet und mich angestarrt. Als ich gefragt habe, was er da tut, meinte er, er suche seinen Ohrring."

Kaylie runzelte die Stirn. „Luke hat Ohrlöcher?"

Emma grinste. „Nein."

„Oh. Hast du ihn darauf aufmerksam gemacht?"

„Oh ja, natürlich. Daraufhin meinte er, er suche *meinen* Ohrring. Ich würde den ja dauernd im Bett verlieren."

Michelle lachte und hielt sich die Hand vor den Mund. „Und dann?"

„Ich habe ihm gesagt, dass er sich merkwürdig verhält und habe weitergeschlafen“, bemerkte Emma und zuckte die Achseln. „Vielleicht bekommt er es ja beim nächsten Mal hin.“

Kaylie rührte mit dem Strohhalm in ihrem Glas herum. „Warum hat er denn Probleme damit? Hat er etwa Angst davor, dass du Nein sagst?“

Emma lachte laut und legte den Kopf in den Nacken.

„Als würde ich Nein sagen! Er weiß genau, dass ich Ja sagen würde. Ich glaube eher, er hat Angst davor, dass mir der Ring nicht gefällt.“

Unglaublich. Heute Abend lernte Chloe wirklich eine ganz andere Dimension von Problemen kennen. Und es war schön, sich mal über belangloses Zeug Sorgen zu machen. An diesen Punkt wollte sie gelangen. An den Punkt, an dem sie sich nur noch darüber sorgen musste, ob ihr der Ring gefiel, den ihr Verlobter aussuchte.

„Wisst ihr, Dex hat schon einmal jemandem einen Antrag gemacht“, sagte sie in die zufriedene Stille hinein.

Kaylie rutschte der Strohhalm aus der Hand und ihre Augenbrauen zogen sich zusammen. „Nein. Hat er nicht.“

„Doch. Er war in der vierten Klasse, hat sich vor den Fernseher gehockt und Prinzessin Leia im goldenen Bikini darum gebeten, doch bitte seine Frau zu werden. Er würde sie auch jeden Tag mit Weintrauben füttern.“

Alle fingen gleichzeitig an, laut zu lachen.

„Oh Chloe“, sagte Michelle und drückte ihre Schulter. „Ich glaube, du bist Gold wert. Bitte sag mir, dass Dexter … ein peinliches Kuscheltier hatte!“

Chloe grinste breit. „Er hatte sogar zwei. Und das eine hat er mir geklaut! Er hat es nie zugegeben, aber ich habe ihn nachts einmal dabei erwischt, wie er mit ihm gekuschelt hat. Es war ein pinkfarbener Seehund und damals war er zehn – und er hieß eigentlich *Neal the Seal*, aber er hat ihn nur *Cutie* genannt."

Emma verschluckte sich und schlug sich die Hand vor den Mund, um ihren Cocktail nicht aus der Nase zu husten.

Man konnte sehen, dass Kaylie sich dazu verpflichtet fühlte, im Namen ihres Freundes die Fassung zu bewahren. Sie gab aber nach zehn Sekunden auf und fing ebenfalls an zu lachen.

„Chloe, wenn Emma schon der Cocktail aus der Nase läuft, dann ist jetzt der richtige Zeitpunkt, um sie nach dem Job zu fragen."

„Was für einen Job?", hustete Emma, Tränen in den Augen. Ob vom Lachen oder dem Cocktail in ihrer Lunge, konnte man nicht sagen.

Chloe lief rot an und setzte sich automatisch aufrechter hin. „Ähm, Kaylie meinte, du suchst gerade eine Assistentin für deine Eventfirma? Ich kann ... super assistieren!"

„Ach richtig, ich hatte noch gar keine Jobausschreibung geschaltet. Aber um die Weihnachtszeit kommen immer so viele Aufträge rein, dass ich gut Hilfe gebrauchen kann."

„Nun, dann würde ich mich gerne für den Job bewerben", sagte Chloe ernst.

Dies war das merkwürdigste Vorstellungsgespräch, das sie je gehabt hatte.

„Die Bezahlung ist nicht der Hammer", sagte Emma und hustete noch einmal.

„Das ist in Ordnung. Hauptsache, ich werde überhaupt bezahlt."

„Mhm. Kannst du telefonieren, Sachen schleppen und mit Leuten reden?"

„Reden ist meine Spezialität! Sozusagen meine angeborene Superkraft." Dass sie diese zurzeit eher fürs

Böse und zum Provozieren benutzte, musste sie ja nicht sagen.

Ein breites Lächeln zog sich über Emmas Gesicht.

„Meine auch. Ich glaube, wir werden uns sehr gut verstehen." Sie reichte die Hand über den Tisch. „Kannst du Montag um neun bei meinem Büro sein?"

„Wo ist dein Büro?", fragte Chloe, als sie die Hand ergriff.

„In unserer Wohnung. Ich bin noch nicht dazu gekommen, mir neue Räumlichkeiten zu suchen. Na ja, es sind ja auch erst fast fünf Monate. Kein Grund zur Eile. Ich schick` dir die Adresse."

„Dann bin ich um neun da."

„Gut", lächelte Emma. „Näheres besprechen wir dann. Mädels, noch einen Cocktail?"

Und schon hatte Chloe einen Job.

# Kapitel 7

Bunny war wieder fahrtüchtig und somit hatte Chloe keine Probleme, zu ihrem neuen Job zu fahren. Vier Stunden später war sie sich sicher, dass sie nie etwas Besseres hätte finden können.

Es machte Spaß, mit Emma zu arbeiten. Sie war locker und ließ immer, wenn ein Kunde sie aufregte, deutsche Wörter fallen, die sich allesamt böse anhörten. So, als wäre es okay, andere in einer fremden Sprache zu beleidigen. Andererseits könnte das, was Emma sagte, auch durchaus nett gemeint sein, da sich, Chloes Meinung nach, alles auf Deutsch gemein anhörte.

Den Vormittag verbrachte Emma größtenteils damit, ihr zu erklären, was ihre Aufgaben waren. Chloe war hauptsächlich dafür zuständig, das Telefon zu bedienen, Termine zu bestätigen und Bestellungen zu stornieren, aufzugeben oder zu checken, ob die Absprachen problemlos eingehalten und ausgeführt wurden. Und das machte ihr mehr Spaß als sie angenommen hatte.

„Danke, Chloe", seufzte Emma, als sie um halb zwei zusammen in der Küche standen und Mittagspause machten. „Alle wollen irgendwelche Weihnachtsfeiern schmeißen und wenn man nicht alles zwei- und dreifach kontrolliert, tut sowieso keiner das, was man ihm aufgetragen hat! Das ist einfach nur unglaublich zeitaufwändig. Du bist mir da eine wirklich große Hilfe."

Chloe lief rot an. „Nein, du bist diejenige, die *mir* einen Gefallen tut, Emma", bemerkte sie. „Ich will endlich wieder ausziehen und dafür brauche ich Geld."

„Kann Dexter dir nicht was geben? Baseballer haben so unglaublich viel Kohle. Ich bin jedes Mal, wenn ich mit Luke schlafe, kurz davor, es ihm in Rechnung zu stellen. Einfach, weil es sein Bankkonto sowieso nicht jucken würde.“

Sie lachte. „Dexter will nicht, dass ich ausziehe. Denn wenn ich nicht mehr bei ihm wohne, kann er mich nicht kontrollieren. Außerdem will ich mich nicht auf ihn verlassen müssen.“ Sie reckte ihr Kinn in die Höhe. „Sein Geld ist sein Geld und mein Geld ist mein Geld.“

Emma rührte Pesto in die Nudeln und nickte.

„Das kann ich sehr gut verstehen. Und Dex ist wirklich etwas ... mhm ... zu behütend, was dich angeht.“

Ja, Chloe wusste auch warum.

Sie hatte sich in den letzten drei Jahren wirklich nicht mit Ruhm bekleckert. Nach dem Tod ihrer Eltern hatte sie sich für fast ein Jahr praktisch komplett von der Außenwelt abgeschottet und das Jahr darauf getrunken und mit fremden Typen geschlafen. Dex hatte ihr mehr als einmal nachts aus der Patsche geholfen und sie letztendlich zu sich geholt, als ihr das Geld ausgegangen war.

Chloe war nicht stolz darauf, aber sie hatte sich nicht anders zu helfen gewusst. Ja, sie war bei einer Psychologin gewesen, ja, die Zeit hatte angefangen die Wunden zu heilen, aber die Hilflosigkeit, die sie während des Unfalls verspürt hatte, war geblieben und ... das Leben war ihr auf einmal so nichtig vorgekommen.

Das College war Zeitverschwendung.

Es ging doch darum, das Leben zu genießen, oder nicht? Weil es jede Sekunde vorbei sein konnte. Es war ein Segen und ein Fluch. Es hatte fast zwei Jahre gedauert, bis ihr klar geworden war, dass Feierngehen und von einer flüchtigen Beziehung in die nächste zu stolpern, nicht mit Genießen gleichzusetzen war.

„Er sorgt sich um mich", seufzte sie. „Darin war er schon immer besonders gut. Aber er sieht nicht, dass es mir besser geht. Dass er seinen Beschützerinstinkt zurückschrauben muss, damit ich mein Leben wieder neu beginnen kann."

Emma legte ihre Hand auf Chloes und drückte sie kurz.

„Es tut mir wirklich sehr leid, was mit euren Eltern passiert ist. Aber ich finde es toll, dass du es hinter dir lassen und dein Leben wieder neu ordnen willst. Und Dexters Sorgen kenne ich nur zu gut."

Chloe hob eine Augenbraue. „Tatsächlich?"

„Ja, er hat sich Sorgen darum gemacht, dass ich mich in Luke verlieben könnte."

Sie lächelte. „Na ja, die Sorge war dann ja wohl berechtigt."

„Natürlich war sie das. Sieh dir Luke an! Aber Dex übersieht manchmal etwas Wichtiges."

„Und was wäre das?"

„Dass er nicht weiß, was das Beste für den anderen ist. Meistens weiß man es eben doch selbst am besten. Und ich glaube, du bist da keine Ausnahme."

Chloe lächelte ein wenig verkniffen. „Ganz schön tiefsinniges Gespräch für den ersten Arbeitstag."

Emma zuckte die Achseln. „Ich finde, oberflächliche Gespräche werden überschätzt."

„Du bist ein sehr liebenswerter Strüh, Emma."

Ihr Gegenüber lachte. „Oh, danke. Das kann ich nur so zurückgeben."

Sie luden sich Nudeln mit Pesto auf die Teller und setzten sich an den Tresen der offenen Küche.

„Und was steht nach der Mittagspause an?", wollte Chloe wissen.

„Der nächste Termin ist im Stadion."

„Im Stadion? Warum?"

„Wir organisieren die Weihnachtsfeier der Delphies. Wir arbeiten da mit dem PR-Mann zusammen, der wirklich nicht auf Partys steht. Sam Parker? Kennst du ... ach Quatsch, natürlich kennst du ihn. Er ist ja der beste Freund deines Bruders. Und er war ja auch beim Team-Picknick dabei. Man verliert hier allmählich den Überblick darüber, wer mit wem in welcher Beziehung steht."

Emma redete weiter, doch Chloe hatte Schwierigkeiten damit, ihr zuzuhören. Sie war noch nicht bereit, Sam wiederzusehen.

Sie hätten sich beinahe geküsst.

Chloe machte sich nichts vor: Hätte es nicht geklingelt, hätten sie sich geküsst. Und sie beide wussten, was auf einen Kuss zwischen ihnen folgte.

Aber es war ein Geschäftstreffen. Sie würde mit Emma zusammen dort sein und Emma war ein hervorragender Puffer.

„Ich weiß nicht, was ihn so griesgrämig gemacht hat", sagte Emma und Chloe versuchte, sich wieder auf ihr Gegenüber zu konzentrieren. „Aber es wirkt fast so, als sähe er Partys als eine Verschwendung seiner Zeit."

„Mach dir nicht allzu viele Gedanken darüber", meinte Chloe und verschlang eine weitere Gabel Nudeln. „Für Sam ist alles eine Verschwendung seiner Zeit. Das ist einfach seine Lebenseinstellung."

„Oh. Kennst du ihn etwa gut?"

„Nein." Chloe schüttelte den Kopf. „Nein, eigentlich kenne ich ihn überhaupt nicht." Und das war die Wahrheit.

Sam war wie der Yeti. Es rankten sich Mythen und Legenden um ihn, aber wirklich wissen, was oder wer er war, tat keiner.

Das Delphies Stadion war ein imposantes Gebäude, das den direkt anliegenden Betonklotz, in dem sich die

Räumlichkeiten der Verwaltung und das Clubhouse des Teams befanden, noch hässlicher aussehen ließ als er ohnehin schon war. Die Gänge, die sich durch das Innere schlängelten, waren nicht viel besser. Sie waren kahl, sauber und weiß.

Sam gefiel es hier bestimmt außerordentlich gut.

Was ihm jedoch nicht zu gefallen schien, war, dass Chloe zusammen mit Emma in sein Büro trat.

Als er Chloe sah, zogen sich seine Augenbrauen einige Millimeter tiefer in sein Gesicht, die Luft um ihn herum kühlte sich um mehrere Grad ab und seine grauen Augen wurden kurzzeitig schwarz.

Vielleicht hatte Chloe aber auch nur eine rege Fantasie.

Emma reichte ihm die Hand und gezwungenermaßen musste er auch ihr die Hand geben. Ein kürzerer und lockererer Handschlag hatte in der Geschichte der Menschheit wohl noch nicht stattgefunden.

„Hast du deine Firma vergrößert?", wollte er wissen, den Blick sorgfältig auf Emma gerichtet.

„Ja, Chloe wird mir drei Tage die Woche aushelfen."

Die anderen zwei hatte sie nämlich Kurse.

„Ihr kennt euch ja bereits, da verzichte ich darauf, euch noch einmal einander vorzustellen."

Sam nickte steif und verschanzte sich wieder hinter seinem Schreibtisch, während sie beide sich ihm gegenüber niederließen und Chloe einen Block und einen Stift aus ihrer Tasche hervorfischte.

„Also, Sam", sagte Emma und rückte ihren Stuhl nach vorne. „Versprichst du, heute kooperativ zu sein?"

„Ich bin immer kooperativ", gab er knapp zurück.

„Okay, Sam: Versprichst du, nicht mehr zu lügen?"

Chloe musste lachen, tarnte das jedoch hinter einem Hüsteln. Nicht erfolgreich. Sams düsterer Blick galt jetzt ihr.

Ach, er konnte sie mal! Emma war lustig.

„Emma, sag mir was du willst und ich gebe mein Bestes, nicht so ein – ich zitiere dich hier – ‚Spielverderber‘ zu sein.“

Na, viel Glück dabei. Chloe war davon überzeugt, dass Sam bereits als Spielverderber aus dem Mutterleib spaziert war.

„Gut“, sagte Emma fröhlich. „Die Räumlichkeiten sind gebucht, um den Caterer kümmern wir uns heute Nachmittag und jetzt geht es noch um Bar und Einladungen, die spätestens diese Woche raus müssen.“

„Hört sich doch alles gut an. Dann können wir das Meeting ja beenden.“

„Sam, ich habe nicht einmal mit den näheren Erklärungen angefangen.“

Er seufzte und massierte sich den Nacken. „Das hatte ich befürchtet.“

„Also, soll es eine offene Bar geben? Das muss ich in die Budgetberechnung mit einbeziehen.“

„Natürlich muss es eine offene Bar geben“, bemerkte Sam verwirrt. „Wenn die Spieler anfangen müssen, für Alkohol zu bezahlen, wird es einen Aufstand geben.“

Chloes Mundwinkel zuckten, während sie sich Notizen machte. Manchmal war es sehr angenehm, einfach zu schweigen und nur zuzuhören.

„Gut, eine offene Bar wird es sein. Ich habe außerdem drei Mustereinladungen mitgebracht, von denen du eine aussuchen musst.“

Sie zog drei Bögen Papier aus ihrer Tasche und breitete sie vor Sam auf dem Tisch aus. „Sie sind alle drei im Stil der Zwanziger, weil das ja das Motto der Party sein wird.“

Sams Gesicht verzog sich und er sah so leidend aus, dass Chloe beinahe Mitleid mit ihm bekam.

Sein Blick flog über die Auswahl, bevor er einfach wahllos auf eine der Karten zeigte. „Nimm die.“

Emma und Chloe beugten sich vor und betrachteten das Papier, auf dem sein Finger lag.

„Meine Güte, ist die hässlich", murmelte Chloe.

„Ja, oder?", stimmte Emma zu und zog sie unter Sams Hand weg. „Die können wir unmöglich nehmen. Was hältst du von der Rechten?"

Chloe drehte die Einladung zu sich um. „Oh ja, die ist hübsch. Zu der Party würde ich gehen."

Emma nickte. „Ja, ich glaube, die ist es. Die nehmen wir." Sie machte einen Haken auf die ausgewählte Einladung und stopfte sie zurück in ihre Handtasche.

Sam starrte sie an. „Ihr wisst schon, dass meine Anwesenheit hier vollkommen unnötig ist, oder? Meine Meinungen werden sowieso übergangen."

„Nur, wenn deine Meinungen bescheuert sind", rutschte es Chloe heraus.

Emma grinste. „Das habe ich auch schon gesagt."

An Sam gewandt setzte sie hinzu: „Nimm es nicht persönlich, aber dein Geschmack ist furchtbar. Doch wir brauchen dich, damit du am Ende unterschreiben kannst, dass du alles abgesegnet hast."

„Aber ich habe überhaupt nichts abgesegnet!", rief er aufgebracht, die Hände erhoben.

„Nein, noch nicht", bestätigte Emma. „Das machst du erst, wenn du deine Unterschrift drunter setzt. Also, machen wir weiter: Die Bar, was ..."

Ihr Handy fing an zu klingeln. Seufzend zog sie es aus ihrer Handtasche und lugte auf das Display. Dann erhob sie sich aus ihrem Stuhl. „Das ist Luke. Ich geh' wohl besser dran. Chloe, klärst du den Rest ab?"

„Welchen Rest?"

„Kitzel' aus ihm heraus, welches Essen und welche Getränke es geben soll, damit wir der Catering-Frau gleich schon genauere Infos geben können. Die Feier ist schon in drei Wochen, wir sind spät dran."

Chloe nickte und im nächsten Moment war sie mit Sam allein.

Sams negative Energie war nun komplett auf sie gerichtet. Damit konnte er sicherlich ein Atomkraftwerk antreiben.

„Ich hasse Party-Organisation", murmelte er düster.

„Ja, das Signal sendest du laut und deutlich. Dabei dachte ich, du liebst deinen Job."

„Tue ich. Aber doch nicht ...", er wedelte zu den Einladungen, die aus Emmas Tasche ragten, „wenn es um so was geht!"

„Was würdest du denn lieber tun?"

„Alles."

Chloe verengte die Augen und bevor sie genauer darüber nachdenken konnte, fragte sie: „Zum Beispiel darüber reden, dass du mich beinahe geküsst hast?"

Sams Miene versteinerte und da war wieder der intensive Blick, bei dem sich Chloe jedes Mal so fühlte als würde Sam versuchen, ihre Gedanken aus ihr herauszupressen.

„Okay. Nicht alles", sagte er schließlich trocken.

Wieso hatte sie das nur gesagt? Sie wollte doch selbst nicht darüber reden! Warum musste sie mit einem Ast nach dem Löwen werfen, nur um zu sehen, ob er sie zerfleischen würde? War sie lebensmüde?

Sie senkte den Blick auf ihre Notizen und räusperte sich. „Tut mir leid, das war unangebracht."

„Es überrascht mich, dass dir noch auffällt, wenn etwas unangebracht ist."

„Nur zu deiner Info: Dieser Kommentar gerade war auch unangebracht!"

„Von meiner kalten Persönlichkeit wird es erwartet, Leuten auf die Zehen zu treten. Von dir nicht."

„Sie klimperte mit den Wimpern. „Hast du mich gerade indirekt warmherzig genannt? Oh Sam! Mir kommen die Tränen."

„Wenn du weinst, dann bitte nicht über meinem Schreibtisch. Der Geruch von deiner Dankbarkeit bleibt dann ewig dort hängen und ich glaube, das ist mehr, als ich ertragen kann ... und eigentlich dachte ich, wir hätten uns darauf geeinigt, dass wir zivilisiert koexistieren können."

Ja, das hatten sie. Aber Chloes Kopf und Herz hatten sich ja auch darauf geeinigt, dass das Kapitel Sam abgeschlossen war – und sieh mal einer an, was *daraus* geworden war.

„Schön, machen wir einfach weiter. Mit was für Getränken soll die Bar bestückt werden?"

„Keine Ahnung. Mit dem Üblichen, schätze ich."

Chloe sah schnaubend auf. „Du musst da schon etwas spezifischer werden."

Sam legte stöhnend den Kopf über die Rückenlehne seines Stuhls und starrte an die Decke.

„Bier und Champagner? Ich habe wirklich keine Ahnung von diesem Kram. Ich verlasse mich auf Emma. Sie wird wissen, wie viel von welchem Getränk geliefert werden sollte."

„Und du hast keine spezifischen Wünsche?", hakte Chloe weiter nach. „Irgendetwas, was die Jungs oder du besonders gerne trinken?"

Er zuckte die Achseln. „Keine Ahnung. Wie gesagt: Ich kenne mich wirklich nicht aus."

„Mit Alkohol?"

„Ja, mit Alkohol."

Was für eine sonderbare Aussage.

„Aber ... was trinkst du denn zum Beispiel gerne?"

Sam hob seinen Kopf von der Lehne. „Ich trinke nicht."

„Du trinkst nicht?"

„Nie."

Sie blinzelte, wartete, dann überkam es sie: „Bist du ... Alkoholiker?"

Er lachte leise. „Danke für die feinfühlige Frage ... aber nein. Ich bin kein Alkoholiker. Es ist ganz einfach: Alkohol führt zu Dummheit, Dummheit zu Kontrollverlust ... und das sind beides Dinge, die ich nicht wertzuschätzen weiß."

„Welche Dinge weißt du dann wertzuschätzen?", fragte Chloe. „Grüne Smoothies und Leinsamen?"

„Ja. Unter anderem. Schweigsame Frauen übrigens auch."

„Sam?"

„Ja?"

„Warum trinkst du wirklich keinen Alkohol?"

Er seufzte schwer und ließ seine Handflächen auf den Tisch sinken.

„Mein Vater war Trinker und konnte im besoffenen Zustand seine Fäuste nicht mehr kontrollieren. Soll ich das elaborieren?"

Schockiert klappte Chloe die Kinnlade herunter.

„Du ... was?"

„Mach kein Drama draus. Er ist tot. Es ist Schnee von gestern. Menschen haben gute und schlechte Seiten. Können wir weitermachen?"

*Mach kein Drama draus?*

„Das ist furchtbar, Sam!"

„Furchtbarer als seinen Eltern beim Sterben zuzusehen?"

Ein dicker Kloß bildete sich in ihrem Hals. Wer war hier jetzt feinfühlig?

„Ich ..." Chloe schluckte. „Ich habe ihnen nicht dabei zugesehen. Ich ... sie waren schon tot und ... ich bin bewusstlos geworden, bevor ich allzu viel mitbekommen habe." Aber sie hatte genug gesehen.

Sam schloss die Augen und kratzte sich das Kinn.

„Tut mir leid", sagte er, bevor er langgezogen ausatmete. „Das war diesmal mehr als unangebracht von mir."

„Ja. War es", sagte sie und hasste sich dafür, dass ihre Stimme dünn klang.

Er behandelte den Tod ihrer Eltern wie eine Tatsache, die eben passiert war. So wie er seinen furchtbaren Vater offenbar als unglückliche Fügung betrachtete, mit der er sich schlichtweg arrangieren musste.

Sie räusperte sich.

„Und ich weiß nicht, wer von uns beiden das furchtbarere Los hatte. Ich habe mein Drama noch nie mit dem eines anderen verglichen."

„Dann werden wir heute auch nicht damit anfangen."

Sie starrte ihn weiter an.

„Hör auf, mich so anzusehen, Chloe!", sagte er ungeduldig. „Es ist wirklich nicht so tragisch, wie es sich anhört. Wir sind zurechtgekommen."

Es war nicht so tragisch? Sein Vater hatte ihn offensichtlich geschlagen! Ihn, seinen Bruder und seine Mutter.

*Was war nur los mit ihm?*

„Wie kannst du so kalt sein, Sam?", fragte sie leise. „Wie kannst du so sachlich darüber reden?"

Sam betrachtete sie taxierend, bevor er leicht seine rechte Augenbraue hob. „Es ist vorbei. Es liegt hinter mir. Was brächte es mir, mich länger damit zu beschäftigen?"

Darauf hatte Chloe keine Antwort.

Sie senkte den Bick. „Warum hast du mir das gerade erzählt?", fragte sie.

Sam schien nicht zu verstehen. Seine Fingerspitzen tippten unsicher auf den Schreibtisch.

Sie hob ihr Kinn.

Wette gewonnen.

„Warum nicht?", wollte er wissen. „Ich mache kein Geheimnis daraus. Ich reibe es nicht jedem unter die Nase, aber wenn mich jemand danach fragt, warum sollte ich dann lügen?"

„Ich ... keine Ahnung." Sie wusste es nicht. Sie war nur davon überzeugt, dass die meisten es getan hätten.

„Chloe", seine Stimme war sanft geworden und seine Fingerspitzen berührten flüchtig die ihren. „Mir geht es gut. Es ist eine Ewigkeit her. Er ist seit über zehn Jahren tot. Ich habe damit abgeschlossen."

Er belog sich selbst. Er mochte es nicht wissen, aber er hatte nicht damit abgeschlossen. So etwas schloss man nicht einfach ab. Es war Teil von einem. Würde immer ein Teil von einem bleiben.

„Weiß Dex es?"

Sams Kiefer knackte. „Dex weiß alles. Können wir einfach weiter über die Feier reden?"

„Ähm, natürlich ..." Sie blinzelte und strich sich die Haare aus der Stirn.

Er konnte unmöglich so abgebrüht sein.

Er konnte nicht so kalt und gleichzeitig so einfühlsam sein. Das ergab keinen Sinn. Was zum Teufel hielt er noch alles zurück?

Sie strich mit ihren Fingern sanft über seine Hand, ging an die Grenze von dem, was er zugelassen hätte und zog sie dann zurück in ihren Schoß.

„Essen. Willst du ein Menü oder ein Buffet?"

Zehn Minuten später trat sie aus dem Büro und atmete schwer durch. Sie hatte immer gewusst, dass Sams Kindheit hatte fürchterlich sein müssen. Dexter hatte ihr nie Genaueres erzählt, wahrscheinlich aus Respekt vor seinem Freund, aber es war durchgeklungen, dass Sam eher auf der untersten Seite des sinkenden Schiffs großgeworden war. Dabei schockierte sie nicht einmal, *was* er ihr erzählt hatte. Es schockierte sie, *wie* er es getan hatte. So, als würde es ihn nicht kümmern. So, als wäre seine Kindheit nur eine Kerbe im Spielbrett seines Lebens, die er schon längst abgeschliffen hatte. Und sie hatte immer geglaubt, sie allein hätte leiden müssen.

Sie holte ein letztes Mal tief Luft und wandte sich dann zu Emma, die an der gegenüberliegenden Wand lehnte und gerade ihr Telefon in ihre Hosentasche steckte und die Handtasche entgegennahm, die Chloe ihr reichte.

„Und, was wollte Luke?"

„Er hat gefragt, ob er heute bei uns mit den Jungs einen Pokerabend veranstalten kann."

„Und?"

Emma verzog das Gesicht. „Tut mir leid."

Verblüfft hob Chloe die Augenbrauen. „Was? Was tut dir leid?"

„Ich habe gesagt, dass ich heute Abend lieber meine Ruhe hätte, weil meine Schwester vorbeikommt ... sie haben den Pokerabend jetzt wohl zu Dex verlegt."

Chloe stöhnte auf.

Na super. Eine Horde Baseballspieler, die rauchten und tranken und laut waren.

Chloe musste wirklich endlich ausziehen. Oder sehr spät nach Hause kommen.

# Kapitel 8

„Das ist gemein. Sam hat praktisch keine Gesichtsregungen. Wären wir in Hollywood, hätte ich gemutmaßt, dass er heute eine Botox-Behandlung hatte."

„Hör auf zu heulen, Jake und spiel. Nur weil du die Gesichtskontrolle eines Säuglings hast, musst du nicht neidisch auf andere sein, die das Spiel beherrschen", murmelte Luke.

Der junge Baseman warf seine Karten hin. „Ich bin raus. Und weißt du, was dein liebevoller Spitzname bei den Frauen der Delphies ist, Sam? Der Eisblock."

Sam nickte abwesend und sah auf seine Karten.

„Gefällt mir. Ist sehr aussagekräftig. Besser als Schlampe, so wie sie dich nennen."

„Kinder", grinste Dex, „wir haben uns doch alle lieb."

Jake antwortete irgendwas, doch Sam hörte nicht zu. Warum hatte er es ihr erzählt? Warum hatte er nicht einfach den Mund gehalten?

Aber letztendlich war es so, wie er gesagt hatte. Er machte kein Geheimnis daraus. Wenn man etwas versteckte, maß man ihm mehr Bedeutung bei als es verdiente.

Trotzdem hatte er es nicht ertragen können. Das Mitgefühl in ihren Augen. Er brauchte kein Mitgefühl. Er wollte nicht durch die Emotionen in Chloes Augen daran erinnert werden, was er doch schon seit Ewigkeiten zurückgelassen hatte.

*Wie kannst du so kalt sein, Sam?*

Sam rutschte auf seinem Sitz herum.

Es störte ihn nicht, wenn Leute ihn als kalt erachteten.

Aber als Chloe diese Worte gesagt hatte, als ihre Lippen sich verzogen, die Mundwinkel sich nach unten gezogen hatten, hatte er es bis in die hinterste Ecke seines Herzens gespürt.

Ein scharfes, kleines Ziehen, das ihn wünschen ließ, sie hätte diesen Gedanken nie geformt. Ihn wünschen ließ, er wäre ... jemand anderes.

„Also, Tyler ist heute beschäftigt, aber wo sind eigentlich Wes und Ray?", meldete sich Ryan zu Wort, der mit dem Big Blind mitging. „Ich dachte, die wollten auch kommen."

„Die stehen beide unter der Fuchtel ihrer Frau", murmelte Luke, der seine Karten in die Mitte des Tisches zu denen von Jake warf.

Dexter lachte laut auf. „Das musst du gerade sagen."

„Pack dir selbst an die Nase. Deine Freundin sitzt neben dir."

„Halt die Fresse, Luke."

„Sag mal, redet ihr immer so miteinander?", wollte Kaylie wissen, die ihre Männergruppe heute ergänzte. Sam war nicht ganz klar warum, aber Dex hatte einen Laut von sich gegeben, der einen vor jeglichen Nachfragen warnte.

Dexter wandte sich zu ihr um. „Nein. Wir reißen uns extra für dich zusammen. Weil du doch so zart besaitet bist."

Sie verdrehte die Augen, schob zwei Chips in die Mitte des Tisches und nahm einen Schluck von ihrem Bier. „Ich bin dabei und setzte einen feuchten Händedruck obendrauf, für jeden, der gegen Dex gewinnt."

Dex fing leise an zu lachen und flüsterte ihr etwas ins Ohr, was sie zu einem Kichern verleitete.

„Sag mal, Ryan", fragte sie, als sie fertig damit war, an Sams Nerven zu zerren, „hat Chloe dich eigentlich schon angerufen?"

Sams Kopf schnellte hoch. Bitte was?

Der Catcher nickte, während er den Flop, die ersten drei Karten vom Stapel, aufdeckte. „Ja, hat sie. Wir treffen uns diese Woche."

*Bitte, was?*

Dexter gab einen unbestimmten Laut von sich, hinter dem Sam sich gerne eingereiht hätte.

Ryans Grinsen wurde breiter. „Dexter, warum so nervös?"

„Ich schwöre dir, Hale ..."

„Alter, du musst dir langsam wirklich mal was Neues einfallen lassen", seufzte Jake. „Deine ‚Lasst-die-Finger-von-meiner-Schwester'-Nummer wird allmählich alt. Versteh mich nicht falsch, ich steh' auf deine Klassiker, aber manchmal muss man einfach einen neuen Hit landen."

Sams Mundwinkel zuckte und er beruhigte sich wieder. Nicht, dass er das Recht hatte, beunruhigt zu sein, aber ganz abgesehen davon ... Ryan würde sie nicht anfassen. Niemand war so blöd, mit Dex' Schwester zu schlafen, wo der doch ausdrücklich gesagt hatte, dass er jeden umbringen würde, der das tat. Na ja, niemand außer ihm selbst. Er behielt es sich vor, ein dreifacher Volltrottel zu sein.

„Ich gebe ihr nur eine Kochstunde, O'Connor", sagte Ryan fröhlich. „Ich finde es süß, dass sie es lernen will. *So richtig süß.*"

Verdammt. Auf einmal traute Sam Ryan auch zu, ein absoluter Volltrottel zu sein und Dexters Warnung in den Wind zu schießen. Sam würde es sicher nicht laut sagen: Aber scheiße nochmal, es lohnte sich!

Chloe war ...

Kein Thema, über das er allzu lange nachdenken sollte.

Was war nur los mit ihm? Er hatte es das letzte Jahr über doch auch hervorragend geschafft, sie aus seinen Gedanken zu schieben.

Okay, er hatte im letzten Jahr auch einfach absolut keine Zeit mit ihr verbracht.

„Ryan, fordere mich nicht unnötig heraus", knurrte Dex.

„Ich bin ja der Meinung, dass eine Herausforderung nie unnötig ist, aber in Ordnung", grinste Ryan und erhöhte um drei Spielchips. „Ich werde sie einfach zu mir einladen und ..."

„Ihr kocht hier!", unterbrach ihn Dex sofort und zum ersten Mal in seinem Leben war Sam erleichtert darüber, dass er so sensibel war, was Chloe anging.

Kaylie legte Dex eine Hand auf die Schulter und murmelte etwas. Dieser entspannte sich sichtlich, verzog einmal kurz das Gesicht und nickte dann.

„Spielen wir einfach weiter", sagte er und klang fast nicht mehr gepresst dabei.

Sam war mit dem Vorschlag einverstanden. Er brauchte Ablenkung. Er wollte sich nicht fragen, wo Chloe gerade wohl steckte.

„Ich geh' mit", sagte er und schob seine Spielchips zu denen von Ryan.

Er mochte Poker und wenn es ihm erlaubt war, heute mal nicht ganz so bescheiden zu sein: Er war auch verdammt gut darin.


„Boah, bin ich froh, dass wir nicht um echtes Geld gespielt haben", stellte Jake drei Stunden später fest. „Ich schwör', irgendwann habe ich die Zahlen auf den Karten einfach nicht mehr erkannt."

Was daran gelegen haben könnte, dass er betrunken war.

„Alter", stöhnte Luke und legte seinen Kopf auf die Tischplatte, „so voll wie ich bin, kann ich nicht nach Hause gehen. Emma ist gemein zu mir, wenn ich zu viel trinke."

Luke war ein schlechter Verlierer und je schlechter er abschnitt, desto mehr hatte er trinken müssen.

Kaylie, die unerwartet ehrgeizig gewesen war und Sam fast den Sieg gekostet hatte, starrte aus dem Fenster. „Niemand von euch sollte nach Hause gehen", meinte sie und tätschelte Lukes Hinterkopf. „Es ist völlig zugeschneit. Aber ich kann Emma gerne ein Video machen."

Was?

Sams Kopf fuhr herum.

Shit. Die Dachterrasse war komplett weiß und die Straßen würden nicht anders aussehen. Er konnte nur hoffen, dass sich das Wetter bis Ende der Woche legte. Er hatte sich Freitag extra den halben Tag frei genommen, damit er nach New York hochfahren konnte.

„Schlaft doch einfach hier", schlug Kaylie vor. „Oder Dex? Du hast doch genug Platz."

„Ein Sleepover", sagte Jake trocken. „Wie nett. Ich wünschte, ich hätte heute Morgen meine schönen Boxershorts angezogen."

Oh Mann. Sam wollte wirklich nicht hier schlafen. Er hasste alles, was ihn aus seiner Routine riss. Er sah noch einmal aus dem Fenster und seufzte. Die Straßen würden rutschig, wenn nicht sogar teilweise gesperrt sein. Philadelphia kam mit Schnee nicht sonderlich gut zurecht. Es war nach elf und der Schnee würde erst in den Morgenstunden geräumt werden.

Es lohnte sich nicht, seinen Kragen zu riskieren, nur weil er seiner Routine nachhängen wollte.

„Ich schlaf' auf der Couch", sagte er und stieß seinen Stuhl zurück.

„Warum meldest du dich freiwillig für die Couch?", wollte Ryan stirnrunzelnd wissen.

Sam grinste. „Weil es nur zwei freie Betten gibt, wir aber zu viert sind und ich mit keinem von euch Clowns zusammen in einem schlafen will."

„Ich kann mich ja in Chloes Bett legen", schlug Ryan vor.

„Und damit hat es sich entschieden", sagte Dex. „Ryan schläft mit Jake zusammen, Luke, du kriegst dein eigenes Zimmer."

„Ey!", beschwerte sich Jake sofort. „Warum krieg' ich nicht mein eigenes Bett?"

„Weil du und Ryan noch Singles seid. Für Luke wäre es unschicklich, sich mit einem anderen Körper warmzuhalten", sagte Kaylie, eine Hand unschuldig auf ihre Brust gelegt.

Jake sah sie düster an und Kaylie wuschelte ihm lachend durch die Haare. „Sei froh, dass Sam die Couch nimmt. Die ist wirklich nicht bequem."

Sam verstand die Beziehung zwischen Jake und Kaylie nicht. Sie war eine Mischung aus Schwester, Mutter und guter Freundin für ihn. Er konnte sich nicht daran erinnern, dass er je eine ähnliche Beziehung mit einer Frau gehabt hatte. Oder überhaupt eine Beziehung zu einer Frau, mit der er nicht schlief – seine Mutter mal außen vor gelassen. Frauen wollten immer reden. Das war es wohl größtenteils, was ihn davon abhielt, eine engere, nicht ausschließlich körperliche Bindung einzugehen.

Warum weibliche Wesen immer alles mit ihrer Umwelt teilen mussten, würde er in diesem Leben wohl nicht mehr herausfinden oder gar verstehen.

„Schön, dann schlaft halt alle hier", brummte Dex übermäßig begeistert, bevor er sein Handy aus der Tasche zog und in den Flur ging. Sam wettete darauf, dass er Chloe anrief.

Sie fingen an, die Spielchips zusammenzuräumen und die Bierflaschen in den Kasten zurückzustellen und als Dex zurückkam, hatte er eine verdrießliche Miene aufgesetzt.

Er hatte eindeutig mit Chloe gesprochen.

„Hast du Chloe gesagt, dass sie heute nicht mehr fahren soll?", wollte Kaylie wissen.

„Sie sagt, das würde schon klappen ... Bunny sei ein Schneehase."

Dexter zog eine Grimasse und Sam versteckte sein Lächeln hinter einem Glas Wasser, das er sich gerade eingefüllt hatte.

Bunny war ein Schneehase.

„Sie will wirklich heute noch mit dem Auto auf die Straße?", fragte Kaylie besorgt.

Dexter seufzte schwer. „Nein, sie hat mich nur auf den Arm genommen. Sie ist in der Bar an der Ecke und kommt gleich zu Fuß."

Sie war an der Bar an der Ecke? Allein? Das gefiel Sam nicht. Er kannte die Bar an der Ecke nicht, aber sie hörte sich schmierig und gefährlich an. Und obwohl Chloe nicht hilflos war, so war sie doch eine Frau und ... heiß. Und heiße Frauen brachten Männer auf dumme Ideen.

„Soll ich ihr einen Zettel schreiben, dass sie zu mir ins Bett krabbeln kann, falls ihr kalt wird?", wollte Ryan gespielt ernst wissen.

„Noch ein Wort, Hale, und ich ersticke dich heute Nacht im Schlaf", sagte Dex, überhaupt nicht gespielt ernst.

Ja, Sam war sehr froh, dass Dexter keine Ahnung hatte.

***

Chloe war erschöpft.

Sie hatte an einem Tisch gesessen und gelernt. Das war für sie auch eine völlig neue Art der Nutzung einer Bar. Aber sie hatte nicht nach Hause gewollt. Zu viele Baseballer, zu viele Sams.

Sam besaß die einzigartige Fähigkeit, mit nur einem unbeteiligten Blick unter ihre Haut zu kriechen, sich dort festzusetzen und ihre Gedanken zu beherrschen.

Sie war einfach so überrascht gewesen.

Normalerweise war sie es, die Sam ihr Herz ausschüttete, intime Dinge erzählte, sich von ihm trösten ließ und dann in seinem Bett landete. Das war ihr Ding! Fast eine Tradition. Aber Sam hatte ihr noch nie etwas aus seiner Vergangenheit erzählt. Er sprach kaum über persönliche Dinge und schon gar nicht über seine Kindheit.

Nach dem Trip zum Delphies-Stadion waren sie und Emma zur Frau vom Catering gefahren. Cara, eine kleine kurvenreiche Rothaarige, hatte es geschafft, mit ihren Erzählungen über das köstliche Essen, was sie reichen wollte, Chloe von Sam abzulenken und sie sehr hungrig zu machen. Doch sobald sie in der Bar angekommen war, waren ihre Gedanken auf ein Neues abgeschweift und ihr war es schwergefallen, sich auf ihre Aufzeichnungen zu konzentrieren.

Sie hatte noch so viele Fragen zu Sams Vergangenheit. Sie wollte wissen, ob ihn das alles wirklich nicht kümmerte.

Sie schüttelte sich den Schnee vom Mantel und fuhr mit dem Aufzug in den obersten Stock.

Es war nach eins, als sie die Tür zu Dexters Penthouse aufschloss. Es war spät, morgen wurde sie um neun bei Emma erwartet – aber sie konnte noch nicht schlafen gehen. Immer, wenn sie derartig müde und erschöpft war – was leider sehr häufig vorkam – war ihr Geist zu schwach, um Albträume abzuwehren.

Sie zog Mantel und Schuhe aus, lief in die offene Küche und ließ ihre volle Handtasche auf den Boden sinken. Mehrere Minuten lang stand sie einfach nur da. Im Dunkeln. Sollte das Bett nicht eigentlich ein sicherer Ort sein?

Sie seufzte, knipste das kleine Licht an der Abzugshaube an und stellte einen Topf auf den Herd, bevor sie Milch hineingoss.

Milch mit Honig half gegen fast alles. Das hatte ihre Mutter zumindest immer gesagt.

Sie lehnte sich mit dem Rücken gegen den Kühlschrank und schloss die Augen. Es gab Tage, da vermisste sie ihre Eltern wie einen Arm. Und dann auch Tage, an denen sie kaum noch an sie dachte.

Sie rieb sich mit der Hand über die Stirn und seufzte noch einmal. Von außen betrachtet, war heute ein guter Tag gewesen. Der neue Job machte Spaß, sie hatte gelernt und hatte das Gefühl, einen Schritt in die richtige Richtung gemacht zu haben.

Warum fühlte sie sich dann trotzdem so, als würde ihr etwas fehlen?

Sie schloss die Augen, atmete ein und aus, ein und aus ... es zischte laut auf und der Geruch von etwas Verbranntem kroch ihr in die Nase.

Die Milch war übergekocht.

„Scheiße!“, fluchte sie, schubste hastig den Topf von der Herdplatte und stellte sie aus.

„Du kannst wirklich nicht kochen, oder?“

Sie zuckte so heftig zusammen, dass ihre Hüfte schmerzhaft gegen die Küchenfläche stieß. Ein spitzer Schrei kam über ihre Lippen, der nur durch die Hand, die sie sich auf den Mund schlug, gedämpft wurde.

Eine Gestalt hatte sich vom Sofa erhoben und kam nun auf sie zu.

„Sam?“, stieß sie ungläubig aus.

„Ja, hast du das Monster von Loch Ness erwartet?“

„Herrgott, willst du mich umbringen?“

Er kratzte sich den Nacken und trat nun vollkommen in den Lichtschein.

„Nein. Heute hatte ich merkwürdigerweise noch nicht das Verlangen danach.“

„Was machst du hier?"

*Und warum hast du kein T-Shirt an?*

Eigentlich erschien ihr die zweite Frage wichtiger.

Er trug nichts weiter als eine Jogginghose. Und die hing wirklich sehr tief auf seinen Hüften. Er würde sich noch eine Nierenentzündung holen! Er sollte sich dringend etwas anziehen. Sie sorgte sich um ihn.

„Kaylie hat uns dazu verdonnert, hier zu schlafen, weil wir eingeschneit waren", erklärte er und sein rechter Mundwinkel hob sich minimal, so als wisse er genau, wohin ihre Gedanken gerade gewandert waren.

„Oh. Okay", sagte sie etwas dümmlich und wandte sich ruckartig von ihm ab. „Dann tu das doch, schlafen. Ich bin hier auch gleich fertig."

Sie holte eine Tasse aus dem Schrank und füllte die Milch, die nicht auf der Herdplatte gelandet war, hinein. Sie war nicht einmal zur Hälfte gefüllt, doch das registrierte sie nicht wirklich, denn Sam hatte sich nicht von der Stelle bewegt. Er lehnte am Tresen, der in den Raum hineinragte, beobachtete sie und hatte die Arme vor dem Körper verschränkt.

„Hast du Angst davor, schlafen zu gehen, Chloe?"

„Willst du dir nicht irgendetwas anziehen, Sam?"

„Du lenkst ab."

Nein, sie *war* abgelenkt. Das war ein Unterschied. Da waren sechs Gründe, warum sie sich nicht konzentrieren konnte und die waren alle auf seinem Bauch.

Sam nahm ihr die halb leere Tasse aus den Fingern, schüttete Milch nach und stellte sie in die Mikrowelle.

Warum war sie da nicht drauf gekommen? Die Mikrowelle war viel sicherer für sie.

„Hast du Angst davor, schlafen zu gehen, Chloe?", wiederholte er seine Frage, diesmal leiser.

Sie hob ihren Blick und ließ ihre Schultern nach hinten sinken. Es war so unfair. Er las sie wie ein Bilderbuch.

„Ja, Sam. Ich genieße es nicht gerade, meine Eltern jede Nacht wieder sterben zu sehen. Also, ja. Ich habe Angst davor, schlafen zu gehen, zufrieden?"

Er schüttelte den Kopf „Du solltest Dex davon erzählen. Dass du jede Nacht so lange aus bist, weil du Angst vorm Schlafengehen hast. Er würde sich weniger Sorgen machen und er könnte ..."

„Dex tut schon mehr als genug für mich", sagte sie und presste die Lippen aufeinander.

Sie kam sich so kindisch vor. Wer hatte Angst vorm Schlafengehen?

„Und du wirst es ihm auch nicht erzählen. Er hält mich doch sowieso schon für schwach."

„Du bist nicht schwach, Chloe."

Die Mikrowelle gab einen hellen Ton von sich und Chloe holte die Tasse hervor. Als sie fertig damit war, Honig unterzurühren, war Sams Blick nicht mehr auf ihr Gesicht gerichtet. Stattdessen blickte er auf den Boden.

Es dauerte eine Weile, bis Chloe begriff, dass er ihre Handtasche studierte, aus der einige Bücher hervorlugten.

Hastig stellte sie die Tasse wieder ab und zog den Reißverschluss zu. Es war natürlich schon längst zu spät.

„Besuchst du College-Kurse?", fragte Sam mit gerunzelter Stirn.

„Nein", sagte sie mit gerecktem Kinn. „Ich lese nur gerne."

Sam verengte seine grauen Augen. „Warum lügst du wegen so etwas Banalem wie College-Kursen?"

„Wieso gehst du nicht einfach mal davon aus, dass ich die Wahrheit sage?"

„Weil du lügst."

Er musste sich auch immer an Kleinigkeiten aufhängen.

„Sam, nimm es mir nicht übel, aber dich geht es nichts an, ob ich College-Kurse belege. Außerdem bist du Dexters bester Freund und woher weiß ich, dass er dich nicht als eiskalten Spion einsetzt, um mein Leben zu infiltrieren?"

„Ist eines deiner Fächer auf dem College *Verschwörungstheorie?*"

„Von welchem College sprichst du? Ich gehe zu keinem College."

„Dinge kompliziert zu machen, lernt man also auch auf dem College. Obwohl nein, das konntest du schon immer besonders gut."

„Ich mag es, wie du mich immer auf meine herausragenden Fähigkeiten hinweist. Du solltest mir meinen Lebenslauf schreiben."

„Chloe. Wenn du von etwas nicht willst, dass ich es Dexter erzähle, dann erzähle ich es auch nicht", meinte Sam, ohne mit der Wimper zu zucken.

Sie schob ihre Unterlippe vor. „Warum sollte ich dir das glauben?"

„Weil du mir vertrauen kannst."

Sie sah ihn an und nickte schließlich. „Versprochen?"

„Versprochen."

„Gut. Ich belege College-Kurse. Gute Nacht, Sam."

Sie schulterte ihre Tasche, nahm die Milch mit Honig und wollte an ihm vorbei. Doch er brauchte sie nur sanft am Ellenbogen zu berühren, um sie dazu zu bringen, noch einmal stehenzubleiben. „Chloe. Wenn du jetzt in dein Zimmer gehst, was tust du dann?"

*Wach bleiben, bis es nicht mehr anders geht.*

„Schlafen."

„Lügst du alle an oder bin ich da was Besonderes?"

„Sagen wir, du bist was Besonderes. Vielleicht fühlst du dich dann besser."

Und wieder ging Sam nicht darauf ein. Wieder sah er sie einfach nur an, bis er murmelte: „Soll ich noch einen Moment mit dir wach bleiben?"

Ihre Augen brannten und sie zog ihren Arm aus seiner Berührung. Sie hasste es, dass Sam ein so guter Kerl war. Dass er nicht kalt war, wie alle sagten. So wie sie ihn beschuldigt hatte zu sein. So wie er selbst es behauptete. Denn das machte es ihr unglaublich schwer, sich ihm nicht zu öffnen. Jedes verdammte Mal!

Sie sollte Nein sagen. Sollte in ihr Zimmer gehen. Aber sie konnte nicht. Nicht, wenn sie sich in der Dunkelheit so verloren fühlte. Wenn sie sich in der Nacht wieder schwach fühlte, obwohl sie es so sehr hasste, sich schwach zu fühlen!

„Das wäre nett", flüsterte sie, ließ ihre Tasche wieder sinken und ging mit gesenktem Blick an ihm vorbei zum Sofa, das mit einem Laken bezogen war. Sie setzte sich in eine Ecke und zog die Decke über ihre Beine.

Sam ließ sich neben ihr nieder und sie war froh, dass es so dunkel war. Die Fenster spiegelten nicht und von hier aus konnte man die Lichter der Stadt glitzern sehen. Chloe mochte es, durch Glas zu schauen. Denn man konnte alles erkennen und blieb dennoch ... unberührt. Das Leben spielte sich direkt vor einem ab, aber man musste nicht daran teilhaben. Konnte es nur beobachten. War sicher.

„Was würdest du gerne werden?", fragte Sam leise.

„Was?"

„Wenn du das College beendet hast. Was würdest du gerne mit deinem Leben anfangen?"

Sie drehte die Tasse mit der warmen Flüssigkeit in ihren Händen. „Versprichst du, nicht zu lachen?"

„Natürlich."

Sie holte tief Luft. „Ich will Lehrerin werden."

Stille.

„Ja, ich weiß. Es ist albern oder? Die verantwortungslose Chloe will Lehrerin werden. So wie ihre Eltern. Chloe, die Angst haben muss, ihren eigenen Kopf zu vergessen, möchte Kinder und Jugendliche auf das echte Leben vorbereiten!"

Sie konnte Sams Blick auf sich spüren, traute sich aber nicht aufzusehen. Sie wollte es vor sich selbst nicht zugeben, aber ihr war es wichtig, was er über sie dachte. All die Jahre war es ihr immer wichtig gewesen.

„Ich finde das überhaupt nicht albern. Du wärst eine wunderbare Lehrerin."

Sie verengte die Augen und sah ihn jetzt doch an.

„Meinst du das ernst?"

Er nickte. „Klar. Du kommandierst gerne herum, hältst sowieso schon dauernd Vorträge und erteilst Lektionen, wo du nur kannst."

Sie lachte und ihr wurde warm. Wahrscheinlich von der Milch mit Honig.

„Ja, oder? Ich bin sehr talentiert darin, Leute herumzukommandieren."

Auch Sam lächelte und diesmal mit dem ganzen Gesicht. Und wenn Sam Parker das tat, dann vergaß Chloe alles.

„Welches Fach?"

„Englisch."

Er nickte so, als würde ihn das nicht überraschen.

„Ja, du hast schon damals immer diese langweiligen Klassiker gelesen."

„Sie sind nicht langweilig! Was langweilig ist, ist Poker!"

„Hast du Fieber? Du gibst die absurdesten Dinge von dir."

Ihr Mund tat weh vom Lächeln.

„Beim Poker starren sich die Spieler nur an, wedeln mit Chips und ... sind langweilig!"

„Während sie intensiv darüber nachdenken, wie sie alle anderen am effektivsten das Geld aus der Tasche ziehen und hinters Licht führen können."

„Das hört sich für mich sehr unehrenhaft an."

„Es *ist* unehrenhaft. Eine der besten Eigenschaften des Spiels."

Sie schüttelte gespielt enttäuscht den Kopf. „Und ich dachte, du wärst ein Mann von Moral und Anstand. Dabei gelüstet es dich nur danach, halunkenhaft deine Freunde über den Tisch zu ziehen."

Sam lachte leise. „Bei den Unsummen an unverdientem Geld, die die Baseballer scheffeln, bin ich gerne Halunke. Außerdem haben wir um Weingummi gespielt. Das war Kaylies Idee. Du bist nicht zufällig an einer Zwei-Pfund-Packung Zucker mit Gelatine interessiert?"

Sie musste lachen und trank die letzten Schlucke der Milch, bevor sie die Tasse auf den Tisch neben der Couch stellte.

„Nein, entschuldige. Wie du vorhin bemerkt hast, bin ich Fan von Klassikern, also ein durch und durch schokoladiges Mädchen. Wo wir wieder bei den Klassikern sind: Sie sind nicht langweilig, sondern politisch und historisch wertvoll! Jane Austen hat mit ihren Büchern für die Emanzipation der Frau gekämpft und ..." Sie verstummte, denn Sam machte nicht den Anschein, als würde er ihr zuhören. Er starrte sie an, aber ... nein ... er starrte ihre Lippen an.

Hitze kroch ihren Hals hinauf.

„Ist irgendetwas?", wollte sie wissen.

Sam nickte langsam und in der Dunkelheit wirkten seine grauen Augen fast schwarz.

„Du ... hast Milch an der Oberlippe."

„Oh." Sie ließ ihre Zunge über die Lippe fahren. „Weg?"

„Nein", murmelte er, beugte sich nach vorne und bevor Chloe blinzeln konnte, strich sein Mund über ihren, um dann sacht an ihrer Oberlippe zu saugen.

„Besser", stellte Sam fest.

Chloe konnte sich nicht bewegen. Ihre Lippe prickelte, als hätte Sam vierzig Volt hindurchgejagt. Sie konnte den Puls an seinem Hals schlagen sehen, konnte ihr eigenes Herz hören, das sich an die Geschwindigkeit anpasste.

Wärme breitete sich in ihrer Brust aus, erhitzte ihren Kopf, ihre Fingerspitzen.

Sie sagten nichts, sahen sich einfach nur an, bis Sam seine Hand hob und seine Finger über den Ausschnitt ihres T-Shirts fahren, ihren Hals hinaufwandern und schließlich in ihren Nacken gleiten ließ.

„Du wirst noch mal mein Untergang sein, Chloe O'Connor", flüsterte er, bevor er seinen Mund wieder auf ihren senkte.

Chloe hatte keine dummen Entscheidungen mehr treffen wollen. Aber diese war nicht ihre gewesen, sondern seine. Deswegen war es doch in Ordnung, oder?

Sam öffnete seinen Mund über ihrem, seine Zunge strich über ihre Lippen und Chloe vergaß vollkommen, woran sie gerade noch gedacht hatte. So wichtig wie das hier konnte es kaum gewesen sein.

Sie stöhnte leise auf, streckte ihre Hände nach seinen Schultern aus, ließ sie über die heiße, glatte Haut gleiten. Sie konnte fühlen, wie seine Muskeln sich unter ihrer Berührung anspannten, während er sie küsste als wäre er ein Verdurstender und sie der letzte Tropfen Wasser.

Sie richtete sich auf ihre Knie auf, schob eines über seinen Schoß, sodass die Innenseiten ihrer Oberschenkel seine äußeren berührten und saß nun praktisch auf ihm. Sie schob ihn mit der Hand gegen die Sofalehne, ließ ihre Finger seine Brust bis zu seinem harten Bauch hinunterwandern, küsste sein raues Kinn, hinter seinem Ohr, ließ ihren Mund seinen Hals hinabgleiten, biss sacht in die gespannte Haut auf seiner Schulter.

Plötzlich war sie dankbar, dass er nicht auf sie gehört hatte und immer noch halbnackt war.

„Gott, ich liebe es, wenn du das tust", murmelte er, seine Hände unter ihrem T-Shirt, ihren Brustkorb hinauffahrend, heiße Schlieren auf ihrer Haut hinterlassend.

Chloe wollte sich nicht einschränken. Sie liebte alles, was er mit ihr machte und sie hatte vergessen, verdrängt, dass sie jede seiner Berührungen bis in ihr Innerstes spüren konnte. So, als würde er seinen persönlichen Fingerabdruck auf ihrem Körper hinterlassen. Als würden seine Berührungen sich in ihre Haut brennen.

Chloe fuhr mit ihren Händen über seine Brust, durch die kleinen feinen Härchen darauf, und presste ihre Oberschenkel fester an seine. Wollte in ihn hineinkrabbeln. Sams Arme verschränkten sich hinter ihrem Rücken, drängten ihren Körper an seinen, während jeder seiner Küsse Körperteile, die im letzten Monat definitiv vernachlässigt worden waren, zum Klingeln brachten. Da war zu viel zwischen ihnen, zu viel Stoff, der aneinander rieb und Sam schien ihre Gedanken gelesen zu haben, denn seine Finger suchten nach dem Saum ihres T-Shirts, das sie sich nur allzu gerne über ihren Kopf ziehen ließ.

Seine Finger strichen ihren Rücken hinauf, griffen nach dem Verschluss ihres BHs ...

„Och Leute. Ihr wisst gar nicht, was ihr mir damit antut!"

Chloe zuckte zusammen, fiel augenblicklich seitlich von Sams Schoß und fischte mit der Hand nach ihrem T-Shirt. Sie hatte nicht mitbekommen, dass jemand die Treppe hinuntergekommen war und dachte, dass sie vielleicht erleichtert sein sollte, dass es Kaylie war, die am Treppenabsatz stand und sie fassungslos anstarrte.

Sie hätte nie wieder aus dem Haus gehen können, wenn es einer von den Delphies gewesen wäre.

Aber alle wären besser gewesen als Dex!

„Scheiße", hörte sie Sam seufzen, der sich geistesgegenwärtig die Decke über seinen Schoß gezogen hatte.

„Ja, scheiße!", zischte Kaylie, die eine Hand an die Stirn gelegt hatte. „Wie könnt ihr mir das antun? Ich hasse es, Dex Sachen zu verheimlichen. Er merkt es jedes Mal! Mann, Mann, Mann, ..." Sie verzog das Gesicht und ließ ihre Hand sinken.

„Also, ich habe ja geahnt, dass ihr ..." Sie holte Luft. „Keine Ahnung, was genau ich geahnt habe, aber ... während Dexter oben schläft, Leute!?"

Deswegen fühlte Chloe sich nicht im Geringsten schlecht. Dexter machte doch mit Kaylie auch, was er wollte, während sie im Zimmer nebenan schlief! Sie hatte eher ein schlechtes Gewissen gegenüber sich selbst. Weil sie es doch besser wusste als mit Sam Parker erneut ins Bett zu steigen. Oder auch aufs Sofa.

„Es ist nichts, Kaylie", sagte Sam ruhig.

Wie konnte er so gelassen sein? Und wie konnte er behaupten, dass es nichts war?

„Mhm, schon klar", schnaubte die Freundin ihres Bruders, die Arme vorm Körper verschränkt. „Okay, ich warte."

Chloe hielt sich ihr T-Shirt vor den Oberkörper gepresst und hob eine Augenbraue. „Auf was?"

„Darauf, dass du in dein Zimmer gehst, Chloe."

Sie musste lachen, doch Kaylie sah nicht aus als würde sie Witze machen.

„Du kannst mich hier doch nicht herumkommandieren, ich bin erwachsen", stellte sie fest. Doch selbst sie hörte die Unsicherheit in ihrer eigenen Stimme.

„Doch, kann ich! Denn bis jetzt habt ihr nur auf der Couch rumgemacht und davon werde ich Dex nichts erzählen. Aus Respekt vor dir und weil Sam zu jung ist, um zu sterben. Wenn ihr aber mehr auf dieser Couch tun solltet – auf der Couch, auf der ich mittlerweile echt oft sitze, die dein *Bruder* und dein *bester Freund*", sie betonte diese Wort übermäßig dramatisch, „gekauft hat – dann werde ich das Dexter erzählen müssen, denn ich liebe ihn und er hat es nicht verdient, dass er belogen wird. Auch wenn es mir schleierhaft ist, wie er nicht mitbekommen konnte, dass zwischen euch irgendetwas ist."

Sie holte tief Luft und presste die Lippen aufeinander. „Okay, Chloe. Du hast also die Wahl: Du gehst in dein Zimmer und ich werde so tun, als hätte ich das hier geträumt oder du bleibst hier bei Sam – der eine Freundin hat – und ich wecke Dex auf und sage es ihm."

Chloe blickte zu Sam, der sich gegen den Rücken des Sofas lehnte, eine Hand in erwachsener Manier über seine Augen gelegt.

Chloes Herz setzte ein Schlag aus.

Kaylie hatte recht.

Wie hatte sie das vergessen können?

Er hatte eine Freundin.

Und … was hatte sie eigentlich geglaubt, hier zu tun?

Sie zog sich hastig das T-Shirt über und stand auf. Dann lief sie zu Kaylie und umarmte sie fest.

„Danke", flüsterte sie. „Und tut mir leid. Ich … es ist seine Schuld. Ich kann bei ihm einfach nicht nachdenken."

Kaylie nickte und tätschelte kurz ihren Rücken. „Das Problem kenne ich irgendwo her. Und jetzt bin ich mit dem Problem zusammen. Vielleicht wäre das für euch ja auch eine Variante."

Chloe lächelte matt. „Gegensätze ziehen sich an. Aber sie bleiben nicht glücklich zusammen", stellte sie fest und verschwand ohne einen weiteren Blick auf Sam die Treppe hinauf.

Als sie am oberen Absatz stehenblieb, drang Kaylies Stimme ein letztes Mal zu ihr hoch. „Weißt du, Sam, ich werde wirklich nichts sagen. Aber du bist Dex' bester Freund. Er vertraut dir wie niemand anderem. Und nur weil ich die Klappe halte, heißt das nicht, dass du dasselbe tun solltest. Vor allem, wo ich denke, dass zwischen euch noch ein wenig mehr passiert ist als die Couch-Episode."

„Er würde es nicht verstehen." Das war Sam.

„Na, vielleicht solltest du es ihm dann einfach richtig gut erklären."

# Kapitel 9

„Alter, mach mal langsamer!"

Sam ignorierte Dex und lief noch ein wenig schneller. Seit ein paar Tagen hatte er verdammt viel überschüssige Energie, die er einfach nicht loswurde. Sein Körper sehnte sich nach einer anderen körperlichen Betätigung als einem Laufband und einer Stemmbank. Leider hatte er sich ja der Kontrolle verschrieben.

„Sam, du siehst aus, als würdest du gleich krepieren", meinte Ryan, der mehr oder weniger effizient auf dem Laufband neben ihm war. Eher weniger.

„Ihr habt Urlaub, das gilt nicht für mich", meinte er. Obwohl er sich auch ein wenig so fühlte, als würde er krepieren. Aber das lag nicht am Sport, sondern daran, dass er die letzten Nächte immer wieder denselben Traum gehabt hatte. Einen Traum, der schuld daran war, dass er Dex nicht mehr in die Augen sehen konnte. „Ich muss trainieren, damit ich gut aussehe, wenn ich im Frühling der Presse erkläre, warum ihr alle fett geworden seid."

„Seid ihr schon mal über die Off-Season hinweg fett geworden?", wollte Tyler wissen, der Sit-Ups hatte anfangen wollen, eigentlich aber nur auf dem Boden lag. „Bei den Astros haben sie dir den Bonus gestrichen, wenn du fett ins Trainingscamp zurückgekommen bist."

Ryan und er waren erst letzte Saison zu den Delphies gestoßen. Davor hatten sie bei den Houston Astros gespielt, die sie schließlich widerwillig verkauft hatten. Doch Clint Panther, der Noch-Team-Inhaber, hatte einfach zu viel Geld. Er pumpte zumindest eine Menge davon jede Saison in das Baseball-Team. Sam wusste das, denn er hatte die Zahlen gesehen.

„Ich war noch nie fett", meinte Dex und runzelte die Stirn.

„Doch, warst du. Im College, ein Jahr", sagte Sam. Er war immer gerne eine Hilfe dabei, dem Gedächtnis seiner Freunde auf die Sprünge zu helfen. „Bevor du angefangen hast zu kochen, hast du dich nur von Mist ernährt."

„Sam ist heute gemein", meinte Ryan grinsend. „Das gefällt mir."

„Nur weil man für eine kurze Zeit mein Sixpack nicht sehen konnte, heißt das nicht, dass ich fett war!", sagte Dex, der sich keineswegs angegriffen fühlte.

Das war eine Schande. Es hätte Sams schlechtem Gewissen sicher ein wenig geholfen, wenn Dexter wütend auf ihn gewesen wäre.

Gott, er fühlte sich wie Dreck. Er würde Dex sein Leben anvertrauen und er wusste, dass es anders herum genauso war. Er hätte ihm das mit Chloe bereits von Anfang an erzählen müssen. Aber jetzt – sechs Jahre später – schien Sam das auch etwas zu spät zu sein.

Er beschleunigte das Laufband um eine weitere Schnelligkeitsstufe.

„Mann, Mann, Mann. Wenn ich es nicht besser wüsste, würde ich sagen, du bist sexuell frustriert!", lachte Tyler.

Ja, Sam auch.

Meine Güte, das letzte Mal, als Sam einen feuchten Traum gehabt hatte, war er dreizehn gewesen! Und diese Träume hatten nie beinhaltet, dass sein bester Freund ihm den Kopf abriss. Man sollte meinen, dass das seinem ruhigen Schlaf einen Dämpfer versetzte, aber das war nicht der Fall. Sam erwischte sich schon dabei, wie er sich mittlerweile auf die Nacht und die Träume freute. Eine imaginäre Chloe, die Dinge mit ihm anstellte, die ihm den Schweiß auf die Stirn trieben war besser als keine Chloe.

Wie fertig war er denn bitte?

„Du musst ja wissen, wie sexuelle Frustration aussieht, Ty", grinste Ryan und stieg vom Laufband, um seinem Freund auf die Schulter zu klopfen.

„Sehr lustig, Ryan. Wenigstens hänge ich nicht meiner Ex nach."

Ryan hob eine Augenbraue. „Tust du nicht?"

„Halt die Fresse", war alles, was Tyler dazu zu sagen hatte, bevor er sich wieder an Sam wandte. „Aber Sam hat ja seine Ballerina, oder?"

„Nein. Habe ich nicht", sagte er schroff. „Wir haben uns getrennt."

„Was? Wann?", fragte Dex sofort und ließ seine Gewichte sinken.

Sam sah auf seine Armbanduhr. „Vor dreiundzwanzig Minuten."

„Aber ich dachte, sie wäre perfekt!"

Sie war perfekt. Sam war es, der ein paar Probleme hatte.

„Was ist denn passiert?" Dexter verstörte die Trennung offenbar mehr als ihn selbst oder gar Sadie.

„Es hat einfach nicht gepasst."

Sam war noch nicht bereit, sich dauerhaft zu binden. Er hatte geglaubt, er wäre soweit – aber das war ein Irrtum gewesen. Sonst hätte sicherlich kein Milchbart gereicht, um Sadie fremdzugehen. Manche mochten sagen, dass Küssen noch kein Fremdgehen war, aber Sam wusste, was er gedacht hatte und wohin es geführt hätte, wäre Kaylie nicht dazwischen gegangen. Und das, was er mit Chloe in seinem Kopf angestellt hatte ... ja, das war Fremdgehen.

Er war ein anständiger Kerl. Er hatte noch nie eine seiner Freundinnen betrogen und Sadie hatte etwas

Besseres verdient als einen Mann, dessen Gehirn bei einer anderen Frau einen Totalausfall hatte.

Nicht, dass er deswegen etwas unternehmen würde. Denn auch Kaylie hatte recht gehabt. Er konnte hinter Dex' Rücken nichts mit Chloe anfangen. Abgesehen davon, dass eine Beziehung, Affäre oder was auch immer mit ihr, zielsicher in einem Desaster enden würde. Noch viel weniger aber konnte er *vor* Dex etwas mit Chloe anfangen. Es sah also so aus, dass er sich aufs Träumen würde beschränken müssen und einfach nie wieder alleine mit ihr in einem Raum sein durfte. Die Frau war gemeingefährlich.

Er wusste einfach nicht, was über ihn gekommen war. Sie hatte gelächelt, die Grübchen hatten sich in ihre Wangen gegraben und dann war da die Milch über ihrer Oberlippe gewesen ... und schon hatte er sie geküsst. Er konnte es sich nicht erklären – und das würde er auch nicht. Denn je länger er über Chloe nachdachte, desto verwirrter wurde er. Sie hatte ihn bereits jetzt ins Chaos gestürzt und er würde nicht riskieren, dass das noch weiter ausartete. Er war schlauer als das.

„Du hast letztens noch gesagt, dass ihr sehr gut zusammenpasst", gab Dex zu bedenken, der das Thema offensichtlich nicht fallen lassen wollte.

„Habe ich?", keuchte er. Er war ein wenig außer Atem vom Laufen.

„Ja!"

„Dann habe ich mich eben geirrt."

„Wer hat sich getrennt? Sie oder du?"

„Du kennst die Antwort doch schon."

„Du also. Mensch, Sam. Du machst immer wegen irgendeinem Mist Schluss!"

Das war nicht wahr. Er hatte immer triftige Gründe. Seine letzte Ex-Freundin zum Beispiel hatte ihm eine Affäre mit seiner Sekretärin anhängen wollen, weil er immer so lange gearbeitet hatte.

Die davor hatte ihre Nägel pink lackiert. Wer tat so etwas? Sam brauchte eine Frau mit Stil!

„Weißt du, dein Telefon kann dich nachts nicht warmhalten", fuhr Dex mit seiner Tirade fort.

„Dein altes Ding vielleicht nicht. Mein Telefon kann sogar Wäsche falten." Zumindest hatte er jemanden eingespeichert, der es kostengünstig konnte.

„Hat sie dir eine Szene gemacht?"

Sam schnaubte. „Frauen machen mir keine Szene."

Die Trennung war sehr zivilisiert verlaufen. Er hatte gesagt, es wäre besser, wenn sie sich nicht mehr sähen. Sie hatte schlicht mit ‚okay' geantwortet. Ach, Sadie war wirklich eine unkomplizierte Frau. Eine Schande, dass er ein solcher Idiot war und seine Lippen nicht bei sich behalten konnte.

„Gibt es 'ne andere, Sam?", wollte Ryan grinsend wissen.

Sein Kopf schreckte hoch. „Was?"

„Das war einen Tick zu auffällig, Kumpel", lachte Tyler. „Wer ist sie?"

„Niemand. Es gibt keine andere."

Dex sah ihn mit verengten Augen an. „Du lügst. Immer wenn du lügst, beißt du deine Zähne aufeinander."

Das hatte man davon, so lange mit jemandem befreundet zu sein …

Sam drückte einige Knöpfe auf dem Laufband, bis es zum Stehen kam. „Was haltet ihr davon, wenn ihr euch einfach um euren eigenen Kram kümmert?"

„Wenn es ein Cheerleader ist, freut sich Jake 'nen Ast ab", lachte Ryan. „Er ist immer noch wütend, dass du ihm verboten hast, mit ihnen zu reden."

Sam stöhnte laut auf. „Es gibt niemand anderen."

„Er wird es uns schon erzählen, wenn er soweit ist", grinste Dexter wenig hilfreich. „Er ist einfach sehr schüchtern, was sein Privatleben angeht."

„Meine Mittagspause ist vorbei, es wird Zeit zu gehen." Sam hängte sich ein Handtuch über den Nacken. „Ach Ryan, komm kurz mit. Sie haben deine Werbefotos für nächste Saison entwickelt und ich dachte mir, ich gebe dir ein Meinungsrecht."

„Wie nett von dir."

„Das bin ich. Ein unglaublicher netter Mensch", knurrte Sam, „also beweg deinen Arsch."

Er brauchte eine Dusche. Eine sehr, sehr kalte Dusche, nachdem der Catcher sich die Fotos angesehen hatte, die in Form riesiger Plakate ans Stadion gehängt werden würden. Vielleicht sollte er dann auch noch für ein paar Momente in den Keller verschwinden. Er hatte da Mittel und Wege, sich abzureagieren.

„Alles klar, Sonnenschein. Man sieht sich, Jungs!", verabschiedete Ryan sich von den anderen und folgte Sam aus der Tür, zu den Treppen, die einen Stock höher führten.

„Dauert das lange? Ich wollte noch duschen, bevor ich zu meinem Koch-Date fahre."

„Deinem was?"

„Koch-Date", grinste Ryan. „Ich treffe mich gleich mit Chloe, um meine Weisheit mit ihr zu teilen. Ich bin gespannt, ob Dexter die ganze Zeit da sein wird, um auf uns aufzupassen oder ob er eine Kamera installiert hat."

*Koch-Date.*

Das Wort gefiel Sam nicht. Vor allem mit dem Date-Part hatte er ein Problem.

Gott, er musste sich wirklich zusammenreißen.

„Wer weiß", meinte er nur vage.

„Weißt du, vielleicht sollte ich mich der armen Chloe annehmen", sinnierte Ryan weiter, während sie den sterilen Gang entlang zu Sams Büro wanderten. „Wird von ihrem Bruder im hohen Turm gefangen gehalten, dazu verdammt, mit keinem heißen Baseballspieler etwas anfangen zu dürfen. Sie ist echt viel zu süß dafür, unangefasst zu bleiben. Das muss doch selbst Dex wissen, sie ...“

„Rede nicht so über sie.“

Ryan hob verblüfft die Augenbrauen. „Was?“

Sam öffnete die Tür zu seinem Büro, atmete durch und sagte: „Du hast mich schon verstanden.“

„Habe ich ... deswegen auch das *Was*?“

Er wollte sich wirklich nicht noch weiter reinreiten, aber ...

„Ihr redet über sie, als wäre sie ein Stück Fleisch, das ihr unter Dex‘ Nase wegziehen wollt, nur um ihn anzupissen. Das geht mir gegen den Strich. Sie hat etwas Besseres verdient. Sie hat verdammt viel durchgemacht und wenn es nach mir geht, hat Dex recht damit, sie von euch fernzuhalten. Sie hat es verdient, dass Männer hinter ihr her sind, weil sie scheiße nochmal intelligent und witzig ist und nicht, weil ihr damit einem Teamkollegen ans Bein pinkeln könnt.“

Ryan starrte ihn an. „Alter.“

„Was?“

„Ich hatte keine Ahnung.“

„Wovon faselst du, Ryan?“

Er hob vielsagend die Augenbrauen. „Du schaufelst dir dein eigenes Grab, das weißt du hoffentlich.“

Sam öffnete den Mund, wurde jedoch vom Klingeln seines Handys unterbrochen. Er zog es fahrig aus der Tasche seiner Jogginghose und blickte auf das Display.

Na super.

„Guck dir einfach die Fotos an“, sagte er düster und deutete auf den Schreibtisch, bevor er die Tür hinter Ryan schloss.

Er massierte sich seine Nasenwurzel, suchte nach seiner Kontrolle und fand sie tief vergraben in dem Verlangen, Ryan eine runterzuhauen – einfach nur, weil er so verdammt selbstgerecht ausgesehen hatte.

„Ja?“, meldete er sich mit nun ruhiger Stimme.

„Sammy, die Glühbirne ist ausgefallen.“

„Welche Glühbirne?“

„Die in der Küche. Ich kann überhaupt nichts sehen, wenn ich abends koche. Ich weiß nicht, was ich tun soll.“

„Mom. Kauf eine neue Glühbirne.“

„Aber ich weiß doch gar nicht welche!“

„Nimm die alte Glühbirne mit und frag einen der Angestellten nach derselben.“

„Welchen Angestellten?“

„Einen vom Baumarkt, Mom.“

Sams Geduldsfaden war heute außerordentlich kurz und er hatte wirklich keine Lust auf den hilflosen Akt seiner Mutter, den sie jedes Mal hinlegte, wenn sie wollte, dass er nach Hause kam, damit sie ihm Schuldgefühle einreden konnte.

Aber sie verstand es nicht. Sam hatte kein Zuhause mehr in New York. Wenn er ehrlich war, hatte er sich dort nie heimisch gefühlt. Zu viel Druck, zu viele Erwartungen, zu viele Dinge, die er nie hatte kontrollieren können.

Seine Mutter vertrat die Ansicht, dass er sich schämen sollte. Dass er Dinge wieder richtigstellen müsse. Sam sah das anders. Sam wusste, dass er die richtigen Entscheidungen getroffen hatte und er seiner sogenannten Familie nicht länger helfen konnte. Und er fühlte sich nicht schuldig deswegen. Wenn ihn das zu einem kalten Bastard machte, dann war das eben so.

„Sammy, ich kann das wirklich nicht“, sagte seine Mutter seufzend. „Ich bin viel zu klein, ich weiß nicht, wie ich an die Lampe rankommen soll. Außerdem hat mir nie jemand gezeigt, wo ich den Strom ausschalten kann. Vielleicht sollte ich besser einen Elektriker rufen.“

„Ein Elektriker ist nicht dafür zuständig, eine Glühbirne zu wechseln."

„Aber wer denn dann?"

Sam schloss die Augen und lehnte sich mit dem Rücken gegen die kalte Wand hinter sich.

Sollte man ihn als mit zu hohen Erwartungen beschimpfen, aber eine Frau sollte doch dazu in der Lage sein, eine Glühbirne zu wechseln! Das hatte nichts mit Emanzipation, sondern nur mit gesundem Menschenverstand zu tun.

„Ist in Ordnung, Mom. Ich fahre Freitag sowieso hoch nach New York, da kann ich bei dir vorbeikommen."

„Oh, gehst du Dominic besuchen?"

„Ja, genau ... ich gehe Dominic besuchen."

Auch wenn er sich sicher war, dass Dom ihn nicht würde sehen wollen.

***

„Hähnchen? Wir machen Hähnchen? Ich glaube, man sollte mir nicht direkt ein Tier anvertrauen. Können wir nicht mit Spaghetti anfangen?"

„Wir machen Putenbrust mit Zitronengras – Spaghetti kannst du in deiner Freizeit machen. Das ist unter meiner Würde. Und falls es dir hilft: Die Pute ist schon tot. Umbringen kannst du sie nicht mehr."

Chloe war sich da nicht so sicher. Sie konnte eine Menge Dinge in der Küche, die Leute für unmöglich hielten.

Seufzend schob sie den Einkaufswagen vor sich her, während Ryan sich in den Gängen umsah und ab und an einen Blick über die Schulter warf.

„Leidest du unter Verfolgungswahn?", fragte sie.

„Nein, aber uns läuft ein Typ mit Kamera hinterher, kommst du damit klar, wenn morgen ein Bild von uns in der Zeitung ist, unter dem steht, dass du meine neue Freundin bist?"

127

Sie zuckte die Schultern. „Kein Problem. Ich freue mich auf Dexters Herzinfarkt.“

Ryan lachte leise und blieb an der Fleischtheke stehen. Chloe kannte ihn nicht sonderlich gut und hatte erwartet, dass es zumindest am Anfang merkwürdig zwischen ihnen sein würde. Doch sie hätte sich nicht mehr irren können. Ryan war so locker, dass man nur neben ihm stehen musste und praktisch spürte, wie sich die Muskeln entspannten.

Er ließ die besagte Putenbrust in den Wagen sinken und schaute wieder auf seine Liste. „Kartoffeln und Rosmarin brauchen wir noch“, sagte er und schob Chloe am Ellenbogen in den nächsten Gang. Diesmal sah sie den Papparazzo auch, der eifrig Fotos knipste. War das nicht verboten, im Supermarkt? Sie sollte sich vielleicht mal schlau machen.

Kopfschüttelnd bückte sie sich nach den Kartoffeln. „Ich verstehe das nicht. Nichts für ungut, aber normalerweise sind Baseballer doch gar nicht so im Fokus der Journalisten. Zumindest nicht, was die Gossip-Zeile angeht. Das Ganze mit Luke und Jake kann ich ja verstehen – wer liest nicht gerne über eine männliche Hure – aber bei dir? Dex wird auch kaum abgelichtet.“

„Dein Bruder ist ja auch langweilig.“

Sie lachte. „Ja, das stimmt natürlich. Aber was ist es bei dir? Hast du ein ekliges Hobby, das die Papparazzi brennend interessiert?“

Ryan verzog das Gesicht und seufzte schließlich leise.

„Es gab da eine kleine Episode mit meiner Ex-Freundin. Und seitdem hoffen die Papparazzi jedes Mal, wenn ich mit einer Frau zusammen bin, dass wieder etwas passiert.“

Interessiert lehnte sich Chloe näher zu ihm hin. Sie würde gerne sagen, dass sie Klatsch nicht interessierte, aber so ein guter Mensch war sie einfach nicht.

„Definiere *Episode*.“

„Ich habe sie auf offener Straße angebrüllt und als Miststück beschimpft."

Chloe blieb stehen und starrte ihn an. Dann sagte sie: „Ich mag dich, Ryan."

Er lachte und schüttelte den Kopf. „Ich bereue es nicht, sie Miststück genannt zu haben, aber ich hätte es nicht auf offener Straße tun sollen."

Chloe klopfte ihm auf die Schulter. „Ich finde es total ungerecht, dass es nur Frauen erlaubt ist, eine Szene zu machen. Gleiches Recht für alle."

Er nickte und nahm ihr den Wagen ab. „Sehe ich genauso. Leider waren die Klatschzeitschriften alle auf ihrer Seite."

„Oh ... warum?"

„Weil ich ein großer, nicht zu vergessen schwarzer Mann bin und sie eine kleine, unschuldige Blondine, die für ihre schauspielerischen Fähigkeiten Millionen bezahlt bekommt."

„Mhm." Chloe zuckte die Schultern. „Ich bin mir sicher, sie hat es verdient."

„Hat sie."

„Darf ich dich fragen, *was* sie getan hat, um das Miststück zu verdienen?"

„Was hat sie nicht getan?", murmelte er und bog um die nächste Ecke.

# Kapitel 10

Sam hob die Arme, um sich von dem Beamten abtasten zu lassen. Er hatte geglaubt, dass es schlauer war, erst bei seiner Mutter vorbeizufahren, bevor er Dom einen Besuch abstattete.

Wie so oft in den letzten Tagen hatte er sich geirrt.

Seine Mutter hatte ihn gefragt, wann er denn vorhabe, zurück nach New York zu ziehen. Gefragt, ob er seine Aussage ändern würde. Gefragt, ob er ihren neuen Freund kennenlernen wollte.

Er hatte zu allem ,Nein' gesagt. Philadelphia war weiß Gott schon nah genug.

Erschöpft fuhr er sich mit der Hand über Nase und Mund, als der Uniformierte ihn durchwinkte. Er würde jetzt gerne überall sein, nur nicht hier. Aber er schuldete es seinem Bruder, wenigstens einmal bei ihm vorbeizusehen.

Ein Summer ertönte und er wurde durch eine schwere Eisentür gewunken, die in den Besucherraum führte. Er setzte sich an einen der Tische, strich seine Krawatte glatt und wartete darauf, dass die ihm gegenüberliegende Tür wieder geöffnet wurde.

Sam erkannte Dominic schon auf den ersten Blick. Er war ein wenig kleiner und schmaler als er selbst, aber sie hatten beide dieselben braunen Haare und grauen Augen. Es war das Einzige, was ihr Vater ihnen mitgegeben hatte.

Der Kiefer und Blick seines kleinen Bruders verhärtete sich, als er Sam erkannte – aber er hatte den Besuch angenommen. Das war unerwartet genug.

Er ließ sich gegenüber von ihm nieder, der Wärter ermahnte sie dazu, sich nicht anzufassen und ging dann zu einem Posten an der Wand, wo er einen guten Überblick über den Raum hatte.

Die Brüder blickten sich an. Sam konnte noch dieselbe Abscheu wie vor ein paar Monaten in Doms Blick erkennen, doch er fühlte nichts. Er sah den orangefarbenen Overall, den Dom trug – und er fühlte nichts.

Denn die Welt hatte recht. Er war kalt. Und er fuhr besser damit.

„Hey, Dominic. Wie geht's?", fragte er beiläufig.

Sein Bruder stieß einen dumpfen Lacher aus. „Wie glaubst du, dass es mir geht? Ich bin im Knast!"

Ja, das war Sam nicht entgangen.

„Kommst du gut klar hier?"

„Besser würde ich in Freiheit klarkommen", knurrte er.

Darauf sagte Sam nichts, denn Dominic lag falsch. Er war in Freiheit nicht besser klargekommen, was der Grund dafür war, dass er jetzt hier saß.

„Weswegen bist du hier, Sam? Willst du, dass ich dir verzeihe? Denn das werde ich nicht. Oder willst du das Ganze wieder geradebiegen?"

Sam holte tief Luft und der Sauerstoff, der seine Lungen füllte, schien schwerer als sonst.

„Ich habe nichts geradezubiegen. Und ich brauche deine Vergebung nicht."

Doms Augen verengten sich und seine Hände ballten sich auf dem Tisch zu Fäusten. Der Wärter sah auffällig zu ihnen hinüber.

„Du hast nichts geradezubiegen!?"

„Nein", sagte Sam kühl. „Ich habe das Richtige getan."

„Das Richtige?", zischte Dom. „Ich und Mom sind deine einzige Familie, Sammy, und uns zu hassen ist das Richtige?"

„Ich hasse euch nicht", stellte Sam gelassen fest. „Und letztendlich war es nicht meine Entscheidung, die dazu geführt hat, dass du in den Knast gewandert bist, sondern deine! Ich habe dir die Wahl gegeben, Dom, und du hast deine getroffen."

„Ja, was für eine Scheiß-Wahl war das? Mich selbst zu stellen oder mich von dir verpfeifen zu lassen?"

Sam konnte spüren, wie es auch in seinen Fingern juckte, sie zu Fäusten zu ballen. Doch er kämpfte dagegen an und gewann. So wie immer.

„Davon spreche ich nicht, auch wenn du es dir einfacher gemacht hättest, wenn du dich selbst ausgeliefert hättest. Aber ich rede von den anderen Wahlen, vor die ich dich die letzten Jahre immer wieder gestellt habe! Ich habe dir so viele Chancen gegeben, Dom, dass ich sie nicht mehr an meinen Fingern abzählen kann. Ich habe euch genug Geld geschickt. Ich habe dir Namen genannt. Du hättest dir einen vernünftigen Job suchen können. Scheiße, du hättest aufs College gehen können! Ich habe dir alle Möglichkeiten gegeben ..."

„Ja, du bist ein ganz feiner Kerl, Sam, nicht wahr?", sagte Dom höhnisch. „Bist abgehauen, um dein dekadentes Leben zu führen, mit deiner extravaganten College-Bildung und deinem Stipendium und deinen schicken Anzügen."

Er sah verächtlich auf Sams Krawatte. „Aber du hast ja Geld geschickt und dich gesorgt."

„Ja, das habe ich", sagte Sam leise, seine Stimme einem Flüstern gleich. „Du warst kein Kind mehr, Dom. Was hätte ich noch für dich tun sollen? Dich an die Hand nehmen und zum College schleppen? Oder vielleicht nimmst du es mir ja übel, dass ich Dad nicht ersetzt habe? Vielleicht hätten Prügel ja geholfen."

„Darum geht es doch gar nicht!", fluchte Dom. „Du bist weggelaufen und hast uns allein gelassen."

„Ja! Nachdem ich jahrelang versucht habe, euch ein besseres Leben zu bieten!"

„Dein Versuch war aber nicht genug!", knurrte Dom bitter.

Abrupte Wut stieg in Sam hoch. Heiße, schmerzhafte Wut, die seine Lungen brennen und seine Fingerknöchel knacken ließ – doch er presste sie gewaltsam hinweg. Ließ nicht zu, dass sie seinen Geist vernebelte. Er sank gegen die Lehne seines Stuhls und fuhr seine Stimme wieder auf den kühlen, sachlichen Ton hinab, der sein Leben so viel einfacher machte.

„Hast du vergessen, dass ich es war, der dich immer beschützt hat, Dom?", fragte er. „Ich habe jeden einzelnen Schlag eingesteckt – und jetzt machst du mir Vorwürfe dafür, dass ich raus wollte? Dass ich keine schönen Erinnerungen an New York habe? Vielleicht hätte ich dich einfach nie beschützen sollen. Vielleicht hätte ich Dad ja einfach auf dich losgehen lassen sollen."

„Ja, vielleicht hättest du das tun sollen! Möglicherweise hättest du dann nicht das Gefühl gehabt, uns aus deinem Leben streichen zu können. Nur, weil wir dir peinlich waren. Weil es dir peinlich ist, wo du herkommst."

Säure stieg in Sams Speiseröhre hoch und Emotionen, die er nicht kannte und nicht zulassen würde, setzten sich in seinem Magen fest wie ein Stein, der ein Loch dort hineinbohren wollte.

„Ich habe euch aus meinem Leben gestrichen, weil ich mich nicht runterziehen lassen wollte", knurrte er. „Und ich bereue es nicht. Ihr wolltet kein besseres Leben haben. Ihr habt es nicht einmal versucht! Ihr wolltet euch nicht helfen lassen und wart offenbar zufrieden mit dem beschissenen Leben, das ihr hattet! Du hättest dich genauso wie ich zusammenreißen können. Eine Ausbildung machen, irgendetwas ..."

„Ich hätte nichts! Ich habe auf Mom aufgepasst, während du nach LA abgehauen bist. Auf die andere Seite des verdammten Landes, weil du uns nicht mehr ertragen konntest."

„Ja. Damit liegst du vollkommen richtig. Gar nicht so dumm, wie ich dachte, Dom", sagte Sam kühl. „Ich bestreite es nicht einmal. Ich habe euch allein gelassen. Nachdem ich alle eure Schulden abbezahlt, eine neue Wohnung gesucht und euch versorgt habe."

„Du hast überhaupt nichts bezahlt! Das war dein reicher Freund!"

„Ich habe ihm alles zurückgezahlt. Und es ist egal, woher das Geld kam. Ihr hattet eine Chance auf einen Neuanfang! Beide. Und du hast es vermasselt, Dom. Versuch die Schuld nicht auf mir abzuladen. Du hast dich selbst reingeritten."

„Nein! *Du* hast mich reingeritten! Du hast mich an die Bullen verpfiffen. Es ist *deine* Schuld."

„Du wärst jetzt tot, wenn ich dich nicht verpfiffen hätte, das weißt du genauso gut wie ich."

„Einen Dreck wäre ich!"

„Nein. Dreck bist du bereits, Dom."

Sein Bruder erstarrte, sah ihn unbewegt an. Da war nur Hass. Blanker Hass in seinen Gesichtszügen.

Doch Sam fühlte nichts.

Seine Wut verebbte, so wie er es bereits kannte, und an das Gefühl von familiärer Zuneigung, das er mal für seinen Bruder empfunden hatte, konnte er sich schon nicht mehr erinnern.

„Du bist ein kaltherziges Arschloch, Sam", sagte Dom leise. „Ich hoffe du verreckst an deinem Geld."

„Wenigstens bin ich kein drogendealendes, kaltherziges Arschloch", sagte er ruhig, stand auf und verließ den Raum.

***

„Oh Gott, oh Gott, oh Gott ...“

„Vielleicht solltest du besser leiser sein, sonst wird mir noch vorgeworfen, dass ich hier einen Prostituiertenring führe ...“

„Oh Gott!“

Chloe hätte nicht aufhören können zu stöhnen, wenn sie gewollt hätte. Dafür schmeckte das Essen einfach zu gut.

„Freut mich, dass es gefällt“, lächelte Cara zufrieden. Die Rothaarige wollte Chloe den Teller wegziehen, doch blitzschnell streckte sie die Hand aus und hielt ihn fest.

„Ich habe ihn noch nicht abgeleckt!“

Emma, die neben ihr saß, schüttelte den Kopf. „Das ist so unfair. Ich kenne keinen, der so viel isst wie du und du bist so dünn wie ... keine Ahnung. Du bist so schlank, dass mir nicht einmal ein Vergleich einfällt! Und dann hast du auch noch Brüste. Wenn das nicht gemein ist, weiß ich auch nicht.“

„Amen, Schwester“, bestätigte Cara, die ebenfalls eher kurvig war. „Solche Mädchen wie dich werden eigentlich von allen gehasst.“

„Aber das tut ihr nicht, weil ich süß bin, oder?“, fragte Chloe und klimperte mit den Wimpern.

Emma lachte und wechselte einen Blick mit der Catering-Frau. „Wo sie recht hat ...“

„Es tut mir ja auch wirklich leid. Ich habe einfach Glück. Und ich gehe zum Kickboxen. Das kurbelt die Fettverbrennung an. Ihr solltet mal mitkommen. Das macht echt Spaß.“

„Ich sollte nichts machen, wo ich andere verletzen kann“, widersprach Emma seufzend und schob widerwillig den Apfel-Zimt-Strudel weg, den sie für die Weihnachtsfeier der Delphies probiert hatten.

Chloe starrte den Teller an, starrte Emma an – und zog ihn schließlich zu sich. „Wäre doch eine Schande, wenn er nicht entsorgt werden würde, oder?", fragte sie unschuldig und versenkte ihre Gabel in dem Nachtisch.

„Ich mag Leute, die viel essen", lächelte Cara. „Die sichern mir meinen Unterhalt."

„Germpf gepfehen!", mampfte Chloe mit vollem Mund. „Ipf lepfe, um zu diepfen."

„Diepfen?"

Sie schluckte herunter. „Dienen! Ich lebe, um zu dienen."

„Darf ich Dexter sagen, dass du das gesagt hast?"

Chloe grinste. „Wenn ich Luke sagen darf, dass du den Verlobungsring gefunden hast."

Emma schnappte schockiert nach Luft. „Das würdest du nicht."

„Ich bin mit Dex als Bruder aufgewachsen, was glaubst du, würde ich?"

„Man muss es ihr lassen", sagte Cara anerkennend und zog die weiße Schürze von ihrer Hüfte. „Sie kann verhandeln."

„Vielen Dank, Cara", sagte Chloe breit lächelnd. „Ich mag Frauen, die mich füttern und dann loben. Du könntest zu einem meiner Lieblingsmenschen werden."

Die Frau – vielleicht Ende zwanzig, Anfang dreißig, Chloe konnte das schlecht einschätzen – lachte, während sie ihr klingelndes Handy aus ihrer Jeanstasche zog. „Entschuldigt mich einen Moment. Das ist der Kindergarten meines Sohnes, ich geh' kurz dran."

Sie lächelte ihnen noch einmal zu und lief dann aus der Küche, die der zweite Raum ihrer bescheidenen Catering-Firma war.

Chloe lehnte sich genüsslich in ihrem Stuhl zurück und klopfte sich auf ihren Bauch. Sie war einfach glücklicher, wenn sie etwas gegessen hatte.

„Ich glaube, alle werden mit dem Essen zufrieden sein", sagte sie und Emma nickte bestätigend.

„Das glaube ich auch. Jetzt müssen wir das Ganze nur noch von Sam absegnen lassen und wir haben den Löwenanteil der Organisation geschafft. Die Feier ist ja auch schon in zwei Wochen. Könntest du das vielleicht übernehmen? Dann kann ich zurückfahren und die Live-Band bestätigen."

Chloes Wohlgefühl löste sich sofort in Wohlgefallen auf. „Was? Was soll ich übernehmen?"

„Zum Stadion zu fahren, um Sam das letzte Okay für die Speisekarte zu entlocken."

„Was? Alleine?" Das hatte sich jetzt panischer angehört als ihr lieb war.

„Hast du Angst vor Sam?", lachte Emma.

Chloe lachte auch – auch wenn sie das überhaupt nicht lustig fand, denn Emma lag goldrichtig.

Sam und sie hatten seit dem legendären Knutschabend nicht mehr miteinander geredet und Chloe war sich nicht sicher, ob sie jetzt wieder damit anfangen wollte. Okay, sie war sich sicher und sie wollte *nicht* damit anfangen!

„Also machst du es?"

Was hätte sie sagen sollen?


Der Weg von der Catering-Firma zum Stadion dauerte theoretisch eine Viertelstunde. Chloe schaffte es, ihn auf eine halbe auszudehnen.

Dann saß sie noch eine Weile im Auto und entschloss sich, Liv anzurufen und ihre neue Freundschaft zu festigen, indem sie sie fragte, ob sie nicht mit zum Kickboxen kommen wollte. Liv war begeistert und sagte zu.

Ärgerlich. Sie hatte gehofft, noch weitere zehn Minuten damit verplempern zu können, sie dazu zu überreden.

Schließlich stieg sie aus – sie hatte in den letzten paar Monaten wirklich viel zu viel Zeit auf diesem Parkplatz verbracht – und schlenderte auf den Betonblock neben dem Stadion zu.

Der Weg dauerte leider auch nur vier Minuten. Sie hatte auf die Uhr gesehen.

Die Frage war: Welche Schiene sollte sie fahren? Die „Es ist nichts passiert"-Schiene, die „Lass uns einfach nicht darüber reden, es hat nichts bedeutet"-Schiene oder die „Wir sollten genauestens analysieren, warum wir ständig übereinander herfallen"-Schiene?

Chloe wusste es nicht. Was sie wusste war, dass sie sich lieber auf besagte Schienen legen und überfahren lassen würde als jetzt in dieses Gebäude zu müssen!

Sie war ein Feigling und sie stand dazu, denn hey, Feiglinge überlebten und die Helden starben meistens. Sterben wollte sie nicht, die logische Schlussfolgerung war also, dass sie ein Feigling bleiben musste. Das war … Wissenschaft.

Fast genauso wissenschaftlich wie ihre Chaos-Theorie.

Sie hatte das Gefühl, dass es vielleicht gut war, dass sie wieder zum College ging.

Sie stieß die Tür auf und lief mit durchgestrecktem Rücken die Treppen hinauf in die Etage, in der Sam sein Büro hatte. Sie würde ja nicht lange bleiben müssen. Das war es, woran sie sich festhielt. Und am Geländer. An dem hielt sie sich auch fest. Stärker als nötig. Es war einfach unglaublich hübsch.

Sie ging weiter und konnte jetzt die Tür von Sams Büro sehen, aus der gerade eine genervt aussehende Frau trat.

Sie hatte Haut wie Karamell, große dunkle Augen und ihre Lippen konnten voll sein, es war jedoch nicht genau zu erkennen, da sie sie zu einem dünnen Strich zusammengepresst hatte.

„Musst du zu Sam?", fragte sie, als sie bemerkte, dass Chloe auf sie zukam.

„Ähm, ja."

Die Frau verengte die Augen, was zugegebenermaßen ziemlich eindrucksvoll war. Chloe schätzte sie auf etwa dreißig.

„Ich gebe dir einen Rat: Lass es. Er ist heute ein Arsch."

„Oh, inwiefern?"

„Ein Sam-Arsch eben!"

„Okay ... und du bist?"

„Sorry, ich bin Savannah." Sie streckte die Hand aus und fuhr sich mir der anderen über ihre dunklen, fast schwarzen Haare, die sie zu einem Pferdeschwanz gebunden hatte. „Ich habe das Glück und heute das Pech, seine Assistentin zu sein. Und ich sage dir: Geh nicht rein. Dabei kann nichts Gutes rumkommen."

Chloe beäugte die Tür. Als bräuchte sie noch einen Grund, wieder kehrtzumachen. „Was ist denn passiert?"

„Keine Ahnung. Wäre ja nicht so, als würde er mit irgendwem reden."

Ja, das war Sam wie er leibt und lebte.

„Okay, ich fürchte, ich muss da trotzdem rein."

Savannah schnaubte. „Viel Glück, ich werde dafür sorgen, dass auf deinem Grabstein steht: Savi hatte sie gewarnt."

Mit diesen Worten verschwand sie in dem Zimmer, das genau neben Sams lag.

Na klasse.

Stöhnend legte Chloe den Kopf in den Nacken, bevor sie den letzten Schritt auf die Tür zumachte und klopfte.

„Was ist denn jetzt schon wieder?", drang ihr Sams Stimme entgegen.

Ein guter Start.

Sie drückte die Klinke herunter und trat ein. Sam war gerade dabei, einen Papierstapel zu durchforsten, der auf seinem Schreibtisch lag und an seinem Gesicht hätte man nicht ablesen können, dass er wütend war. Chloe bemerkte es an seinen Bewegungen. An seinen Fingern, die fast das Papier zerrissen, dem Rücken, der vollkommen unter Spannung stand und den ruckartigen Bewegungen seines Kopfes.

„Hey Sam", sagte sie und sofort fuhr besagter Kopf in die Höhe.

„Was zum Teufel tust du hier?", knurrte er, die Augenbrauen zusammengezogen.

Sam wusste einfach, wie man eine Lady begrüßte.

„Ich soll mit dir das Menü für die Weihnachtsfeier absprechen", sagte sie gelassen, denn sie würde sich ganz sicher nicht von seiner Laune einschüchtern lassen.

Sie konnte ihn laut ausatmen hören.

„Geh nach Hause und komm Montag wieder, Chloe. Ich habe da gerade echt keinen Nerv zu."

Keinen Nerv für sie oder für das Menü? Warum konnte er nicht spezifischer werden?

„Nun, weißt du, Emma war sehr bestimmt darin, dass sie das noch heute klären wollte, also müsstest du ..."

„Es ist mir scheißegal, was Emma denkt, was ich müsste!", fuhr er sie an. „Ich habe auch meinen Job und ich hinke heute sowieso schon hinterher, weil ich mir den Morgen frei nehmen musste, also ... könntest du einfach wieder gehen!?"

„Wenn Emma jetzt hier wäre, hättest du dann Zeit?"

Er verengte die Augen. „Was genau wirfst du mir vor, Chloe?"

„Gar nichts, es war nur eine Frage. Und ich dachte, dass es vielleicht wieder komisch zwischen uns ..."

„Herrgott nochmal, es dreht sich nicht immer alles um dich, Chloe! Ich habe keine Lust mir dir zu reden, weil ich verdammt nochmal keine Zeit habe und das hat nichts mit dem Mist zu tun, der zwischen uns passiert ist! Also könntest du *bitte* einfach gehen?“

Chloe starrte ihn an, den Kopf schief gelegt, unbewegt. Sie sah in sein Gesicht. In seine grauen Augen, die nie Emotionen zeigen zu schienen, aber … da war etwas. Etwas lag in seinem Blick. Etwas, das ihr durch Mark und Bein fuhr. Sie konnte nicht sagen warum, aber … ihr Herz tat auf einmal weh.

„Okay, Sam“, sagte sie schließlich ruhig. „Was ist los?“

„Wovon redest du?“, fragte er entgeistert.

„Ich möchte wissen, was passiert ist. Du bist wütend und das kommt nicht oft vor. Zumindest nicht so offensichtlich.“

„Ich bin nicht wütend“, knurrte er.

Sie schnaubte. Er war wie ein Kind, das behauptete, die Schokolade nicht gegessen zu haben, dabei waren Hände und Mund voll davon.

„Doch. Du bist wütend. Irgendetwas ist passiert.“

„Chloe, kümmere dich um deinen eigenen Kram, okay? Du hast genug in deinem Leben, um das du dich sorgen kannst.“

Sie zuckte nicht mit der Wimper.

„Ich weiß. Nett von dir, mich darauf hinzuweisen. Und doch bin ich immer noch hier.“

Sam fuhr sich mit beiden Händen in die Haare und sah sie kopfschüttelnd an.

Es war ungewohnt, ihn so durch den Wind zu erleben, aber Chloe erwischte sich dabei, dass sie es mochte. Es war schön, ihn einfach nur als normalen Menschen zu erleben, der keine übernatürlichen Kontroll-Fähigkeiten über seinen Körpers hatte.

„Schön“, sagte er langgezogen. „Was wäre, wenn ich wütend wäre? Was würdest du dann tun?“

„Dann würde ich wissen wollen, warum das so ist. Meinetwegen kann es nicht sein, denn ich war heute mein liebenswürdiges, tolles Ich.“

Er schnaubte, doch sie hätte schwören können, dass sie seinen Mundwinkel zucken sah.

„Willst du mir jetzt erzählen, dass es einem guttut, über seine Probleme zu reden?"

„Nein. Es tut *dir* gut, mit *mir* über deine Probleme zu reden. Ich bin eine sehr kompetente Zuhörerin."

„Und was genau qualifiziert dich als *kompetente* Zuhörerin?"

Chloe lächelte breit. „Ich habe zwei Ohren, oder nicht?"

Sam seufzte schwer, schloss die Augen und ließ den Kopf zurück über die Lehne fallen.

„Ich werde nicht über meine Probleme reden ... das weißt du, Chloe."

Ja. Sam redete nie über seine Probleme. Vielleicht, weil er glaubte, dass sie nicht existierten, wenn er sie nicht aussprach. Dumm von ihr zu glauben, dass er bei ihr eine Ausnahme machen würde.

Sie streckte ihren Rücken durch und machte noch ein paar Schritte auf den Schreibtisch zu. „Okay Sam, steh auf."

Er öffnete ein Auge. „Entschuldige?"

„Steh auf! Komm schon." Sie winkte ihn mit ihren Händen hoch und war einigermaßen überrascht, als er ihrer Bitte nachkam.

Er erhob sich vom Stuhl und sie ging um den Schreibtisch herum. Sein Blick war mehr als skeptisch und das änderte sich auch nicht, als sie ihre Hände über seine Seiten streichen ließ, ihre Arme unter seine schob und ihr Kinn auf seine Schulter legte, bevor sie ihn an sich drückte.

Sams Körper wurde komplett steif. „Was genau wird das?"

„Das ist eine Umarmung, Sam. Ist vielleicht schon zu lange her bei dir, sodass du es vergessen hast."

„Warum umarmst du mich?"

„Weil ich glaube, dass du jemanden nötig hast, der dich drückt", murmelte sie und ließ ihn nicht los. „Wenn ich schon keine Diagnose stellen kann, behandle ich wenigstens die Symptome."

„Vergleichst du mich gerade mit einer Krankheit?" Seine Stimme war dumpf, weil ihr Ohr an seinen Hals gepresst war.

„Ja und jetzt entspann dich, sonst mindert das die Qualität der Umarmung."

Sie drückte ihn noch enger an sich, verhakte ihre Hände hinter seinem Rücken und wartete.

Und wartete.

Und wartete.

Und wartete, während er in seiner stocksteifen Pose stehenblieb.

Sam schien nicht zu wissen, wie eine Umarmung funktionierte.

„Entspann dich, Sam", wiederholte sie im Flüsterton. „Ich werde erst loslassen, wenn du die Umarmung erwiderst."

Für einige Sekunden blieb er weiterhin unbewegt.

Dann – ganz langsam – sackten seine Schultern hinab, seine Rückenmuskeln entkrampften sich und er legte die Arme um sie.

# Kapitel 11

Sam hätte sich nie für den Umarmungs-Typen gehalten. Doch als Chloe ihn immer fester an sich zog, ihre Brüste an seinen Oberkörper presste und er ihren Atem an seinem Hals spüren konnte, verstand er den Reiz einer solchen Geste.

Aber es war nicht nur das. Er hatte keine Ahnung warum, aber er fing an, sich zu entspannen. Die Wärme ihres Körpers floss in seinen über und er schloss die Augen, um diesen Moment auszukosten.

Wann war er das letzte Mal umarmt worden? So richtig umarmt worden?

Es war so banal, aber ... er konnte sich nicht erinnern. Er hatte mit Sadie geschlafen, mit Chloe herumgemacht, aber er war nie umarmt worden.

Küsse waren nicht wie Umarmungen. Küsse waren flüchtig. Umarmungen blieben an der Haut haften, krochen ins Herz und ließen für einen Moment die Sorgen vergessen. Küsse waren Leidenschaft. Umarmungen waren Nähe, Zärtlichkeit.

Zwei Dinge, die ihm wirklich zu schaffen machten. Die sein Herz mit Kieselsteinen zu füllen schienen, die aneinander rieben. Es schwer werden ließen.

Er ließ sich fallen, legte seine Wange an ihren Kopf, wollte, dass die Zeit für einen Moment stillstand. Sodass er für einen Moment, einen einzigen Moment, aus seiner Haut konnte. Das Leben so sehen konnte, wie sie es tat.

Chloes Hände strichen vorsichtig über seinen Rücken, so als wolle sie ihn beruhigen und er konnte spüren, wie ihre Wimpern über seine Haut strichen, als sie ihre Augen schloss.

„Weißt du noch damals, auf dem College?", flüsterte er. Seine Stimme fühlte sich schwer an. „Als du mir gesagt hast, dass du nicht wüsstest, ob ich ein besonders guter Mensch sei?"

„Ja."

Er konnte die Vibration ihrer Stimme an seiner Wange fühlen. „Du sagtest, es sei dir egal."

Er nickte. Das hatte er gesagt.

„Ich … ich glaube, ich bin kein guter Mensch, Chloe. Und ich glaube … mir ist es wirklich egal. Aber mir ist es nicht egal, dass es mir egal ist."

Sie schwieg für einen Moment, doch er spürte, wie sich ihre Hände flach auf seinen Rücken legten. „Du irrst dich."

„Womit?"

„Mit allem", flüsterte sie. „Du bist ein guter Mensch. Und dir ist nichts egal. Genauso wenig wie mir nichts egal ist. Ich bin es so leid, zu kämpfen. Als diejenige gesehen zu werden, die ihr Leben auf die leichte Schulter nimmt. Nur weil ich versuche, Spaß zu haben, heißt das doch nicht, dass ich mein Leben nicht ernst nehme. Und bei dir ist es, glaube ich, dasselbe. Du bist es leid, als derjenige gesehen zu werden, der sein Leben zu ernst nimmt. Dem Gefühle egal sind. Doch du kannst nicht aus deiner Haut. Aber so ein guter Schauspieler bist du nicht, Sam. Du kannst dir vielleicht selbst vormachen, dass du dich nicht kümmerst, dass du kalt bist. Aber mir kannst du nichts vorspielen. Du bist nicht kalt, Sam. Tut mir leid, dass ich das je behauptet habe. Du hast nur Angst davor, dir einzugestehen, dass du dich sorgst. Weil es dich so viel verletzlicher macht."

Er schloss die Augen. Wie konnte sie das denken? Er hatte mit ihr geschlafen und war keine zwei Tage später nach Los Angeles abgehauen.

„Ich bin kalt, Chloe. Ich habe Dinge getan, die man nicht tun sollte. Und ich fühle mich nicht schlecht deswegen.“

„Wegen mancher Dinge sollte man sich nicht schlecht fühlen. Manche Dinge sind richtig, auch wenn sie falsch zu sein scheinen.“

„Chloe“, murmelte er. „Ich glaube, du versuchst mich zu etwas zu machen, was ich nicht bin.“

Sie schüttelte den Kopf. „Ich glaube, *du* bist derjenige, der das versucht, Sam.“

Er öffnete den Mund – doch wusste er nicht, was er dazu sagen sollte. Er wollte Chloe nicht widersprechen. Denn er wollte nicht, dass sie aufhörte, so über ihn zu denken.

Deswegen schloss er einfach wieder die Augen. Ihre hochgebundenen Haare kitzelten sein Kinn.

Sie duftete nach nichts. Nur nach Chloe.

Er senkte den Kopf und ließ seine Lippen über ihren bloßen Nacken streichen.

Chloe wurde stockstill.

„Küsst du gerade meinen Nacken, Sam?“, flüsterte sie.

„Ich kann mir nicht helfen“, murmelte er und ließ seine Finger ihren Rücken hinaufwandern. „Es schien wie der nächste logische Schritt.“

Ihre Finger krallten sich in seinen Rücken und er konnte hören, wie ihr Atem sich beschleunigte, als sein Mund über ihre Ohrmuschel strich und er seine Hand in ihren Nacken legte.

Und es war ihm egal, dass sie die absolut Falsche für ihn war. Er brauchte das hier. Er brauchte sie.

Was machte es schon, wenn er somit das Chaos in die Arme nahm? Die Welt stand sowieso Kopf. Wenn seine Mutter und sein Bruder ihn dafür verachteten, dass er das Richtige getan hatte und Chloe an das Gute in ihm glaubte, obwohl er sie mehr als einmal verletzt hatte ...

was machte es dann, wenn er sich dem Wahnsinn beugte? Und sei es nur für ein paar Stunden.

„Chloe", sagte er leise.

Sie senkte ihren Kopf, ihr Atem heiß an seiner Haut. „Ich hasse es ... ich hasse es und liebe es, wenn du meinen Namen sagst. Dann ... du ... du erinnerst mich an meine schwächsten Momente, Sam."

„Du bist mein schwächster Moment, Chloe", flüsterte er, legte die andere Hand um ihr Gesicht und küsste sie.

Und Chloe hatte recht. Manchmal waren Dinge richtig. Auch wenn sie falsch waren.

Ihre Lippen waren vertraut und fremd zugleich. Suchten und fanden. Gaben und nahmen. Zögerten und drängten.

Es war ironisch, da ihm nicht viel Zeit blieb, Luft zu holen, doch er konnte endlich wieder atmen.

Da war wieder diese Nähe, die Zärtlichkeit, als ihre Finger sanfte Kreise über seine Schulterblätter zogen und sie ihn so nah an sich zog, dass die Luft aus seinen Lungen gedrängt zu werden schien. Diese Zärtlichkeit und Nähe, die merkwürdige Dinge mit seinem Inneren anstellte. Ihn unruhig werden ließen und gleichzeitig auf dem Boden hielten.

Ihre Lippen waren sanft – bis sie ihm in die Unterlippe biss und ,sanft' aus dem Fenster segelte.

Ihre Hände verließen seinen Rücken, legten sich auf seine Brust und drängten ihn zurück.

Er stieß gegen den Schreibtisch und der Stapel Papier, den er zuvor studiert hatte, fiel über die Kante und verbreitete sich auf dem Boden. Doch es scherte ihn nicht. So lange sie leise in sein Ohr stöhnte, war alles gut. Er ließ seine Hand um ihren Oberschenkel gleiten, zog ihn an seiner Hüfte hoch, während seine andere Hand über ihre Schulter, ihre Brüste, ihren Bauch hinunterglitt ...

„Warte ... warte!" Sie umschloss seine wandernde Hand mit ihrer und löste sich schwer atmend von ihm. „... das ist es, was wir immer tun!"

Ja, das wusste Sam. Und er freute sich verdammt nochmal darauf!

„Wir stürzen uns aufeinander, ohne darüber nachzudenken und zu hinterfragen und ... dann endet es natürlich in einem Desaster."

Oh. Das hatte sie gemeint. Nein, das wusste Sam nicht.

Er konnte sehen, wie sich ihre Brust hob und senkte, als sie tief durchatmete. Das war nicht unbedingt eine Hilfe dabei, ihn geduldig abwarten zu lassen, was sie sagen wollte.

„Weißt du, ich habe mir vorgenommen, weniger dumme Entscheidungen zu treffen."

„Und das hier wäre eine dumme Entscheidung?", fragte er, die Hände hinter sich auf den Schreibtisch gestützt. „Denn ich bin mir ziemlich sicher, dass das Wort ‚brillant' das ist, nach dem du suchst."

Sie verdrehte die Augen. „Ja, es wäre eine dumme Entscheidung! Zumindest, wenn wir davor nicht wenigstens einmal darüber reden. Das tun, was wir die letzten sechs Jahre versäumt haben."

Ja, aber es hatte einen Grund, warum sie es versäumt hatten. Reden war nicht ihre Stärke. Der andere Kram ... der schon.

Er schüttelte den Kopf. „Warum genau nochmal wäre es eine dumme Entscheidung?" Er stand da irgendwie auf dem Schlauch.

„Nun, erstens: weil du eine Freundin hast, Sam!"

Er schüttelte den Kopf. „Habe ich nicht."

„Hast du nicht?" Sie machte einen Schritt zurück, dabei sollte diese Aussage doch eher das Gegenteil bewirken.

„Habe ich nicht", wiederholte er. „Wir haben uns getrennt."

Ihr Mund stand offen. „Hast du ... wegen mir mit deiner Freundin Schluss gemacht?"

Irritiert hob er die Augenbrauen. „Was? Nein. Natürlich nicht."

***

Natürlich nicht.

Chloe ließ die Arme sinken, die sie unterbewusst erhoben hatte und wollte das Gefühl, das sich in ihrer Brust ausbreitete, nicht deuten.

Okay, es war Enttäuschung. Da gab es nichts zu deuten. Sie war enttäuscht und ... das war nicht gut. Sie wollte in ihrem Leben nicht stillstehen. Wollte nicht schon wieder an Sam hängen bleiben. Nichts Halbes mehr. Etwas Ganzes.

Wie dumm war ihr Herz eigentlich?

*Keine dummen Entscheidungen mehr, Chloe! Was ist daran so schwer?*

„Okay", sagte sie und zwang sich zu einem Lächeln. „Ich werde gehen, Sam."

„Was? Warum?" Vollkommene Verwirrung spiegelte sich in seiner Miene wider.

„Ich glaube wirklich, du bist ein guter Mensch, Sam", sagte sie ernst. „Aber ich glaube ... alles, was du erreichen willst, indem du mit mir schläfst, ist, den Grund für deine schlechte Laune zu vergessen. Und der Gedanke, nichts weiter als eine Ablenkung für dich zu sein, gefällt mir nicht wirklich."

„Chloe ..."

„Nein, schon gut." Sie hob die Hand und lief um den Schreibtisch herum. „Das ist es doch, was wir tun, oder? Wir haben etwas miteinander, gehen getrennte Wege und schweigen. Aber weißt du was, Sam Parker? Ich bin besser als das!"

149

Sam machte den Mund auf, vielleicht um zu widersprechen, aber sie blieb nicht, um zu hören, was er sagte.

Sie trat vor die Tür, schloss sie hinter sich ... und blieb stehen.

Das konnte doch nicht wahr sein! Das musste aufhören. Es war ein Teufelskreis. Und das seit sechs Jahren! Das war einfach eine zu lange Zeit.

Und verdammt nochmal, sie hatte es gerade selbst gesagt: Sie war besser als das!

Besser als die Version ihrer selbst, die weglief, weil sie Sam nicht konfrontieren wollte, aus Angst vor dem, was er zu sagen hatte.

Nein, sie hatte doch erwachsen werden wollen.

Sie konnten sich nicht immer küssen, dann gehen, sich ignorieren und das Spiel wieder von vorne anfangen. Denn das war kindisch und albern und ... überhaupt: Er brauchte sie. Heute zumindest. Und wenn sie ehrlich war, dann hatte sie das Gefühl, dass sie es ihm schuldig war, für ihn da zu sein. Denn er war für sie da gewesen, ob er es wusste oder nicht.

Ach, verdammt.

Sie wandte sich um und stieß die Tür wieder auf. Sam stand da, wo sie ihn zurückgelassen hatte und wandte sich bei dem Geräusch der Tür um.

„Komm“, seufzte sie und winkte ihn zu sich.

„Das wollte ich ja vorhin, aber du hast gesagt, wir werden nicht miteinander schlafen.“

Sie musste lachen. „Sei kein Arsch und komm einfach. Wir gehen Mittagessen.“

„Wir tun was?“

Ja, sie konnte seine Verwirrung verstehen. Sie verstand sich ja selbst nicht wirklich. „Du hast Mittagspause. Wir gehen was zusammen essen.“

„Ich habe keine Mittagspause. Ich hatte den Morgen frei.“

„Natürlich hast du eine Mittagspause! Für all die Überstunden des letzten Jahres hast du dir mindestens fünf Extra-Mittagspausen verdient, also jetzt steh da nicht blöd rum, sondern komm. Ich will nicht alleine essen, wir haben Redebedarf und du bist zu sehr Gentleman, als dass du meine Einladung ausschlagen würdest, oder?"

Sein Gesichtsausdruck besagte das Gegenteil, doch er lief um den Tisch herum. „Einladung?"

„Na ja, das war jetzt eher metaphorisch. Ich lade dich dazu ein, mit mir zusammen dein Büro zu verlassen. Du verdienst viel mehr als ich und bezahlst deshalb natürlich."

Sam schnaubte. „Für eine Englisch-Studentin hast du das Wort metaphorisch gerade sehr falsch eingesetzt und warum können wir nicht einfach hier essen?"

Sie zeigte ihm den Vogel. „Bist du des Wahnsinns? Der Raum hier ist schon deprimierend genug. Da wird das Essen bitter!"

„Ein Raum kann nicht den Geschmack von ..."

„Jaja, du bist so gebildet, Sam." Sie trat ein und zog ihn am Arm mit nach draußen. „Ich bin schwer beeindruckt."

„Ich kann selbst laufen, weißt du. Du musst mich nicht tragen!"

„Dann lauf auch und hör auf, einfach nur stehenzubleiben."

Sam seufzte tief. „Schön. Dich kann ja sowieso keiner von irgendetwas abhalten ..."

„Das ist richtig."

„... und wir sollten wahrscheinlich wirklich mehr miteinander kommunizieren ..."

„Und auch das ist richtig! Zwei aus Zwei, Sam, du bist der Hammer!"

„... aber ich muss kurz noch etwas tun." Er entzog ihr seinen Arm und klopfte kurzerhand an die Tür neben seiner.

„Ja", drang eine weibliche Stimme nach draußen.

Sam öffnete sie und sagte schlicht: „Es tut mir leid, Savannah."

Die Frau hob die Augenbrauen. „Okay."

Sie blickte über seine Schulter und betrachtete Chloe. „Hast du ihm einen Tacker ins Gehirn gerammt?"


„Wir könnten zum Italiener da gehen ... oder, uhh, noch besser, wir gehen zu Subway, dem Sandwichshop!"

„In welchem Universum ist Subway besser als ein Edelitaliener?"

„In jedem. Subway hat Cookies."

Sam schüttelte den Kopf. „Nein, wenn wir schon draußen die Mittagspause verbringen, dann machen wir es richtig."

„Also zum Italiener?", seufzte Chloe enttäuscht.

„Nein. Wir gehen zu McDonald's. Ich würde für einen Burger töten."

Chloe lachte laut und sah ihn von der Seite her an. Sie vergaß immer, dass Sam auch eine lockere, witzige Seite hatte, die leider nur selten zum Vorschein kam.

„Aber ... was ist mit meinem Cookie?"

„Du kriegst einen McSundae."

„Also jetzt wirst du einfach nur noch absurd. Du kannst doch ein Eis nicht mit einem epischen Cookie vergleichen!"

„Subway hat keine Burger", war alles, was Sam dazu zu sagen hatte.

In dem Punkt musste Chloe ihm recht geben. „Okay, gehen wir zu McDonald's." Sie lächelte breit und Sam betrachtete ihr Gesicht eine Sekunde länger als ein Normalsterblicher es getan hätte.

„Wie machst du das?", fragte er.

Irritiert legte sie den Kopf schief und zog den Mantel enger. Es hatte in den letzten Tagen wieder geschneit und Schneematsch säumte den Bürgersteig, über den sie liefen.

„Wie mache ich was?"

„So ... lebendig zu sein. So euphorisch. Wie kannst du jetzt schon nicht mehr wütend auf mich sein, obwohl du mir vor zehn Minuten vorgeworfen hast, dass ich dich nur benutzen würde, um mich abzulenken?"

Sie hob eine Schulter.

Wenn sie ehrlich war, dann verstand sie ihn einfach zu gut, als dass sie ihm böse sein konnte. Sie hatte das letzte Jahr über nichts anderes getan, außer sich abzulenken. Das war es, was der Mensch tat. Er suchte Zerstreuung. Wollte sich nicht mit seinen richtigen Problemen auseinandersetzen.

Sie blieb stehen und sah ihn an.

Vielleicht war jetzt der richtige Moment, das zu ändern.

„Ich bin kein nachtragender Mensch, Sam, und ..."

Sie sah auf den Boden. Weiße Kondenswölkchen formten sich vor ihrem Mund. Sie schloss kurz die Augen und sagte schließlich leise: „Sam, ich habe es dir nie übel genommen, dass du damals mit mir geschlafen hast." Sie musste lachen.

„Nicht das erste Mal und nicht das zweite Mal. Dass du einfach so gegangen bist, ebenfalls zweimal ... das schon. Aber nicht, dass es passiert ist. Vor zwei Jahren, da hast du mir wirklich geholfen. Ich war einsam. Traurig. Verletzt. Es war alles zu viel. Ich habe mich ehrlich gesagt dafür geschämt, dass ich so viel schlechter mit dem Tod unserer Eltern zurechtgekommen bin als Dex. Und du hast es für ein paar Stunden besser gemacht."

Sams silberner Blick blieb stetig auf ihrem Gesicht. „Ich hätte dich nie so ausnutzen dürfen.“

„Ich bitte dich. Du hast mich nicht ausgenutzt. *Ich* habe *dich* benutzt! Um zu vergessen. Du hast mich getröstet.“

Er lachte trocken. „So ehrenhaft wie du es hinstellst, war es wirklich nicht. Ich wollte dich – die ganze Zeit – und endlich konnte ich dich wieder haben. Du warst verletzt, hast immer noch getrauert und ich ... habe das ausgenutzt. Da war nichts Ehrenhaftes dran.“

Sie lächelte. „Bei mir auch nicht. Weißt du, du hast mir damals gesagt, dass ich mit meinem Leben weitermachen muss ... und das habe ich.“ Zumindest war sie nach der Nacht wieder aus dem Haus gegangen. „Du hast mir mehr gegeben als ich dir.“

Sam starrte sie an und Chloe war sich ziemlich sicher, dass er schlichtweg keine Ahnung hatte, was er dazu sagen sollte.

Sie behielt recht.

Minuten verstrichen und er blieb stumm. Bis er mit seiner warmen Hand nach ihrer griff und sie weiter den Gehweg entlang zog. „Gehen wir was essen“, murmelte er und verschränkte seine Finger mit ihren.

Diese Geste kam Chloe intimer vor als jeder Kuss, den sie je ausgetauscht hatten.

***

„Ich hätte gerne zwei Cheeseburger und eine große Pommes und einen Milchshake ...“

Sam beobachtete, wie Chloe einen Blick auf seine Armbanduhr warf.

„Oh nein, warten Sie. *Drei* Cheeseburger. Es soll ja bis heute Abend vorhalten! Dann eine extra süß-saure Soße – eine ist nie genug – und ... einen kleinen Gartensalat. Nein, lassen Sie den Salat weg, den würde ich sowieso nur für mein Gewissen essen. Das ist Verschwendung von Ressourcen."

Sam konnte nicht anders, er fing anhand des Gesichts des McDonald's Mitarbeiters leise an zu lachen. Chloe war definitiv keine Ballerina.

„Warum lachst du?", fragte sie ehrlich verblüfft. „Ich habe Hunger!"

„Das merke ich", sagte er grinsend. „Das ist jedes Mal deine Ausrede dafür, wenn du eine unsagbar hohe Menge an Junkfood in dich hineinstopfst."

Sie lächelte ebenfalls und ihre Grübchen erschienen auf den Wangen. Die, in die Sam immer seine Zungenspitze versenken und ...

„Das ist Frustessen, weil ich keinen Cookie bekommen habe", erklärte Chloe und wandte sich wieder an den Jungspund, der sie bediente.

„Ähm, welche Art von Milchshake?", fragte er.

Chloe zog die Augenbrauen ins Gesicht.

„Sind Sie Anfänger? Schokolade natürlich! Jeder, der was anderes bestellt, ist eine Schande für dieses Land!"

Interessante Philosophie. Insgesamt war Chloes Sicht auf das Leben sehr inspirierend.

„Bist du immer noch der Meinung, dass es im Leben nur auf Spaß ankommt?", fragte Sam aus einem Impuls heraus.

Sie lehnte sich gegen die Theke und wiegte den Kopf langsam hin und her.

„Im Großen und Ganzen, ja. Das Leben ist so unglaublich kurz ... wir sollten nicht so viel Zeit damit verschwenden, es mit Dingen zu verbringen, durch die wir uns durchquälen müssen. Aber ich sehe ein, dass man ab und an Dinge tun muss, die keinen Spaß machen, damit man sich seinen Spaß finanzieren kann. Bist du immer noch der Meinung, dass es dein großes Ziel ist, reich und erfolgreich zu werden?"

Er hob einen Mundwinkel an. „Ich bin reich und erfolgreich."

„Dann ist dein tiefster, geheimer Wunsch ja in Erfüllung gegangen. Und jetzt? Was ist jetzt dein Ziel?"

Er blickte sie an, sah wie sich Erwartung in ihren grünen Augen widerspiegelte, aber er hatte keine Antwort. Es stimmte: Sein tiefster Wunsch war in Erfüllung gegangen. Und trotzdem ... das konnte es doch nicht gewesen sein, oder?

„Jetzt bleibe ich reich und erfolgreich."

Chloe lachte. „Und das macht dich glücklich?"

Ja, bis er seinen Bruder in den Knast hatte stecken müssen, war er sehr glücklich gewesen.

War er doch, oder?

„Ja. Vielleicht ist es oberflächlich, aber Status ist mir wichtig."

„Mhm. Ich gehe mal davon aus, dass du nicht den auf Facebook meinst, was?"

„Nein. Denn dieser Status könnte mir egaler nicht sein."

Der McDonald's-Mitarbeiter kam zurück, stellte Chloe ihr Essen hin und nahm Sams Bestellung auf. Fünf Minuten später liefen sie mit ihren Tabletts zu einem der Plastiktische.

Sobald sie saßen und er in den Burger biss, entspannte sich sein Körper. Wie hatte er so lange darauf verzichten können?

„Ich habe schon seit Ewigkeiten keinen Burger mehr gehabt", bemerkte er und vernichtete die Hälfte des Big Macs mit zwei Bissen.

„Warum?", fragte Chloe, die schon mit ihrem ersten Cheeseburger fertig war. „Wenn du so eine Lust auf Burger hast, warum machst du dir nicht einfach selbst einen?"

„Ich hasse es zu kochen", sagte er mit vollem Mund – denn es würde Chloe nicht interessieren, dass das unhöflich war. Es war sehr entspannend, überhaupt nicht darauf achten zu müssen, wie er sich benahm.

„Du kannst nicht kochen?", fragte Chloe grinsend und steckte sich einen Pommes in den Mund.

„Ich kann kochen", berichtigte er sie und schluckte herunter. „Ich mag es nur nicht."

„Warum?"

Er zuckte mit den Schultern. „Ich musste in meinem Leben schon zu viele Mahlzeiten vorbereiten. Meine Mutter hat pausenlos gearbeitet, mein Vater ... hat nichts gemacht und es blieb an mir, Dominic und mich zu versorgen."

„Dominic ist dein Bruder?", hakte Chloe nach und er war dankbar dafür, dass sie sich in ihrem Mitgefühl zurückhielt, auch wenn er ihr ansehen konnte, dass sie ihm gerne den Kopf tätscheln wollte. Ihm wäre es lieber, sie würde etwas anderes tätscheln.

Er nickte. „Ja, drei Jahre jünger."

„Und was macht der so?"

*Der sitzt im Knast.* „Er arbeitet gerade nicht."

„Ach so ... und deine Mutter?"

„Ist Kassiererin bei Wal-Mart."

Es war merkwürdig. Vor jedem anderen wäre es ihm peinlich gewesen, das zuzugeben, aber vor Chloe ... Einerseits wusste sie bereits, dass er aus armen Verhältnissen kam und andererseits ... andererseits kam er sich nie von ihr verurteilt vor.

Sie nickte. „Interessant."

„Was ist interessant?"

„Ich frage mich gerade, woher es kommt, dass du so verklemmt bist. Bei so einem Hintergrund würde man erwarten, dass du lockerer bist."

Sam verengte die Augen. „Ich bin nicht verklemmt."

„Doch. Bist du."

„Nein."

„Doch, ein wenig schon. Wenn ich jetzt anfangen würde, von Spitzenunterwäsche zu reden ...“

„Dann würde ich sagen, dass ich mich daran erinnere, dass du ein Faible dafür zu haben scheinst.“

Sie lief rosa an. „Es geht gerade nicht um mich. Also: Hast du in deinem Leben zum Beispiel schon einmal etwas Peinliches getan, nur um zu sehen, wie die Leute darauf reagieren?“

„Nein.“

Sie nickte und schob den Rest ihres Burgers in den Mund. „Dachte ich es mir doch: verklemmt.“

Sein Mundwinkel zuckte. „Du tust es schon wieder“, sagte er ruhig und nahm sich eine ihrer Pommes. „Du provozierst mich und wartest darauf, dass ich endlich darauf eingehe.“

Diebische Freude blitzte in ihren Augen auf. „Das hast du gemerkt, was?“

„Natürlich habe ich es gemerkt“, sagte er. „Du tust seit sechs Jahren praktisch nichts anderes. Die Frage ist, warum?“

„Nein, die Frage ist: Warum tust du es nie?“

„Tue ich *was* nie?“

„Darauf eingehen. Du regst dich nie auf. Bist nie genervt.“

Oh, er regte sich jedes Mal auf. Er entschied sich nur auch jedes Mal dazu, es ihr nicht zu zeigen.

„Wenn man Leuten zeigt, was man fühlt, gibt man ihnen Macht. Es ist immer besser, sie im Dunkeln tappen zu lassen.“

„Besser für wen? Für dich?“

Natürlich für ihn.

„Ja, für mich. Je weniger Informationen die anderen über dich sammeln, desto weniger können sie sie gegen dich einsetzen.“

„Das ist sehr rational von dir", sagte sie nachdenklich, einen Pommes in der Luft haltend. Er konnte sehen, wie sich die kleinen Rädchen in ihrem Kopf drehten.

„Was?", fragte er, nachdem sie ihn eine Weile nur schweigend angesehen hatte.

„Nichts, es ist nur ... platzt du nicht?"

„Bis jetzt noch nicht."

„Mhm", machte sie und senkte den Blick.

Also wirklich. Frauen und die Laute, die sie von sich gaben ...

„Was?", hakte er erneut nach.

„Ich ... glaube, ich weiß, warum du ständig über mich herfällst."

Wow. Wer hätte diese Wendung des Gesprächs kommen sehen sollen?

Er lehnte sich in seinem Stuhl zurück. „Erleuchte mich."

„Nun, ich rege dich so oft auf, dass sich deine ganzen unterdrückten Emotionen in dir aufstauen und irgendwann ...", sie schnippte mit den Fingern, „musst du sie rauslassen. Und die Energie verwertest du, indem du alle paar Jahre mit mir schläfst oder zumindest mit mir rummachst. Der Rest kommt dann daher, dass ich so unglaublich toll bin."

Er lachte leise. „Und was ist dann deine Entschuldigung? Warum hast du mich letztes Jahr angefallen?"

„Nun, erstens: Ich bin ein sehr impulsiver Mensch. Und zweitens ...", sie wiegte ihren Kopf von der einen zur anderen Seite, „... mhm. Du bist heiß. Kein Grund, das zu verleugnen."

Irgendwie wurden seine Kehle und seine Hose eng.

Er räusperte sich. „Und damals? Im College? Warum hast du da mit mir geschlafen?"

„Du warst auch damals schon heiß."

„Aber das war nicht der Grund."

Sie senkte wieder den Blick und von einem Moment auf den anderen wirkte sie unglaublich schüchtern.

„Was glaubst du, Sam? Ich war so verliebt in dich, dass ich alles mit dir gemacht hätte."

Er starrte sie an und etwas Schweres glitt in seinen Magen und legte sich auf seine Eingeweide.

„Du ... warst verliebt in mich?"

„Natürlich war ich verliebt in dich!", schnaubte sie, die Stimme jetzt wieder lauter. „Ich habe es dir damals nicht gesagt. Das war dumm von mir. Das hätte ich tun sollen. Aber ... wie kannst du das nicht gewusst haben, Sam?" Sie lachte. „Ich meine ... ich habe dir schließlich meine Jungfräulichkeit geschenkt."

Sam lachte nicht.

Ja, er hatte gewusst, dass sie ihn mochte und auf ihn stand. Natürlich. Das war normalerweise so, wenn man miteinander schlief, aber ... sie hatte ihn geliebt? Es war eine Woche gewesen und sie war Chloe und er war ... Sam, der Junge aus Brooklyn ohne Geld und nichts, was er ihr damals hätte bieten können.

Das Blut rauschte in seinem Kopf und er wusste nicht, warum ihn das so aus der Bahn warf, aber das tat es.

„Du hast damals gesagt, ich würde dir das Herz brechen", murmelte er und suchte ihr Gesicht ab. Versuchte jede Regung, jede Emotion in ihm zu lesen.

„Das hast du." Das Lächeln war immer noch auf ihrem Gesicht. „Wir verstehen uns, du schläfst mit mir ... und dann heißt es ‚Auf Wiedersehen, ich wechsele die Uni und gehe nach Los Angeles'. Natürlich hast du mir das Herz gebrochen. Aber ... ich habe es verstanden. Nun ja, damals vielleicht nicht, aber jetzt verstehe ich es. Du musstest weg aus New York, weg von deiner Familie. Ein ganz anderes Leben führen. Das ist okay. Los Angeles war die richtige Wahl für dich."

Ja, das war sie. Nur ...

„Warum erzählst du mir das jetzt?"

„Du hast gefragt.“

Das hatte er. Und er wünschte sich, er hätte es nicht getan.

„Und“, Chloe sog tief Luft ein, „ich dachte, wenn wir alles aus dem Weg schaffen, was je zwischen uns stand, dann können wir vielleicht normal, freundschaftlich miteinander umgehen.“

Das bezweifelte Sam. Er hatte nicht vor, freundschaftlich mit ihr umzugehen. Das, was zwischen ihnen war, hatte kaum noch etwas mit dem zu tun, was in all den Jahren passiert war. Es war etwas Grundsätzliches, das immer da war und immer dableiben würde. Er würde sich immer zu ihrer lockeren, freien Art hingezogen fühlen, weil sie ihm das Gefühl gab, ebenfalls frei zu sein. Und sie würde sich immer zu seiner kontrollierten Art hingezogen fühlen, weil sie sich insgeheim nach Sicherheit sehnte. Er musste kein Psychologe sein, um das zu wissen. Aber er würde vielleicht einen Psychologen brauchen, wenn er nicht ganz schnell aus dem Kopf bekam, dass er sie jetzt sofort im Bett haben musste. Dass er sich von ihren Worten ablenken musste. Der Drang, sie zu küssen, war so übermächtig, dass er sich nicht mehr auf seine Atmung konzentrieren konnte.

Es war eine Sucht. Sie war seine Sucht. Denn wenn er sie berührte, dann war er nicht mehr Sam, der PR-Manager oder Sam, der sich um alles kümmern sollte. Dann war er nur noch Sam, ein Mann. Und verdammt noch mal, das war eines der besten Gefühle, das es gab.

„Außerdem ...“, fuhr Chloe fort, die offenbar keine Ahnung hatte, was für eine Unterhaltung er gerade im Kopf mit sich führte, „... du sahst aus, als wäre heute einer dieser Tage, an dem du hören solltest, dass du mal von einer heißen 18-Jährigen geliebt wurdest. Ich dachte, dann fühlst du dich besser.“

Das tat er. Und gleichzeitig fühlte er sich dreckig.

*Geliebt wurdest.*

Sie aßen mehr oder weniger schweigsam zu Ende. Er fragte Chloe nach dem College, sie ihn nach seiner Arbeit, doch er war nicht bei der Sache.

Er war ... er wusste es nicht.

Durcheinander?

Vielleicht war durcheinander das richtige Wort.

Schließlich standen sie vor dem Schnellrestaurant und Sam fragte sich, was jetzt folgen sollte.

Dieser Tag war wirklich zu viel für ihn.

Er konnte nicht damit umgehen. Mit all den Emotionen. Warum hatte Chloe gerade heute das Gefühl, sie müsste komplett ehrlich zu ihm sein? Warum erzählte sie ihm alles? Warum verzieh sie ihm so einfach? Wie konnte sie immer noch mit ihm reden, als hätte sie das ernst gemeint? Als hielte sie ihn wirklich für einen guten Menschen.

Und verdammt noch mal, sie hatte ihn *geliebt*? Dieses Wort war so fremd für ihn, dass er das Gefühl hatte, an ihm zu ersticken.

Chloe hingegen war ihr fröhliches Selbst. Das Selbst, das ihn an die Chloe von vor sechs Jahren erinnerte. Was gerade wirklich keine Hilfe für ihn war.

„Und jetzt?", fragte er.

„Und jetzt fahre ich zu Emma, um ihr zu sagen, dass du das Menü gut findest", sagte sie lächelnd.

„Ich habe das Menü nicht einmal angesehen."

„Ach, wir wissen doch beide, dass es reine Höflichkeit von Emma ist, so zu tun, als hättest du ein Mitspracherecht."

Er nickte, sah sie an und – was zur Hölle war los mit ihm?

Er konnte keinen klaren Gedanken fassen. Er sah ihr Lächeln und hörte ihre Worte und ... wieso änderte das was? Es sollte nichts ändern. Sie waren immer noch dieselben Personen. Dieselben Menschen mit denselben Differenzen, mit denselben gegensätzlichen Charakteren und ...

„Chloe ... was war das hier?", flüsterte er.

Er brauchte Ordnung. Definition. Irgendetwas, das ihm dabei helfen konnte, seine Gedanken geradezurichten, dieses Essen zu kategorisieren.

Sie legte den Kopf schief. „Ein voller Erfolg würde ich sagen! Eine Stunde, ohne dass wir uns angeschrien haben oder übereinander hergefallen sind."

Das half ihm kein bisschen.

„Und was bedeutet das?"

„Macht es dich nervös, dass du mich nicht in deinen Plan quetschen kannst, Sam?"

„Ja."

Sie lachte. „Warum muss denn alles eine Bedeutung haben?"

Weil ... es eben musste!

Sie legte ihre Hand auf seinen Arm. Er konnte die Berührung durch seinen Mantel hindurch nicht spüren und doch war es, als würde sie unter seine Haut gehen.

„Sam, wir waren Mittag essen. Kein Grund, sich zu beunruhigen."

Das sah er anderes. Er ging nicht mit Frauen bei McDonald's Mittag essen. Nicht einfach so, ohne Bedeutung.

Selbst mit Bedeutung tat er das nicht!

„Schön", sagte er dennoch ruckartig, „gehen wir."

„Wir? Willst du mit zu Emma?"

„Nein. Aber bevor du fährst, müssen wir noch wo hin."

„Tatsächlich?"

„Ja", nickte er und wie automatisch suchte seine Hand die ihre. Er wusste nicht, warum sie das tat, aber ... es erschien ihm richtig. „Wir gehen zu Subway. Ich hole dir noch deinen Cookie."

# Kapitel 12

Chloe war glücklich.

Nein, wirklich – das hörte sich zwar auch in ihren Ohren merkwürdig an, aber es war so. Das College machte Spaß, ihr Job machte Spaß, sie verstand sich mit Dex, sie hatte Freundinnen und seitdem sie sich mit Sam ausgesprochen hatte – na ja, gut, die Aussprache war dann doch etwas einseitig gewesen, aber egal – fühlte sie sich ruhiger.

Sexuell frustriert, aber ruhiger.

Es hatte so viel zwischen ihnen gestanden, dass es jetzt, da sie ihm alles gesagt hatte, überhaupt nicht mehr seltsam zwischen ihnen war. Schön, auch das konnte sie nicht mit Sicherheit sagen, denn sie hatte ihn seit dem McDonald's Essen nicht mehr gesehen, aber sie hatte da so ein Gefühl.

Auch wenn Sam, wenn sie genauer darüber nachdachte, am Ende des Mittages etwas verwirrt gewesen zu sein schien. Da war eine Unruhe gewesen, die er ausgestrahlt hatte.

Es gab nur eines, was ihr zum Verhängnis werden konnte: Sich erneut in Sam zu verlieben, könnte ihr unter Umständen sehr leichtfallen.

Das war das Problem, wenn man gerade eine sehr einsichtige und vorausschauende Lebensphase hatte. Man war oft zu einsichtig und vorausschauend.

Sie gab dem Cookie die Schuld, dass ihr Herz sich leicht zusammengezogen hatte, als sie gegangen war und sie gerne noch ein paar Stunden Händchen mit ihm gehalten hätte.

Cookies hatten eine hohe Priorität in ihrem Leben und Sam hatte extra dafür gesorgt, dass sie noch einen bekam … natürlich dachte ihr Herz da, dass es gar nicht so abwegig sein würde, wenn sie wirklich etwas miteinander anfingen – richtig anfingen. Mit vernünftigen Dates, echten Gesprächen und Sex. Sie würde es sehr befürworten, wenn sie sich erst einmal auf den Sex-Part konzentrieren könnten. Das Reden hatten sie schließlich schon hinter sich.

Es gab da nur zwei Schwierigkeiten: Die eine hieß Dex und die andere war Sam selbst.

Dex war selbsterklärend und Sam war höchstwahrscheinlich nicht offen dafür, es mit ihr zu versuchen. Natürlich waren sie unterschiedlich, natürlich war es schwer, sich zu öffnen, natürlich waren sie beide gänzlich ungeeignet füreinander.

Aber was, wenn sie eben doch füreinander geeignet waren?

Immer wenn Chloe das dachte, musste sie laut stöhnen. Vielleicht war das alles Blödsinn. Vielleicht war das nur die Fantasie der 18-Jährigen, die glaubte, dass es unglaublich romantisch wäre, wenn zwei so gegensätzliche Persönlichkeiten zueinander finden würden. Wenn sie die Missgunst des Bruders überwinden, den Grad zwischen bloßer Leidenschaft und Liebe hinter sich bringen und glücklich seinen Stolz und ihre Vorurteile aus dem Weg schaffen konnten und … huch. Jetzt war sie in einer Jane Austen Romanze gelandet.

Sie hatte in letzter Zeit wirklich eine Menge Klassiker lesen müssen. Denen konnte sie auch noch die Schuld geben.

Dennoch lastete dem Cookie wohl die Hauptschuld an.

Also, was sollte sie tun?

Vielleicht sollte sie Sam einfach fragen, ob er mit ihr ausgehen wollte.

Aber dann war es möglicherweise besser, Dex vorzuwarnen.

Nur, mit Dex über ihr Liebesleben zu reden, war so ziemlich das Letzte, was sie tun wollte und was, wenn Sam sie auslachte oder auf ihre Worte hin sofort wieder zurück nach LA zog? Ihm war alles zuzutrauen, damit er seine geliebte Ordnung behielt und ja, sie war nicht ordentlich und sie ... warum zum Teufel war das denn alles so kompliziert?

„Musst du ins Krankenhaus, Chloe? Du stöhnst, als würde dir gleich dein Blinddarm reißen.“

Sie schreckte hoch. Es war Mittwochmorgen, sie wurde gleich bei Emma erwartet und hatte während ihres inneren Monologes in ihren Cornflakes herumgerührt. Sie hatte gar nicht mitbekommen, dass Dex sich zu ihr gesetzt hatte.

„Kein Krankenhaus.“ Vielleicht die Klapse.

„Was ist dann los?“

„Ich hatte gerade einen philosophischen Cookie-Moment.“

Dex starrte sie an und schüttelte den Kopf.

„Es ist mir schleierhaft, wie wir aus demselben Uterus kommen konnten.“

Sie musste lachen und schob die Schüssel von sich.

„Sag mir jetzt nicht, dass du keinen Hunger hast“, sagte ihr Bruder ehrlich schockiert. „Denn dann muss ich dich wirklich in die Notaufnahme bringen.“

„Mir geht es gut, Dex“, sagte sie lächelnd und drückte ihn kurz an sich. „Ich komme nur zu spät zur Arbeit.“

„Hmh.“ Er sah immer noch skeptisch aus. „Du kommst Samstag doch zur Weihnachtsfeier, oder?“

Sie nickte. „Natürlich.“

„Was heißt denn hier natürlich? Du hast es im letzten Jahr geschafft, erfolgreich einen Bogen um alle Delphies-Veranstaltungen zu machen.“

Ja, aber da hatte sie ja auch Angst vor Sam gehabt.

„Sei nicht albern! Ich habe das Event mit organisiert und muss Emma dort sowieso helfen. Natürlich komme ich. Ich werde ein heißes Kleid tragen, mit allen Baseballspielern und deinen Freunden flirten und dich somit zur Weißglut bringen. Also beruhige dich und freu dich einfach!"

Dex schien sie nicht amüsant zu finden.

Das verstand sie nicht. Sie fand sich witzig.

„Apropos mit meinen Freunden flirten …", sagte Dex langsam, so als würde er sich seine Worte zurechtlegen.

Chloes Herz blieb kurzzeitig stehen. Oh Gott. Wusste er was?

„Was ist das mit dir und Ryan?"

*Ryan?*

Sie war so erleichtert, dass sie anfing zu lachen. „Was soll da sein?"

„Ihr habt jetzt schon zum dritten Mal zusammen gekocht."

Sie nickte. „Ja, ich weiß. Ich war dabei."

„Chloe …"

„Dex! So intelligent ich auch bin, ich kann nicht innerhalb eines Tages kochen lernen!" Wobei sie auch bezweifelte, dass sie innerhalb eines Jahres kochen lernen konnte. „Ich werde mich höchstwahrscheinlich auch noch öfter mit ihm treffen. Er ist nett. Wir sind befreundet."

Außerdem suchte sie doch gerade neue Freunde. Wer sagte, dass sie nicht mit einem Mann befreundet sein konnte?

„Du kannst nicht mit einem Mann befreundet sein."

Okay. Dex war offenbar dieser Meinung.

Interessiert wippte sie auf ihre Fersen zurück.

„Warum nicht?"

„Weil alle davon ausgehen, dass ihr was miteinander habt."

Sie schnaubte und verdrehte die Augen. „Wer ist alle?"

„Amerika?", schlug er vor und warf eine Zeitschrift auf die Theke, an der sie gerade noch gesessen hatte.

Überrascht zog Chloe das Klatschmagazin zu sich heran. Heidi Klum war auf der Titelseite abgebildet.

„Sehr schmeichelhaft, Dex, aber das bin ich nicht ..."

Dex gab einen entnervten Laut von sich und schlug die Zeitschrift auf.

Oh. Das war sie. Zusammen mit Ryan im Supermarkt, wie sie gerade lachten, seine Hand in ihrem Kreuz. Sie musste zugeben, dass die Berührung auf dem Foto intimer wirkte als sie wirklich gewesen war.

*Ryan Hales neue Eroberung – Wir hoffen, er behandelt sie besser!*

„Nun, er behandelt mich sehr gut, wenn es das ist, was du wissen willst", bemerkte Chloe und schob das Heft von sich.

„Chloe!"

„Meine Güte, jetzt reg dich ab! Du weißt doch, dass Papparazzi auch irgendwie ihr Geld verdienen müssen. Ich habe nichts mit Ryan und du hast wirklich einen an der Klatsche, wenn du denkst, du hättest irgendein Anrecht darauf, mir zu sagen, wen ich date." Sie zeigte ihm den Vogel, falls er das mit der Klatsche nicht verstanden hatte. „Wenn ich hier nicht mehr wohne, kriegst du sowieso nicht mehr mit, mit wem ich gerade ins Bett gehe."

Dex zuckte sichtlich zusammen und verzog dann das Gesicht.

„Du ... willst ausziehen?"

„Das weißt du doch, Dex", sagte sie sanfter. Das war ein kompliziertes Thema. Wenn er könnte, würde

Dexter sie auf ewig bei sich behalten. Wenn sie könnte, würde sie heute noch ausziehen.

Sie liebte Dex, aber sie war wirklich zu alt dafür, noch mit ihrem großen Bruder zusammenzuwohnen. Sie wollte ihr eigenes, eigenständiges Leben haben und sie war auf dem besten Weg dorthin.

„Ja, ich weiß", murmelte er und fuhr sich mit der Hand durch die Haare. „Schön ... dann bleibt mir wohl nichts anderes übrig, als darauf zu vertrauen, dass du es mir nicht antun würdest, etwas mit einem meiner Freunde anzufangen?"

Da war ein großes Fragezeichen am Ende des Satzes. Ein Fragezeichen, das ihr Herz schwer werden ließ. Sie sollte offen mit ihm reden. Ihm einfach sagen, dass schon immer was zwischen ihr und Sam gewesen war ...

„Natürlich nicht", sagte sie und ging aus der Tür.

***

„Sam. Sam. SAM!"

Er schreckte hoch. „Was?"

Savannah saß ihm gegenüber und schüttelte ratlos den Kopf. „Schneewittchen, hast du geschlafen?"

„Nein, ich war nur unkonzentriert. Machen wir weiter."

Er richtete sich höher in seinem Stuhl auf und sah auf die Mappe, die Savannah vor ihm auf den Tisch gelegt hatte.

„Ist alles in Ordnung, Sam?" Seine Mitarbeiterin klang ernsthaft besorgt. „Du hast in den letzten Tagen etwas zerstreut gewirkt."

„Alles in Ordnung. Zu wenig Schlaf."

Zu viele Gedanken. Zu viele *verdammte* Gedanken!

„Also", räusperte er sich, bemüht, sich wieder ins Diesseits zu katapultieren, „das Foto-Shooting mit Cole Panther ..."

„Ist gebucht. Außerdem werde ich die ganze Zeit dabei sein und darauf Acht geben, dass alles gut läuft."

„Und wenn dich jemand fragt, warum Cole fotografiert werden soll?"

„Dann sage ich, dass sie das einen Dreck angeht", meinte sie fröhlich.

„Sehr gut. Wie sieht es mit Ryans Fotos aus, sind ..."

„... in den Druck gegeben und werden noch vor der Weihnachtsfeier am Samstag aufgehängt."

„Mhm. Du bist wirklich gut."

„Ich weiß. Und der überraschte Tonfall ist frauenfeindlich."

Er lachte leise. „Tut mir leid. Das hat nichts damit zu tun, dass du eine Frau bist. Eher damit, dass du für mich arbeitest und mich bis jetzt noch alle enttäuscht haben."

„Vielleicht hast du einfach übernatürliche Erwartungen."

Hatte er. Doch er fand nicht, dass das etwas Schlechtes war. „Danke Savannah, es ist schon spät, du kannst jetzt gerne gehen."

„Das werde ich. Ich wollte dir nur noch die heutigen Berichte der Spieler geben."

Sie kramte in ihrer Handtasche herum und zog ein paar Zeitschriften daraus hervor.

Sam stöhnte und rieb sich mit der Faust über die Stirn. „Bitte sag mir, dass Jake keine Cheerleaderin mehr belästigt hat."

„Hat er nicht", grinste Savannah. „Alles nur harmlose Sachen. Schönen Abend noch, Sam. Geh früh schlafen. Am besten für die nächsten zwei Wochen. Du musst fit sein, damit unser Herr Boss nicht von der Pressekonferenz enttäuscht wird."

„Jaja ...", murmelte er, hörte, wie sie die Tür hinter sich zuzog, und griff nach den Klatschblättern.

Savannah hatte die entsprechenden Seiten mit Post-it-Zettelchen markiert und er öffnete das erste Heft.

*Ryan Hales neue Eroberung – Wir hoffen, er behandelt sie besser!*

*Was zum Teufel!?*
War das Chloe?
Das war eine rhetorische Frage, denn natürlich war das Chloe! Diese Beine hätte er auf hundert Meter Entfernung erkannt und ... was hatte sie da an? Es war Winter, verdammt! Die Jahreszeit, zu der man möglichst viel vom Körper verstecken sollte. Und warum war Ryans Hand auf ihren Rücken? Als bräuchte sie Hilfe dabei, eine Packung Reis aus dem Regal zu nehmen.
Das Telefon klingelte.
Immer noch auf das Bild starrend, hob er energisch ab.
„Sam Parker."
„Hey, Sam."
Sofort riss Sam den Blick von der Zeitschrift. Das war Jake. Das konnte nichts Gutes bedeuten.
„Jake, was gibt es?"
„Nun ..." Eine kleine Pause entstand. „Du bist doch dafür da, dass wir keine schlechte Presse bekommen, oder?"
Sams Kiefer verhärtete sich augenblicklich.
„Was hast du getan?"
„*Ich* habe überhaupt nichts getan. Ich bin von allen noch der Unschuldigste."
Sam bezweifelte, dass es auch nur einen Tag in Jakes Leben gegeben hatte, an dem er als unschuldig hätte bezeichnet werden können.
„Warum bist du es dann, der anruft?"
„Ich habe Schnick-Schnack-Schnuck verloren, ist auch egal, auf jeden Fall haben wir ein kleines Problem

und bei dem Wort ‚Lösung‘ haben wir alle direkt an dich gedacht.“

„Wow. Ich fühle mich geschmeichelt“, sagte Sam trocken.

„Das solltest du.“

„Wer ist ‚wir‘, Jake, und was habt ihr gemacht?“, fragte er nun etwas ungeduldiger. Er hatte da jetzt wirklich keine Zeit zu. Er musste sich weiter über dieses Foto aufregen.

„Also, Tyler, Ryan und ich, wir ...“ Er seufzte schwer. „Komm einfach her. Es ist einfacher, wenn du es mit den eigenen Augen siehst.“

Sam befürchtete, dass Jake im Unrecht war. Er war sich ziemlich sicher, dass das Wort ‚einfach‘ sich für den heutigen Abend verabschiedet hatte. Das einzig Positive dagegen war: Es könnte sein, dass er einen triftigen Grund hatte, Ryan anzuschreien.

Er hatte einen Grund.

„WAS ZUM TEUFEL HABT IHR EUCH DABEI GEDACHT!? Ihr hättet euch umbringen können!“

Es war ihm egal, dass er wahrscheinlich wie all ihre Mütter klang. Wenn es ihn davor bewahrte, je wieder in einer solchen Situation zu sein, würde er sogar jede Einzelne höchstpersönlich anrufen und ihnen von den Schandtaten ihrer Söhne berichten.

„Wir hätten uns nicht umbringen können“, widersprach Jake sofort.

„Was die zwei Autowracks ja beweisen, oder?“, sagte Sam düster.

Okay, er schrie.

Düster.

Die Kontrolle, was das Schreien und die Baseballspieler anging, hatte er nie erlangt. Und er sah auch keinen Grund darin. Die Mitglieder der Delphies verstanden ihn offenbar nur, wenn Spucketröpfchen aus seinem Mund sprühten.

Ryan kratzte sich im Nacken. „Die Kurve war rutschiger als ich dachte."

„Weil sie vereist ist!", brüllte Sam.

Meine Güte, wie dumm musste man sein? Und diesem Kerl hatte Chloe erlaubt, die Hand auf ihren Rücken zu legen? War sie lebensmüde?

Sam hätte sich jetzt gerne die Haare gerauft, doch er ließ sie immer so kurz schneiden, dass das nicht möglich war. Stattdessen legte er nur beide Hände an den Kopf und sah sich das Schlachtfeld an.

Sie standen auf dem Sportplatz einer örtlichen Highschool und zwei Autos – nein, zwei Blechschäden – hingen in der Tribüne, dessen Holz der ersten Reihe geborsten war.

Die drei hatten es offenbar lustig gefunden, Autorennen um den Sportplatz zu veranstalten. Mit Autos, die so viel kosteten, dass von dem Geld wahrscheinlich die komplette Schule neu gebaut werden könnte.

„Also Sam, was meinst du?", fragte Tyler, der wenigstens schlau genug war, schuldig auszusehen.

„Ich meine, dass ihr in die geschlossene Anstalt gehört! So bescheuert zu sein, sollte gerichtlich verboten gehören!"

„Na ja, aber jetzt ist es ja auch schon zu spät, uns in die Klapsmühle zu stecken, also ...", sagte Jake, dessen erste Worte es gewesen waren, dass er nicht am Steuer gesessen hatte, es aber seine Wagen waren.

„Verfluchter Mist", murmelte Sam und schüttelte den Kopf. Das konnte er wirklich nicht gebrauchen. Es waren keine zwei Wochen mehr, bis Clint Panther bekannt geben wollte, dass er die Delphies an seinen Sohn weiterreichte und diese Nachricht durfte nicht von schlechter Publicity überschattet werden.

Herrgott noch mal! Sam hatte studiert und war verdammt noch mal Bester des Jahrgangs gewesen! Und jetzt war er doch im Kindergarten gelandet.

„Ich finde, es sollte uns angerechnet werden, dass wir nicht einfach abgehauen sind", sprach Jake weiter.

„Natürlich seid ihr geblieben! Es sind deine Nummernschilder, Jake! Man kann sie bis zu dir zurückverfolgen!", schrie Sam.

„Oh." Jake hob die Augenbrauen. „Daran hatte ich gar nicht gedacht. Siehst du, es war wirklich nur meine anständige Seite, die sich dazu genötigt fühlte, nicht wegzulaufen."

„Wir wollen ja für unseren Mist einstehen", ging jetzt Ryan dazwischen. „Wirklich. Aber wenn wir die Polizei rufen, dann kriegt davon auch die Presse Wind und wenn die Presse Wind kriegt, dann bist du wütend auf uns und wir alle hassen es, dir Falten zu verpassen. Dich anzurufen, war also nur zu deinem Besten."

Sam hatte die Vermutung, dass es zu seinem Besten wäre, jedem Einzelnen ein wenig Verstand in den Körper zu prügeln. Aber das war ja leider keine anerkannte Lehrmethode mehr.

„Was soll das Ryan?", blaffte er ihn an. „Solltest du nicht der Verantwortungsvollste sein?"

Ryan sah ihn an, als hätte er vorgeschlagen, sie sollten zusammen einen Salsa-Kurs belegen.

*„Ich?* Er ist Vater!", sagte er und streckte den Arm zu Tyler aus. „Warum sollte ich da verantwortungsvoller sein?"

*Weil du deine Hand auf Chloes Rücken hattest.*

„Du bist der Älteste."

Ryan schüttelte den Kopf und streckte nun auch den zweiten Arm zu Tyler aus. „Das ist auch er. Er sollte alle Schuld bekommen."

Tyler schnaubte laut und wandte sich zu seinem Freund um. „Alter! Es war deine Idee."

„Aber es sind Jakes Autos. Es ist also doch Jakes Schuld.“

„Jake ist fast noch minderjährig, ihm können wir nicht die Schuld geben“, stellte Tyler entgeistert fest.

„Na klar, jetzt kommt der Vater in dir raus ...“

„Ich bin dreiundzwanzig! Ihr könnt mir sehr wohl die Schuld geben!“, beschwerte sich der Baseman sofort. Kein besonders kluger Schachzug.

„Ihr seid alle Idioten“, bemerkte Sam und keiner widersprach. Sie hatten offensichtlich keine Argumente, die das widerlegen konnten.

„Das wird euch kosten“, knirschte er und holte sein Handy aus der Tasche.

„Was kosten? Unseren Ruf?“, fragte Tyler besorgt.

„Nein! Euer Geld.“

„Ach so.“ Das schien die drei nicht sonderlich zu jucken.

„Wen rufst du jetzt an?“, fragte Jake.

„Angst, dass es deine Mutter ist?“

Er lachte nervös.

„Ich rufe die Stadtverwaltung an, Jake“, knirschte er. „Damit ich die Nummer des Rektors bekomme. Betet zu Gott, dass er Delphies-Fan und am besten heute Abend auch betrunken ist.“

„Es ist schon spät, ich glaube nicht, dass du da noch jemanden erreichst“, bemerkte Tyler.

Aber Sam hatte Mittel und Wege.


Betrunken war der Rektor der Schule nicht. Aber der größte Baseballfan, den man sich vorstellen konnte. Es dauerte eine Stunde, bis er vor Ort war, Sam einen Deal mit ihm ausgehandelt hatte und einen diskreten Abschleppdienst dazu verdonnert hatte, Jakes Autos vom Sportplatz zu zerren. Diskret allerdings nur deswegen, weil Sam ihnen Geld unterschob und drohte, sie zu verklagen, wenn etwas die Presse erreichte.

Es war nach Mitternacht, als endlich alles geregelt war. Tyler hatte noch ein Auto dort – leider nur einen Zweisitzer – und er nahm Jake mit, was hieß, dass Sam auf Ryan hängen blieb.

Sam konzentrierte sich die ganze Rückfahrt darauf, die Klappe zu halten. Er versuchte mit aller Macht, einfach nichts zu sagen, aber als sie vor Ryans Haus anhielten, fielen die Worte einfach aus seinem Mund.

„Und du", sagte er, die Augen verengt. „Du passt auf, wie du fotografiert wirst! Du wirst Chloe nicht in deinen Media-Shitstorm vom Anfang des Jahres reinziehen, ist das klar? Sie ..."

„Alter, ich habe sie nicht angefasst", unterbrach Ryan ihn leise.

Das warf Sam zugegebenermaßen aus der Bahn.

„Was?"

„Du bist nicht wütend wegen des Fotos. Ist doch okay? Ich bin nur mit ihr befreundet und ... das ist alles. Also komm runter. Ich habe sie nicht angefasst."

Sam starrte ihn an und wiederholte: „Was?"

Ryan schnaubte und sah ihn jetzt mitleidig an. „Du weißt schon, von was ich rede. Die Frage ist ... Dex auch?"

***

„Habe ich das richtig verstanden? Ihr habt Händchen gehalten und daraus schließt du, dass das zwischen euch was werden könnte?"

„Wir haben zweimal Händchen gehalten! Und es ging beide Male von ihm aus."

„Okay, dann: Habe ich das richtig verstanden? Ihr habt zweimal Händchen gehalten und daraus schließt du ..."

Chloe seufzte laut und wischte sich das Gesicht mit einem Handtuch ab. Es tat gut, endlich mit jemandem über Sam reden zu können und Liv war die perfekte

Kandidatin dafür, aber ... irgendwie antwortete sie nicht so, wie sie es gerne gehabt hätte. Das war zermürbend.

„Du verstehst das nicht, es ist Sam!"

Liv trank einen Schluck Wasser – sie hatten gerade zwei Stunden damit verbracht, erfolgreich einen Sandsack zu verprügeln – und nickte. „Du hast recht. Also mit dem ‚Ich verstehe das nicht'-Part."

„Es ist Sam", wiederholte sie, „er hält kein Händchen. Das ist sowas wie eine emotionale Bekundung und Sam macht sowas nicht."

„Was? Emotionen haben? Das ist schlecht für eine Beziehung, oder?"

„Nein, Sam hat Emotionen. Er zeigt sie nur nicht."

Liv sah sie skeptisch an. „Und ich wiederhole: Das ist schlecht für eine Beziehung, oder?"

„Nun ..." Chloe verzog das Gesicht. Verdammt, sie hatte recht. „Ja, das ist schlecht für eine Beziehung."

„Sorry", seufzte Liv. „Ich bin da wirklich unbegabt. Ich bin einfach zu zynisch geworden in den letzten Jahren. Der Freund meiner Schwester war ein Idiot und hat sie mit ihrem Baby sitzen lassen, mein Vater war ein Idiot und hat meine Mutter mit ihren Babys sitzen lassen ... ich projiziere auf alle Männer, dass sie Idioten sind."

Liv könnte da einer Sache auf der Spur sein.

„Tut mir leid mit deinem Vater", sagte Chloe mitfühlend. „Aber Sam ..."

Liv winkte ab. „Bitte, auf der Sache mit meinem Vater kann ich ja nicht ewig rumreiten. Es ist fast zwanzig Jahre her. Und Sam und du, ihr habt Geschichte, oder?"

Nun ja, ob man drei One-Night-Stands als *Geschichte* bezeichnen konnte, wusste sie nun auch nicht. Als eine Kurzgeschichte vielleicht, mit offenem Ende.

„Ach, ich weiß auch nicht, es ist nur ... seit sechs Jahren ist da was zwischen uns und wir haben es nie verfolgt. Sechs Jahre und wir haben es nie richtig versucht, weil … keine Ahnung warum. Weil ich Angst habe, weil er Angst hat. Weil ich chaotisch bin und er ein Ordnungsfanatiker. Weil er der beste Freund meines Bruders ist und ich … na ja, ich bin die Schwester meines Bruders. Wir haben es nie versucht. Aber was ist, wenn ich in zwanzig Jahren aufwache, auf diesen Moment zurückblicke und mich frage, was hätte sein können? Wenn ich mich ärgere, dass ich es nicht riskiert habe? Wenn man es nicht versucht, weiß man auch nicht, ob es klappen könnte, oder? Das Leben besteht aus so vielen Momenten und trotzdem verpassen wir so unendlich viele davon. Nur weil wir Angst haben. Was für ein bescheuerter Grund ist das? Aber was ist, wenn ich Sam nicht verpassen möchte? Wenn ich ihn auf keinen Fall verpassen *sollte*?"

„Wow." Liv starrte sie an. „Ich bin stolz, dass du meine neue Freundin bist. So hochphilosophische Dinge höre ich sonst nie. Kindergartenkinder sind da nicht so begabt. Ich glaube, du hast soeben meinen Horizont erweitert."

Chloe lachte und setzte sich auf die Bank der Umkleidekabine. „Danke, nur … was mache ich denn jetzt?"

„Mhm." Liv ließ sich neben ihr nieder und zuckte die Schultern. „Hört sich für mich an, als solltest du einfach mit ihm schlafen."

„Was?"

Ihre neue Freundin lachte.

„Habe ich das laut gesagt? Tut mir leid, ich kann mich schon gar nicht mehr an Sex erinnern, weil ich keine Zeit habe, mir einen Typen zu suchen. Im Moment wird meine Antwort auf alles, was du fragst, ‚Du solltest mit ihm schlafen' sein."

Ach, Chloe mochte Olivia. Es war eine gute Entscheidung gewesen, sie als neue Freundin auszuwählen.

„Soll ich mir jetzt gleich noch Gummibärchen kaufen?", fragte sie.

Liv grinste. „Ja, du solltest mit ihnen schlafen."

„Findest du Kim Jong-Il führt eine gute Politik?"

Ihre Freundin lachte laut. „Nein, aber du solltest mit ihm schlafen."

„Du hast recht. Das ist die Antwort auf alle Fragen."

„Nein, ernsthaft", verfocht Liv ihre Theorie. „Du schläfst mit ihm und am nächsten Morgen im Bett fragst du dann: Sam, was ist das mit uns und findest du nicht, das sollte etwas werden?"

„Hmh ... das könnte genial oder bescheuert sein."

„Sieh mich an", Liv wedelte mit der Hand vor ihrem Gesicht herum, „könnte ich etwas anderes als genial sein?"

Nein. Auf keinen Fall. Außerdem gefiel Chloe der Gedanke, wieder mit Sam zu schlafen.

Aus rein pragmatischen Gründen, versteht sich.

# Kapitel 13

„Wo ist sie? Sie sollte schon vor einer halben Stunde hier sein. Die Gäste sind schon da und ... wo zum Teufel ist sie?"

„Chloe, Süße, du musst dich beruhigen. Ich spreche kein Panisch", sagte Kaylie und legte ihr eine Hand auf die Schulter. „Was ist los?"

„Emma! Sie ist nicht hier. Und ohne sie habe ich absolut keine Ahnung, was ich tun soll. Sie meinte, sie würde sich schon kümmern und mich nur fragen, falls sie Hilfe bräuchte, aber jetzt ist die Band schon da und will wissen, wo sie aufbauen soll und ..." Sie schnappte nach Luft. „Ich bin nur eine Assistentin und das erst seit nicht einmal einem Monat!"

Die restlichen Tage der Woche waren nur so dahingeflogen. Emma war gestresst gewesen, was sich auch auf Chloe übertragen hatte. Aber es war eine gute Art von Stress – denn er war bezahlt.

Aber wenn sie das Event hier jetzt alleine leiten musste, dann würde sie hyperventilieren und sofort in Ohnmacht fallen.

Der Saal sah wunderbar aus. Sie waren im Four Seasons, in dem Emma bereits mehrere Feiern abgehalten hatte. Lametta in verschiedenen Farben hing von der Decke und diverse Mistelzweige und ein Tannenbaum waren das Einzige, was darauf hindeutete, dass in vier Tagen Weihnachten war. Ansonsten sah es aus, als würde man eine Party-Szene aus The Great Gatsby nachstellen. Nicht die alte Version, sondern die neue, mit Leonardo DiCaprio und dem ganzen Hollywood-Schnick-Schnack.

Die Männer trugen Hüte und altmodische Smokings mit Hosenträgern, die Frauen grell glitzernde Charleston-Kleider und Bänder mit Federn im Haar.

Der weibliche Anteil war davon eindeutig begeisterter als der männliche, etwas verdrießlich schauende Teil der Meute, aber das war Chloe ziemlich egal.

Was ihr nicht egal war, war die Tatsache, dass Emma eine halbe Stunde zu spät war. Und sie war nie zu spät! Sie war deutsch, Herrgott! Deutsche sollten doch pünktlich sein, oder? An dem Vorurteil musste doch was Wahres dran sein.

„Trink das, dann geht es dir besser", sagte Grace bestimmt, die sich zu ihnen gesellt hatte und Chloe jetzt ein Glas Champagner in die Hand drückte. „Meine Güte, das sieht echt extravagant aus hier! Auf einer solchen Feier war ich noch nie."

Sie sah sich um und nickte anerkennend, während Chloes Blick immer noch hektisch über die Menge wanderte. Die Party sollte um sieben losgehen und es war sieben, aber ... wer zum Teufel kam pünktlich zu einer Party? Chloe war bis jetzt nur auf Partys gewesen, bei denen es sich gehörte, erst zwei Stunden nach Beginn zu erscheinen. Das waren wirklich komische, erwachsene Leute hier.

Sie umklammerte das Glas, wagte es nicht zu trinken – wenn Emma tatsächlich nicht kam, brauchte sie einen klaren Kopf – und hielt die Luft an.

„Atme, Chloe, da ist sie." Kaylie nickte in eine Richtung und Chloe fiel ein riesiger Stein vom Herzen.

„Emma", sagte sie, sobald die Blondine sie erreicht hatte. „Wo ..."

Sie hielt inne, denn Emma riss ihr das Glas aus der Hand und stürzte die Flüssigkeit herunter.

Die Freundinnen sahen sich mit gehobenen Brauen an.

„Alles okay?", fragte Kaylie vorsichtig. „Du siehst ... rot aus."

„Ja, ich sehe ja auch Rot! Luke ist ein ... er ... ahrrg!!"

Chloe war sich sicher, dass so einen Ton nur ein Cartoon-Charakter von sich geben können sollte.

„Ein Strüh?", half Kaylie scheinheilig nach.

„Von mir aus auch das, wenn es dich glücklich macht!"

„Das tut es."

„Streitet ihr?", folgerte Grace.

„Ja, wir streiten! Ich habe ihm einen Antrag gemacht und alles, was er dazu sagt, ist zehntausendmal Nein und dann ... rastet er aus. Meine Güte, warum darf ich ihm keinen Heiratsantrag machen? Wir sind eine moderne Gesellschaft, Frauen dürfen heutzutage auch Hosen tragen!"

Diverse Kinnladen klappten runter.

„Du hast ihm einen Antrag gemacht?", wollte Kaylie perplex wissen.

„Ja! Er hat es ja nicht hinbekommen, da dachte ich, helfe ich ihm auf die Sprünge! Hat er gedacht, ich warte ewig?"

„Und das fand er nicht gut?", fragte Chloe nach. „Ich würde mich geehrt fühlen, wenn du mir einen Heiratsantrag machen würdest."

„Ja, das dachte ich auch, dass er sich geehrt fühlt. Ich war süß und hübsch und alles! Aber damit lag ich wohl falsch – Gott, dieser Mann ..."

Emma gab erneut einen bewundernswerten Ton von sich, für den sie in irgendeiner fremdländischen Kultur sicherlich angebetet worden wäre. So ein kleiner Mensch und so eine Palette an Tönen – faszinierend.

„Wisst ihr was? Ist auch egal. Ich muss eine Feier organisieren und wenn Luke auf Drama-Queen machen will, dann soll er das doch tun!" Sie warf die Arme in die Luft und verschwand wieder in der Menge.

„Emma!", rief Chloe ihr hinterher. „Wobei soll ich dir denn jetzt noch helfen?"

Doch Emma hielt nicht an. Sie hörte sie offenbar nicht.

„Tja", sagte Grace, stahl sich zwei neue Champagnergläser von einem vorbeihetzenden Kellner und reichte ihr eins. „Sieht so aus, als hätte sie dir freigegeben."

„Meine Güte", seufzte Chloe und nahm einen Schluck. „Mit Emma würde ich doch nie absichtlich Streit anfangen! Deutsche Mädchen töten für weniger, oder wie heißt es?"

„Ach, es gibt Schlimmere als Emma", sagte eine Stimme hinter ihr und Ryan, Tyler und Jake traten zu ihnen.

Alles gutaussehende Männer.

Doch keiner von ihnen brachte sie dazu, ihre Kleider vom Leib reißen zu wollen oder seufzend darüber nachzudenken, wieder mit ihm Händchen zu halten.

Sie war erbärmlich.

„Wer ist schlimmer?", wollte Kaylie wissen. „Mit wem würdet ihr denn niemals absichtlich einen Streit anfangen?"

„Sam", antwortete die Gruppe unisono und warf sich einen Blick zu. „Definitiv Sam."

„Und dann auch schon Emma", ergänzte Jake. „Aber erst Sam. Er würde uns alle zur Strecke bringen."

Chloe lachte. „Seid nicht albern. Sam hat doch noch nie in seinem Leben jemanden geschlagen."

Sie konnte sich nicht vorstellen, dass Sam je so unkontrolliert sein würde, seine Hand für etwas anderes zu benutzen als seine Haare zu ordnen. Wobei die ja schon vorrausschauend kurz geschnitten waren.

„Da hat Dex aber was anderes erzählt", sagte Tyler kopfschüttelnd. „Er meinte, Sam hätte auf dem College mehrmals unter Beweis gestellt, dass man ihn bei einem Kampf lieber auf der eigenen Seite haben sollte. Außerdem kann er einem verdammt noch mal Angst einjagen, wenn er wütend auf einen ist."

Das hörte Chloe zum ersten Mal. Klar, Sam war ab und an mal einschüchternd, aber er hatte ihr noch nie Angst gemacht.

„Warum war er denn wütend auf euch?", wollte Kaylie wissen.

Wieder wurden Blicke gewechselt.

„War er nicht", sagte Jake hastig. „Was könnten wir schon tun, um Sam auf die Palme zu bringen?"

Kaylie wollte den Mund aufmachen, sicher um ihm ein paar Dinge aufzuzählen, doch Ryan ging dazwischen: „Sag doch mal, Chloe, wie läuft deine Kocherei? Hast du alleine mal was zustande gebracht?"

Ja, einen verkohlten Kochtopf.

„Ach, läuft ganz gut", sagte sie und füllte ihren Mund mit Champagner, damit sie nicht weiterreden konnte.

„Du hast ihr Kochstunden gegeben?", wollte Grace wissen.

Ryan wandte sich ihr zu und lächelte. „Ja wieso, brauchst du auch eine?"

Grace winkte ab. „Ach was. Ich bin so etwas wie ein Feinschmecker."

Kaylie verschluckte sich an ihrem Getränk und fing an zu husten. „Nichtschmecker! Ich dachte, wir hätten uns auf Nichtschmecker geeinigt", röchelte sie und klopfte sich auf die Brust.

„Du hast einfach keine Ahnung von Haute cuisine, Kaylie. Ich bin übrigens Grace", sagte sie, wieder an die Herren gewandt. „Da keine meiner Freundinnen hier Manieren hat, stelle ich mich einfach selbst vor."

„Oh, richtig!", sagte Kaylie und schlug sich gegen die Stirn. „Ihr kennt euch ja noch gar nicht ..."

„Jetzt ist es auch zu spät“, grinste Grace und reichte jedem Einzelnen die Hand, die ihr ebenfalls ihre Namen nannten.

„Also Grace, was machst du, außer gut auszusehen?“, fragte Jake verheißungsvoll lächelnd.

„Aus! Aus, Jake!“ Kaylie schlug ihm gegen den Hinterkopf. „Sie ist nicht dein Typ! Keine Cheerleaderin.“

„Sie ist heiß!“, rief Jake verärgert. „Jeder der heiß ist, ist mein Typ.“

Ryan klopfte ihm auf die Schulter. „Danke Jake, aber ich will nichts von dir.“

„Also, so wirklich stimmt das nicht, Jake“, warf Tyler ein. „Ich habe dich auch schon mit Frauen abhauen sehen, die nicht heiß waren. Ich glaube, du solltest da ehrlicher zu dir sein. Dein Typ ist: Frau.“

„Na wenigstens da ist er sich sicher“, bemerkte Grace und prostete ihm zu. „Deine Männlichkeit ist hiermit bewiesen, Jake.“
Jake blinzelte die blonde Frau an und sagte dann zu Kaylie: „Du hast recht. Sie ist nicht mein Typ. Sie ist dir viel zu ähnlich.“

„Chloe!“ Jemand berührte sie am Arm und überrascht wandte sie sich zu einer rothaarigen, kurvigen Frau um.

„Hey Cara, ist alles in Ordnung?“

„Nein! Ist es nicht! Wo zum Teufel ist Emma? Das Buffet muss in einer halben Stunde aufgebaut sein und ...“ Sie hielt inne und machte überrascht einen Schritt nach hinten, als sie in die Runde sah. „... oh, hallo Leute. Ryan, Ty.“

Sie lächelte und nickte den beiden zu.

Verwirrt sah Chloe zwischen ihnen hin und her. „Ihr kennt euch?“

Cara hob eine Augenbraue. „Tyler und ich haben einen Sohn zusammen.“

Das hieß dann wohl Ja.

Meine Güte, dieser Abend wurde immer verrückter.

Die Rothaarige lachte. „Ich dachte, deswegen seid ihr überhaupt erst auf mich gekommen."

Chloe schüttelte den Kopf. „Nein, du wurdest Emma von einer Reihe Leuten empfohlen."

„Kleine Zufälle, die die Welt pflastern", lächelte sie. „Apropos Emma: Wo zum Teufel ist sie?"

„Und das ist okay für euch beide? Dass ihr hier seid?", ignorierte Chloe die Frage, mit ihrem Finger zwischen Tyler und ihr hin- und her wedelnd. Feingefühl wurde wirklich überschätzt. Wie sollte man denn an Informationen herankommen, wenn man auch noch darauf achtete, ob man andere Leute in Verlegenheit brachte?

Cara und Tyler wechselten einen Blick.

„Klar", sagten beide gleichzeitig.

Chloe sah aus den Augenwinkel, wie Ryan sich auf die Lippe biss.

Aha.

„Wir haben kein Problem miteinander, oder?"

„Nein", stimmte Tyler Cara zu. „Kein Problem."

„Also, weißt du jetzt, wo Emma ist?"

„Nein, sorry", sagte Chloe schulterzuckend. „Sie … war etwas durcheinander."

„Na schön, ich kümmere mich mal weiter ums Essen und versuche Emma zu finden. Man sieht sich."

Sie hob die Hand und verschwand in Richtung einer Tür, auf der *Personal* stand.

Tyler folgte ihr mit seinem Blick und Chloe stieß Ryan an.

„Warum hast du gerade so komisch geguckt?", flüsterte sie. „Kommen Sie *nicht* miteinander klar?"

„Oh doch, kommen sie. Sie waren aber auch seit fünf Jahren immer nur für fünf Minuten im gleichen Zimmer. Ich habe mehr Zeit mit Cara verbracht als Tyler."

„Aha."

Chloe wollte mehr Informationen, aber das war wohl nicht die Zeit und der Ort dafür.

Und eigentlich ... eigentlich wollte sie mit Sam sprechen.

Wieder ließ sie ihren Blick schweifen.

Sie hatte etwas mit ihm zu klären.

***

Sam hatte geglaubt, er würde diese Feier hassen.

Er irrte sich nicht.

Er konnte sich eben sehr gut selbst einschätzen.

Er hasste das Lametta, er hasste die Band – auch wenn sie noch keinen Ton gespielt hatte – und er hasste seinen Anzug. Er war fest davon überzeugt, dass Leute solche Feierlichkeiten nur mochten, weil sie alle tranken und vergaßen, wie furchtbar das alles war. Aber er, der keinen Alkohol trank, hatte den vollen Durchblick.

Es war laut und eng und ständig wollte jemand mit ihm reden. Das konnten normale Menschen doch nicht mögen! Warum Smalltalk mit Leuten führen, die man höchstwahrscheinlich nie wiedersah? Und selbst wenn man sie wiedersah: als würde man sich dann auch nur an ein einziges Wort erinnern, das gewechselt worden war.

Er wollte keine Babyfotos sehen, er wollte nicht hören, wer gerade eine Scheidung hinter sich hatte und ganz gewiss wollte er nicht, dass ältere Frauen ihm zeigten, wo sie sich alles Botox hatten spritzen lassen.

Er schlief doch bereits nur fünf Stunden die Nacht, die wollte er nicht damit verbringen, von faltigen Hintern verfolgt zu werden, die schlagartig nicht mehr faltig waren.

Er wollte so schnell wie möglich wieder hier raus, aber das konnte er nicht, bevor er mit Mr. Panther geredet hatte. Man ging nicht, ohne dem Oberboss die

Hand zu schütteln, das war ungeschriebene Regel. Nur, wo war besagter Oberboss?

„Ich hätte nicht gedacht, dass ich das noch einmal erlebe, aber du wirkst nervös, Sam." Savannah klang mehr als nur amüsiert.

Er hätte ihr nie anbieten dürfen, ihn zu duzen. Sie sah es offensichtlich als ihre Pflicht an, sich über ihn lustig zu machen.

„Ich bin nicht nervös, ich will nur gehen."

„Wir sind vor fünf Minuten gekommen!"

Schon vor fünf Minuten? Das war doch die gesamte Zeit gewesen, die er hier hatte verbringen wollen!

„Warum feiern wir Menschen eigentlich Weihnachten? Ich verstehe das nicht."

„Weil das Jesuskind da geboren wurde", unterrichtete ihn Savi.

Sie trug ein schwarzes, eng anliegendes Kleid, das sie elegant und geheimnisvoll aussehen ließ.

Sam hatte jedoch keinerlei Interesse daran, ihre Geheimnisse zu lüften. Chloes Rock war es, den er lüften wollte. Sie musste hier auch irgendwo sein und er konnte sich nicht ganz entscheiden, ob er sie unbedingt sehen oder lieber vor ihr davonlaufen wollte.

„Das ist doch Schwachsinn", knurrte Sam. „Jesus ist im Sommer geboren! Weihnachten ist ein einziger Betrug. Irgendein Kaiser, der erst den Sonnengott angebetet hat, war zu faul, sich an neue Daten zu gewöhnen und hat die Geburt von Jesus Christus einfach auf die Wintersonnenwende gelegt. Und das feiern wir dann auch noch. Die Faulheit der Menschheit!"

Savannah hob eine Augenbraue und schüttelte den Kopf. „Das ist berührend, Sam. Informativ, ein klein wenig blasphemisch und berührend. Weihnachten ist eine sehr besinnliche Zeit für dich. Ich merke das schon."

Ja, Weihnachten stand nicht sonderlich hoch bei ihm im Kurs. Es gab da keine schönen Erinnerungen, die er mit dem Fest hätte verbinden können. Tatsächlich war die einzig schöne Erinnerung an Weihnachten von damals, als Dex ihn das erste Mal mit nach Hause genommen hatte. Das war an Heiligabend gewesen und Sam hatte den ganzen Abend nichts sagen können, weil es ihn unglaublich verstört hatte, wie freundlich die ganze Familie miteinander umging.

Dass er damals Dex' kleine Schwester heiß fand, hatte er ebenfalls verstörend gefunden.

„Oh, da kommen sie schon. Mister Oberreich und Mister Oberreich der Zweite. Ich frage mich, ob sie nach Geld riechen."

„Wehe, du schnüffelst an Mister Panther oder an seinem Sohn", murmelte ihr Sam aus den Mundwinkeln zu, bevor er einen Schritt nach vorne machte und den beiden die Hand reichte.

„Mister Panther, Cole, nett Sie wiederzusehen. Das ist Savannah Thomas, aber Cole und du, ihr kennt euch ja bereits."

Seine Assistentin nickte. „Sehr erfreut Sie wiederzusehen, Mister Panther und sehr erfreut Sie kennenzulernen, Mister Panther."

Sie schüttelte beiden die Hände und Sam rechnete es ihr hoch an, dass sie von keinem der beiden milliardenschweren Männer eingeschüchtert zu sein schien.

„Die Freude liegt ganz auf meiner Seite", sagte der ältere Panther und fletschte seine Zähne. Das war Clints Art zu lächeln. Sam hatte sich daran gewöhnen müssen, aber jetzt konnte er Mister Panthers Art, seine Freude zu bekunden, etwas abgewinnen.

„Mein Sohn hat mir erzählt, dass Sie einen guten Job bei seinem Foto-Shooting letzte Woche gemacht haben."

Savannah lächelte, winkte jedoch ab. „Ich habe gar nicht viel getan."

„Ich bin Ihnen trotzdem dankbar dafür, dass sie der Fotografin ausgeredet haben, mich mit freiem Oberkörper abzulichten", bemerkte Cole Panther trocken.

„Ach, keine Ursache. Das Set war natürlich sehr enttäuscht, aber ich dachte, dass Leute bei einem solchen Foto möglicherweise Ihre Professionalität anzweifeln könnten. Und das wollen wir natürlich nicht."

Cole zeigte ein knappes Lächeln und wandte sich dann Sam zu. „Für die Pressekonferenz steht alles bereit?"

Vater und Sohn waren sich sehr ähnlich. Beide hatten schwarze Haare – wenn auch bei Clint Panther bereits ergraut – hellblaue Augen und einen Ton, der außer Frage stellte, dass mit ‚Ja' geantwortet werden musste.

„Ja", sagte Sam deswegen. „Presse ist geladen, Grund wurde verschwiegen, ich persönlich werde natürlich anwesend sein, um die Konferenz zu leiten. Der großen Ankündigung steht nichts mehr im Weg."

„Sehr erfreulich zu hören", sagte Panther Senior. „Und wirklich beeindruckende Feier, die Sie hier auf die Beine gestellt haben."

„Oh, dafür darf ich wirklich keine Lorbeeren einheimsen", wirklich *keine*, „Emma Sander hat dieses Event organisiert." Er sah sich um. „Ich habe sie bis jetzt allerdings noch nicht entdeckt."

Luke war vor kurzer Zeit an ihm vorbeigestürmt und hatte etwas wie „beschissene Emanzipation" gemurmelt, aber Emma hatte er noch nicht entdecken können. Ähnlich wie Chloe … die nun geradewegs auf ihn zukam.

Sein Herz tat einen ruckartigen Satz, als würde es sich in die falsche Richtung bewegen. Vielleicht sollte er bald einen Kardiologen aufsuchen, normalerweise war es nämlich sehr schweigsam.

Es konnte allerdings auch an Chloes Kleid liegen, diesen Schuhen und diesen Beinen. Das Kleid war dunkelblau, ging ihr bis kurz übers Knie und war hübsch. Mehr wusste er von Kleidern auch nicht. Aber meine Güte, diese Beine. Und er wusste, dass sie einfach noch viel hübscher waren, wenn sie sie um seine Hüften drapierte …

„Hey", begrüßte sie ihn und lächelte, bevor sie sich an die anderen wandte. „Hallo, ich hoffe ich unterbreche nichts Wichtiges."

Clint Panther fletschte wieder seine Zähne. „Eine hübsche Frau kann nichts und niemanden unterbrechen."

„Oh doch, kann sie", widersprach Chloe laut lachend. „Ich habe da ein Händchen für, Leuten auf die Zehen und den Schlips zu treten."

Sie ließ außen vor, dass sie das meistens mit Absicht tat.

„Mister Panther, das ist Chloe O'Connor", stellte Sam sie vor und fragte sich, was sie hier wollte. Nicht auf der Party, aber genau hier, neben ihm.

„Ihr können Sie neben Emma auch für diesen wunderbaren Abend danken. Sie arbeitet für die Eventfirma."

Hände wurden geschüttelt, Floskeln ausgetauscht und Sam konnte nicht umhin zu bemerken, dass Chloe talentiert darin war, über Nichtigkeiten zu reden und die anderen damit zu amüsieren. Ihm war nicht ganz klar, was sie sagte, dafür war er zu abgelenkt von ihren Beinen, Grübchen, Lippen, Brüsten und all den anderen Körperteilen, die diese Frau einfach zu viel zu haben schien, aber sie schien erfolgreich damit zu sein. Als die beiden Panthers nämlich von Savannah zu ihrem Tisch geleitet wurden, hatten sie beide ein Lächeln auf den Lippen.

„Hey", wiederholte Chloe und wandte sich wieder Sam zu. Ihr Gesicht war leicht gerötet und sie trug

Make-up. Das fiel ihm auf, weil sie sonst kaum welches benutzte, abgesehen von dem verhängnisvollen Abend, an dem er sie von der Straße aufgelesen hatte.

Aber sie trug keinen Lippenstift. Das gefiel ihm. Er mochte es nicht, wenn Frauen Farbe auf ihre Lippen schmierten. Es war so viel sauberer und ordentlicher, sie zu küssen, wenn sein Gesicht und sein Hemd danach nicht mit roten Spuren übersät waren.

„Hey", sagte er etwas verspätet und nahm wahr, dass die Band angefangen hatte zu spielen. „Was tust du hier?"

Sie legte den Kopf schief. „Ich habe die Party mitorganisiert, wie du gerade noch so schön bemerkt hast."

„Ja ich weiß, ich meine ... bei mir."

Ihr Lächeln wurde breiter.

„Du bist ein wirklich skeptischer Mann, Sam Parker. Vielleicht genieße ich einfach nur deine Gesellschaft. Soll ich wieder gehen?"

„Nein." Das Wort schnellte aus seinem Mund, bevor er einatmen konnte.

„Gut, ich wollte nämlich ..."

„Parker", bellte eine Stimme und als er seinen Kopf wandte, sah er Coach Thompson auf sie zukommen. „Lange nicht mehr gesehen. Wie geht es dir?"

Das war die schlimmste Frage von allen. Eine Frage, zu der niemand eine ehrliche Antwort wollte und wenn man nicht ehrlich antwortete – warum sich dann überhaupt die Mühe geben?

Bevor er jedoch den Mund öffnen konnte, kam Chloe ihm zuvor. „Hey Mister Thompson, ich habe gehört, Sie haben mir einen Job angeboten?"

Coach Thompson verlagerte seine Aufmerksamkeit unverzüglich auf sie.

„Ähm ... habe ich?"

„Ja, Dexter meinte vor einer Weile schon. Danke dafür! Ich hätte auch gerne angenommen, aber ich wollte nicht."

Das brachte Mister Thompson zum Lachen.

„Ach, richtig. Du bist Chloe. Ja, gern geschehen. Und du hattest nicht das Bedürfnis, in die Delphies Organisation einzutreten?"

„Um Gottes willen, nein", lachte sie. „Nichts für ungut, aber bevor ich im gleichen Gebäude wie mein Bruder arbeite, muss eine Menge passieren. Mein Hirntod zum Beispiel."

Die beiden unterhielten sich weiter und Sam entspannte sich wieder. Er konnte zuhören, wurde ab und zu von Chloe mit ins Gespräch einbezogen, musste aber nie wirklich etwas sagen. Als Mister Thompson schließlich wieder verschwand, schien er seine anfängliche Frage an Sam vollkommen vergessen zu haben.

Chloe wandte sich nun wieder an ihn.

„Gern geschehen", grinste sie, bevor er die Chance hatte, den Mund aufzumachen.

Woher hatte sie wissen können, dass ...?

Sie lachte und berührte ihn an der Schulter.

Bester Moment des heutigen Tages.

„Sam, nur weil dein Gesicht unlesbar ist, gilt das nicht für deinen Körper! Deine Körper redet laut und deutlich. Na gut, leise, aber deutlich für mich."

Sein Körper sprach?

Da hatte er es schon wieder. Sein Körper hatte offenbar in allem, was mit Chloe zu tun hatte, keine Kontrolle.

„Du hasst jede Sekunde hier, oder?", flüsterte sie.

„Mehr als einen Baseball-Skandal, den ich überdecken muss."

Sie lachte wieder und da waren die Grübchen. Gott, diese Grübchen waren gefährlich.

Sein Kopf hörte dann auf zu funktionieren und der hatte doch ohnehin schon ein paar Schwierigkeiten, seitdem sie ihm gesagt hatte, dass sie in ihn verliebt gewesen war.

„Darf ich dich was fragen, Sam Parker?"

„Wir beide wissen, dass das eine rhetorische Frage deinerseits ist", bemerkte er.

„Da hast du recht. Also: Kannst du auch mal Spaß haben, Sam?"

„Spaß haben?"

„Ja ... keinen Sex-Spaß", fügte sie bei seinem Blick hinzu. „Spaß-Spaß. Du wirkst so angespannt."

„Spaß-Spaß?", wiederholte er hölzern.

Sie nickte. „Einfach mal entspannt einen Film gucken. Tanzen gehen."

„Forderst du mich gerade auf, mit dir zu tanzen?"

Sie grinste und ließ ihren Blick über die Tanzfläche gleiten, auf dem bereits einige Paare zur Live-Musik tanzten. „Das war eigentlich nicht mein Ziel, aber klar. Tanzen wir."

„Hast du gar keine Angst, dass Dexter uns sehen könnte?"

„Ich bin ein sehr mutiges Mädchen und habe meinen Bruder schon mehr als einmal niedergerungen ... außerdem ist er noch nicht da. Er wollte so spät wie möglich kommen. Was ist mit dir? Hast du etwa Angst?"

Ja, aber das war ihm in diesem Moment egal.

Vielleicht sollte er einfach aufgeben. Einfach einsehen, dass Chloe ein Part in seinem Leben war, den er nicht kontrollieren konnte.

„Du siehst wunderschön aus, Chloe O`Connor", murmelte er und legte ihr eine Hand auf den Rücken.

Auf den nackten Rücken.

Gott, sie machte ihn fertig.

„Danke", flüsterte sie zurück und ihre Wangen liefen tief pink an. „Du bist auch wunderschön, Sam."

Er lachte leise. „Danke sehr. Ich habe mich heute vorm Spiegel extra hübsch gemacht."

„Habe ich direkt gesehen. Bist du froh, dass deine Haare so kurz sind, dass du dir nicht in Zwanziger-Jahre-Manier Gel reinschmieren konntest?"

„So froh, dass ich Engel singen hören konnte."

Er nahm ihre Hand, ließ seine andere auf ihre Taille gleiten und war einfach nur unglaublich glücklich, dass ein langsames Lied gespielt wurde.

***

Gott sei Dank wurde ein langsames Lied gespielt!

Chloe war eine furchtbare Tänzerin. Sie hatte einfach kein Taktgefühl und je mehr sie sich bewegen musste, desto schlimmer war es. Vor allem, wenn sie nervös war – und meine Güte, sie war nervös!

Sam und sie hatten, wenn sie genau darüber nachdachte, noch nie wirklich etwas zusammen getan außer zu essen, zu diskutieren oder miteinander zu schlafen. Das war doch eine relativ limitierte Auswahl an Dingen.

Sie verflocht ihre Finger mit seinen, legte ihre andere Hand auf seine Schulter – zumindest so viel wusste sie vom Tanzen, auch wenn sie sicherlich keinen Walzer hinlegen würden – und genoss für einen Moment einfach die Normalität dieser Situation.

Mann und Frau tanzten miteinander. Mehr war es nicht.

„Wieso haben wir das noch nie gemacht?", murmelte sie und legte ihre Wange an sein Kinn.

„Weil weder du noch ich tanzen können?", schlug Sam vor.

Sie lachte und es fiel ihr schwer, ihren eigenen Tanzbereich einzuhalten. Sein Körper schien ihren magnetisch anzuziehen. „Das meine ich nicht. Auch wenn es

195

wahr ist. Warum sind wir nie miteinander ausgegangen?“

Sie konnte spüren, wie Sam fast lautlos seufzte. „Du stehst wirklich nicht darauf, leichten Smalltalk zu führen, oder?“

„Nein. An Smalltalk erinnert sich nie wieder jemand. Ich ziehe es vor, die Gespräche zu führen, über die man die nächsten Tage noch nachdenkt.“

„Also ist es jetzt meine Aufgabe, dieses Gespräch denkwürdig zu machen?“

Sie spürte seine raue Wange über ihre Stirn kratzen, als er den Mund zu einem Lächeln verzog.

„Ja. Das ist jedes Mal deine Aufgabe, wenn du mit mir redest.“

„Ziemlich viel Verantwortung.“

„Verantwortung ist doch das, was dich erst so richtig in Fahrt bringt“, lachte sie. „Außerdem magst du Smalltalk doch auch nicht. Ich tue dir mit meiner Frage einen Gefallen.“

„Du setzt meine Bedürfnisse also vor deine Neugier?“
„Natürlich.“

Sam lachte leise und schüttelte den Kopf. „Ich würde gerne mal in deinen Kopf sehen, Chloe O`Connor.“

Nein, würde er nicht. Es war furchtbar unordentlich darin.

„Du hast mir meine Frage immer noch nicht beantwortet.“

„Ich weiß, das liegt daran, dass es mir so unglaublich schwerfällt, eine denkwürdige Antwort zu finden.“

„Versuch es.“

„Nun, wir haben uns eine lange Zeit auf verschiedenen Küsten des Landes befunden und ...“

„Nein, die Richtung, in die du dich gerade bewegst, gefällt mir nicht. Ich meine nicht deine LA-Zeit. Ich meine die Zeit, seit du wieder in Philadelphia bist. Ich meine, ich habe dir den perfekten Einsteiger gegeben! Ich bin über dich hergefallen. Du hättest anrufen und fragen können, ob wir das nicht wiederholen wollen, nur dass wir des Anstandes halber vorher zusammen essen gegangen wären."

„Ich bekomme das Gefühl, dass du dir schon ausreichend Gedanken dazu gemacht hast."

Da war sein Gefühl richtig. „Das habe ich. Willst du meine Theorie hören?"

„Ich fürchte fast nicht, aber vielleicht überraschst du mich ja."

Sie knuffte ihm in die Schulter. „Sei still und lass mich denkwürdig sein."

„Mir geht dieses Wort jetzt schon auf den ..."

„Sam, benimm dich", flüsterte sie grinsend und ließ ihre Lippen über sein Ohrläppchen streichen. „Also, ich glaube, du hast mich aus drei Gründen nie ausgefragt: Der erste ist natürlich Dexter. Du hast zu viel Respekt vor ihm, so dass du nie hinter seinem Rücken etwas mit mir anfangen könntest und zu viel Angst davor, dass er dir die Freundschaft kündigt, als dass du ihm erzählen könntest, dass du mich magst."

„Ja, ich hatte recht, ich will deine Theorien nicht hören."

„Ich bin noch nicht fertig", stellte sie amüsiert fest. „Das war erst der erste Grund."

„Das hatte ich befürchtet."

„Der zweite Grund ist, dass du noch nie in deinem Leben jemanden so sehr gewollt hast wie mich und das macht dir ebenfalls Angst."

„Wieso habe ich das Gefühl, dass ich unterm Strich als Angsthase dastehen werde?"

„Weil du ein sehr kluger Mann bist", erklärte sie, bevor sie fortfuhr: „Der dritte Grund ist ... dass du mit mir auch das Chaos in dein Leben lassen würdest. Und da du allergisch gegen Chaos bist, könnte ich dir einen anaphylaktischen Schock versetzen."

Sie konnte seine Brust vibrieren spüren, als er lachte
– sie war wohl irgendwie doch in seinen Tanzbereich
eingedrungen.

„Ich gebe dir recht damit, dass jeder deiner Punkte
mit hineingespielt hat. Auch wenn ich auf eine männ-
lichere Variante von *Angst* plädieren würde."

„Die da wäre?"

„Gesunder Menschverstand?"

„Damit bin ich nicht einverstanden, aber mach weiter."

„Wir sind unglaublich verschiedene Menschen und
ich glaube, ich habe einfach nie in Erwägung gezogen,
dass wir zusammenpassen könnten."

„Außer im Bett?"

„Nun ... ja."

Sie nickte und flüsterte: „Okay."

Für einige Momente herrschte Stille und sie wiegten
sich einfach zu der Musik, die Chloe überhaupt nicht
wirklich wahrnahm.

Schließlich murmelte Sam: „Und ich hielt mich auch
nie für die richtige Wahl für dich, Chloe."

Verblüfft hob sie ihr Kinn von seiner Schulter.
„Wieso?"

„Weil du ein warmherziger Mensch bist, Chloe. Weil
du Liebe willst, Geborgenheit, Zeit. Du willst alles und
du hast alles verdient. Aber ich kann nicht alles geben."

Sie zog ihre Augenbrauen zusammen. „Wieso denkst
du das?"

„Ich denke das nicht, ich weiß es."

Sie glaubte ihm nicht. Wollte ihm vielleicht nicht
glauben. Sam glaubte zu wissen, wer er war und zu was
er in der Lage war. Aber sie glaubte zu wissen, dass er
keine Ahnung hatte.

„Du willst keine Liebe?", fragte sie und ihre Stimme
schien sich im überfüllten Raum zu verlieren.

Welcher Mensch wollte keine Liebe?

Sie sah ihm in die grauen Augen, bekam aus den Augenwinkeln mit, wie eine Gestalt auf die Bühne stürmte, die Band unterbrach und irgendetwas ins Mikro sagte. Doch sie hörte nicht zu. So wichtig konnte es schon nicht sein. Sie würden schon nichts verpassen.

„Nein", sagte er. „Habe ich nie gewollt."

„Weil Liebe nicht mit reich und erfolgreich zu vereinbaren ist."

Sie machte eine Feststellung, es war keine Frage, deswegen war es auch okay, dass Sam nicht antwortete.

Etwas Kleines, Gemeines drückte auf ihre Lunge, doch sie schluckte es herunter.

Sie wusste, dass sie sich zu einer Romanfigur machte. Dass sie an den Romanzen, die sie gelesen hatte, festhielt. Dass sie sich vielleicht nur einbildete, dass auf so eine Ankündigung eines Mannes ein Happyend folgte. Dass er sich irrte, sie ansehen und erkennen würde, dass er doch lieben konnte, lieben wollte. Sie hielt an all diesen Gedanken fest. An all diesen Märchen, Geschichten. Weil sie daran glauben wollte.

Und weil sie Sam schon zwei Schritte voraus war. Weil sie ihn ansah und es bereute, dass sie ihm damals nicht gesagt hatte, dass sie ihn liebte. Es bereute, dass sie nicht mutig genug gewesen war, ihn einfach selbst um ein Date zu bitten.

Sie wollte nicht mehr bereuen. Weil das eine Chance war, die sie nicht verpassen konnte, auch wenn sie am Ende mit gebrochenem Herzen vor seiner Tür stehen würde.

Das Leben war zu kurz. Das war es, was sie in den letzten drei Jahren so sehr verfolgt hatte. Es war einfach zu kurz, um sich der Hilflosigkeit hinzugeben. Es war Zeit, dass sie etwas riskierte.

„Was denkst du gerade?", fragte Sam, nachdem sie eine Weile in die Ferne gestarrt hatte.

Sie streckte ihren Rücken durch und brachte etwas Abstand zwischen sich und ihn.

„Ich finde, wir sollten miteinander schlafen."

Sams Augenbrauen flogen nach oben und beim nächsten Schritt trat er ihr auf den Fuß.

„Autsch!"

Er ignorierte ihren Schmerz.

„Was?"

„Du hast mich schon verstanden."

„Ja, und ich glaube, du hast dieses Gespräch soeben denkwürdig gemacht."

Sie nickte. „Ja und ich bin dafür, den Abend noch denkwürdiger zu gestalten."

Sam hatte den Mund leicht geöffnet und sah sprachlos aus.

„Du hast im Moment eine Phase, in der du sehr ehrlich bist, oder?"

„Ja. Gefällt sie dir?"

„Ich liebe sie", sagte er mit kratzigerer Stimme als zuvor und seine Finger umfassten ihre Taille etwas fester als noch vor ein paar Sekunden. „Aber ... was ist mit Dex?"

„Mit meinem Bruder möchte ich nicht schlafen."

Er schnaubte. „Chloe, du weißt, was ich meine."

„Dex weiß, dass ich Sex habe. Und ich möchte ihn mit dir! Das ist die beste Lösung."

„Lösung wofür?!"

„Dafür, dass wir nicht jedes Mal zu den unpassendsten Momenten übereinander herfallen, Sam! Wenn wir die sexuelle Spannung aus dem Weg schaffen, dann können wir vielleicht ... Freunde sein." *Eine Beziehung anfangen?*

Er blinzelte, starrte sie an und sagte schließlich: „Okay. Gehen wir."

„Du denkst also auch, dass das helfen wird?"

„Ich denke, das ist ausgemachter Blödsinn, aber du glaubst doch nicht, dass du so eine Ansage machen kannst, ohne dass ich das ausnutze, bevor du es dir anders überlegst!"

Sie fing an zu lachen, während er sie an der Hand aus der Menschenmenge zog, die immer noch auf die Bühne starrte, als würde dort gerade etwas Skandalöses passieren.

„Ich werde es mir nicht anders überlegen", sagte sie etwas außer Atem. Sam legte einen ganz schönen Schritt vor.

„Behalt den Gedanken. Bis zu meiner Wohnung sind es dreiundzwanzig Minuten."

Sie schafften es in vierzehn.

# Kapitel 14

Chloes Atem war ruhig. Ihre dunklen Wimpern hoben sich von ihrer hellen Haut ab und die Mascara befand sich mehr auf ihren Wangen als noch auf ihren Augen.

Sie lag auf der Seite, ein Bein und einen Arm besitzergreifend über seinen Körper gelegt, ihre Lippen an seine Schulter gepresst. Es war ein Wunder, dass sie noch atmen konnte. Sein Arm wurde so langsam taub, doch er bewegte sich nicht.

Sie schlief. So tief und fest, dass sie seinen Wecker überhört hatte, der wie jeden Morgen um halb sechs klingelte.

Sam strich ihr die dunklen, verstrubbelten Haare aus dem Gesicht – falls sie doch gerade erstickte und er es nicht bemerkte – und presste seine Lippen auf ihre Stirn.

Sie murmelte etwas im Schlaf, zog den Arm enger um ihn und die Decke rutschte von ihrer nackten Schulter.

Er fuhr mit seinem Zeigefinger über ihre weiche Haut und raffte den Stoff wieder höher.

Sie war so verdammt wunderschön.

Und wach.

Sie gähnte, zog dabei ihre Lippen über seine Haut und öffnete ein Auge. „Es ist noch dunkel.“

„Ja.“

„Warum bin ich wach, wenn es noch dunkel ist?“

„Vielleicht hast du gespürt, dass ich überlegt habe aufzustehen.“

Wieder gähnte sie und ihr Blick wanderte zu seinem Wecker. „Sam“, sagte sie trocken, „es ist halb sechs Uhr morgens an einem Sonntag. Ist dir denn überhaupt nichts heilig?"

„Doch. Das Frühaufstehen."

Sie schloss die Augen, drehte sich in seinem Arm und küsste seinen Bizeps. „Geh wieder schlafen, du Freak."

Und Sam sah sich nicht dazu in der Lage, diese liebliche Einladung auszuschlagen.

Als er das nächste Mal aufwachte, fiel Licht durch die Vorhänge und er und Chloe lagen in Löffelchenstellung.

Er – Sam Parker – lag in Löffelchenstellung. Meine Güte, was würde noch passieren, ein Hund als Präsident?

Er gähnte, zog seine Arme von Chloe und sah auf den Wecker.

Zehn Uhr.

Es war zehn Uhr!?

Er hatte mindestens sieben Stunden geschlafen!

Er hatte seit zehn Jahren keine sieben Stunden mehr in einer Nacht geschlafen. Es war passiert. Der Hund war tatsächlich zum Präsidenten gewählt worden!

Kopfschüttelnd wandte er sich wieder Chloe zu, die dreiviertel der Decke gehortet hatte und gerade die Arme über den Kopf streckte.

Er sah ihr ins Gesicht, in die grünen Augen, die ihn an Moos und an Dex ...

„Wir müssen es Dex sagen."

Chloe ließ abrupt die Arme fallen. „Ich glaube, es ist ungesund, den Morgen mit einem Stimmungskiller zu beginnen."

Er lächelte, legte ihr die Hand ums Gesicht und strich mit seinem Daumen über ihr Kinn.

„Wir müssen es Dex sagen, Chloe."

Sie stöhnte leise, drehte ihren Kopf und küsste seinen Handballen. „Ich weiß ... nur mit wem schlafe ich denn dann, wenn du tot bist?"

Er schnaubte lachend.

„Du lachst, aber mir ist das ernst, Sam! Dex könnte das als Verrat an eurer Freundschaft ansehen."

Als ob Sam das nicht wüsste! Als ob der Gedanke nicht dazu führte, dass er einen glühend heißen Stein in seinem Magen bekam. Ihm war wenig heilig, wie Chloe es heute früh so passend bemerkt hatte, aber seine Freundschaft zu Dex – die war eine Ausnahme.

Stöhnend rollte er sich auf den Rücken, eine Hand an der Stirn, während Chloe sich auf ihrem Ellenbogen aufrichtete und auf ihn hinabsah.

„Was genau willst du ihm denn sagen?", fragte sie interessiert.

„Dass wir vor sechs Jahren miteinander geschlafen haben und beschlossen haben, das jetzt öfter zu wiederholen."

Ihre Augenbrauen flogen in die Höhe. „Haben wir das?"

Natürlich hatten sie das. Er war Single, sie war Single und der Sex war fantastisch – das würde er definitiv ausnutzen. Denn entgegen Chloes Vermutung war er wirklich kein sonderlich guter Mensch. Er hatte ihr gesagt, dass er keine Liebe wollte und sie hatte gesagt, dass sie miteinander schlafen sollten. Das sah er als gutes Zeichen, dass das zwischen ihnen relativ unkompliziert werden würde.

Ja genau und der Hund verlängerte seine Präsidentschaft um weitere vier Jahre.

Scheiße, natürlich war es kompliziert und würde noch komplizierter werden, aber als Chloe ihm die Hand auf die Brust legte, erwischte er sich dabei, wie ihm diese Tatsache immer egaler wurde.

„Das hast du wirklich sehr romantisch gesagt", sagte
sie und nickte. „Schön, wir sagen es Dex. Beziehungs-
weise: *Ich* sage es Dex. Von mir ist er furchtbare Nachrichten gewöhnt."

„*Furchtbare Nachrichten?*", wiederholte Sam.

Sie winkte ab. „Du weißt, was ich meine. Wenn er an
deine Hände an meinem Körper denkt, dann ... weiß ich
nicht, was mit ihm passiert. Vielleicht übergibt er sich.
Oder schreit herum. Vielleicht fällt er in Ohnmacht. Es
*sind* furchtbare Nachrichten für ihn."

„Und was passiert mit dir, wenn du an meine Hände
an deinem Körper denkst?", fragte er scheinheilig.

Sie lachte, seufzte dann gespielt schwer und rollte
sich auf ihn. Beide Knie um seine Hüften gepresst, ihr
sehr nackter Oberkörper auf seinem nackten Oberkörper.

Jesus, Maria, warum hatte er da so lange gegen angekämpft? „Weißt du, angesichts der Tatsache, dass heute
vielleicht Beginn deiner letzten Woche unter den Le-
benden ist, sollten wir die Zeit wirklich nutzen. Findest
du nicht?"

Fand er. Ihm gefiel, wohin ihre Gedanken sie trugen.
Und wohin ihre Gedanken ihre Hände trugen, gefiel
ihm auch.

„Du solltest mich als Held feiern", murmelte er, zog sie
weiter zu sich hinab und küsste ihren Hals, ihr Schlüs-
selbein. „Wo ich doch gerade praktisch mein Leben für
dich riskiere."

Er konnte ihr leises Lachen an seinem Ohr spüren,
während ihre Hände seine Schultern hinabstrichen
und sie ihnen mit ihrem Mund folgte, kleine Küsse und
Bisse verteilend.

„Du, mein Lieber, riskierst dein Leben für *dich*. Nicht
für mich. Du kannst gar nicht anders. Du bist mir verfallen."

Er grinste und im nächsten Moment hatte er sie auf ihren Rücken gedreht, ihre Handgelenke mit seinen Händen auf die Matratze gepinnt. „Du hast recht. Vielleicht sollte ich *dich* wie eine Heldin feiern."

„Das solltest du", krächzte sie, während er von ihren Händen abließ, Kreise über ihre Haut zog und sie dort küsste, wo seine Finger ihren Körper verlassen hatten. „Ich bin anbetungswürdig."

Sie sagte es im Scherz und hatte keine Ahnung, dass es die komplette Wahrheit war.

Sam küsste sie auf die Lippen, ließ seine Hände wieder zu ihren Händen gleiten. „Also, du sagst es Dex?"

„Ja", flüsterte sie lächelnd, beide Hände um sein Gesicht. „Wir sollten es uns wirklich nicht zur Gewohnheit machen, meinen Bruder mit in unsere Bettkonversation zu integrieren. Aber ich sage es ihm. Morgen. Oder so."

Er wollte den Mund aufmachen, um sie darauf hinzuweisen, dass *oder so* keine annehmbare Zeitangabe war, doch da küsste sie ihn wieder und er vergaß, dass er eigentlich verantwortungsvoll war.

Sie legte ihre Beine um ihn, ihre Arme ...

Sein Handy fing an zu klingeln.

Stöhnend hob er den Kopf.

„Das ist nicht dein Ernst", sagte Chloe ungläubig. „Du willst da jetzt nicht wirklich drangehen! Falls es dir aufgefallen ist: Eine nackte Frau liegt unter dir."

Ja, das war allen seinen Körperteilen aufgefallen.

Aber wenn es etwas Wichtiges von der Arbeit war ...

Er rollte sich von ihr herunter und wollte nach seinem Telefon greifen, doch Chloe war schneller. Blitzschnell tauchte sie unter seinem Arm weg und zog das Handy vom Nachttisch, bevor sie sich damit auf die äußerste Bettkante zurückzog und das Display studierte.

„Wer ist Greg Steiner?"

„Ein Journalist für die *SportsIn*, er wollte sich wegen eines Foto-Shootings mit Luke und Emma melden."

„Mhm. Ich glaube nicht, dass Emma das wollen würde. Hört sich für mich also nicht wichtig an", stellte sie fest und stand auf, vollkommen nackt. Wäre sie angezogen gewesen, hätte Sam möglicherweise widersprochen. Aber sie war nicht angezogen.

Sie grinste ihn anzüglich an, verschwand in seinem Wohnzimmer und kam keine Minute später zurück ins Schlafzimmer. Ohne Handy.

„Können wir jetzt weitermachen?", fragte sie hoffnungsvoll und schlüpfte wieder unter die Decke.

Sam war etwas perplex.

Niemand wagte es, ihm sein Telefon wegzunehmen. Dexter hatte es mal versucht – und danach nie wieder.

„Wo hast du es hingetan?", wollte er wissen.

„In deinen Kühlschrank natürlich. Da bleibt es wenigstens frisch!"

Er verengte die Augen. „Du hast es nicht ernsthaft in meinen Kühlschrank getan, oder?"

Unschuldig sah sie ihn an. „Doch. Habe ich. Kälte soll gut für Akkus sein."

„Aber nur wenn kein Wasser reinfließt."

„Das wird schon nicht passieren."

Er musste lachen. Er konnte nicht anders. Wie konnte jemand so viel Vertrauen in Dinge haben, die er nicht kontrollieren konnte? „Okay, und was, wenn jemand Wichtiges anruft?"

„Sam", sagte sie ernst und legte eine Hand auf seine Brust. „Es ist Sonntag. Die Leute haben gefälligst bis Montag zu warten, bis ihnen was Wichtiges einfällt." Sie ließ ihre Hand tiefer wandern. „Können wir jetzt also weitermachen oder möchtest du noch ein wenig weiter blöd sein?"

Sie konnten weitermachen. Er hatte soeben ohnehin vergessen, was er noch hatte sagen wollen.

***

Wieso hatte sie das nicht schon viel früher getan? Auf Sam zuzugehen und zu sagen: Ich finde, wir sollten miteinander schlafen.

Wenn sie gewusst hätte, was dabei herauskommen würde, hätte sie sicherlich nicht noch ein Jahr gewartet. Sie war wirklich sehr froh, dass sie die Kondome in seinem Badezimmerschrank doch nicht das Klo hinuntergespült hatte. Es war zwei Uhr mittags und sie und Sam hatten nichts anderes getan, als sich im Bett zu wälzen, in der Dusche zu wälzen, wieder im Bett zu wälzen und ... sie seufzte. Sie konnte sich nicht daran erinnern, wann sie das letzte Mal einen solch guten Tag, geschweige denn eine solch gute Nacht und ruhigen Schlaf gehabt hatte. Auch wenn ihr Blutdruck heute wahrscheinlich durchgehend ungesund hoch war und sie mitten drin war, sich wieder kopfüber in Sam zu verlieben – es war egal. Sie hätte es nicht anders gemacht. Sie war Optimistin. Das, was sie und Sam zusammen hatten, war gut. Und er wäre ein Vollidiot, wenn er das nicht einsehen würde. Ein unglaublicher Vollidiot, wenn er nicht sah, dass sie zusammenpassten. Ja, sie waren gegensätzlich, aber sie ergänzten sich, anstatt sich im Weg zu stehen. Vielleicht urteilte sie zu schnell oder vielleicht hatte sie seit sechs Jahren zu langsam geurteilt, aber Sam konnte jemanden wie sie in seinem Leben wirklich gut gebrauchen.

Er war immer so ernst und so arbeitswütig und sie fand, dass sie dem gut entgegenwirken konnte.

„Was seufzt du die ganze Zeit?", wollte Sam wissen und sein Gesicht erschien über ihrem.

„Ich habe Hunger. Unglaublichen Hunger", sagte sie und fuhr mit ihrem Zeigefinger seine Wangenknochen nach.

Er wirkte weicher heute. Zugänglicher. Vielleicht lag das an dem vielem Sex. Sie hoffte, es lag einfach nur an ihr.

„Hast du was zu essen da und kannst was kochen?"

„Keine Chance", sagte er und ließ sich zurück auf die Matratze fallen. „Ich hasse kochen, schon vergessen?"

„Außerdem hast du gar nichts im Haus, oder?"

„Jap."

„Aber ... ich habe solchen Hunger ..."

Sie setzte sich auf und setzte eine weinerliche Miene auf.

„Tja", grinste Sam. „Wäre mein Handy jetzt hier, könnten wir im Bett etwas bestellen."

„Dafür würdest du das Telefon sicher holen, oder? Was bestellen wir denn? Pizza? Mexikanisch? Vielleicht Chinesisch? Lass uns Chinesisch bestellen!"

„Ich mag es, wie du dir deine Fragen immer selbst beantwortest."

Sie lächelte, ignorierte ihn aber.

„Ich habe Hunger auf China-Nudeln. Und Frühlingsrollen. Und Wan-Tan. Und die haben immer so leckere Suppen! Oh, und Reis. Wenn man Chinesisch bestellt, muss man auch Reis bestellen."

Sie sah zu Sam hinab, der sie immer noch betrachtete.

Sie schlug ihm auf die Schulter. „Was denn!? Wieso gucken mich alle immer so komisch an, wenn ich viel Essen bestelle. Wenn ein Kerl das machen würde, wäre es okay. Außerdem habe ich gerade so viele Kalorien verbrannt, dass ich, glaube ich, noch eine Pizza draufbestelle. Du bezahlst, oder?"

Sam grinste und zog ihren Kopf zu sich herunter, um sie zu küssen.

„Ich bezahle ... du hast ohnehin gar kein Geld hier, oder?"

„Nee. Wenn ich kein Geld da habe, kann ich es auch nicht ausgeben", sagte sie weise. „Ich muss sparen, damit ich ausziehen kann."

„Du willst ausziehen?"

„Jap."

„Weiß Dexter das?"

„Ja, aber er ignoriert es. Also: Du holst das Handy, du bestellst und du bezahlst?"

Sam nickte und stand auf. „Hört sich nach einer absolut fairen Verteilung an."


Eine Dreiviertelstunde später saßen sie erneut im Bett, diesmal jedoch mit Essen. Chloe hatte darauf bestanden, denn sie wusste: Sobald sie sich richtig anzogen, würde Sam wieder das Verlangen haben zu arbeiten. Dabei war ihr das Verlangen nach ihr so viel lieber.

Sie fing mit den Frühlingsrollen an und stöhnte bei jedem einzelnen Bissen.

„Ach, das war es", sagte Sam, als sie die zweite Rolle in sich hineinschob. „Du hast gestern die ganze Zeit Frühlingsrollen gegessen, während wir Sex hatten. Und ich dachte, du hast meinetwegen so gestöhnt."

Sie verschluckte sich am Essen und fing lachend an zu husten.

Sie goss Wasser nach und musste nur noch mehr lachen. „Tut mir leid, dass du es so herausgefunden hast. Ich wollte deine Gefühle nicht verletzten."

Sie dippte ein Wan-Tan in die süß-saure Soße und nicht ganz unerwartet tropfte die Hälfte davon auf dem Weg zu ihrem Mund auf das weiße Laken.

„Ups", sagte sie und schluckte die Teigtasche herunter.

„Mach dir nichts draus, ich muss sowieso waschen. Die Sachen, die wir gestern, heute Morgen und gerade eben hier gemacht haben, waren ohnehin zu dreckig für dieses Bett."

*Mach dir nichts draus?*

Interessant.

Es wäre vielleicht ein Experiment wert, zu sehen, wie weit sie gehen konnte ...

Sie nahm sich eine weitere Wan-Tan, tauchte sie in die Soße und ließ sie dann gemächlich zu ihrem Mund wandern. Nur, dass sie diesmal einen kleinen Umweg über Sams Körper nahm.

Süß-saure Flüssigkeit tropfte auf seine Brust und seine Schulter.

Sam starrte sie regungslos an.

„Du hast gestern so dreckige Sachen gemacht, da müssen wir dich ohnehin waschen, Sam", grinste sie. „Also mache ich mir nichts draus."

Ein langsames, träges Lächeln zog sich über sein Gesicht.

„Okay."

Er nahm sich ein paar der Nudeln, die vor Erdnusssoße trieften, zog den Ausschnitt des Hemdes, das sie trug – seines Hemdes – nach vorn und ließ sie dort hineinfallen. Chloe zuckte zusammen, als die warmen Nudeln ihre Haut hinunter über ihre Brüste rutschten.

Ungläubig riss sie Mund und Augen auf.

„Das hast du nicht gerade getan."

„Du hast recht. Das musst du dir eingebildet haben."

„Es ist *dein* Hemd!"

„Du kannst es behalten."

Sie zog eine Frühlingsrolle aus der Tüte, um sie mit Soja-Soße zu tränken und dann gemächlich über seine Schultern und seinen Hals zu streichen.

„Das ist wie Kunst", murmelte sie und ließ die Frühlingsrolle über sein Kinn kreisen.

Sam schloss die Augen und schmunzelte, bevor er sein Gesicht zur Seite wandte und ihr die Frühlingsrolle mit dem Mund aus den Fingern nahm.

„Du solltest wirklich das Hemd ausziehen, bevor es ruiniert ist", stellte er mit vollem Mund fest und bevor Chloe etwas dazu sagen konnte, hatte er es aufgerissen. Einzelne Knöpfe lösten sich, bevor Sam es von ihrem Körper zog und achtlos auf den Boden warf.

„Erdnusssoße steht dir", bemerkte er.

„Ich wette nicht so gut wie dir", antwortete sie und warf sich über das Essen auf ihn, sodass sie die Soße auch auf seinem Körper verteilte.

Sam fiel durch den plötzlichen Druck auf seiner Brust zurück und landete auf seinem Kissen, das innerhalb von zwei Sekunden ruiniert war.

Chloe hatte ihn eigentlich küssen wollen, konnte aber nicht, weil sein Gesichtsausdruck so witzig war, dass sie nicht aufhören konnte zu lachen.

„Du hast angefangen", hickste sie.

„*Ich* habe angefangen?", fragte er ungläubig. „Du hast die süß-saure Soße über meinen Körper verteilt!"

Ach ja. Richtig.

„Aber das habe ich doch nur gemacht, weil du so zum Anbeißen aussahst. Ich dachte, mit der Soße wirst du vielleicht noch leckerer."

„Und hat es funktioniert?"

Sie fuhr mit den Fingern über die klebrige Soja-Soße auf seinem Kinn und nickte. „Ja. Großartig."

Ihr Herz schien mit jedem Zentimeter, um das sich sein Lächeln verbreitete, leichter zu werden. Als wäre es für ein paar Stunden aus seinem Käfig in die Freiheit gelassen worden. Es war Jahre her, dass sie das letzte Mal so empfunden hatte.

„Hast du dir je gewünscht, nie erwachsen zu werden, Sam?", fragte sie leise.

Seine Finger strichen über ihren nackten Rücken. „Nein. Ehrlich gesagt wollte ich immer nur erwachsen werden. Es ist leichter, sich um alles zu kümmern, wenn man erwachsen ist."

Sie nickte.

Natürlich.

„Weißt du, früher konnte ich es auch nicht erwarten, erwachsen zu werden. Aber jetzt ... manchmal ist es, als wäre die Verantwortung für mich selbst schon zu viel. Aber bei dir wirkt es immer so leicht. Du bist ein einziger Fels, der Verantwortung liebend gerne auf seinem Rücken trägt.“

„Wenn ich sie nicht tragen würde, wie könnte ich dann sichergehen, dass derjenige, der es tut, alles nach meinen Wünschen erledigt?“

Chloe strich gedankenverloren mit ihren Fingern über seinen Hals.

„Also übernimmst du nur gerne die Verantwortung, weil du nicht darauf vertraust, dass andere es richtig machen?“

„Und weil ich gerne die Kontrolle habe“, lächelte er verschmitzt.

Sie verdrehte die Augen. „Natürlich. Deine geliebte Kontrolle. Es ist ein Wunder, dass du im Bett nicht auf Unterwerfung und den ganzen Kram stehst.“

„Ah, aber Chloe, bis jetzt hast du wirklich alles nach meinen Wünschen erledigt.“

„Oh danke, Mr. Parker. Bitte schreiben Sie das in den Evaluationsbogen, den ich Ihnen am Ende dieses Tages zum Ausfüllen dalassen werde.“

„Werde ich ...“, murmelte er und fasste ihre Haare hinten mit seinen Händen zusammen. „Und – es stimmt nicht.“

Überrascht hob sie ihren Blick. „Was?“

„Es stimmt nicht, dass die Verantwortung für dich selbst schon zu viel wäre. Dass du nicht gerne Verantwortung trägst. Du bist noch genauso intelligent, genauso autoritär, was auch immer, wie vor dem Unfall. Du hast nichts von deinem Ich verloren, Chloe – nur ein wenig von deinem Selbstbewusstsein. Zu Unrecht.

Denn jeder wäre in deiner Situation hilflos gewesen. Niemand hätte gewusst, was er in so einer Situation hätte tun können. Denn es gab *nichts,* rein gar nichts, was du hättest tun können, um deine Eltern zu retten."

Eine Schwere legte sich auf ihre Brust und drängte sich ihren Hals hinauf.

„Weißt du, rational gesehen ist mir das bewusst. Aber eben dieses Wissen ist es auch, das mir so viel Angst macht. Weil es immer wieder solche Situationen geben wird. Situationen, in denen man wahrhaftig hilflos ist, weil es *nichts* gibt, was man tun kann."

Sie spürte, wie seine Finger sanfte Kreise auf ihren Schulterblättern zogen.

„Für mich sind diese Situationen eine Erleichterung."

„Warum?"

„Weil ich in ihnen keine Entscheidung treffen kann, die mich für den Rest meines Lebens verfolgen wird."

„Von was für einer Entscheidung redest du?"

Er schloss die Augen und Chloe wusste, dass sie darauf keine richtige Antwort bekommen würde. Schließlich flüsterte er: „Sagen wir einfach, es war eine verdammt beschissene Wahl."

„Du sagtest, du hältst dich für keinen guten Menschen und dass es dir egal ist ... ginge das nicht damit einher, dass du keine deiner *kalten* Entscheidungen bereust?"

„Oh, ich bereue sie nicht. Aber das heißt nicht, dass sie mich nicht für den Rest meines Lebens verfolgen wird."

Chloe nickte, auch wenn sie nicht wusste, ob das Sinn machte. Aber sie spürte, dass das Sam nicht interessieren würde.

„Du bist nicht kalt, Sam. Es ist egal, was du denkst oder die anderen sagen. Du bist nicht kalt. Du bist sogar sehr, sehr heiß."

Seine Mundwinkel zuckten, doch sie wusste nicht, ob er sie ernst nahm.

Erneut schloss er die Augen, zog sie in eine waagerechte Umarmung und vergrub seine Nase in ihren Haaren. Sie konnte spüren, wie er einatmete, ausatmete, einatmete, ausatmete, seine Muskeln an angestrengter Spannung verloren.

Schließlich lockerte er seinen Griff, strich ihr die Haare aus der Stirn und sah ihr ins Gesicht.

„Ich muss dich jetzt rausschmeißen, Chloe."

„Was?" Das kam etwas unerwartet. „Warum?"

Sam warf einen Blick auf seine Uhr. „Weil ich in einer Stunde mit Dex verabredet bin."

Sie prustete. „Jetzt wirklich? Ist doch super, dann kannst du mich da absetzen, eine halbe Stunde warten und selbst hochkommen."

Er stöhnte laut. „Ich habe es schon immer gehasst, Versteck zu spielen. Immer."

„Nur noch für ein paar Monate, bis ich es ihm sage."

„*Tage*, Chloe."

„Sagen wir Wochen."

„*Tage*, Chloe!"

Sie verdrehte die Augen. „Schön. Tage."

„Morgen."

„Aber ..."

„Je eher, desto besser. Sonst sag' ich es ihm."

Nein. Lieber nicht. Sam hatte ein so schönes Gesicht. Sie wollte nicht riskieren, dass es verunstaltet wurde.

„Gut. Morgen. Ich sag' es ihm morgen."

Doch wo bekam sie so schnell gemütsberuhigende Drogen her?

# Kapitel 15

Sie glühte.

Ihre Haut glühte, ihre Augen glühten und sie fühlte sich so leicht, dass sie Angst hatte, einfach in den Himmel zu steigen und nicht mehr hinunterzukommen.

Zusammengefasst: So musste sich wohl ein Glühwürmchen auf Helium fühlen.

Chloe öffnete die Tür und trat vorsichtig in den Flur. Draußen wurde es schon wieder dunkel, dabei war es erst kurz nach vier und ein Lächeln breitete sich bei dem Gedanken auf ihrem Gesicht aus, dass Sam unten eine Straße entfernt in seinem Auto saß, um tatsächlich in einer halben Stunde wieder an ihrer Tür zu klingeln. Nur wollte er natürlich nicht zu ihr, sondern zu …

„Wo zum Teufel warst du?"

„Hey Dex, wer hat denn deinen Sonnenschein erstickt?"

Sie zog sich ihre Schuhe aus und das Abendkleid von gestern, das sie immer noch trug, war wohl doch recht eindeutig.

Der Blick ihres Bruders, der über ihre Erscheinung huschte, ließ sie wissen, dass er wohl gerade dasselbe dachte.

„Wo warst du?", fragte er erneut.

Chloe fing an zu lachen. Er war albern. Und er merkte es nicht einmal. Sie machte einen Schritt auf ihn zu und nahm ihn in den Arm.

„Ich habe dich echt lieb, Dex, aber das geht dich einfach nichts an", sagte sie lächelnd, tätschelte kurz seinen Rücken und ließ ihn dann los.

Dex' Blick wurde noch skeptischer.

„Du bist auffällig glücklich", stellte er irritiert fest, als sie sich an ihm vorbei in den Wohnraum schob.

„Ja, oder?"

„Ich dachte, du lebst im Zölibat."

„Betrachte mein Zölibat als erfolgreich beendet."

„Oh Gott", grummelte er, bevor er unschuldig hinzusetzte: „Wer ist denn der Glückliche? ... und wenn du Ryan sagst, dann ..."

„Meine Güte, so besessen wie du von Ryan bist, müsste Kaylie sich vielleicht Sorgen machen, dass du vor lauter nacktem Männerkörper doch endlich das Ufer gewechselt hast!"

Dexter lehnte mittlerweile an der Küchenanrichte, die Augen verengt. „Du lächelst immer noch."

„Und?"

„Normalerweise regst du dich zu so einem Zeitpunkt immer schon so sehr auf, dass ich mich in dein Leben einmische, dass du zwei Falten mehr auf der Stirn hast."

Sie seufzte melodramatisch.

„Was soll ich sagen? Ich bin heute wohl einfach glücklich. Sag es keinem weiter. Könnte meinem Ruf schaden."

Dexter starrte sie an und schließlich fing er ebenfalls an zu lächeln. „Schön zu hören, Chloe. Also dieser Mann ist ...?"

„Sam, Dex. Ich habe die ganze Nacht heißen Sex mit Sam gehabt."

Ihr Bruder seufzte. „Wenn du es mir nicht sagen willst, dann sag es mir einfach nicht, okay?"

Mhm. Es könnte schwieriger werden als gedacht, die Wahrheit zu sagen.

***

Sam war noch nie den ganzen Tag im Bett gewesen. Selbst wenn er krank war, lag er nicht den ganzen Tag im Bett!

Und jetzt war es halb fünf, er saß in seinem Auto, sah auf die Uhr und hatte heute nichts anderes getan als zu essen, zu schlafen, mit Chloe zu schlafen, zu duschen und … nichts.

Das war absurd. Wie konnte er den ganzen Tag nichts getan haben und trotzdem zufrieden sein?

Als er eine halbe Stunde später bei Dex auf dem Sofa saß, wohlwissend, dass Chloe höchstwahrscheinlich gerade oben in ihrem Zimmer war, stellte er sich immer noch dieselbe Frage. Er war achtundzwanzig, wurde in ein paar Monaten neunundzwanzig und konnte nicht von sich behaupten, schon einmal so verwirrt gewesen zu sein.

Er hatte immer eine bestimmte Vorstellung von seinem Leben gehabt. Seit er denken konnte, verfolgte er dasselbe Ziel und er war endlich dort angekommen, wo er hingewollt hatte. Jede seiner Vorstellungen hatte sich bewahrheitet.

Und nun Chloe …

Chloe ging über jede mögliche Vorstellung hinaus. Sie passte zu nichts, was er je gewollt hatte und dennoch wollte er sie mit einer Intensität, die ihm Angst machte. Die ihm Schweißperlen auf die Stirn trieb, die sein Herz und seine Lungen schwer und gleichzeitig leicht machte.

Ordnung. Ihm fehlte die Ordnung.

Und verdammt noch mal, er war trotzdem mit dem heutigen Tag zufrieden! Wie konnte das sein?

„Sam, ich steh' ja auf dein sexy Schweigen, aber heute übertreibst selbst du es", bemerkte Dex, nachdem sie fünf Minuten still nebeneinander gesessen und auf die Philadelphia Skyline hinausgesehen hatten.

Sam drehte sein Wasserglas in den Händen und fragte sich, ob sie immer noch so nebeneinander sitzen konnten, wenn sein bester Freund wüsste, wen er sich gerade nackt vorstellte.

„Was hast du heute gemacht, Dex?", riss er sich aus seiner Fantasie und wandte sich zu ihm um.

Verwundert legte Dex die Füße auf den Wohnzimmertisch. „Was?"

„Was du heute gemacht hast."

„Ähm, mit Kaylie gefrühstückt?"

„Und sonst nichts?"

Dex grinste zufrieden. „Na ja, wir haben erst um zwei gefrühstückt."

„Ach so."

War das normal? Den Tag im Bett zu verbringen und zufrieden zu sein?

Und war das nicht egal? Normal war nie das gewesen, nach dem Sam sich gesehnt hatte.

„Wieso, was hast du denn gemacht?"

Dreckige, dreckige Dinge mit deiner Schwester. „Nicht viel."

„Gut für dich!", grinste Dex und schlug ihm auf die Schulter. „Du solltest viel öfter nicht viel tun."

Ja, scheinbar. Auch wenn es Sam schwerfiel, rational gesehen das Gute daran zu finden.

„Ich habe dich gestern gar nicht auf der Feier getroffen", fuhr Dex fort. „Warst du überhaupt da?"

Er nickte, immer noch etwas abwesend. „Ja. Bestimmt für zwanzig Minuten."

„War ja klar. Ich bin auch viel zu spät gekommen und habe wohl die beste Show des Jahres verpasst."

Das lieferte ihm Sams Aufmerksamkeit. Show? Er redete doch nicht über …

„Luke soll Emma eine Szene auf der Bühne gemacht haben."

Erleichtert sanken Sams Schultern wieder nach unten.

„Wirklich? Was für eine Szene?"

„Keine Ahnung. Habe Kaylie nicht weiter danach gefragt. Wir hatten anderes zu tun."

Sam war von seinen eigenen Gedanken zu abgelenkt, um das selbstgefällige Lächeln auf dem Gesicht seines Freundes zu sehen. Er konnte sich einfach nicht konzentrieren. Die letzten Stunden hatten sich in sein Hirn gebrannt und wenn er nur daran dachte, dass Chloe gerade oben war ... allein. Es war Verschwendung, sie allein zu lassen.

„... weißt du, ich glaube, sie hat 'nen Freund."

Mühsam holte Sam sich wieder ins Diesseits zurück und blickte verwirrt zu Dex, während er sein Glas an die Lippen hob und einen Schluck nahm.

„Ja, ich weiß. Luke. Luke ist ihr Freund."

Dex schnaubte und schüttelte den Kopf. „Du bist heute nicht im Zuhör-Modus, was? Ich rede nicht über Emma. Ich meine Chloe. Ich glaube, Chloe hat einen Freund."

Sam verschluckte sich und lehnte sich hustend vor. „Was?"

„Na ja, sie scheint glücklicher in letzter Zeit. Und als sie gerade zurückgekommen ist, da war sie ... merkwürdig fröhlich. So wie früher fröhlich, weißt du noch? Als man das Gefühl hatte, sie könnte die ganze Welt mit ihrem Glück anstecken."

Sam starrte ihn an. „Wirklich?"

Da kribbelte etwas unter seiner Haut. Ein fremdes Gefühl, das ihn an seinem Hemdkragen ziehen ließ, der auf einmal zu eng geworden schien.

„Ja. Und meine Güte, ich will gar nicht wissen, welcher Loser dafür verantwortlich ist. Chloe sucht sich immer irgendwelche Typen, die die totalen Waschlappen sind. Und dann bildet sie sich für zwei Wochen ein, dass sie glücklich ist, nur um dann wieder unglücklich zu werden."

Sam starrte Dexter an und sein Kiefer schmerzte, weil er seine Zähne so fest aufeinanderpresste.

Ihm gefiel nicht, was sein Freund sagte.

Nicht der Part, in dem er als Waschlappen beschrieben wurde. Das war ihm egal. Die Sache über Chloe. Sie war nicht so unzuverlässig und sprunghaft, wie Dexter sie beschrieb. Er hielt sich an einer Version von ihr fest, die sie längst nicht mehr war. Als wollte er nicht sehen, wie sie sich im letzten Jahr geändert hatte. Vielleicht sollte er nicht so tun, als würde er sie besser kennen, aber ... vielleicht hatte er einfach eine neutralere Sicht als ihr Bruder, der es mit seinem Beschützerinstinkt etwas übertrieb.

Doch das sagte Sam nicht. Er hielt den Mund. Denn er hatte nicht das Recht, sich in ihre Beziehung einzumischen. Er hatte eigentlich schon genug getan, indem er mit ihr ins Bett gehüpft war. Und verdammt noch mal, er bereute es nicht!

„Na ja, keine Ahnung, mal sehen, was es wird", fuhr Dexter fort, der in seiner Feinfühligkeit natürlich nicht mitbekam, wie Sams ganzer Körper sich versteift hatte.

„Ja, mal sehen", murmelte Sam und starrte aus dem Fenster.

Das war eine wirklich gute Frage.

Er mochte Chloe. Es war schwer, keinen Spaß zu haben, wenn er mit ihr zusammen war. Aber sie war nicht die Art von Frau, die er in seinem Leben brauchte. Sie passte einfach nicht. Es war, wie er gesagt hatte: Sie wollte alles – und er würde nie alles geben. Nie alles geben können.

Das hörte sich hart an, aber so war es.

„Ach, was ich dich noch fragen wollte, fährst du morgen zu deiner Familie?"

Sam zwang sich dazu, wieder seinen Kopf zu drehen und hob eine Augenbraue. „Warum sollte ich bescheuert genug sein, zu meiner Familie zu fahren?“

„Morgen ist Heiligabend, Sam.“

Ach, richtig.

Er zuckte die Achseln. „Ich bleib‘ zu Hause. Gehe vielleicht was essen. Aber du weißt, wie ich zu Weihnachten stehe.“

„Jaja, alles ein Betrug, schon klar – dann kommst du wohl zu uns.“

Sam schnaubte. „Wenn das eine Einladung war, dann eine sehr schlechte.“

„Es war keine Einladung. Wenn ich dich fragen würde, würdest du Nein sagen, deswegen fordere ich dich auf.“

Sam stöhnte und ließ sich gegen die Lehne zurücksinken. Dex hatte diese Miene aufgesetzt, die keine Widerworte zuließ. „Weihnachten ist was für die Familie, ich möchte mich nicht in euer trautes Glück einmischen.“

Dex‘ Augenbrauen trafen sich über seiner Nasenwurzel.

„Sei nicht albern. Du bist Familie. Außerdem hat Kaylie Jake eingeladen und der Coach, ihr Vater, kommt auch, also ... bitte komm! Ich brauche dich.“

Sams Hals verengte sich.

*Du bist Familie.*

Er hatte echt Mist gebaut. Er hätte von Anfang an offen zu Dexter sein müssen. Er hätte schon vor sechs Jahren sagen müssen, dass er mit Chloe im Bett gelandet war und ... jetzt war es zu spät und er war der beschissenste beste Freund, den es gab.

„Alles klar, ich komme“, sagte er und seine Stimme hörte sich hölzern an. „Wenn du mich *brauchst*, kann ich dir meine Anwesenheit ja nicht verwehren ... Prinzessin.“

Dexter grinste und ließ seine Flasche gegen Sams Glas klirren. „Du freust dich über die Einladung, gib es zu. Du tust zwar immer so, als wärst du gerne alleine ... aber ganz tief in deinem Inneren sehnst du dich nach menschlichen Bindungen."

Ja, im Moment mochte das stimmen. Zumindest sehnte er sich nach einer ganz bestimmten – äh – Bindung.

***

Chloe fand sich gruselig.

Sie hatte die letzten zehn Minuten damit verbracht, in den Spiegel zu sehen und zu versuchen, sich das Lächeln vom Gesicht zu wischen. Aber sie konnte nicht.

Irgendwann hatte sie aufgegeben, sich aufs Bett gelegt und sich gefragt, worüber Sam und Dex da unten gerade redeten. Sie war zweimal kurz davor gewesen, sich eine Ausrede dafür auszudenken, zum Beispiel zum Kühlschrank zu müssen, nur um sie für ein paar Momente beobachten zu können. Aber das war ihr zu armselig erschienen.

Gott sei Dank würde sie nicht lange warten müssen Sam wiederzusehen, denn Emma und sie sollten ihn um acht am Stadion treffen, für den Scheck und ein Feedback-Gespräch zum gestrigen Abend.

Sam hatte sich an den Kopf gefasst, als Emma das Wort Feedback-Gespräch in den Mund genommen hatte, aber schließlich genickt. Wahrscheinlich weil er gewusst hatte, dass es leichter war, ihr einfach zuzustimmen.

Chloe starrte an die Decke und fragte sich gerade, ob es Sam unangenehm wäre, sie gleich wiederzusehen, als ihr Handy klingelte und sein Name aufblitzte.

Ihre Brust zog sich zusammen und automatisch wurde ihr unverwischbares Lächeln noch ein wenig breiter.

„Hey", antwortete sie und stemmte sich in die Senkrechte.

„Hey", kam es zurück. Eine kleine Pause entstand, bevor Sam endlich sagte: „Ich sitze in meinem Auto und stehe immer noch vor eurer Tür."

„Und warum tust du das?"

„Ich habe keine Ahnung."

Sie biss sich grinsend auf die Unterlippe. „Kann ich dir mit irgendetwas helfen?"

„Ich ... ja. Du musst doch gleich auch zum Stadion, vielleicht sollten wir eine Fahrgemeinschaft bilden."

„Ah, so ein umweltbewusster Mann."

„Na ja, ich hatte eher daran gedacht, dass du dann nach dem Treffen dazu gezwungen bist, mit mir nach Hause zu kommen."

Ihr Herz war so süßlich schwer und voll, dass sie sicher war, sie konnte in diesem Moment nicht aufstehen.

„Das hattest du dir also gedacht, ja? Und warum sollte ich das tun?"

„Weil ich noch nicht fertig mit dir bin", war die schlichte Antwort.

Die Worte waren nicht besonders zärtlich, aber eine Gänsehaut bekam Chloe dennoch.

„Das trifft sich gut, ich bin nämlich auch noch nicht fertig mit dir. Aber ich fahre mit meinem eigenen Auto. Ich will morgen nicht um halb sechs aus dem Bett müssen."

„Okay. Klingt nach einem fairen Deal. Bis gleich, Chloe O'Connor."

„Bis gleich, Sam Parker", lächelte sie und legte auf.

Sie ließ sich zurück auf die Matratze fallen und wusste: Es war viel zu spät dafür, ihr Herz zu schützen. Und das wollte sie auch nicht.

Denn zurzeit war das Leben ein Segen und sie wollte, dass dieses Gefühl nie wieder verschwand. Nur befürchtete sie, dass das nur funktionieren konnte, wenn Sam ebenfalls nie wieder verschwand.

Sie blieb noch eine Weile liegen, bevor sie schließlich die Treppe herunterging und Dex in irgendeinem Topf herumrührend am Herd vorfand. Als er ihre Schritte hörte, wandte er sich zu ihr um und hob die Augenbrauen.

„Wo willst du hin? Du bist doch erst vor ein paar Stunden gekommen.“

Sie nickte. „Ich weiß, aber ich treffe mich mit Sam und Emma zu einer Feedback-Besprechung“, erklärte sie und schlüpfte in ihre Schuhe, die sie vor der Treppe hatte stehen lassen.

„Feedback-Besprechung.“ Dex verzog das Gesicht. „Das hat Sam sicherlich gefallen.“

„Ja, er konnte sich kaum halten vor Glück. Ich glaube, er wollte weinen, hat sich aber gerade noch am Riemen gerissen.“

„Ich kann es mir bildlich vorstellen ... apropos Sam: Ich habe ihn zu Weihnachten eingeladen, ich hoffe, du kommst damit klar.“

Chloe runzelte verwirrt die Stirn. „Warum sollte ich nicht damit klarkommen?“

Dexter schien noch verwirrter als sie selbst.

„Du magst ihn nicht sonderlich, erinnerst du dich?“

Oh. Ja. Richtig. „Ähm ...“ Sie räusperte sich. „Wir haben geredet und beschlossen, uns jetzt doch zu verstehen.“

„Tatsächlich?“ Die Skepsis triefte aus Dex‘ Stimme.

Sie nickte mehrfach und schob die Unterlippe zwischen ihren Zähnen hin und her. „Ja, haben wir und ...“

Sie sah Dex in die Augen, die erwartungsvoll zu ihr hinabblickten und ... verdammt. Sie hatte es ihm morgen sagen wollen, aber vielleicht sollte sie das vorverlegen.

Jetzt war ein genauso guter Moment wie jeder andere auch. Und wenn sie schon dabei war, dann könnte sie ihm gleich alles beichten. Das mit dem College. Mit der Wohnung, nach der sie sich bereits umsah – einfach alles.

Sie holte tief Luft.

„Dexter, ich wollte noch mit dir über etwas reden."

Ihr Bruder nickte langsam. „Ja ... ich auch mit dir."

„Oh." Überrascht legte sie den Kopf schief. „Okay. Dann du zuerst." Es konnte nicht schaden, das Ganze noch ein paar Minuten nach hinten zu verschieben.

Wieder nickte Dexter, den Blick für einige Momente auf eine Stelle über ihrer Schulter gerichtet, bevor er sie wieder ansah.

Da war etwas in seinen Augen. Etwas Unangenehmes. Etwas, das Chloe automatisch einen Schritt zurückweichen ließ.

„Du hast in ein paar Tagen Geburtstag. Am Neunundzwanzigsten."

Sie verflocht ihre Hände ineinander. „Ich weiß. Das Datum ist seit vierundzwanzig Jahren das Gleiche."

„Ja, ist mir klar, nur ... nun, du wirst fünfundzwanzig und du weißt, dass Mom und Dad dir einen Treuhandfonds eingerichtet hatten, der für dich erst mit fünfundzwanzig zugänglich werden sollte."

Natürlich wusste sie das. Das war es, auf das sie seit Monaten hinfieberte. Die Möglichkeit, wieder auf eigenen Beinen stehen zu können und ihr Leben weiterzuführen. Das zu tun, was sie hatte tun wollen, bevor der Unfall alles kaputtgemacht hatte.

„Das weiß ich alles, Dexter", sagte sie und ihre Stimme sackte ein paar Oktaven tiefer. „Ich kann das Geld gut gebrauchen."

„Ja, genau deshalb wollte ich mit dir reden. Du hast jetzt schon mehrmals durchblicken lassen, dass du ausziehen willst und ..." Er seufzte schwer und kratzte sich mit der rechten Hand an der Wange.

„Chloe, ich weiß wirklich nicht, ob das eine gute Idee ist."

Automatisch zogen sich ihre Arme um ihren Oberkörper. So, als wisse er intuitiv, dass sie sich in den nächsten Momenten würde verteidigen müssen.

„Wieso glaubst du, ist das keine gute Idee?", fragte sie hölzern und ihre Stimme war so kalt geworden, dass sie selbst vor sich zurückschreckte.

„Ich glaube einfach nicht, dass du schon soweit bist", sagte er mit Nachdruck.

„Und wann sollte ich soweit sein, Dex?", fragte sie gepresst. „Warum nicht jetzt?"

„Weil ... ich weiß einfach nicht, ob du stabil genug bist."

Ihr Mund öffnete sich und ihr Herz sprang ihr schmerzhaft gegen die Kehle.

*Stabil genug.*

Das hörte sich an, als wäre sie eine Verrückte.

Dex schien das ebenfalls zu merken, denn automatisch seufzte er wieder und machte einen Schritt auf sie zu. „Versteh' mich nicht falsch, Chloe. Dir geht es besser, du bist auf eine gewisse Art und Weise geordneter, aber bei dir ändert sich alle paar Tage alles und ... du kannst nicht gerade behaupten, verantwortungsvoll mit Geld umgehen zu können. Du hast im letzten Jahr mehr Geld für Alkohol ausgegeben als ich für Sportschuhe. Und ich gebe verdammt viel Geld für Sportschuhe aus. Du musst dich zusammenreißen und alles andere in deinem Leben planen, bevor du auch noch einen Haushalt führen und dich um alles andere kümmern musst. Du ..."

Wieder seufzte er und mit jedem Ton, der aus seinem Mund kam, krallten sich ihre Fingernägel fester in ihren Handballen.

„Chloe, ich will einfach nicht, dass du Dummheiten mit dem Geld anstellst."

„Dummheiten?", wiederholte sie tonlos.

„Ja, du weißt, was ich meine. Mit dem Geld könntest du in alte Muster zurückfallen und ich glaube einfach nicht, dass du im Moment emotional stark genug dafür bist, dich nicht wieder zu nutzloser Ablenkung hinreißen zu lassen."

Eiswasser schwappte in ihren Magen, dicht gefolgt von heißer Wut.

Kälte traf auf Hitze und in ihrem Kopf fing alles an, sich zu drehen.

*Nicht stark genug dafür bist.*

Er glaubte nicht an sie.

Er glaubte nicht daran, dass sie es alleine schaffen konnte. Er hielt sie für zu schwach.

Sie hatte gewusst, dass er sie nicht für die zuverlässigste Person auf Erden hielt, aber dennoch war sie davon überzeugt gewesen, dass er doch zumindest an sie glaubte. Darauf vertraute, dass sie ihr Leben in die richtige Richtung lenken würde. Dass er sah, wie viel Mühe sie sich damit gegeben hatte, zu ihrem alten Ich zurückzufinden. Es besser zu machen.

Dass er bemerkt hatte, dass sie nicht mehr das Mädchen war, das die Nichtigkeit des Lebens mit zu viel Alkohol und losen Beziehungen überdecken zu versuchte.

Aber sie hatte sich geirrt. Er hielt sie für schwach. Er glaubte allen Ernstes, dass sie das Geld für nutzloses Zeug benutzen würde. Dass sie nicht bereit war, es alleine auf die Kette zu bekommen.

„Chloe." Er streckte seine Hand nach ihr aus, doch sie wich vor ihm zurück. „Chloe, ich will dich nicht absichtlich verletzen oder runterziehen, aber ... du musst das doch auch sehen, oder?"

„Was muss ich sehen, Dex?" Ihre Stimme war zu einem zitternden Flüstern geworden. Ihre Stimmbänder schienen einfach nicht mehr herzugeben. Wie konnte er?

„Was sollte ich sehen, was du offenbar siehst?"

„Chloe. Du kannst keinen Job halten, es sei denn, du bekommst ihn durch eine persönliche Beziehung vermittelt. Du kannst dich nicht selbst ernähren, weil bei dir alles auf dem Herd anbrennt und dein Auto hat wahrscheinlich keinen Airbag, weil du es dir nicht leisten konntest. Du hast kein Ziel in deinem Leben, du lebst vor dich hin und natürlich kannst du so nicht auf Dauer glücklich werden! Du brauchst zumindest ein wenig Struktur."

Chloes Lippen fingen an zu beben und ihre Augen brannten, als stünden sie unter Feuer. Er hatte Unrecht. Er lag einfach falsch.

Oder?

„Ich habe ein Ziel!", schrie sie. „Nur, weil ich es dir nicht erzähle, heißt das nicht, dass ich kein Ziel habe!"

Dex schnaubte und schüttelte den Kopf.

„Und was für ein Ziel ist das? Nicht zu sterben, bis du sechsundzwanzig wirst?"

„Du kennst mich doch gar nicht mehr, Dexter", fuhr sie ihn an. „Du hast doch gar keine Ahnung davon, wer ich bin!"

Wie hatte sie so dumm sein können, ihm einfach so alles anvertrauen zu wollen?

„Du hast doch gar keinen Schimmer von meinen Zielen und meinen Träumen! Du gibst dir doch gar keine Mühe damit, herauszufinden, was mich antreibt oder warum ich wie reagiere und tue, was ich tue!", schrie sie und wischte die heißen Tränen fahrig von ihren Wangen.

Schwach. Er hielt sie für schwach.

Und gab das Salz, das sie auf ihren Lippen schmeckte, ihm nicht recht?

„Du versuchst doch gar nicht, mich anders zu sehen als das Mädchen, das du vor einem Jahr davor gerettet hast, sich selbst zu zerstören!"

„Dann erzähl es mir, Chloe", sagte er ruhig und sie hasste die übermäßige Geduld, die in seiner Stimme mitschwang. „Dann erzähl mir, wie sich dein Leben geändert hat. Was deine Ziele sind."

„Warum sollte ich? Du willst es doch sowieso nicht hören. Und nur zu deiner Info, Dex: Ich brauche deine verdammte Erlaubnis nicht, das zu tun, was ich will! Ich brauche deinen Segen, dein Vertrauen oder dein Irgendetwas nicht!"

Dexter verengte die Augen und faltete sorgfältig seine Hände zusammen. „Nein, brauchst du nicht. Nur mein Geld, mein Dach über deinem Kopf und meine Hilfe bei fast allem."

Sie starrte ihn an, wischte weitere Tränen weg, wollte etwas sagen – und versagte.

Wie konnte sie dagegen argumentieren? Wie könnte sie ihm widersprechen? Es war doch wahr. Es war doch das, was sie selbst über die letzten Monate an sich gehasst hatte.

„Ich wollte nie bei dir wohnen, Dex", sagte sie kalt. „Ich habe nie darum gebeten, dass du mir hilfst."

„Nein, hast du nicht", sagte er schroff. „Und trotzdem hast du es vorgezogen, in einem Millionen-Dollar-Penthouse zu wohnen anstatt auf der Straße, oder nicht?"

„Ich glaube, heute Nacht würde ich es eher vorziehen, unter einer Brücke zu schlafen", murmelte sie bitter, wandte ruckartig das Gesicht ab und lief zur Tür.

# Kapitel 16

Es war fünf nach acht.

Und er war immer noch allein.

Fünf nach acht und die sehr deutsche Eventplanerin und die Frau, die ihm vor einer halben Stunde versichert hatte, sie mache sich sofort auf den Weg, waren beide noch nicht hier.

Worauf konnte man sich überhaupt noch verlassen?

Er hatte acht Stunden geschlafen, sein Handy für mehrere Stunden im Kühlschrank liegen gehabt, einen Tag im Bett verbracht und jetzt kamen die Deutschen schon zu spät. Das war einfach nur absurd und hätte er nicht gewusst, dass es die Wahrheit war, hätte er es wahrscheinlich für erfunden gehalten.

Er nahm sein Handy aus der Tasche, vielleicht hatten Emma oder Chloe ja angerufen, und drehte es nervös in seiner Hand. Keine Nachricht. Von niemandem der zwei.

Gott, wie groß war wohl die Wahrscheinlichkeit, dass Chloe mit dem Schrotthaufen von einem Auto wieder auf der Straße liegengeblieben war? Oder in einem Graben damit lag? Der Weg von Dex' Penthouse war nicht der Rede wert, nur ein paar Minuten. Aber Sam würde wetten, dass wenige Minuten das waren, was der Motor des Fords brauchte, um zu explodieren.

Emma jedoch hatte keine dieser Ausreden. Sie hatte dieses blöde Gespräch haben wollen – an einem Sonntag – und jetzt kam sie nicht!

Sam wählte Chloes Nummer, wurde jedoch sofort zur Mailbox weitergeleitet. Sie musste das Telefon ausgeschalten haben. Er lief zur Tür seines Büros und trat auf den Gang hinaus, bevor er auch Emma anrief. Doch nach zwei Sekunden legte er schon wieder auf, denn die Blondine kam gerade aus dem Fahrstuhl am Ende des Ganges spaziert.

Sam war wirklich kein Spezialist, was Frauen anging. Noch viel weniger war er jemand, der sich sonderlich für Mode interessierte. Und dennoch wurde er bei Emmas heutigem Aufzug stutzig.

Sie trug eine Jogginghose, die ihr etwas zu eng um die Hüften saß, so als gehöre sie jemandem, der zwei Kleidergrößen schmaler war als sie, und ein weißes, weites T-Shirt mit einem Rentier darauf. Die Haare hatte sie zu einem fahrigen Dutt auf ihrem Kopf gebunden und ihre Augen sahen aus, als habe sie sich graue Farbe darunter getupft.

Sam war wirklich kein Frauenversteher, aber wenn er ins Blaue raten müsste, würde er sagen, dass Emma wenig geschlafen und bessere Tage erlebt hatte.

„Hey Emma, ist alles in Ordnung?", fragte er vorsichtig, betend, dass sie einfach nicken würde. Denn wenn er ehrlich war, dann hatte er keine Ahnung, was er tun sollte, wenn sie mit ‚Nein' antwortete.

Sie in den Arm nehmen? Ihr Schokolade kaufen? Ein neues Paar Schuhe?

Er hoffte sehr, dass er nicht zu Ersterem gezwungen war. Bis auf die Umarmung mit Chloe hatte er in dem Bereich nämlich erschreckend wenig Erfahrung.

„Klar, alles okay", sagte sie gezwungen lächelnd und strich sich die fliegenden Härchen glatt, die ihr vom Kopf abstanden. „Wo ist Chloe? Können wir das Ganze vielleicht möglichst schnell hinter uns bringen?"

Sie blickte leicht nervös nach rechts und links, so als fürchte sie, ein maskierter Mann könne gleich aus einem der Büros hervorspringen und sie niederringen.

„Chloe ist noch nicht da. Ich dachte, sie hätte dich vielleicht angerufen?"

„Ich weiß nicht, ich habe mein Handy ausgeschaltet“, sagte sie schulterzuckend. „Ist auch egal. Gib einfach nur mir das Feedback.“

Ihm war es aber nicht egal.

Wo zum Teufel war sie?

Gott, man hätte ihr das Auto schon längst wegnehmen sollen! Es war ein Verkehrsdelikt auf vier platten Rädern.

„Weißt du was, Sam“, seufzte Emma plötzlich, sich mit der Hand über die Augen reibend. „Wir sollten das Feedback-Gespräch einfach weglassen. Gib mir einfach den Scheck.“

Dieser Tag wurde immer verrückter.

„Emma, du warst es, die darauf bestanden hat“, erinnerte er sie kopfschüttelnd, während er in sein Büro lief, um den Scheck zu holen.

„Ich weiß. Und wir holen das nach. Aber nicht heute. Okay?“

Sie blickte ihn mit großen Augen an und Sam nickte schließlich. Als wäre er dazu in der Lage Nein zu sagen, wo sie doch aussah, als sei sie einen Stupser gegen ihre Nase davon entfernt zu weinen.

„Schön“, sagte er und reichte ihr den Wisch Papier. „Und … du bist sicher, dass alles okay ist?“ Er wäre sich herzlos vorgekommen, hätte er sie nicht noch einmal danach gefragt.

„Nein, ist es nicht“, murmelte sie und griff nach dem Scheck. „Aber keine Angst, Sam. Ich habe wirklich keine Lust, meine Sorgen zu teilen.“

„Okay.“ Er war so erleichtert, dass man es seinem Gesicht mit Sicherheit ansah.

„Wir sehen uns“, sagte sie und war im nächsten Moment verschwunden.

Sam starrte ihr hinterher und hatte den plötzlichen Drang, Luke anzurufen. Er sollte doch wissen, wenn es seiner Freundin schlecht ging, oder?

Er zumindest würde es wissen wollen, wenn es Chloe …

Er schüttelte den Kopf und führte den Gedanken nicht zu Ende, denn er wollte nicht wissen, wo er damit landen würde. Er würde Luke nicht anrufen, denn ihn ging es absolut nichts an, was mit Emma vor sich ging. Stattdessen ließ er sein Büro hinter sich und bewegte sich zum Parkplatz, die ganze Zeit nach einer Frau in High Heels oder einem hellblauen Schrotthaufen Ausschau haltend.

Doch er konnte nichts entdecken. Es war mittlerweile dunkel geworden und der Parkplatz des Delphies-Stadions war nicht ganz unerwartet fast komplett leer.

Sam blickte nervös auf seine Uhr.

Es war zwanzig nach acht und Chloe war immer noch nicht hier.

Jetzt fing er doch tatsächlich an, sich Sorgen zu machen. Er stieg in seinen Wagen, schloss sein Handy an die Freisprechanlage an und fuhr los. Er würde den Weg absuchen, den Chloe von Dex' Wohnung gefahren sein musste. Es war kalt, aber die Straßen waren nicht glatt.

Was ihn nicht sonderlich beruhigte.

Er drückte die Schnellwahl auf seinem Telefon und war erleichtert, als Dexter nach dem zweiten Klingeln abhob.

„Hey", meldete der sich schroff. „Was ist los?"

Da hörte sich jemand aber verdammt fröhlich an.

„Hey Dex, ich will dich echt nicht nerven, aber ist Chloe noch zu Hause? Wir waren vor zwanzig Minuten am Stadion verabredet und sie ist nicht aufgetaucht."

Für einige Momente herrschte drückende Stille am anderen Ende der Leitung, die Sams Puls in die Höhe trieb.

Schließlich fragte Dex: „Sie ist nicht aufgetaucht?"

„Nein", sagte Sam scharf und bog etwas ruckartiger als nötig nach rechts ab. „Ist sie nicht. Also, sie ist nicht bei dir?"

„Nein, wir haben uns gestritten, sie war aufgebracht und ist aus der Tür. Ich dachte, sie fährt zum Termin."

Sams Finger verkrampften sich ums Lenkrad. „Weswegen war sie aufgebracht?"

„Sie hat was in den falschen Hals bekommen. Ich habe lediglich angemerkt, dass ich nicht glaube, dass sie dazu bereit ist, alleine zu wohnen und ..."

„Warum zum Teufel sollte sie nicht dazu bereit sein?", wollte Sam zähneknirschend wissen, während er auch die nächste Kurve etwas zu enthusiastisch nahm, den Blick links und rechts über die Fahrbahnränder schweifen lassend. Kein Zeichen eines blauen Fords.

„Sam, du weißt, wie sie ist!"

„Ja, ich weiß es, deswegen meine Frage."

„Sie ist noch nicht stark genug! Sie würde es nicht alleine schaffen", entgegnete Dex aufgebracht und Sam trat abrupt auf die Bremse. Er war vor dem Hochhaus angekommen, in dem Dex' Penthouse lag.

„Hast du ihr das so gesagt?", fragte er leise, das Telefon anstarrend. „Dass du sie für zu schwach hältst?"

„Ich ... sag mal, bist du auf ihrer Seite?!"

*„Ob du es ihr so gesagt hast, Dexter!"*, wiederholte Sam laut, seine Hände zu Fäusten ballend und wieder streckend. „Hast du ihr gesagt, dass du sie für zu schwach hältst?!"

„Nicht in der Wortwahl, nein, aber na ja ..."

Sam rieb sich mit Daumen und Zeigefinger über die Nasenwurzel.

„Warum?" Sam versuchte, seine Stimme ruhig zu halten, doch es gelang ihm nicht. „Warum solltest du ihr so etwas sagen?"

„Ich ... was zum Teufel soll das? Du bist wirklich auf ihrer Seite? Du kennst sie doch gar nicht gut genug, um zu wissen, dass sie es alleine schaffen könnte."

Oh, Sam kannte sie mehr als genug. Aber wie sollte Dexter das auch wissen?

„Dexter, du bist ein Arschloch, was deine Schwester angeht. Du willst ihr helfen, du sprichst die ganze Zeit davon, dass du ihr helfen willst. Aber alles, was du zu ihr sagst, hilft ihr nicht, sondern verunsichert sie! Du willst, dass Chloe ihr Leben in den Griff kriegt? Dann hab verdammt nochmal Vertrauen in sie! Denn der Einzige, dem du mit deinem Misstrauen hilfst, bist du! Weil du zu viel Schiss davor hast, nicht jede Sekunde auf sie aufpassen zu können. Hör verdammt nochmal auf, sie an ihre Fehltritte zu erinnern und sieh sie endlich als die Person, die sie geworden ist! Denn sie versucht, es besser zu machen! Sie versucht ihren College-Abschluss zu machen, sie versucht sich ein neues Leben aufzubauen. Also halte dich verdammt nochmal zurück mit deinen Hilfeversuchen!"

Es herrschte bedeutungsschwere Stille am anderen Ende der Leitung. Dann: „Sie versucht ihren College-Abschluss zu machen!?"

Scheiße. Das hätte er nicht sagen sollen.

„Ich muss gehen, Dex", sagte er schroff.

„Was?" Die Stimme seines Freundes war mehr als verwirrt. Nicht zu vergessen wütend. „Was ist denn los, verdammt!? Du nennst mich Arschloch, verteidigst meine Schwester und willst einfach ..."

Sam legte auf.

Wie hatte Dex so dumm sein können? Kannte er Chloe denn überhaupt nicht?

Sam presste die Lippen aufeinander und suchte mit den Augen die Autoreihe ab, die die Straße flankierte.

Chloes blauer Ford stand noch an genau derselben Stelle wie heute Nachmittag.

Sie war nicht weggefahren.

Erleichtert schloss er die Augen, atmete ein und aus.

Wenn sie nicht gefahren war, hatte sie entweder eine Freundin darum gebeten, sie abzuholen oder …

Sams Blick wanderte weiter die Straße entlang, bis zum Ende des Blocks, an dem ihm Neonlichter entgegenblinkten.

Oder war gar nicht weit gekommen.

***

*„Mäuschen, du kannst werden, was du willst."*

*„Ich kann nicht werden, was ich will, Mama. Das ist eine Floskel, die Mütter sagen, um ihren traurigen, unfähigen Kindern Mut zuzusprechen."*

*„Wie gut, dass ich keine unfähigen Kinder habe, sondern nur sehr talentierte und intelligente."*

*„Das sind auch Dinge, die Mütter ihren unfähigen Kin…"*

*„Chloe, komm schon. Wovor hast du Angst, Liebes?"*

*„Ich …" Sie hielt inne, holte Luft. „Was, wenn ich versage? Wenn niemand mich mag? Wenn ich herausfinde, dass ich dumm bin? Wenn ich nie weiß, was ich mit meinem Leben anfangen will?"*

*Ihre Mutter fuhr ihr sacht mit der Hand über den Kopf.*

*„Dann kommst du nach Hause, dein Vater und ich nehmen dich in den Arm und du fängst wieder von vorne an. Mäuschen, nur weil du ein paar hundert Kilometer von uns entfernt wohnst, heißt das doch nicht, dass wir nicht mehr für dich da sind. Und du wirst schon noch herausfinden, was du von deinem Leben willst. Du bist noch so jung."*

*„So jung nun auch wieder nicht und … Dex fällt das alles so leicht. Er weiß, was er machen will. Er findet innerhalb von zwei Sekunden Freunde. Er … sollte es mir nicht genauso gehen?"*

„Chloe, vergleich dich nicht mit deinem Bruder. Er ist eine komplett andere Person. Ihm fliegen Dinge wie Sport und lockere Bekanntschaften zu. Dafür hat er nicht deinen Tiefsinn, deine Weitsicht und deine Sensibilität. Ihm fehlen Dinge, die du in Massen besitzt und andersherum."

Chloe sah auf ihre Hände, die sich ineinander verkrampft hatten. „Ich habe nur das Gefühl, dass mir sehr viel mehr Dinge fehlen als ihm."

„Ach, Chloe." Ihre Mutter lächelte und zog den Arm enger um ihre Schultern. „Du bist etwas so unglaublich Besonderes, dass dein Vater und ich uns manchmal ansehen und uns fragen, wie wir so etwas Wunderbares wie dich zustande bekommen haben. Du bist so lebensfroh. Du kannst alle mit deinem Lachen, deinem Glück anstecken. Und du siehst Menschen an und erkennst ihre Seele. Würdest du all das gerne dagegen tauschen, besonders fest auf einen Ball einschlagen zu können?"

Ihre Mundwinkel zuckten müde. „Nein, natürlich nicht. Ich mag, wer ich bin, aber ... was, wenn ich es alleine einfach nicht schaffe? Wenn ihr so weit weg seid, dann kann mir keiner mehr helfen und ich ... was ist, wenn ich es einfach nicht alleine hinbekomme, mein Leben?"

„Du musst es nicht alleine hinbekommen, Chloe. Nie. Wir werden immer für dich da sein. Das ist doch der ganze Zweck einer Familie. Und nach einer Woche College wirst du sowieso vergessen haben, dass wir existieren."

„Und ... was ist, wenn ich nach einer Woche College wieder nach Hause will?"

„Dann kommst du eben einfach wieder nach Hause, Mäuschen."

Das Kerzenlicht flackerte vor Chloes Augen, streckte sich, sank wieder zusammen, leckte den Sauerstoff aus der Luft und verschluckte ihn. Sie streckte ihre Finger aus und fuhr damit durch die Flamme, während sie mit der rechten Hand ihr Glas fester umschloss.

Musik spielte im Hintergrund, doch das Licht der Kerze schien sie zu absorbieren, sodass sie zu einem Rauschen in ihren Ohren wurde.

Die Worte ihrer Mutter spukten in ihrem Kopf herum. Die Worte ihres Bruders gruben sich in ihr Herz. Die Worte, die sie immer wieder für sich selbst wiederholte, verflüchtigen sich.

*Ich bin nicht schwach.*

Sie sagte sie wieder und wieder, doch konnte nicht danach greifen – denn sie glaubte ihnen nicht.

Sie wollte leer sein.

Hatte sich noch nie so sehr in ihrem Leben gewünscht, einfach nur leer zu sein.

Sie nahm einen Schluck aus ihrem Glas, nahm das Brennen, das ihre Kehle hinunterfloss, kaum wahr und schloss die Augen.

Aber war das nicht ihr Problem? War das nicht der Grund, warum sie überhaupt erst angefangen hatte, flüchtige Beziehungen einzugehen, zu feiern? Um zu vergessen, dass sie nie vollkommen leer sein konnte? Weil sie es immer mit sich trug. Den Schmerz, die Einsamkeit. Die Angst.

Denn sie war schwach. Konnte nicht darüber hinwegsehen. Konnte nicht vergessen, dass die Welt unfair war und nichts, was sie tat, etwas daran ändern konnte.

Sie trank ihr Glas aus und klopfte auf den Tresen, um nach einem neuen zu bitten, als sie jemand an der Schulter berührte.

Das Kerzenlicht verblasste und die Musik drang zurück an ihre Ohren. Eine Menge Klavier, Saxofon, zu laut um Genaueres zu erkennen.

„Hey."

Da stand ein Mann vor ihr. Er blickte sie an und sah doch an ihr vorbei.

„Hey", antwortete sie mechanisch.

„Du bist wunderschön." Die Worte stolperten unbeholfen aus seinem Mund. „Willst du tanzen?"

Chloes Blick flog zur dicht belagerten Tanzfläche, die sie bis eben noch gar nicht wahrgenommen hatte. Die Bar war eng und voll und laut. Dunkle Holzflächen, klebriger Boden. Stehtische, der Tresen. Mehr gab es nicht.

„Tanzen?"

„Ja, mit mir", stellte der Mann klar.

Der Barkeeper füllte ihr Glas auf und sie nahm einen Schluck, bevor sie nickte. „Warum nicht?"

Leer sein. Sie wollte leer sein.

Der Mann streckte ihr seine verschwitzte Hand entgegen, doch sie ergriff sie nicht, sondern schob sich einfach an ihm vorbei auf die anderen Tänzer zu. Die Musik und der Whisky dröhnten in ihren Ohren, als ihr Tanzpartner seine Hand auf ihre Hüfte legte.

***

Hitze und der Geruch von schalem Bier schlugen ihm entgegen, als Sam die Tür der Bar ins Schloss fallen ließ. Es war dunkel, der Raum wurde nur von vereinzelten Glühbirnen und einigen Kerzen erhellt, die seinem Geschmack nach schon etwas zu weit hinuntergebrannt waren.

Jazzmusik schallte aus den Lautsprechern und auf jedem Meter, den er zurücklegte, rempelte er jemanden an.

Sam ließ seinen Blick wandern, tastete mit ihm die Bar ab und war selten so froh darüber gewesen, dass er die meisten Menschen um einen Kopf überragte. Chloe war ebenfalls nicht gerade klein, doch es war überfüllt und das Licht nur gedimmt, sodass er kaum die Stehtische erkennen konnte, die den Raum pflasterten.

Er schob sich weiter an den Männern und Frauen vorbei, die tranken, sich unterhielten, lachten. Er blickte in jedes Gesicht, suchte nach einem hellbraunen Schopf. Sie musste hier sein.

Wo sonst würde sie hingehen?

Chloe lebte mit dem Herz zuerst und sie würde sich nach Ablenkung sehnen. So wie sie sich die letzten Jahre nach Ablenkung gesehnt hatte.

Er streckte den Arm aus, schob die Leute aus dem Weg und betrachtete die Tanzfläche, die noch überfüllter war als der Rest der Bar.

Seine Augen brauchten nur ein paar Sekunden, um sie zu entdecken. Sie steckte mitten in der Menge, wo sie zwischen gehobenen Armen und schwingenden Köpfen untergehen konnte. Sam trat näher, pflügte sich durch die Menge.

Sie hatte die Augen geschlossen. Wiegte sich außerhalb des Taktes zur Musik, den Mund leicht geöffnet, die Fingerspitzen sacht an ihre Wangen gelegt, als versuche sie, ihren Kopf auf ihrem Hals zu halten.

Sams Blick glitt ihren Oberkörper hinunter und blieb an einer großen Hand hängen, die auf ihrer Hüfte lag und langsam nach hinten zu ihrem Rücken glitt. Chloe schien es nicht einmal zu bemerken. Sie sah aus, als würde sie sogar die Musik nicht hören.

Sams Finger zuckten und er schloss sie in seiner Faust ein. Chloes Kopf neigte sich zur einen Seite, ließ ihre Haare über ihre Schulter streichen, neigte sich zur anderen Seite. Wie der tickende Zeiger einer Standuhr.

Der Mann legte nun auch die andere Hand an ihre Hüfte und zog Chloe näher zu sich heran.

Etwas krallte sich in Sams Brust, ließ ihn nicht mehr los, brachte seine Füße dazu, sich zu bewegen und sich durch die Tanzmenge hindurch zu drängen. Chloe hatte jetzt die Augen geöffnet, sah den Mann an, schüttelte den Kopf, sagte etwas. Sam konnte sie nicht hören.

Der Mann zog sie näher zu sich heran, ließ seine Finger ihren Rücken hinunter, immer tiefer wandern. Chloe hob die Hände, die Augenbrauen zusammengezogen und wieder sagte sie etwas, bevor sie einen Schritt zurückmachen wollte und beinahe stolperte, weil der Kerl sie immer noch festhielt – die Hände an einem Ort, den er verlassen sollte, bevor Sam sie ihm abhackte.

Wut schoss durch seine Adern, in seinen Kopf – so schnell, dass er nicht einmal bemerkte, dass er plötzlich schneller lief, Ellenbogen in Seiten stieß und Leute anfingen zu fluchen. Seine Haut brannte als würde sie in Flammen stehen, während sein Herz schmerzhaft gegen seinen Kehlkopf gepresst wurde.

Die Arme des Mannes schlossen sich fester um Chloes Körper, die mit den Händen gegen seine Brust stieß.

Das war der Moment, in dem sich ein roter Schleier über Sams Augen legte.

Er machte einen Satz nach vorne, riss den Kerl an der Schulter zurück, hielt ihn mit einer Hand fest, während er die andere nach vorne gegen seinen Kiefer schleuderte.

Der Mann taumelte zurück, sein Kopf wurde nach hinten gerissen, Entsetzen in seiner Miene. Sam konnte den Knochen unter seiner Hand brechen spüren. Vielleicht wäre der Dreckskerl zu Boden gegangen, wenn er ihn nicht immer noch an der Schulter festgehalten hätte. Er wusste es nicht.

Heißer Schmerz zuckte durch seine Knöchel, seinen Arm hinauf und er konnte das Blut spüren, das ihm in feinem Rinnsal von der Haut tropfte, doch das hielt ihn nicht davon ab, noch einmal auszuholen und zuzuschlagen.

„SAM! SAM! Was tust du!? Hör auf damit!"
Eine Hand zog seinen Ellenbogen hinunter, den er nach hinten gestoßen hatte, um erneut auszuholen.

Er riss ihn los, doch die Hand fischte erneut nach seinem Arm.

„Sam!“ Chloes Stimme war ein undeutliches Knistern in seinem Ohr. „Sam, bitte! Hör auf. Bitte, lass es. Er ist es nicht wert. Er ... hör einfach auf.“

Sams Brust hob und senkte sich schwer und sein in der Luft hängender Arm zitterte.

„Bitte. Gehen wir.“

Chloes Gesicht schob sich vor seins, ihre Hand umfasste seine Wange und er ließ den Kerl los, der nach hinten stolperte, versuchte, das Gleichgewicht zu halten, aber keinen Stand fand und auf den Boden taumelte.

Sam starrte zu dem Mann herunter, aus dessen Nase Blut lief, der Kiefer merkwürdig schief in seinem Gesicht.

„Sam, komm.“ Chloes Hand griff nach seiner und er spürte, wie sie zitterte. „Bitte.“

Erst jetzt merkte er, dass die Musik nicht mehr lief, die Tanzmenge sich gelichtet hatte und ihn anstarrte.

Abrupt wandte er sich von seinem Gegner ab.

„Gehen wir“, knurrte er und ließ sich von Chloe aus der Bar ziehen.

# Kapitel 17

Die kalte Luft, die sich durch ihren Mantel fraß, richtete die Haare in ihrem Nacken auf. Sie fror, aber sie wusste nicht, ob das an den äußeren Temperaturen lag. Sie hielt Sams Hand fest umklammert, während er die Führung übernommen hatte und sie die Straße entlang zog, in die Richtung, aus der sie vor einer Stunde gekommen war.

Seine Fingernägel krallten sich in ihre Haut und als sie von der Seite zu ihm hochsah, war sein Mund so verkniffen, die Augen so stark verengt, dass sie sich unwillkürlich fragte, ob man sich sein eigenes Gesicht brechen konnte, indem man es überanstrengte.

„Sam", flüsterte sie und beobachtete wie die weißen Kondenswölkchen aus ihrem Mund zum Himmel schwebten. „Was sollte das gerade?"

„Das könnte ich dich fragen!" Seine Stimme erinnerte sie an brechendes Glas unter einem großen Paar Schuhe. „Ich weiß, dass Dex dich verletzt hat, aber das ist kein Grund, dich direkt abzuschießen und mit dem nächstbesten Typen ins Bett zu steigen!"

Ihr Mund öffnete sich, während sie sich beeilen musste, mit ihm Schritt zu halten.

„Ich wäre nicht ... ich habe ihn weggestoßen, bevor du das für mich übernommen hast und ..."

„Denkst du, das weiß ich nicht!?", fluchte er, den Blick stur geradeaus gerichtet. „Weshalb glaubst du, habe ich ihn niedergeschlagen?"

Sie schluckte. „Das wäre nicht nötig gewesen, er ..."

*„Das wäre nicht nötig gewesen?"* Sams Stimme überschlug sich und ruckartig blieb er stehen. Chloe war so

überrascht von dem plötzlichen Halt, dass sie über ihre eigenen Füße gestolpert wäre, hätte Sam nicht immer noch ihre Hand gehalten.

Sein Gesicht war eine Grimasse der Wut. So hatte sie ihn noch nie gesehen – und auf einmal verstand sie, wie die Jungs von den Delphies Angst vor ihm haben konnten.

„Weißt du was?", zischte er. „Du wolltest, dass ich ausraste? Du wolltest, dass ich mich nicht immer beherrsche? SCHÖN!"

Seine Stimme ging von Null auf Hundert in unter zwei Sekunden.

„Das gerade war so dumm, Chloe, dass es dafür einen eigenen Namen geben sollte! Du kannst nicht immer, wenn du verletzt bist und dein Leben in Frage stellst, losgehen, dich betrinken und Typen angraben! Was zum Teufel hast du dir dabei gedacht? Das war leichtsinnig, Chloe! Er hätte sonst was mit dir tun können. Du bist verdammt nochmal nicht schwach, zumindest seelisch nicht, aber jeder Kerl, der es sich in den Kopf setzt, könnte dich mit nach Hause schleifen. Kampfsport hin oder her!"

Chloe öffnete ihre Handfläche, wollte ihn loslassen, doch Sam ließ sie nicht.

„Das, was Dex gesagt hat, war Scheiße, ich habe mit ihm gesprochen, aber du musst aufhören, dich selbst zu bestrafen!"

„Urteile nicht so über mich, Sam!", presste sie wütend zwischen den Lippen hervor und stieß mit ihrer freien Hand gegen seine Brust. „Es ist nichts passiert und es wäre nichts passiert. Und ich kann tanzen und schlafen mit wem ich will!"

*„Nein, kannst du nicht!"*, brüllte er. „Nicht, wenn du dir selbst damit schadest! Der Kerl war betrunken, du bist angetrunken und ..."

„Interessant", unterbrach sie ihn, die Augen verengt.

„Was?“

„Eifersucht scheint eine Emotion zu sein, die du nicht kontrollieren kannst. Das gefällt mir. Vielleicht sollten wir das noch etwas üben. Am besten gehen wir direkt zurück und ich ...“

„Hör auf damit, Chloe! Hör auf, alles ins Lächerliche zu ziehen!“ Seine Hand hatte die ihre losgelassen und sich stattdessen auf ihre Schulter gelegt. „Du versteckst dich hinter deinem Sarkasmus und gemeinen Kommentaren und ich verliere langsam die Geduld. Wieso sagst du nicht einfach einmal ehrlich, wie du dich fühlst?“

„Du willst mir sagen, ich soll zeigen, was ich fühle, Mister Emotionslos?“, lachte sie ungläubig.

Seine Hände sanken von ihren Schultern, glitten ihre Arme hinab, bis zu ihren Handgelenken. Er nickte.

Sie starrte zu ihm hoch, in seine grauen Augen, die wieder ausdruckslos geworden waren.

Aber nein, das stimmte nicht. Sie mochten für jeden anderen, der nicht genau hinsah, emotionslos wirken. Aber nicht für sie.

Es lag eine Bitte darin. Eine so dringende, fast verzweifelte Bitte, dass es sich anfühlte als würde ihr zwanghaft Luft in die Lungen gepresst werden, die Probleme damit hatten, den Überschuss an Sauerstoff zu verwerten.

„Gut!“ Ihre Stimme hallte von der Wand zurück, gegen die sie das Wort geschleudert hatte. „Ich fühle mich scheiße, Sam! Ich kann nicht vergessen, ich kann nicht verdrängen und genauso wenig kann ich akzeptieren! Ich gebe mir Mühe, okay. Ich gebe mir *wirklich* Mühe!“

Ein Brennen kletterte ihre Kehle hoch bis zu ihren Augen.

„Ich versuche es. Mein Leben wiederzufinden, mich selbst wiederzufinden und ich habe fest daran geglaubt, dass ich auf dem richtigen Weg bin – doch wenn nur ich es bin, die das so sieht, wie könnte es da die Wahrheit sein? Wie könnte ich da mehr als die sensible Versagerin der Familie sein, die nachts wegen albernen Albträumen nicht schlafen kann, es sei denn, du liegst neben ihr! Und ja, ich weiß, es ist nicht schwer, bei uns die Versagerin zu sein, weil meine Familie nur noch Dex ist und er Geld scheffelt wie Kanuten Wasser, aber … das ändert nichts daran, dass ich das Gefühl habe, dass ich, jedes Mal, wenn ich versuche von vorne anzufangen, im gleichen Kreislauf lande. Der gleiche verdammte Kreislauf, der immer auf dem Boden der Tatsache mündet, dass ich es nie alleine schaffen werde, weil ich zu schwach bin, darüber hinwegzukommen, dass die Welt unfair ist. Dass die Welt nimmt und gibt wie es ihr gefällt, dass wir alle nur hilflose kleine Menschen sind, die ihr Schicksal vor die Füße geworfen bekommen, sodass jeder darauf herumtrampeln kann wie es ihm passt!"

Sie schrie die Worte so laut hinaus, dass ihr Hals anfing zu kratzen, doch es war ihr egal.

„Wieso bin ich die verdammt Einzige, die das sieht? Warum bin ich die verdammt nochmal Einzige, die nicht einfach damit abschließen kann, dass irgendjemand oder vielleicht auch irgendetwas entschieden hat, meinen Eltern das Leben zu nehmen, und mich ohne einen blauen Flecken davonkommen zu lassen?" Eine heiße Träne löste sich aus ihrem Augenwinkel und sie kratzte sie sich vom Gesicht.

„Und wie konnte ich so dumm sein zu glauben, dass ich angefangen habe, diese Tatsache hinzunehmen? Wo doch offensichtlich jeder andere sieht, dass ich mich einer Wunschvorstellung hingebe! Ich werde nie wieder zu der Person finden, die ich war – die Person, die ich wieder sein will. Es ist zu viel passiert. Ich habe zu viel gesehen, zu viel gefühlt, bin zu weit abgedriftet. Weißt du, ich dachte, ich könnte es. Ich dachte wirklich, ich würde es diesmal schaffen, aber ... aber wenn Dex es nicht sieht, wenn mein Bruder, der am besten weiß, wer ich gewesen bin, es nicht sieht ... wie sollte es dann mehr als meine Einbildung sein?"

Ihre Stimme zitterte, ihre Hände zitterten, selbst ihr Herz schien zu zittern. Es fühlte sich an, als würden sich ihre Tränen gewaltsam den Weg ihre Wangen hinuntergraben und ihre Lunge brannte bei jedem Atemzug als würde sie Eiswasser dort hineinziehen.

„Und was kann ich noch tun, Sam?", flüsterte sie und blickte zu ihm hoch. Wollte, dass er ihr eine Antwort gab. Dass er wusste, was der richtige Weg war.

„Was kann ich noch tun, um wieder Ich zu sein? Um morgens mit einem Lächeln aufzustehen und mich auf den Tag zu freuen. Wie kann ich wieder an mich glauben? So wie es meine Mutter getan hat."

Sam blickte sie stumm an. Die Finger immer noch um ihre Gelenke gelegt, während sein Daumen kleine Kreise auf ihren Handrücken malte.

Er sah sie an, hob schließlich seine Finger zu ihrer Wange und wischte ihr die Salzspuren von der Haut.

„Ich glaube an dich, Chloe", murmelte er, während die zweite Hand der ersten folgte und ihr Gesicht umschloss. „Du warst nie jemand anderes als du selbst. Du hast nur andere Charakterzüge übergreifen lassen, deine anderen verblassen lassen. Aber du bist immer noch du. Und du bist alles andere als eine Versagerin."

Er küsste ihre Stirn, ihre Wangen, ihre Lippen. „Immerhin hast du mich ins Bett bekommen. Das ist schon einmal ein Erfolg, mit dem die Wenigsten angeben können."

Ihre Mundwinkel zuckten, doch der Kloß, der mit jeder Minute größer zu werden schien, drückte immer noch gegen ihren Kehlkopf.

„Und du solltest auch an dich glauben", flüsterte er. Seine Hände glitten in ihren Nacken, während seine Daumen über ihren Kiefer streichelten.

„Ich habe es verlernt", murmelte sie und schloss die Augen, „an mich zu glauben."

Er nickte. „Ich weiß. Aber du wirst dich daran erinnern, wie es geht. Und Dexter hat unrecht. Du kannst alles schaffen. Alles, was du dir vornimmst, Chloe. Das war eines der ersten Dinge, die ich gedacht habe, als ich dich kennengelernt habe. Du hast eine Intensität, mit der du lebst, die mich umgehauen hat. Du fühlst mehr als andere, deswegen kannst du nicht so leicht loslassen. Aber gleichzeitig gibt dir das die Möglichkeit, dich zu hundert Prozent für etwas einzusetzen. Du bist unglaublich stark. Das habe ich gedacht. Direkt nach: Scheiße, ist Dex' Schwester heiß."

Sie gab einen Lachhickser von sich und ließ ihren Kopf auf seine Schulter sinken, bevor Sam die Arme um ihren Körper legte und sie zu sich heranzog.

„Komm", flüsterte er in ihr Ohr, während seine Wärme durch den Mantel sickerte und sich auf ihre Haut legte. „Es gibt da etwas, das ich immer tue, wenn ich wütend bin. Ich glaube, du könntest daran Gefallen finden."

„Ich habe jetzt wirklich keine Lust auf Sex, Sam", murmelte sie und sog einfach nur seinen Geruch ein.

Er lachte leise. „Davon spreche ich nicht. Das, woran ich denke, hat wirklich nichts Sexuelles an sich …"

Sie liefen zu Sams Wagen, der nur ein paar Meter weiter geparkt stand und er hielt ihr die Tür auf, damit sie sich auf dem Beifahrersitz niederlassen konnte.

Während sie fuhren, betrachtete sie sein Profil. Seine großen Hände, die locker auf dem Lenkrad lagen.

Sie hatte das absurde Bedürfnis, sein Gesicht anzufassen und ihn zu fragen, wie er das machte. Es schaffte, jedes Mal zu ihr durchzudringen. Was war es nur an ihm?

Sie hatte früher immer geglaubt, dass sie jemanden brauchte, der ihr jeden Wunsch von den Augen ablas. Aber je länger sie darüber nachdachte, desto absurder erschien ihr dieses Klischee. Menschen mussten nicht dazu in der Lage sein, den anderen einfach so zu lesen. Man musste ihnen nur genug vertrauen, ihnen einfach sagen, was man fühlte. Man konnte nicht immer wissen, was in dem anderen vorging. Aber wenn er richtig war ... dann würde man es ihm erzählen. Weil man wusste, dass das eigene Innere gut bei ihm aufgehoben war.

Sie fuhren nicht lange und als Chloe schließlich ihren Blick von Sam riss, standen sie vorm Stadion.

„Du gehst eine Runde Baseball spielen, wenn du wütend bist?", folgerte sie.

„Nein. Besser."

Er schaltete den Wagen aus und bevor Chloe ihre Tür öffnen konnte, war er bereits um die Motorhaube herumgelaufen und hatte sie für sie aufgezogen.

„Viel effektiver", flüsterte er in ihr Ohr und zog sie an der Hand über den Parkplatz.

Es kam ihr albern vor, aber seine Hand zu halten, war immer noch das Intimste, was sich Chloe vorstellen konnte. Sie hatte das unbestimmte Gefühl, dass es Sam leichter fiel, mit einer Frau zu schlafen, anstatt in der Öffentlichkeit so etwas wie Zärtlichkeit zu zeigen.

Sam schloss die Tür zum anliegenden Gebäude des Stadions auf und Chloe erwartete automatisch, dass sie nach oben, zu seinem Büro gehen würden. Doch stattdessen zog er sie auf eine Treppe zu, die nach unten, in den Keller führte.

„Sam", sagte Chloe langsam und starrte in das dunkle Loch vor ihr. „Hältst du da unten Bösewichte gefangen, um sie verprügeln zu können, wenn du wütend wirst?"

„Grundsätzlich keine dumme Idee, aber nein." Er tastete nach einem Lichtschalter und über ihren Köpfen erwachten grelle Neonröhren, als sie die letzte Stufe nahmen.

„Ich habe gesehen, wie du zuschlägst und es wäre eine durchaus dumme Idee", bemerkte Chloe, während Sam nach einem weiteren Schlüssel kramte und schließlich vor einer morschen Holztür stehenblieb. Er sollte sich nicht um den Schlüssel kümmern. Chloe war sicher, dass sie sie mit einem gezielten Tritt öffnen könnte.

Sam hielt inne und blickte sie an. „Das mit dem Schlag ... tut mir leid."

„Schläge. Mehrzahl. Es waren zwei."

Er verzog das Gesicht. „Ja, waren es wohl. Ich weiß auch nicht, was ich mir dabei gedacht habe. Ich habe mich seit Ewigkeiten nicht mehr geprügelt und ..."

Er seufzte und wandte das Gesicht ab, um den Schlüssel ins Schlüsselloch zu stecken. „Na ja, schön zu wissen, dass ich es nicht verlernt habe, oder?"

Sie musste beinahe lachen. „Hast du das früher öfter gemacht? Dich prügeln?"

Der Schlüssel klickte im Schloss. „Definiere öfter und definiere früher."

„Auf dem College? Vor dem College? Mehr als einmal im Monat?"

Er runzelte die Stirn, seine Augenbrauen ins Gesicht gezogen, so als müsse er ernsthaft über die Frage nachdenken, dann zuckte er die Schultern. „Wenn man kein Geld hat und einem das angesehen wird, dann hat man es schwerer als andere", stellte er fest. „Da ist es gut, wenn man ein wenig ... Eindruck macht."

„Indem man andere zusammenschlägt?"

„Wenn du das so sagst, klingt es so unromantisch", murmelte er und stieß die Tür auf. „Ist sowieso egal, die Tage liegen weit hinter mir."

Der Typ, dessen Kiefer Sam gerade eben gebrochen hatte, würde da vielleicht widersprechen. Aber Chloe kam nicht dazu, ihre Zweifel laut auszusprechen, denn eine neue Lampe war angeschaltet worden und erhellte den ... Berg an Müll vor ihr.

„Baust du den Todesstern aus Müll nach?", wollte sie wissen, noch nicht bereit, seine Hand loszulassen, die er ihr entziehen wollte.

Da waren alte Holzbänke, etwas, das aussah wie ein halb zerborstenes Aquarium, ausrangierte Spinde, Helme, ein Kostüm, das vielleicht einmal für das Maskottchen benutzt worden war. Bürostühle, Schreibtische, Tontöpfe, in denen verstaubte Kreide lag. Müll eben.

„Nein", sagte er und hob mit der freien Hand einen Gegenstand auf, der gegen die Wand hinter ihm gelehnt war.

Es war ein Baseballschläger. Nicht ganz absurd, da sie sich immerhin direkt neben einem Baseballstadion befanden, aber sonderlich sinnvoll erschien Chloe das auch nicht.

„Was soll ich damit?", fragte sie verwundert.

„Du bist wütend auf das Schicksal, Chloe, das verstehe ich. Du willst jemanden dafür bestrafen, dass die Welt unfair ist – aber die einzige Person, die du bestrafst, bist du selbst. Also lass deine Wut woanders aus."

Er reichte ihr den Schläger und sie nahm ihn überrascht entgegen. Sofort vermisste sie seine Hand.

„Sam, ich möchte dich nicht vermöbeln", erklärte sie langsam. „Du könntest an inneren Blutungen sterben und dafür bist du einfach zu gut im Bett."

Seine Mundwinkel zuckten. „Du sollst nicht mich schlagen – auch wenn wir da im Bett noch einmal drüber diskutieren könnten – du sollst die Sachen hier schlagen."

„Ich will dich nicht schlagen, Sam – ganz bestimmt nicht im Bett – und ... warum?"

„Du musst dir Luft machen. Ich biete dir die Möglichkeit."

Sie drehte den Schläger in ihren Händen und betrachtete die alten Möbelstücke und den anderen Dreck vor sich.

„Wem gehören die Sachen?"

„Irgendwem."

„Okay. Und ... es hilft? Dinge zu zerstören?"

Er lächelte. „Sehr."

„Wann bist du das letzte Mal hier herunter gekommen?"

„Vor ein paar Wochen."

„Warum?"

„Ich habe dich geküsst und konnte nicht mit dir schlafen."

„Oh." Mit großen Augen sah sie ihn an. „Ja, das hat mich auch wütend gemacht."

Sie räusperte sich, hob den Schläger und starrte auf den nächstgelegenen Stuhl, der aussah, als bräuchte es eigentlich nur die Berührung einer Feder, um ihn zusammenzubrechen zu lassen. Zögerlich machte sie einen Schritt nach vorne, bevor sie sich wieder zu ihm umwandte.

„Ich komme mir albern vor", murmelte sie. „Wenn ich aus dem Affekt heraus Dinge kaputtgemacht hätte – okay – aber so geplant? Ist das nicht irgendwie dämlich? Ich ... bin auch gar nicht mehr richtig wütend."

„Nicht mehr wütend darüber, dass dir deine Eltern genommen wurden? Oder nicht mehr wütend darüber, dass dein eigener Bruder dich für schwach hält?"

Ungläubig sah sie ihn an.

Offenbar konnte Sam Wut nehmen und Wut geben. Was für ein talentierter Mann! Merkwürdigerweise hatte sie auf einmal doch das Verlangen, *ihn* zu schlagen.

Sam hatte vielsagend eine Augenbraue gehoben. „Du bist nicht die Einzige, die provozieren kann, Chloe."

Nein, offenbar nicht.

„Warum tust du das?", wollte sie tonlos wissen.

„Weil die Welt unfair ist. Das weißt du doch am besten."

Chloe presste die Lippen aufeinander, riss ihren Kopf herum und ließ den Schläger nach unten fahren. Holz traf auf Holz und ihr ganzer Arm vibrierte von dem Widerstand, den der Stuhl einige Sekunden lang gab, bevor er unter ihrer Kraft zerbarst. Wieder holte sie aus, wieder schlug sie zu – der Stuhl war ihr noch nicht zerstört genug.

Sie pflügte sich mit dem Schläger durch die Gegenstände. Konnte den dumpfen, metallischen Ton, den die ausrangierten Spinde von sich gaben, als sie mit dem Holz in Kontakt kamen, bis in ihre Knochen spüren und ließ sich davon anstacheln. Der Anfang war schwer gewesen, doch je öfter Chloe zuschlug, je schmerzhafter ihre Muskeln brannten, je lauter die Geräusche von zerberstendem Holz und Glas wurden, desto leichter fiel es ihr.

Für ihre Eltern.

Für Dex' Worte.

Für sich selbst.

Das Blut brannte in ihren Adern, rauschte in ihrem Kopf, ließ sie für einen Moment nichts spüren außer dem sanften Ziehen in ihrer Schulter. Nichts fühlen außer der Wut auf das Leben, das nahm und gab und erwartete, dass die Menschen sich damit schon arrangieren würden.

Es war nicht schwer, sich wieder in das Gefühl hineinzusteigern. Denn es war nie gegangen. War jede Stunde, jede Sekunde seit dem Tod ihrer Eltern ein Teil von ihr gewesen. Sie schlug zu – von oben, von der Seite. Traf Glas, Holz, Metall, Stoff. Sie ließ ihren Kopf kreisen, biss sich die Unterlippe blutig und schlug so fest zu wie es ihr Körper zuließ. So lange, bis ihre Muskeln nachgaben, sie schwer atmend den Schläger sinken ließ und auf das Durcheinander vor sich starrte.

Auf das Chaos, das einmal Einzelheiten ergeben hatte, jetzt aber nur noch eine graue, verschwommene Masse war.

Ihre Brust hob und senkte sich heftig und sie leckte sich das Blut von den Lippen, bevor ihr das Holz aus der Hand fiel und klirrend auf die Scherben unter ihren Füßen traf. Die Energie floss aus ihrem Körper, rannte ihr davon und ließ nichts zurück als Leere.

Für einen befreienden, erleichternden Moment war da nichts in ihrem Inneren. Kein Schmerz, keine Reue, kein Gefühl von Ungerechtigkeit. Für ein paar Momente war sie frei. Und auch wenn dieser Augenblick so schnell verging wie er gekommen war, hallte er nach. Ließ sie gelöst atmen, ihre Hände zittern.

Aber es war kein schlimmes Zittern. Es war ein Zittern der Euphorie. Sie führte die Hand zu ihrem Mund und starrte erneut auf die zerstörten Habseligkeiten, bevor sie sich erschöpft umdrehte und zu Sam aufsah, der an der Wand hinter ihr lehnte.

„Woher wusstest du das?", flüsterte sie.

„Wusste ich was?"

„Dass ... es sich für einen Moment anfühlen würde, als wäre ich stärker als die Welt. Als könne sie mir nichts anhaben. Weil ich ... über ihr stehe."

„Manchmal ist Zerstörung notwendig, um zu heilen", murmelte er und strich ihr eine schweißverklebte Strähne hinters Ohr, bevor er sie fest in seine Arme zog.

„Du wirst ihren Tod nie akzeptieren, Chloe", sagte er leise und küsste ihre Schläfe. „Du wirst nie das Gefühl loswerden, dass es ungerecht war, dass sie gehen mussten. Denn es *ist* ungerecht. Aber du wirst damit leben können – denn wenn du es nicht tust, lässt du die Vergangenheit gewinnen. Und du bist stärker als deine Vergangenheit. Und immer, wenn du das vergessen solltest, kommst du hier runter und erhebst dich für ein paar Momente über die Welt."

Sie nickte leise, zog ihre Arme um seinen warmen Rücken, vergrub ihre Nase in seiner Halsbeuge. Atmete ein und aus.

„Weißt du, du bist nicht allein, Chloe", murmelte er, während sie sich wünschte, dass er sie nie mehr losließ. Sie einfach an diesem Ort der momentanen Freiheit hielt. „Und niemand erwartet, dass du es alleine schaffst. Es ist okay, sich ab und zu retten zu lassen."

„Du hast es alleine geschafft", flüsterte sie und schloss die Augen. Sie war so ruhig. Friedlich. „Du hast alles alleine geschafft."

„Habe ich nicht." Sie spürte, wie er den Kopf schüttelte, bevor er für einige, endlos wirkende Momente innehielt. Schließlich flüsterte er: „Dexter hat mich gerettet, Chloe."

Sie öffnete die Augen und nahm ihr Gesicht so weit zurück, bis sie ihn ansehen konnte.

„Was?"

„Er hat mich gerettet", wiederholte er. „Er hat mir Geld gegeben. Die ganze Zeit. Hat meine Schulden bezahlt. Die meiner Familie. Alles. Ich habe es gehasst und ich habe ihn nicht darum gebeten – aber ich war nicht dumm genug, auch nur einen Penny nicht anzunehmen. Weil ich es brauchte. Ich habe wirklich versucht, mich um meine Familie zu kümmern, ihnen zu helfen … nicht, dass es etwas gebracht hätte. Ich habe ihm alles zurückgegeben, aber … ich werde immer in seiner Schuld stehen. Auch wenn er es vielleicht nicht so sehen sollte."

„Du hast ihm eine Menge zurückgegeben, Sam", flüsterte sie und fuhr die Konturen seines Gesichtes mit ihrem Zeigefinger nach. „Ohne dich wäre er nie Baseballprofi geworden. Ohne dich hätten sie ihn vom College geworfen."

„Er hätte es schon irgendwie geschafft."

Das glaubte Chloe nicht. Doch sie schwieg, denn Sam würde ihre Worte nicht annehmen. Wenn sie darüber nachdachte, dann war er ein relativ simpel gestrickter Kerl. Er hatte ein Gefühl von Ehre, ein Gefühl von Richtigkeit, von Anstand. Er war ein guter Mensch und wollte nie wieder dazu gezwungen werden, durch die Hilfe anderer zu überleben.

Es musste die Hölle für ihn sein, hinter dem Rücken seines besten Freundes etwas mit ihr anzufangen.

Und während Chloe die Augen schloss, ihre Hand in seinen Nacken legte, um seinen Kopf zu sich herunter zu ziehen, ermahnte sie sich dazu, nicht allzu viel in die Tatsache hineinzulesen, dass er es dennoch tat.

Sie lächelte über sich selbst, als sie ihn küsste.

Als ob sie das nicht längst getan hatte.

# Kapitel 18

Sam schlief kaum.

Chloe lag still in seinen Armen, ihre Haare kitzelten sein Kinn und jedes Mal, wenn er in ihr Gesicht sah, zog sich etwas bittersüß in ihm zusammen.

Er war so unglaublich wütend.

Nicht auf sie, nicht einmal auf sich – nein, heute nicht.

Er war wütend auf seinen besten Freund.

Er und Dexter stritten nicht oft.

Eigentlich nie.

Und sie hatten auch nie Grund zum Streiten. Sie standen nicht auf denselben Typ Frau – offensichtlich nicht – sie waren politisch, sozial und musiktechnisch auf einer Wellenlänge, was eine Menge möglicher Streitpunkte eliminierte.

Dexter redete ihm nicht in Familienangelegenheiten rein – vielleicht größtenteils, weil Sam ihm nicht von den letzten Entwicklungen erzählt hatte – und Sam gab nur Ratschläge, von denen er wusste, dass sie keine Grenze überschritten.

Aber jetzt, wo er mit Chloe schlief und ohnehin tausend unsichtbare Grenzen eingerannt hatte, schienen auch andere Richtlinien zu verwischen. Was vielleicht der Grund dafür war, warum er Dexter gestern als Arschloch bezeichnet hatte und dann in Frauenmanier keine seiner Anrufe angenommen hatte.

Ja, er war zu weit gegangen, es war nur ... was zum Teufel hatte Dex sich dabei gedacht, Chloe an den Kopf zu werfen, dass er sie für unfähig hielt, alleine zurechtzukommen?

Sein Wecker klingelte wie jeden Morgen um halb sechs und hastig schaltete er ihn aus, bevor Chloe aufwachen konnte. Sie regte sich nicht einmal.

Wenn er vollkommen still war, dann meinte er, ihren gleichmäßigen Herzschlag hören zu können.

In was hatte er sich hier hereinmanövriert?

Er hatte gewusst, dass es kompliziert werden würde, aber er hatte gehofft, dass er zumindest noch einige wenig ereignisreiche Wochen vor sich hatte und nicht nur einen letzten ruhigen Tag.

Chloes Kopf lag auf seiner Brust und ihr Atem strich darüber.

*Wie könnte ich da mehr als die sensible Versagerin der Familie sein, die nachts wegen alberner Albträume nicht schlafen kann, es sei denn, du liegst neben ihr?*

Er betrachtete ihr glattes Gesicht. Hatte sie das ernst gemeint?

Sie hatte keine Albträume gehabt. Nicht gestern Nacht, nicht heute Nacht. Zumindest keine, von denen er etwas mitbekommen hatte. Aber er war schlichtweg davon ausgegangen, dass sie zu erschöpft dafür gewesen war, überhaupt zu träumen. Schließlich hatten sie … erschöpfende Dinge getan.

Er schloss die Augen und zog die Bettdecke höher über sie beide. Selbst wenn es so war: Es war egal. Seine Gedanken drifteten ab, während Chloes gleichmäßiges Atmen ihn wieder schläfrig machte.

Heute war Heiligabend. Dexter hatte ihn eingeladen. Er war sich nur nicht mehr sicher, ob die Einladung immer noch galt. Insgesamt wäre es vielleicht besser, wenn er nicht gehen würde. Chloe hatte ihm immer noch nicht erzählt, dass sie miteinander schliefen und er sollte vielleicht erst wieder auf Dexter treffen, wenn er es wusste.

Ja, er würde einfach absagen.

„Was? Nein.“

Chloe starrte Sam an und schüttelte den Kopf, während sie den Mantel enger um ihren Körper zog. „Natürlich kommst du.“

„Ich habe noch eine Menge zu tun, Chloe. Ich muss arbeiten.“

„Nein. Musst du nicht.“

Er hatte sie doch nicht mehr alle! Am Abend vor Weihnachten arbeiten ...

„Du sagtest, du kommst und du kommst.“

Sie saßen in seinem Auto, vor Dex' Penthouse. Sam hatte sie mal wieder fahren müssen, da sie ihr Auto am Abend zuvor ja nicht mitgenommen hatte, und sah sie mehr als unglücklich an.

Chloe konnte mit ziemlich gutem Gewissen sagen, dass ihr das egal war.

„Du kommst, Sam. Fertig.“

Er seufzte schwer und ließ seinen Kopf gegen die Kopfstütze sinken. „Ich habe Dex gestern als Arschloch bezeichnet.“

„Na und? Das haben schon eine Menge Leute. Wenn ich gleich reingehe, werde ich dasselbe tun.“

„Das ist es nicht nur. Ich finde, du solltest mit ihm über uns reden, bevor ich ihn wiedersehe.“

Nein, das würde heute nicht passieren. Chloe hatte das Gefühl, richtig damit zu liegen, auf ihren Bruder wütend zu sein. Wenn sie ihm jetzt erzählte, dass sie mit seinem besten Freund anbandelte, dann würde dieses Wut-Macht-Verhältnis zu seinen Gunsten kippen und das konnte sie heute wirklich nicht gebrauchen.

„Ich rede morgen mit ihm drüber und du kommst. Bis heute Abend.“

Sie küsste ihn über die Mittelkonsole hinweg und stieg dann hastig aus, bevor er noch einmal den Mund aufmachen konnte. Dafür, dass Sam sonst eher der schweigsame Typ Mann war, redete er in letzter Zeit verdammt viel.

Sie gab sich Mühe, sich nicht noch einmal nach ihm umzudrehen – versagte aber auf ganzer Linie. Als sie den Kopf wandte, stand Sams Auto immer noch da, während er sie durch die Scheibe hinweg anstarrte.

Lächelnd fischte sie ihren Schlüssel aus der Hosentasche. Wie hatte einer der schlimmsten Abende ihres Lebens zu einem der besten werden können?

Sie warf einen letzten Blick auf Sam, bevor sie die Tür hinter sich schloss und zum Aufzug schlenderte. Sie hatte Dex gestern noch eine SMS geschickt, damit er sich nicht zu Tode sorgte. Sie war wütend auf ihn, aber den Tod wünschte sie ihm auch nicht.

Es war nichts Neues, dass sie und Dexter sich in die Haare bekamen. Meistens wegen irgendetwas, was sie getan hatte.

Sie war ihm dankbar. Für alles. Er hatte recht damit, zu sagen, dass sie es ohne ihn nicht geschafft hätte. Sie war in gewisser Weise abhängig von ihm gewesen. Aber das wollte sie nicht mehr. Das *brauchte* sie nicht mehr. Denn sie würde ihre Vergangenheit nicht gewinnen lassen.

Sie stieg aus dem Fahrstuhl, lief zur Eingangstür des Penthouses und schloss sie auf. Sie hatte keine Lust auf eine Konfrontation mit ihrem Bruder, war aber nicht überrascht, dass er direkt in den Flur gelaufen kam, als sie eintrat. Er hatte wahrscheinlich den ganzen Morgen auf das Geräusch ihres Schlüssels im Schloss gewartet, weil er Angst um sie hatte. Denn so war Dexter nun einmal: Er sorgte sich um alles und jeden und mischte sich ein. Das war eine grundsätzlich gute Eigenschaft, machte es aber auch unmöglich für ihn, das Gesamtbild zu sehen.

„Hey", sagte sie steif und schloss die Tür hinter sich. „Hey."

So weit, so friedlich.

Dex räusperte sich. „Es ist Mittag.“

„Mensch, du kannst einen Ball treffen und die Uhr lesen? Du bist vollkommen, oder?“

Er ignorierte ihren Sarkasmus. „Wo warst du so lange?“

„Habe unter einer Brücke geschlafen. So wie du es mir vorgeschlagen hast.“

„Ich habe es dir nicht vorgeschlagen, ich ...“

„Ich war bei einem Freund, Dexter.“

„Einem männlichen Freund?“

„Ja, ziemlich männlich. Mit Penis, Adamsapfel und Testosteron. Stehe ich total drauf.“

Sie legte ihren Mantel ab und schlüpfte aus ihren Schuhen.

„Wie wäre es, wenn du mich durchlässt?“

Ihr Bruder kratzte sich am Kopf, blieb aber im Türrahmen stehen. „Wie sauer bist du auf mich?“

„Ziemlich sauer“, sagte sie sachlich.

„Auf einer Skala von eins bis zehn ...“

„Zwanzig.“

Er seufzte schwer.

„Chloe, es tut mir leid. Ich habe da eine Menge Dinge gesagt, über die ich genauer hätte nachdenken sollen.“

Sie nickte. „Ball treffen, Uhr lesen und einsichtig ... so viele Qualitäten. Trotzdem ein Arschloch.“

Sie schob sich gewaltsam an ihm vorbei, indem sie ihre Tasche leicht – aber mit Nachdruck – in seinen Bauch drückte.

„Ja, dass ich ein Arschloch war, musste ich mir jetzt schon von mehreren Parteien anhören.“

„Tatsächlich? Wer war denn noch intelligent genug, das zu sehen?“

„Nun ... überraschenderweise Sam.“

Sein Blick glitt forschend über ihr Gesicht, das sie gezielt ausdruckslos hielt.

„Und Kaylie", setzte er schließlich hinzu, als sie nicht reagierte. „Auch wenn sie das Wort nicht benutzt hat, um meine Gefühle zu schonen."

„Deine Freundin ist wirklich zu gut für dich", murmelte sie und lief zum Absatz der Treppe.

„Ja, auch das scheint die vorherrschende Meinung zu sein ... Chloe, komm schon. Geh nicht nach oben. Lass uns drüber reden."

„Ich habe wirklich keine Lust zu reden."

„Chloe ... kannst du mir bitte verzeihen?"

Sie seufzte laut, die Hand auf dem Geländer, das Gesicht immer noch abgewandt.

„Natürlich werde ich dir verzeihen. Irgendwann. Morgen vielleicht. Oder nächstes Jahr. Du hast mir schon so viel nachgesehen, dass ich es dir wohl schulde, deine Blödheit hinzunehmen."

„Chloe, du schuldest mir überhaupt nichts", sagte Dex leise. „Wir sind eine Familie und ich liebe dich. Ich habe nie erwartet, dass du mir irgendetwas dafür zurückgibst, dass ich dir helfe oder dich hier wohnen lasse. Ich habe dich gerne hier. Und ... du hast recht. Es fällt mir schwer, dich als jemand anderen zu sehen als meine kleine Schwester, die Probleme damit hatte, in ihr Leben zurückzufinden. Und du hast auch damit recht, dass ich mir mehr Mühe damit hätte geben sollen, dich neu kennenzulernen. Die guten Sachen zu sehen. Das tut mir leid."

Sie nickte und natürlich brannten ihre Augen wieder, denn offensichtlich weinte sie neuerdings bei jedem Schwachsinn.

„Aber ...", ihr Bruder räusperte sich laut, „du musst mir da auch ein wenig helfen. Mit mir reden. Mir ... Dinge erzählen."

Sie schluckte und wieder nickte sie. „Ich behalte manche Dinge lieber für mich ... damit sie erst real werden können, bevor ich von ihnen erzähle", flüsterte sie.

„Okay.“

Sie drehte sich langsam auf ihren Fußballen um. „Ich bin dir dankbar, Dex. Wirklich. Aber ich brauche mein eigenes Leben. Meine eigene Wohnung.“

„Ich weiß. Aber das wird nichts an der Tatsache ändern, dass ich mir zu jeder Sekunde Sorgen um dich machen werde.“

„Du bist nicht mein Vater, Dex.“

„Nein, du aber meine Lieblingsschwester.“

Ihre Mundwinkel zuckten. „Ich bin eben sehr liebenswert.“

„Das bist du.“ In seine Stimme schwang kein Humor mit. „Und ... du bist alles, aber nicht schwach. Die Sorgen, die ich mir mache, sind mein Problem. Nicht deins.“

Sie wiegte den Kopf hin und her. „Na ja, irgendwie schon ein wenig meins.“

„Ja, schon. Es ist nur ... weißt du, in der Nacht, in der Mom und Dad gestorben sind, habe ich mir geschworen, dass ich für immer darauf aufpassen werde, dass dir nichts passiert. Und ich ...“, unangenehm berührt kratzte er sich den Nacken, „ich habe eine scheiß Angst davor, dass ich das nicht mehr tun kann, sobald du woanders wohnst.“

Verdammt. Jetzt heulte sie schon wieder.

„Du wirst selbst auf mich aufpassen, wenn ich nicht mehr hier wohne“, schniefte sie. „Weil ich wahrscheinlich die ganze Zeit deine Stimme in meinem Kopf hören werde, die mich davor warnt, dumme Entscheidungen zu treffen.“

Dex lächelte schief. „In letzter Zeit hast du kaum dumme Entscheidungen getroffen.“

Chloe dachte an Sam.

„Stimmt. Habe ich nicht.“

Denn Sam war eine der besten Entscheidungen gewesen, die sie je hatte treffen können.

„Umarmen wir uns jetzt, oder was?“

Das kleine Lächeln um Dexters Mundwinkel wurde breiter. „Welch‘ herzliche Einladung.“

„Na ja, in letzter Zeit war das unser Ding, oder? Wir schreien uns an, sagen unheilige Dinge zueinander und am nächsten Tag umarmen wir uns und alles ist wieder gut.“

„Na dann“, sagte Dexter, bevor er sie in eine Bärenumarmung zog, die ihr jegliche Luft aus den Lungen presste.

Chloe tätschelte seinen Rücken und fragte sich, ob sie ihm nicht doch lieber jetzt sofort von Sam erzählen sollte. Doch sie verwarf den Gedanken schnell wieder.

Sie wollte Weihnachten nicht kaputtmachen. Dexter würde schon damit klarkommen, dass sie und Sam miteinander schliefen. Sie freute sich sogar fast schon ein wenig darauf, es ihm zu sagen. Denn dann würde zweifelsohne eine bestimmte Frage von Dexter an Sam gerichtet werden: Was sind deine Absichten bei Chloe?

Und die Antwort darauf interessierte sie wirklich brennend.


„Was riecht hier so verbrannt?“

„Keine Ahnung. Es sind nicht meine Shrimps.“

Chloe sah in ihre Pfanne. „Okay, es sind doch meine Shrimps.“

„Sie sehen aus wie traurige, schwarze Larven“, bemerkte Kaylie fasziniert und sah ebenfalls auf die verkohlten Meeresfrüchte.

„Ich weiß nicht, was ich falsch gemacht habe“, seufzte Chloe kopfschüttelnd. „Ich habe die Herdplatte ausgedreht, ich …“

Sie blickte auf die Knöpfe des Herdes. „Okay, ich habe die Herdplatte nicht ausgedreht.“

Kaylie presste die Lippen aufeinander und ihre Mundwinkel zuckten hektisch.

„Schon gut, du darfst lachen", sagte Chloe grinsend – was Kaylie auch prompt tat.

„Finde ich super, ich bin sowieso nicht der Fisch-Fan!", erklärte sie und klopfte Chloe auf die Schulter, während sie die Soße, in der sie gerührt hatte, auf den gedeckten Tisch stellte.

„Shrimps sind kein Fisch! Und ich liebe Shrimps", beschwerte sich Dex.

„Dex, wenn du sie so liebst, hättest du sie wirklich nicht mir anvertrauen dürfen", erklärte Chloe weise und kratzte die schrumpeligen Überreste der armen, misshandelten Tiere in den Mülleimer. „Es ist also im Grunde genommen deine Schuld."

„Natürlich ist es das", murrte er. „So wie ich dafür verantwortlich bin, dass Pluto der Planetenstatus aberkannt wurde."

„Ja, daran solltest du wirklich arbeiten", stellte Chloe fest und fing an, die Pfanne auszuwaschen. „Ich mochte Pluto und ich finde es nicht richtig, ihn auszuschließen. Es verletzt seine Gefühle."

„Oh, ich mochte Pluto auch!", rief Kaylie vom Tisch her. „Dex, da musst du wirklich mal mit jemandem reden. Du bist reich, du kannst bestimmt jemanden bestechen, Pluto wieder ins Sonnensystem aufzunehmen."

„Ich glaube, du verwechselst reich mit einflussreich", seufzte er schwer und stellte den Ofen aus, in dem der Truthahn gegart wurde. Eigentlich gab es Truthahn bei ihnen nur zu Thanksgiving. Aber Kaylie liebte Truthahn und Dexter liebte Kaylie – dementsprechend lag jetzt ein toter Vogel im Ofen.

„Du könntest es wenigstens versuchen", bestand Kaylie. „Und Dad, wenn du schon nicht hilfst, nimm wenigstens die Füße vom Tisch und stell einen Untersetzer unter dein Bier.

„Zu viele Köche versalzen den Brei", grummelte Coach Thompson nur und ließ sich tiefer in die Couch sinken, auf der er saß.

„Meine Worte, Dexter!", bemerkte Chloe nickend und lehnte sich an die Anrichte. „Ich bin der Koch zu viel. Das ist eindeutig. Es ist nicht meine Unfähigkeit, die die Shrimps verkohlt hat, es ist die Tatsache, dass hier zu viele Köche sind, die sie haben verbrennen lassen."

„Wenn du so gut kochen wie Ausreden finden könntest, würdest du ein Fünf-Sterne-Restaurant führen", sagte Dex und öffnete den Ofen in dem Moment, in dem es an der Tür klingelte.

„Ich gehe", sagte Chloe sofort bereitwillig. Sie gehörte einfach nicht in eine Küche. Damit würde sie sich abfinden müssen. Das war besser für alle Beteiligten.

***

Es war nicht so, dass Sam das Konzept Weihnachtens nicht verstand. Menschen liebten es zu feiern und Geschenke zu bekommen – Folge: Weihnachten. Nichtsdestotrotz fand er, dass es weitaus sinnvoller wäre, all das Geld, was Leute für Dekoration, Weihnachtsessen und Geschenke verprassten, einfach zu spenden. Und all die kitschigen Lieder, die gespielt wurden und die bescheuerten Mistelzweige, die überall hingen –die sollte man zu Schwerverbrechern ins Gefängnis packen, denn sie waren es, die solch eine Bestrafung verdienten.

Gott, er mochte Weihnachten wirklich nicht.

Die Tür ging auf und Chloe lächelte zu ihm hinauf, bevor sie ihm die Hände in den Nacken legte, sich auf die Zehenspitzen stellte und ihn küsste. Lang. Ausgiebig.

„Wofür war der denn?", fragte er verblüfft, als sie zum Luftschnappen von ihm abließ.

„Das war ein Weihnachtskuss", grinste sie.

Er könnte anfangen, Weihnachten etwas abzugewinnen.

„Ist es nicht Tradition, vier Weihnachtsküsse auszutauschen?"

Er musste es ausnutzen, sie hier vor der Tür zu berühren, bevor er drinnen die Finger von ihr würde lassen müssen.

„Warum vier?"

„Weil mir drei nicht genug sind."

Chloe lachte, verschränkte ihre Handgelenke hinter seinem Nacken und nickte dann ernst. „Du hast recht. Und eine Tradition werde ich sicherlich nicht brechen."

Das empfand er genauso.

Sam zog die Arme enger um sie, hob sie fast vom Boden, während seine Lippen über ihre strichen ...

*Pling.*

„Ich glaub', mein Schwein pfeift."

Ruckartig lösten sie sich voneinander und wandten sich zur Stimme um. Die Fahrstuhltüren hatten sich geöffnet und Jake grinste ihnen entgegen.

„Interessant", fuhr der Baseman fort und trat auf sie zu. „Wird jeder heute Abend so begrüßt? Dann bin ich jetzt an der Reihe, finde ich."

„Halt die Klappe, Braker." Sam hatte wirklich nicht vorgehabt zu knurren, aber irgendetwas war mit seiner Stimme nicht in Ordnung.

„Im Allgemeinen oder darüber, dass du gerade beinahe Dex' Schwester aufgegessen hättest?"

Sam tendierte zu ,im Allgemeinen'.

„Jake, hast du mir letztens nicht noch gesagt, dass du Angst vor Sam hast?", fragte Chloe beiläufig, die zu Sams Leidwesen ihre Hände von seinem Körper genommen hatte. „Wieso machst du ihn dann absichtlich wütend?"

Jake blickte zwischen ihr und Sam hin und her.

„Ich dachte, ihr hasst euch", ignorierte er ihre Frage. „Hat ein Weihnachtswunder euch zusammengeführt oder was ist los?"

„Wir hassen uns nicht."

„Ja, das weiß ich jetzt auch."

„Jake, verlier einfach kein Wort darüber, okay?", seufzte Chloe.

„Dexter hat keine Ahnung?", folgerte er. „Und das soll auch so bleiben?"

„So ein schlaues Kerlchen", lächelte sie lieblich und klopfte ihm auf die Schulter. „Jetzt weiß ich, was die Frauen an dir finden."

„Ja?", fragte Sam. „Ich nicht."

Chloe musste lachen.

„Jake, wir sagen es Dexter", flüsterte sie. „Nur nicht heute. Also könntest du bitte …"

Bewegungslos sah Jake sie an, bevor er den Kopf schüttelte und an ihr vorbei ins Penthouse spazierte. Sam konnte ihn noch „Menschen haben Probleme …" murmeln hören.

Das war eine Aussage, die Sam unterschreiben würde. Die Regel schien zu sein: Menschen hatten Augen, Münder, Hände und Probleme. Meistens wegen ihrer Augen, Münder und Hände.

Chloe ließ ihre Finger wieder seine Brust hochwandern und Sam hatte Probleme damit, an etwas anderes als ihre Münder und … Augen zu denken.

„Meinst du, es wäre zu auffällig, wenn wir noch eine Viertelstunde hier draußen rummachten?"

„Möglich. Alle in der Wohnung sind dazu in der Lage, eine Uhr zu lesen", gab er zu bedenken.

Sie ließ seufzend die Hände fallen. „Das hatte ich befürchtet. Schön. Wir müssen uns heute Abend übrigens nicht hassen. Ich habe Dexter gesagt, dass wir uns darauf geeinigt hätten, nett zueinander zu sein."

Sam runzelte die Stirn. „So nennt man das heutzutage? Nett zueinander sein?"

Wieder lachte Chloe, bevor sie ihren Mund ein letztes Mal sanft auf seinen presste und schließlich ihm voran den verdunkelten Flur entlanglief.

Sam starrte ihr hinterher und erwischte sich beim Lächeln. Es bestand die Möglichkeit, dass dieses Jahr das beste Weihnachten seines Lebens werden würde. Vorausgesetzt, Dex merkte nicht, dass er Chloe am Ende des Abends mit nach Hause nehmen würde. Aber er könnte ihm ja immer noch erzählen, dass er ihr seine Briefmarkensammlung zeigen wollte.

# Kapitel 19

Eine halbe Stunde später saßen sie alle um den prall gefüllten Esstisch herum. Zu Sams rechter Seite saß Jake, zu seiner linken, am Kopf des Tisches, Coach Thompson. Nicht die Wahl, die er getroffen hätte. Chloe besetzte das andere Ende der Tafel, während Dex ihm gegenüber saß.

Dexter und Sam hatten sich normal begrüßt, auch wenn er sich eingebildet hatte, dass der Blick seines besten Freundes heute ein wenig argwöhnischer als sonst war. Er fragte sich, ob Dexter es einfach hinnahm, dass er ihn gestern ‚Arschloch' genannt hatte oder ihn später darauf ansprechen würde.

Nichts, worüber er sich den Kopf zerbrechen wollte.

„Fasst euch an den Händen", sagte Kaylie, „wir beten einmal kurz."

„An den Händen?", wiederholte Jake verdrießlich.

„Du kannst Sam und Chloe auch gerne woanders anfassen, aber bitte nicht am Tisch."

Jakes Gesicht lief rosa an und Sam konnte sehen, wie Chloe versuchte, ihr Lächeln in ihrem Sektglas zu ersticken.

Sam seufzte und warf Jake einen Blick zu, bevor sie ihre Fingerspitzen aneinander tippen ließen. Der Coach schien allerdings kein Problem mit Körperkontakt zu haben. Er umfasste Sams Hand, als wäre sie das letzte Bier im Kühlschrank.

„Ich habe irgendwie das Gefühl, dass der Tag heute mit Thanksgiving verwechselt wird", grummelte Jake und nickte auf den Truthahn in der Mitte des Tisches. „Ich weiß, viele Essen Truthahn zu Weihnachten, aber

… wie wäre es mal mit Steak? Wenn ich jetzt noch sagen soll, wofür ich dankbar im Leben bin, gehe ich wieder.“

„Ich bin dankbar dafür, dass du die Cheerleader durch hast und das neue Maskottchen ein Kerl ist“, stellte Sam trocken fest.

„Sam, lass das!“, rügte Kaylie ihn über den Tisch hinweg und sah ihn scharf an. „Sei nett zu ihm. Es ist Weihnachten.“

„Ähm, okay.“ Sam räusperte sich. „Du hast sehr weiße Zähne, Jake. Hübsch.“

Chloe, am anderen Ende des Tisches, verschluckte sich an ihrem Getränk und fing lachend an zu husten. Auch Dexter grinste breit. „Amen“, sagte er und langte nach dem Truthahn, um ihn anzuschneiden.

Kaylie seufzte schwer, widersprach jedoch nicht.

Wahrscheinlich, weil Dexter ihr das erste Stück gab.

Essen wurde herumgereicht, Alkohol ausgeschenkt, auch wenn Dexter geistesgegenwärtig nicht einmal fragte, ob Sam etwas haben wollte und eine friedliche Stille kehrte ein, die es so nur von zufriedenen Menschen beim Essen eines Festmahls geben konnte.

„Jake, warum bist du eigentlich nicht bei deiner Familie?“, durchbrach Chloe das Schweigen, nachdem sie ihr erstes Stück Truthahn heruntergeschluckt hatte.

Sam hatte schon damit gerechnet. Stille war nichts, was Chloe wertzuschätzen wusste. Weder im Bett noch im Leben außerhalb.

„Weil ich hier bin“, stellte Jake fest und häufte Kartoffeln auf seinen Teller. Seine Essgewohnheiten machten Chloes Appetit augenscheinlich Konkurrenz.

„Ist das die kryptische Antwort, bei der du bleiben willst?“, fragte sie.

„Definitiv.“ Der Baseman sah nicht einmal auf.

„Kaylie, ich dachte, du würdest dir Mühe damit geben, ihn menschlicher zu machen.“

„Muss ich wiederholen, was ich zu Sam gesagt habe?“, fragte Kaylie ruhig. „Es ist Weihnachten. Sei nett zu ihm ... und ich finde, er hat sich toll entwickelt.“

„Entschuldige, Jake“, sagte Chloe betont reumütig. „Ich mag dein Hemd, es passt zu deinen hübschen Zähnen.“

Sam hatte kein Glas, um sein Grinsen zu verbergen.

Jake achtete gar nicht auf sie, er sah Kaylie verwirrt an. „Ich habe mich toll entwickelt? Bin ich eine Aktie?“

„Themenwechsel“, schlug Kaylie hastig vor. „Habt ihr schon Vorsätze fürs nächste Jahr?“

„Die World-Series gewinnen“, sagten Jake, Dex und der Coach zeitgleich.

Kaylie verdrehte die Augen und murmelte „Baseballer ...“, bevor sie an Sam gerichtet frage: „Wie ist es mit dir?“

Lebend durch den Besitzerwechsel der Delphies zu kommen. „Weltfrieden?“

Kaylie schnaubte, lächelte aber.

„Ihr seid wirklich alle nutzlos, wisst ihr das? Chloe, du musst die Runde retten.“

„Sag du zuerst“, schlug sie vor, während der halbe Truthahn von ihrem Teller bereits in ihren Magen gewandert zu sein schien.

„Ich habe keine Vorsätze“, sagte Kaylie schlicht. „Mein Leben ist im Moment ziemlich perfekt.“ Ihr Blick glitt zu Dexter und sie lächelte. Ein kitschiger Moment entfaltete sich vor Sams Augen und er verzog das Gesicht.

Anstrengend. Verliebte Leute waren anstrengend.

„Also, du bist übrig Chloe“, bemerkte sie, nachdem sie fertig damit war, ihren Freund anzuschmachten.

Chloe seufzte, ließ ihre Fingerkuppen auf die weiße Spitzentischdecke prasseln und zuckte die Schultern, bevor sie sagte: „Ausziehen. Geld verdienen. Zufrieden sein. Lernen, einen Löffel auf meiner Nase zu balancieren. Verlieben. Heiraten. Mit einem Delfin schwimmen. Kinder kriegen. Normales Leben führen. Die Telefonnummern von jedem Lieferservice der Stadt auswendig lernen, damit ich nie wieder zum Kochen gezwungen werde.“

Betretenes Schweigen senkte sich über den Tisch, bevor Jake murmelte: „Wird ein volles Jahr, würde ich sagen.“

Sam starrte Chloe über den Truthahn hinweg an. Sie lächelte amüsiert. Und dennoch fühlte er sich, als hätte man ihm mit einem Baseballschläger ins Gesicht geschlagen – einem unter Strom stehenden Baseballschläger. Sie mochte es witzig gemeint haben, aber er kannte sie gut genug, um die Wahrheit hinter den Worten zu erkennen.

Er wusste nicht, was er erwartet hatte. Natürlich wollte Chloe all das. Sie hatte all das verdient und er war sich ziemlich sicher, dass es eine Millionen Männer geben würde, die sich liebend gerne für die Umsetzung ihres Plans anbieten würden.

Nur er war keiner von ihnen.

Und dieses Wissen versetzte seiner Laune einen größeren Dämpfer als es das getan haben sollte.

Dexter räusperte sich. „Kannst du mir die Termine für deine Vorhaben geben?“, bat er. „Dann kann ich mir die Tage freihalten, an denen ich Onkel werde.“

Chloe hob grinsend eine Schulter an. „Es ist auch okay, wenn ich zwei Jahre für all das brauche. Ich bin da flexibel.“

Sie sah bei ihren Worten nicht zu Sam hinüber und er konnte das Gefühl, das sich in sein Herz stahl, nicht ganz benennen, aber ... er wünschte, sie hätte es getan. Zu ihm hinübergesehen.

„Mach du erstmal deine College-Kurse und dann den Abschluss, und dann plan die Kinder“, murmelte Dex und griff nach der Weinflasche, die auf dem Tisch stand.

„Was?" Jeglicher Humor war aus Chloes Stimme gewichen und ihr Körper schien sich von einer Sekunde auf die nächste vollkommen versteift zu haben.

Sam brauchte einen Moment, um dahinter zu kommen, warum das so war.

College-Kurse.

Scheiße.

Chloes Blick flog von ihrem Bruder zu Sam, der vorsorglich schon einmal seine Gabel sinken ließ. Niemand anderes schien den Sturm zu bemerken, der sich hinter Chloes Fassade zusammenbraute.

„Woher weißt du von den College-Kursen?", fragte sie und Dexter brauchte einige Sekunden um mitzubekommen, dass sie mit ihm redete.

„Was?", antwortete er, während der Rest der Tischnachbarn Blicke wechselten.

„Ich habe dir nie erzählt, dass ich ..."

Wieder sah sie zu Sam.

„Du hast es ihm gesagt", folgerte sie, die Lippen leicht geöffnet, die Augenbrauen zusammengezogen.

„Chloe ..."

„Du hast versprochen, dass du es für dich behalten würdest! Und du hast es ihm trotzdem gesagt?"

„Wo wir schon dabei sind", mischte sich Dexter ein, die Flasche Wein zurück auf den Tisch gleiten lassend. „Warum hast du es *Sam* gesagt und mir nicht?"

Chloe schien ihn gar nicht zu hören. Sie starrte weiterhin Sam an und der kratzte sich am Kinn.

„Ich weiß, ich habe es versprochen, es ist mir so rausgerutscht."

„Dir ist etwas rausgerutscht?" Ihre Stimme überschlug sich vor Ungläubigkeit. „Dir, Mister Schweigsam-Cool, ist es einfach so herausgerutscht? Das fällt mir sehr schwer zu glauben."

„Es tut mir leid, aber Chloe ... du lagst falsch. Es ihm nicht zu sagen.“

Er hielt seine Stimme ruhig und er konnte in den goldenen Sprenkeln, die ihre Iris jetzt zierten erkennen, dass sie dieser Umstand nur noch mehr aufregte.

***

Chloe regte seine ruhige Stimme nur noch mehr auf!

„Es war nicht deine Entscheidung, es ihm zu erzählen.“

„Wieso beantwortet mir eigentlich niemand meine Frage?“, warf Dexter in den Raum, doch sie blendete ihn komplett aus.

„Er macht sich Sorgen um dich, warum willst du ihm das nicht erleichtern, Chloe?“

„Die Frage nach dem Warum hat dich überhaupt nicht zu interessieren!“, fuhr sie ihn an und stützte sich wütend mit den Händen auf den Tisch. „Ich habe es dir anvertraut und du hast versprochen, du würdest es für dich behalten! Ich dachte, das dürfte ja kein Problem sein, wo du ihm doch seit sechs Jahren verschweigst, dass wir miteinander schlafen!“

Stille senkte sich über den Tisch.

Eine andere Art der Stille als noch vor wenigen Momenten, in denen sie ihre Jahresvorsätze aufgezählt hatte. Eine Stille, die ihr das Trommelfell zu zerreißen drohte.

„Oh nein ...“, seufzte Kaylie, kurz bevor Dexter schrie: „Bitte, was!?“

„Das ist das beste Weihnachten, das ich je hatte“, grinste Jake.

„Worum geht es?“, wollte Mister Thompson verwirrt wissen. „Warum, Chloe?“, fragte Sam, eine Hand an der Stirn.

„Wir wollten es ihm doch sowieso sagen, Sam, kein Grund, sich aufzuregen!“, gab sie verbissen zurück,

276

auch wenn sie sich selbst eingestehen musste, dass das wohl keiner ihrer brillantesten Momente ge...

„Bitte was!?" Dexter war vom Tisch aufgesprungen, die Hände zu Fäusten geballt, sein Gesicht zwischen Unglaube und Fassungslosigkeit hin- und herschwankend. Unter diesen Umständen musste Chloe wohl dankbar sein, dass der Tisch noch stand.

„Dex, setz dich hin", bat Kaylie, ihre Hand sanft, aber bestimmt um seinen Unterarm geschlossen.

Doch Dex tat nichts dergleichen. Es war das erste Mal, dass er den Worten seiner Freundin nicht folgte.

Er starrte Chloe an.

Er starrte Sam an.

Er starrte Chloe an.

Sein Mund öffnete sich, schloss sich wieder, öffnete sich ...

„Seit sechs ... ihr ... schlafen ... aber ihr mögt euch nicht!"

„Danke, Kaylie, für die Einladung. Wirklich", sagte Jake, die Hand auf die Brust gelegt.

„Jake, sei still, und Dex, du setzt dich jetzt. Sie schlafen nicht seit sechs Jahren miteinander! Zumindest nicht durchgängig, glaube ich, und ..."

Ruckartig wandte er jetzt den Kopf zu Kaylie, die ihren Fehler eine Sekunde zu spät bemerkte.

„Du wusstest es?", fragte er aufgebracht. „Du hast es gewusst und mir nicht erzählt!? Wie konntest du mir nichts sagen? Sie ist meine Schwester! Und er ist ..."

„Ich wusste es nicht", sagte sie sofort, beide Hände erhoben. „Ich habe sie nur einmal beim Knutschen auf der Couch erwischt und ..."

„Knutschend auf ... Moment, auf welcher Couch? Auf *meiner* Couch?"

„Hey, ich habe sie auch knutschend erwischt! Allerdings vor der Tür", sagte Jake fröhlich. „Ihr knutscht 'ne

Menge rum, Leute, oder? Und mir wird immer gesagt, dass ich mich wie ein Teenager verhalte."

„Du wusstest es auch!?"

Dexters Stimme war so laut, dass Chloe unwillkürlich dachte, dass die Nachbarn heute Nacht eine unglaubliche Show geboten bekamen.

„War das ein Geheimnis?", wollte Kaylies Vater verblüfft wissen. „Sie sind doch zusammen von der Weihnachtsfeier abgehauen."

*„Sie sind was!?"*

Wieder fuhr Dexters Kopf herum, diesmal zu Sam, der die Lippen zusammengepresst hatte und Dexters Blick erwiderte.

„Sag mir, dass das nicht wahr ist", verlangte er eisig.

Sam schwieg.

Natürlich.

*Jetzt* schwieg er.

Chloe hatte das Verlangen aufzustehen.

„Wieso ist das jetzt wichtiger, als dass Sam mein Vertrauen gebrochen hat?", fuhr sie auf. Sie fand, die Aufmerksamkeit wurde hier falsch verteilt.

Doch diesmal war es an Dexter, sie zu ignorieren.

Er starrte weiter Sam an, der immer noch stumm seinen Blick erwiderte.

Stunden schienen zu vergehen, bis Dexter schließlich fragte: „Meinst du es ernst mit ihr?"

Chloe konnte sehen, wie sich Sams Kiefer anspannte … aber er sagte nichts.

„Ob du es ernst mit ihr meinst!"

Sie hatte geglaubt, dass sie die Antwort auf diese Frage hören wollte, aber auf einmal war sie sich nicht mehr so sicher.

„Lass das, Dex!", zischte sie. „Du musst ihm nicht antworten Sam", sagte sie an ihn gewandt.

„Natürlich muss er mir antworten!", fluchte ihr Bruder laut. „Ich will wissen, ob du eine seiner Freundinnen bist, die er nach zwei Monaten aus absurden Gründen absägt und am Straßenrand links liegen lässt. Also, Sam: Liebst du sie? Willst du sie heiraten und vier Kinder mit ihr bekommen? Oder warst du einfach nur scharf auf sie und nutzt sie aus, obwohl du mir seit Jahren dabei zuhörst, wie ich allen erzähle, dass ich sie genau davor schützen will?"

„Dexter!", rief Chloe laut, ihre Wangen so verbrannt wie noch vor kurzem die Schrimps. „Lass es. Es ist nicht deine Sache, du ..."

„Es ist *verdammt nochmal* meine Sache, wenn mein bester Freund mich anlügt, mich offenbar seit *sechs Jahren* anlügt, und auf *alles* scheißt, was ich ihm die letzten Jahre anvertraut habe", fuhr er sie an. „Von dir bin ich es ja gewohnt, dass du mich anlügst!"

Das brachte sie zum Verstummen.

„Also, Sam." Dexter Stimme zitterte bei jeder Silbe vor unterdrückter Wut. „Sag es mir: Meinst du es ernst mit ihr?"

Jetzt folgte Chloe seinem Blick. Sah in Sams Gesicht, das glatt und doch vollkommen angespannt aussah. Sie rechnete fest damit, dass er etwas sagte. Dass er *irgendetwas* sagen würde, um sich zu verteidigen.

Doch er schwieg.

Dexter nickte mechanisch. „Ja, das dachte ich mir. Dann habe ich dir nichts mehr zu sagen."

„Dex", sagte Chloe leise. „Es ist nicht seine Schuld. Er wollte es dir schon früher sagen, er ..."

„Raus."

„Dexter", diesmal war es Kaylie, die sich nun ebenfalls erhoben hatte und sacht seine Schulter berührte, „du solltest nicht ..."

„Raus", wiederholte er schlicht.

Sam nickte leicht, wischte sich seine Hände an einer Serviette ab und stand auf.

Im nächsten Moment war er aus der Tür.

Chloe starrte ihm hinterher, bevor sie ihren Stuhl mit den Füßen wegkickte und um den Tisch herumlief.

„Chloe ..." Bei Dexters warnendem Unterton hielt sie noch einmal in ihrer Bewegung inne.

„Nein, Dex", sagte sie ruhig. „Wenn du nichts mehr mit ihm zu tun haben willst, dann ist das deine Entscheidung. Aber ganz sicher nicht meine."

Sie rannte so schnell sie konnte und holte Sam trotzdem erst unten vor der Tür ein. Die kalte Luft schlug ihr entgegen und brannte ihr augenblicklich in den Lungen. Doch das war ihr egal. Wichtig war, dass Sam noch nicht gefahren war.

Schuld nagte an ihr. Er hatte es Dex sagen wollen. Es war ihm wichtig gewesen ... und dennoch fragte sie sich, ob es nicht dasselbe gewesen wäre, wenn sie normal mit ihrem Bruder darüber gesprochen hätten. Er hätte die gleichen Fragen gestellt und die gleichen Antworten bekommen – keine.

Wie hatte sie so dumm sein können? Wieso hatte sie nicht nachgedacht, was es für Sam bedeuten würde, sich mit ihr einzulassen? Sie hatte immer nur ihre Seite gesehen.

Dexter war ihr Bruder, ihre Familie. Er würde wütend auf sie sein, aber sie nicht aus seinem Leben verbannen. Sam hingegen ...

Sam hatte so viel mehr zu verlieren gehabt als sie. Und er hatte sie trotzdem mit zu sich nach Hause genommen.

Ihr Herz streckte sich nach ihm aus, doch sie hatte eine Ahnung, dass diesmal selbst eine Umarmung nicht die Lösung sein würde.

Sie lief die letzten Meter zu ihm und bei den auf dem Boden klatschenden Schritten wandte Sam sich um.

„Du hast was vergessen", keuchte sie, sich die Seiten haltend.

Sam betrachtete sie steinern, seine zusammengezogenen Augenbrauen das einzige Anzeichen von Emotionen.

„Was?"

„Mich. Du hast mich vergessen. Denkst du, ich bleibe da jetzt alleine oben und höre mir von Dexter einen Vortrag darüber an, wie dumm es von mir ist, mich mit dir einzulassen?"

Sam lachte nicht. Er sah erschöpft aus, als er sich mit der flachen Hand durch die kurzgeschnittenen Haare fuhr.

„Chloe, geh wieder nach oben."

„Natürlich. Sobald ich mein Problem damit, Anweisungen zu befolgen, überwunden habe", versprach sie und machte noch ein paar Schritte auf ihn zu, während sie mit ihren Händen über ihre nackten Arme fuhr. Sie trug zur Feier des Tages ein kurzärmeliges blaues Kleid – ihren Mantel hatte sie leider oben vergessen.

„Es ist verdammt kalt, können wir bitte einfach zu dir fahren?"

„Chloe ..."

„Sam ...", imitierte sie seinen strengen Ton. „Heute Abend wurden viel zu oft Namen wiederholt. Wo steht dein Auto?"

„Chloe! Er hat recht", sagte er nun lauter und sie erkannte die ersten Anzeichen von Wut in seiner Körperhaltung. „Ich bin die denkbar dümmste Wahl für dich!"

„Die dümmste Wahl für was?", wollte sie interessiert wissen. „Sam, hör mir mal zu: Dexter hat gefragt, ob du es ernst mit mir meinst. Ich nicht. Dexter denkt, dass du mich benutzt. Ich nicht. Und ernsthaft: Wen bitte interessiert es, was Dexter denkt? Er hat bis vor ein paar Wochen doch selbst noch keinen Schimmer gehabt, wer für ihn die Richtige ist. Und er ist ein Vollidiot! Er hat Erde gegessen bis er neun war!"

Sam schüttelte den Kopf, schlüpfte aber aus seinem Mantel, um ihn um ihre Schultern zu legen.

„Chloe, ich kann dir nicht geben, was du willst."

„Und was ist das?"

„Deine Liste für nächstes Jahr ..."

„Noch ist nicht nächstes Jahr", murmelte sie und wickelte sich in den schwarzen Stoff ein.

Sam starrte sie weiter an, als suche er etwas in ihrem Blick – doch er schien nicht fündig zu werden.

„Dex wird sich schon wieder einkriegen", murmelte sie in die kalte Stille hinein.

Sam schwieg.

„Das wird er, Sam", sagte sie mit Nachdruck.

Wieder sagte er nichts.

„Kannst du bitte was sagen?", flüsterte sie und massierte ihre Handfläche mit den Daumen.

„Ich finde, du führst diese Unterhaltung schon äußerst erfolgreich selbst."

Seine Worte waren weder sarkastisch noch feindselig, dennoch fühlte sie sich angegriffen.

„Bist du wütend auf mich? Weil ich es herausposaunt habe?"

„Ich bin nicht wütend auf dich."

„... ich hätte es trotzdem eleganter lösen können."

„Das hättest du."

„Wenn es dir hilft: Ich bin wenigstens nicht mehr wütend darüber, dass du ihm verraten hast, dass ich College-Kurse belege."

„Na, wenigstens das."

Sam hatte seine Hände in den Hosentaschen vergraben und zum ersten Mal fiel es Chloe schwer, seine Haltung zu deuten.

Er wirkte nicht wütend. Er wirkte nicht verletzt. Er wirkte nicht traurig. Er wirkte ... ja, wie? Resigniert vielleicht? Akzeptierend?

Sie wusste es nicht. Sie wusste nur, dass es ihr nicht gefiel.

„Warum hast du dich nicht verteidigt?", fragte sie leise. Sie wollte ihn berühren, ihn trösten, milde stimmen – was auch immer. Aber sie konnte nicht. Denn da war etwas in seinem Blick, irgendetwas …

„Womit?", fragte Sam ruhig. „Es gibt nichts, was ich zu meiner Verteidigung hätte sagen können."

„Du hättest ihm sagen können, dass ich dich angesprungen habe! Dass du … nicht anders konntest."

„Ja, das wird Dexters Gemüt sicherlich beruhigen, wenn ich ihm erzähle, dass ich einfach so scharf auf dich war, dass ich dich haben musste", sagte er trocken.

Blut schoss in ihre Wangen. Sie fühlte sich hilflos. Wieder einmal war sie hilflos. Aber das hier war keine allgemeine, angsteinflößende Hilflosigkeit. Das war eine spezifische, frustrierende Hilflosigkeit, die sie nicht akzeptieren wollte.

„Ich möchte irgendetwas tun, sagen …", flüsterte sie.

„Geh nach oben, Chloe. Es würde das Ganze nicht besser machen, wenn du jetzt mit mir kämst."

„Aber … ich glaube nicht, dass du gerade allein sein willst, Sam."

Er verzog zynisch einen Mundwinkel nach oben.

„In meinem Leben ging es nie wirklich um das, was ich wollte", murmelte er, bevor er sich umwandte und ging.

# Kapitel 20

Sam war nicht im Reinen mit seiner Gefühlswelt.

Das war kein Geheimnis, das wusste jeder. Er am allermeisten. Oftmals konnte er nicht ganz zuordnen, was er gerade fühlte oder warum das so war. Nichtsdestotrotz, als er aus seinem Auto stieg und den verdammten Mistelzweig über der Haustür hängen sah und die Melodie eines Weihnachtsliedes durch das offene Fenster seiner Nachbarn flog, konnte er mit ziemlicher Sicherheit sagen, dass er *nicht* glücklich war.

Das mochte relativ weit gefächert sein, für ihn jedoch alles, was er wissen musste.

Er hatte es geahnt. Von dem Moment an, in dem er dem Drang, Chloe zu küssen, nachgegeben hatte, hatte er geahnt, dass es ihn die Freundschaft mit Dexter kosten würde. Egal wie Dexter es herausgefunden hätte. Es wäre alles auf dasselbe hinausgelaufen.

Chloe war schon immer sein Schwachpunkt gewesen. Wie es aussah, hatten Dex und er das gemeinsam. Nur auf denkbar andere Art und Weise.

Die Sache war nur die: Wenn er wählen könnte, hätte er alles exakt noch einmal so gemacht. Sam kannte nicht viele Menschen, die er mit dem Titel Freund etikettiert hätte und Dex stand an oberster Stelle seiner Liste – und trotzdem wäre er wieder und wieder mit Chloe ins Bett gestiegen, wenn er erneut vor die Wahl gestellt worden wäre.

Denn sie war es wert.

Kopfschüttelnd ging er die Stufen zu seiner Wohnung hinauf und hob gerade den Schlüssel an, als er das Licht sah, das unter der Tür hervor kroch.

Irritiert hielt er inne.

Er ließ nie das Licht an. Er vergaß so etwas nicht.

Stirnrunzelnd lauschte er. Da kamen Geräusche aus seiner Wohnung. Metallisches Klirren.

Hoffentlich ein Einbrecher!

Ja, er prügelte sich nicht mehr, aber wenn er dazu gezwungen wurde … dann würde er heute nicht Nein sagen. Er schloss die Tür auf, lief in sein Wohnzimmer mit Einbauküche – und erstarrte.

Er war *wirklich* nicht glücklich.

„Mom, was tust du hier?"

Seine Mutter drehte sich breit lächelnd zu ihm um. Ein rundes Gesicht, die grauen Haare kurzgeschnitten, die Lippen rot bemalt. Sie hatte einen Pfannenwender in der Hand und offensichtlich etwas auf dem Herd. Sam würde auf Spiegelei tippen. Das war es, was sie immer machte, wenn sie versuchte zu kochen. Spiegelei auf Toast. Aber er musste es ihr lassen: Der Toast war immer vorzüglich.

„Es ist Weihnachten. Weihnachten verbringt man mit der Familie."

Ja, Normalmenschen taten das. Aber das letzte Mal, dass Sam zu Weihnachten bei seiner Mutter gewesen war … das musste vor dem College gewesen sein. Er hatte den zweiten Weihnachtstag meistens mit seinem Bruder verbracht. Zumindest damals, in den guten Zeiten. Aber da er im Gefängnis saß und Sam davon ausging, dass er ihn nicht sehen wollte, würde das dieses Jahr wohl flachfallen.

„Richtig", murmelte Sam, während er registrierte, dass er keinen Mantel trug, den er ausziehen konnte. Der hing immer noch um Chloes Schultern. Er räusperte sich und lehnte sich mit der Hüfte gegen die Sofalehne, sodass er seine Mutter aus einiger Entfernung dabei beobachten konnte, wie sie den Herd ausstellte und die Spiegeleier – wer hätte es gedacht – auf ein Brot gleiten ließ, das sie vorsorglich daneben positioniert hatte.

„Ich bin davon ausgegangen, dass du die Festtage mit deinem neuen Freund verbringen willst."

„Der hatte keine Zeit, da dachte ich ... komme ich zu einem Überraschungsbesuch bei dir vorbei. Bei Dominic war ich heute Morgen auch schon, falls es dich interessiert."

„Tut es nicht", sagte er gelassen, die Arme vor der Brust verschränkt.

Die vorwurfsvolle Note, die aus ihrer Stimme mitschwang, ging zu seinem einen Ohr hinein und zum anderen wieder hinaus.

„Er würde sich sicher freuen, wenn du ihm auch einen Besuch abstattetest."

„Würde er nicht."

„Im Inneren sicher."

„Wie bist du hier hereingekommen?", lenkte er vom Thema ab, denn diese Frage erschien ihm äußerst dringlich.

„Dein Hausmeister hat einen Ersatzschlüssel und hat mich freundlicherweise reingelassen. Er hat auf den ersten Blick gesehen, dass ich deine Mutter bin."

Das bezweifelte Sam. Was er jedoch glaubte, war, dass seine Mutter jeden Mann über Fünfzig dazu bringen konnte, ihr fremde Türen zu öffnen.

„Setz dich!", forderte sie ihn auf und deutete auf die Couch. „Dann können wir essen."

„Ich habe schon gegessen, Mom", sagte er und nahm dennoch den Teller entgegen.

„Dann setz dich einfach zu mir", wies sie ihn an und ging um das Sofa herum, um sich mit ihrem Teller dort niederzulassen. Sam besaß keinen Esstisch, da er ohnehin nur an der Küchenanrichte aß. Die zwei Hocker dort hatten ihm immer gereicht.

Er rieb sich mit Mittel- und Zeigefinger über die Augen und setzte sich dann neben seine Mutter, die den ersten Bissen ihres Brotes nahm.

Sie schwiegen eine Weile.

Sam machte sich auch nicht die Mühe, sich möglichen Smalltalk auszudenken. Er hatte ihr nichts zu sagen. Er liebte sie, sie war seine Mutter, aber ... es gab nichts, was noch gesagt werden musste.

„Nett hast du es hier", bemerkte sie schließlich, den Mund zu einem verkniffenen Lächeln verzogen, den Blick durch den Raum schweifen lassend. „Ganz schön groß. Wenn ich da im Vergleich an Dominics Zelle denke ..."

Sam schloss die Augen, atmete durch und erinnerte sich daran, dass er dieser Frau sein Leben verdankte. Er erwischte sich bei dem Gedanken, dass das Ganze erträglicher wäre, wenn Chloe hier wäre. Sie verstand es, Leute von ihm abzulenken.

„Wo warst du denn etwas essen?", hakte sie weiter nach, offenbar, weil ihr bewusst wurde, dass Sam nichts zu ihrem vorherigen Kommentar sagen würde.

„Bei ... einem Freund."

„Ach, wie nett. Du hast dir hier ja wirklich etwas Schönes aufgebaut."

Vorwurf. In jedem einzelnen Wort schwang ein Vorwurf mit. Und er war es so leid, sich Vorwürfe machen zu lassen.

„Habe ich", bestätigte er und blickte aus dem Fenster. Es hatte angefangen zu schneien. Einzelne weiße Flocken fielen auf seinen Balkon, schmolzen an den Scheiben und liefen dann in glitzernden Rinnsalen dort hinab.

Da war eine Enge in seiner Brust.

Er fragte sich, ob er sich selbst verzeihen würde, wäre er an Dexters Stelle. Er fragte sich, mit welchem Mann Chloe irgendwann ihre Kinder bekommen würde. Er

fragte sich, ob es vielleicht Einsamkeit war, die er
spürte.

Er runzelte die Stirn bei dem Gedanken an dieses
Wort. Er war doch gerne allein, oder etwa nicht?

„Fröhliche Weihnachten, Sammy", hörte er seine
Mutter sagen, während sie ihm unbeholfen die Schulter tätschelte.

„Fröhliche Weihnachten, Mom."

***

Chloe schlief schlecht.

Sie saß wieder im Auto, durchlebte wieder den Unfall,
wachte schweißgebadet auf. Die Träume nahmen
keine Rücksicht auf die Feiertage.

Als sie gestern Abend zurück in die Wohnung gekommen war, hatten Kaylie, Jake und Mister Thompson alleine dort gesessen. Dexter hatte sich wohl in seinem
Schlafzimmer eingeschlossen. Chloe hatte sich fünf-
zehn Jahre in der Zeit zurückversetzt gefühlt. Damals
hatte Dexter aus Versehen eine Fensterscheibe mit einem Ball eingeworfen, woraufhin ihm verboten worden war, im Garten Baseball zu spielen. Er hatte zwei
Stunden im Zimmer geschmollt und war dann wieder
nach unten gegangen, um Chloe zu fragen, ob sie mit
ihm in den Park wollte. Weiterüben.

Es schlich sich bei ihr jetzt aber die leise Befürchtung
ein, dass sich dieses Szenario nicht wiederholen würde.
Sie hatten schon seit Längerem nicht mehr im Park Ball
gespielt.

Die Stimmung war milde gesagt gedrückt gewesen –
auch wenn Jake dem Ganzen, seinem Grinsen nach zu
urteilen, etwas Positives abgewinnen konnte. Zweifel-
los eine Geschichte, die er seinem nächsten Bimbo erzählen konnte. Kaylie hatte sie in den Arm genommen
und ihr versprochen, dass sie Dexter schon beruhigen
würde.

Nichts gegen Kaylie, aber sie hatte sich nicht sehr zuversichtlich angehört.

Als Chloe am Weihnachtsmorgen nach unten ins Wohnzimmer kam, standen Geschenke unter dem Weihnachtsbaum und Kaylie saß mit einer Tasse Kaffee und einem Buch auf ihrem Schoß auf der Couch. Allein.

„Wo ist Dex?", wollte Chloe wissen. Sie hatte nicht das übermäßig große Verlangen mit ihm zu reden, aber er durfte nicht wütend auf Sam bleiben. Sam mochte es nicht wissen, aber er war nicht die hellste Lampe des sozialen Kronleuchters und er würde nicht einfach so einen neuen besten Freund finden. Er brauchte jemanden, der auf ihn aufpasste und ihn dazu zwang, zu leben und nicht nur zu arbeiten.

„Er ist heute Morgen um halb sechs aus dem Haus", seufzte Kaylie und stellte ihre Tasse ab. Braune Flüssigkeit schwappte auf den Couchtisch. „Ich glaube, er wollte es nicht riskieren, dir über den Weg zu laufen."

Chloe stützte sich mit den Unterarmen auf den Küchentresen, der in den Raum hineinragte. „Wo ist er hin?"

„Er meinte, spazieren."

„Es ist nach zehn. Er ist seit über vier Stunden spazieren?"

„Ich bezweifle, dass er überhaupt spazieren war. Er hasst es, sich langsamer als sechs Meilen die Stunde zu bewegen."

„Wo meinst du, ist er dann?"

„Im Stadion, Bälle schlagen."

Bälle waren besser als Sam. Obwohl Chloe ihm eher ein gewisses Kellerabteil in den Katakomben des hässlichen Gebäudes neben dem Stadion empfohlen hätte. Vielleicht sollte Sam ihn mal dort mit hinnehmen. Dann könnten sie sich aussprechen und auf Dinge einschlagen, die nicht ihre Knochen waren.

„Das ist echt nicht gut gelaufen, was?", stellte Chloe fest und vergrub ihr Gesicht in den Händen.

„Ich glaube ehrlich gesagt, dass du einen passenden Moment gewählt hast."

Chloe öffnete die Finger über ihren Augen. Das hatte sich nicht sarkastisch angehört.

„Warum?"

„Es waren eine Menge Zeugen anwesend."

Chloe schnaubte. „Meinst du, er hätte eine Prügelei gestartet?"

„Nein, er weiß, dass Sam gewinnen würde", meinte sie kopfschüttelnd. „Aber er hätte möglicherweise mit Porzellan um sich geworfen."

„Vielleicht ..." Chloe ließ die Finger wieder zuschnappen. In der Dunkelheit ihrer Hände war das alles erträglicher.

Sams Blick gestern ... er hatte nichts und doch alles gesagt.

Sie würde bei ihm vorbeifahren.

Gleich.

Vielleicht lieber sofort. Sie musste ihm seinen Mantel zurückgeben – er konnte in dieser Kälte doch nicht ohne herumlaufen. Es wäre unverantwortlich von ihr, ihn nicht vor einer Erkältung zu schützen. Außerdem hatte sie ein Geschenk für ihn. Nur etwas Kleines, aber dennoch ... es war Weihnachten.

„Du weißt, dass Dex es nur gut meint, oder?"

Jemand berührte sie sacht an der Schulter und wenn in den letzten zehn Sekunden keine Weihnachtselfen in die Wohnung eingefallen waren, musste das Kaylie sein.

Chloe ließ ihre Ellenbogen von der Anrichte gleiten und richtete sich auf.

„Ja, ist mir schon klar. Aber ich bin erwachsen. Sam ist erwachsen. Es ist unsere Sache, was wir tun. Ich weiß, er fühlt sich von Sam verraten, aber zu seiner

Verteidigung: Er hat wirklich versucht, mir zu widerstehen. Aber ich kann sehr überzeugend sein. Und so lange er und Sam nicht darüber reden, was wir hinter verschlossenen Türen tun, ändert sich doch nichts an ihrer Freundschaft, oder?"

„Ich fürchte, du hast das Prinzip komplizierter Männerfreundschaften nicht verstanden."

„Das da wäre?"

Kaylie sah sie einige Momente nachdenklich an, dann stellte sie fest: „Ich habe keine Ahnung. Dexter hat gestern versucht, es mir zu erklären, aber ich konnte wirklich nicht folgen. Irgendetwas mit Ehre und einem Code und ... nee, ich weiß wirklich nicht. Der Punkt ist ..." Kaylie stieß schwer und lang Luft aus, „ ... Dex kennt Sam ziemlich gut. Er weiß, was er für Beziehungen führt. Er weiß, was er im Leben will und was er im Leben nicht will. Und er kennt dich und ..."

Chloe sah sie erwartungsvoll an. „Ja?"

„Er hat Angst, dass du zu viel investierst." Kaylie sagte die Worte so schnell, dass Chloe Schwierigkeiten damit hatte, ihnen zu folgen.

„Investiere?", wiederholte sie geistreich.

„Emotional."

„Aha."

„Na ja, er meint ... dass Sam nicht dazu in der Lage ist, sich richtig auf eine Beziehung einzulassen du dagegen sehr wohl und wenn nur einer von Zweien sich richtig in eine Beziehung einlässt ... dann endet das bei einem von beiden in einem Desaster."

Chloe schluckte den bitteren Kloß hinunter, der sich ihr in den Hals gedrängt hatte und nickte.

„Bei mir."

Sie brauchte es nicht als Frage zu formulieren.

„Aber wie gesagt: Dexters Meinung, nicht meine", sagte Kaylie hastig.

„Und was wäre deine Meinung?", fragte Chloe, obwohl sie nicht sicher war, dass sie die Antwort hören wollte.

Kaylie drückte ihre Schulter. „Meine Meinung ist, dass du von uns allen am besten wissen müsstest, wozu Sam in der Lage ist und wozu nicht."

Chloe stöhnte laut auf. „Na klasse! Wo mir doch klar ist, dass man meinem Urteilsvermögen nicht trauen darf."

„Du wirst schon noch deine Antwort finden", sagte Kaylie zuversichtlich und klopfte ihr auf den Arm.

Chloe teilte weder Meinung noch Zuversicht.

„Wie bist du denn in dem ganzen Schlamassel davongekommen?", wechselte sie das Thema. „Ist Dex sehr wütend auf dich? Weil du es ihm verschwiegen hast?"

Kaylie zog eine Grimasse und stellte ihre Kaffeetasse in die Spüle, bevor sie sich einen Lappen nahm. „Ja. Ist er."

„Das tut mir leid. Ich wollte dich da nicht reinziehen."

Sie zuckte die Schultern und lief zum Couchtisch, um den Kaffeerand von der Platte zu wischen.

„Es war die richtige Entscheidung, es ihm nicht zu sagen."

„War es das?"

„Wenn ich es ihm gesagt hätte, hätten du und Sam nie eine Chance bekommen."

Chloe lächelte müde und rieb mit ihrem Zeigefinger über ihre rechte Augenbraue. „Ich weiß ehrlich gesagt nicht, ob überhaupt jemand eine Chance bei Sam hat", murmelte sie.

Er wollte keine Liebe. Er wollte keine Geborgenheit. Er wollte ihr nicht alles geben. Er konnte es nicht. Das waren seine Worte gewesen. Chloe hatte ihm damals nicht geglaubt und sie wollte es immer noch nicht ... aber was, wenn Dexter recht hatte? Wenn sich Sam nie auf eine richtige Beziehung einlassen würde?

„Ich gehe", verkündete sie und stieß sich von der Anrichte ab.

„Tu das. Grüß Sam von mir."

Chloe machte sich nicht die Mühe nachzufragen, woher Kaylie wusste, wohin sie ging. Sie hatte andere Rät-
sel zu lösen.

Es hatte über Nacht geschneit und Bunny rutschte
mehr auf der Straße als dass sie fuhr. Nichtsdestotrotz
kam Chloe an ihrem Ziel an – wenn auch mit stark
klopfendem Herzen und erhöhtem Blutdruck. Das
konnte einerseits an den sechs Nahtod-Erfahrungen
liegen, die sie gerade hinter sich gebracht hatte, oder an
der bevorstehenden Begegnung mit Sam.

Sie stellte den Motor ab und stapfte über die weiße
Decke auf das Haus zu, in dem Sams Wohnung lag.
Ausnahmsweise hatte sie die High Heels heute durch
flache Winterstiefel ersetzt, in denen sie sich geradezu
winzig vorkam. Sie klingelte, bevor sie es sich anders
überlegen konnte und musste nur einige Sekunden
warten, bis es in der Freisprechanlage knackste.

„Ja, hallo?"

Blinzelnd starrte sie auf den Lautsprecher. Sams
Stimme war morgens zwar immer etwas anders als
sonst – aber bis jetzt hatte er sich noch nie wie eine Frau
angehört.

„Hallo?", fragte Chloe unsicher. „Habe ich auf die falsche Klingel gedrückt?"

„Das weiß ich nicht. Es sind ja nicht meine Finger",
sagte die Stimme nachdenklich.

„Ich wollte zu Sam Parker."

„Da sind Sie hier richtig. Sam hatte gar nicht erwähnt,
dass er Besuch erwartet. Kommen Sie hoch."

Der Summer wurde betätigt und verwirrt drückte
Chloe gegen die Tür. Ein flaues Gefühl machte sich in
ihrem Magen breit.

Was, wenn das die Ballerina war?

Sie hatte gestern schon das Gefühl gehabt, dass Sam nicht hatte allein sein wollen und was war, wenn er sie deswegen angerufen hatte, sie jetzt wieder zusammen waren und sie schwanger war und er dazu gezwungen wurde, sie zu heiraten, in ein Haus mit Veranda zu ziehen und einen Mini-Van zu kaufen und dann umziehen musste, weil die Ballerina ihren Job verlor und sie nur noch in San Diego jemand tanzen sehen wollte, weil sie die Schwangerschaftspfunde nie verloren hatte und ... oh.

Sie war mittlerweile auf Sams Treppenansatz angekommen. Seine Tür stand offen.

Die Frau, die sie interessiert taxierte, war keine Ballerina. Zumindest nicht mehr seit einigen Jahrzehnten.

„Hey", sagte Chloe langsam. Sie wollte erst noch etwas anderes sagen, beließ es schließlich jedoch bei dem einen Wort – aus Mangel an Fantasie.

„Hallo", erwiderte die Frau. Sie hatte kurze graue Haare, dunkelbraune Augen und Chloe schätzte sie auf Ende fünfzig. „Und Sie sind?"

Das war es, was sie eben schon hätte fragen sollen.

„Chloe", sagte sie. „Eine ... Freundin von Sam. Ist er da?"

„Er duscht gerade. Und ich bin mir nicht sicher, ob er es gutheißen würde, wenn ich fremde Leute in seine Wohnung lasse." Sie schien unentschlossen. „Da hätte ich vielleicht drüber nachdenken sollen, bevor ich Sie hochgebeten habe."

Chloe lehnte sich auf ihre Fersen zurück, presste Sams Mantel enger an ihre Brust und verengte die Augen.

„Nun, ich bin keine Fremde. Ich schlafe mit ihm."

„Oh. Okay." Die Frau zog ihre Mundwinkel nach oben. „Wenn das so ist ..."

Sie trat zur Seite und ließ Chloe an ihr vorbei in die Wohnung. Wasser rauschte im Hintergrund und sie sah sich um. Irgendetwas war anders.

Ach ja. Der Herd lief.

„Ich mache gerade Spiegelei zum Frühstück", erklärte die Frau bei Chloes überraschtem Blick und ging um die Kücheninsel herum.

„Aha ..." Chloe legte Sams Mantel über die Rückenlehne des Sofas und fragte schließlich: „Ich möchte wirklich nicht unhöflich sein, aber wer sind Sie?"

„Seine Mutter natürlich."

„Ach so. Natürlich."

Merkwürdig.

Chloe hätte schwören können, dass Sam gerade, weil er seine Mutter nicht hatte sehen wollen, zu Weihnachten nicht nach Hause gefahren war.

Chloe musterte die ältere Frau, versuchte Ähnlichkeiten mit ihrem Sohn zu entdecken, konnte jedoch keine erkennen. Ebenso wenig wie sie Mrs. Parker einschätzen konnte. Sie schien fröhlich, aber da war etwas mit ihren Lippen. Etwas, das ihre Mundwinkel immer wieder nach unten zu ziehen schien. Und wenn sie lächelte, erreichte die Emotion nie ganz ihre Augen.

Das Wasser wurde ausgestellt und Chloe konnte hören, wie eine Tür geöffnet und wieder geschlossen wurde.

Bevor sie jedoch dazu kam, etwas zu sagen, rief Sams Mutter: „Sammy, die junge Frau, mit der du schläfst, ist hier."

Stille, dann kam die gedämpfte Antwort: „Was? Wer ist hier?"

„Hey Sam", rief Chloe.

„Chloe?"

Na, wenigstens erkannte er ihre Stimme.

„Jap", sagte sie, lächelte Sams Mutter noch einmal zu und spazierte dann an ihr vorbei in Sams Schlafzimmer, die Tür hinter sich zuziehend.

Sam stand mit dem Rücken zu ihr, nur in Jeans gekleidet, und griff gerade in das oberste Fach seines Schrankes, um sich ein T-Shirt daraus hervorzuziehen.

„Glaubst du nicht an Klopfen?", fragte er, offenbar keine Sekunde daran zweifelnd, wer soeben ins Zimmer gekommen war.

„Deine Mutter ist hier", ignorierte sie die Frage und betrachtete seine Rückenmuskeln dabei, wie sie Wellen schlugen.

„Ich weiß."

„Okay ... und wie findest du es, dass deine Mutter hier ist?"

Sam seufzte und wandte sich zu ihr um. „Warum fragst du nicht, wie ich es finde, dass *du* hier bist?"

„Weil ich die Antwort darauf nicht hören will. Also, noch einmal zu deiner Mutter ..."

„Chloe", sagte er ungeduldig und zog sich das T-Shirt über den Kopf.

Sie wünschte, das hätte er nicht getan.

„Ähm, ja?", fragte sie und riss ihren Blick von seinen jetzt verdeckten Bauchmuskeln.

„Was machst du hier?"

„Du hast gestern deinen Mantel vergessen."

„Auch das weiß ich."

„Mann, Mann, Mann. Du weißt ja echt eine ganze Menge."

Einer seiner Mundwinkel zuckte. „Ja. Da werde ich dir nicht widersprechen."

Er stand neben seinem Bett und sie einen Meter von ihm entfernt und eigentlich würde sie gerne zu ihm hinüber gehen und ihn in den Arm nehmen. Und ihn dann küssen. Das erschien ihr dringend nötig. Aber da war etwas in Sams Blick, etwas Distanziertes, das sie daran hinderte.

„Ich ... habe ein Geschenk für dich", räusperte sie sich und ließ ihre Handtasche auf sein Bett sinken, bevor sie ein flaches, quadratisches Päckchen daraus hervorholte und es ihm hinhielt.

Sam runzelte die Stirn, als hätte er noch nie im Leben tanzende Weihnachtsmänner auf rotem Hintergrund gesehen.

„Warum schenkst du mir etwas?"

Dafür, dass er gerade deklariert hatte, wie viel er wusste, war er ziemlich dämlich.

„Es ist Weihnachten, Sam. Und ich wollte dir was schenken."

Er sah sie an, als hätte sie den Verstand verloren und je länger er so dastand, desto eher war sie versucht, ihm zu glauben.

Doch sie weigerte sich jetzt kleinbeizugeben und reckte nur ihr Kinn höher, während sie das Päckchen gegen seine Brust stieß. „Ich werde erst gehen, wenn du es aufmachst ... nein, vergiss das wieder, ich werde auch nachdem du es aufgemacht hast nicht gehen."

Sam murmelte etwas Unverständliches, bevor er das Päckchen nahm und das Papier aufriss. Er ließ es untypisch unachtsam auf den Boden fallen und blickte dann regungslos auf das Geschenk.

„Du siehst verwirrt aus", bemerkte Chloe amüsiert. „Wann hast du das letzte Mal einen Bilderrahmen gesehen?"

„Gestern, bei euch zu Hause ..." Sam sah auf. „Wer sind die Leute auf dem Bild?"

„Oh, die Kaufhausmodels. Sehen hübsch aus, oder? Ich dachte, du kannst es mit dem Motiv deiner Wahl ersetzen. Vielleicht einem schicken Eisberg. Oder dem Bild einer Uhr. Wenn du ganz verwegen bist, könntest du sogar ein Bild von deinen Freunden oder deiner

Familie hinein tun. Oder deinem Büro. Dann ist es immer bei dir. Oh, ich weiß! Dein Handy! Ein Bild von deinem Handy ..."

„Danke, Chloe", unterbrach er sie und stellte den Rahmen auf seinem Nachtschränkchen ab. „Ich ... danke."

Sie lächelte breit. „Gern geschehen."

„Ich habe nichts für dich."

„Das macht nichts", sagte sie mit einer wegwerfenden Handbewegung. „Mir wird sicher etwas nicht Materielles einfallen, das du mir schenken kannst. Mir würde ein Sex-Gutschein gefallen, den ich einsetzen kann, wann immer ich will. Egal ob du gerade arbeitest oder mit dem Präsidenten telefonierst oder ..."

Sam umschloss ihr Gesicht mit den Händen und küsste ihr die nächsten Worte von den Lippen.

„Danke", murmelte er noch einmal, obwohl Chloe doch das Gefühl hatte, dass sie es war, die ihm Dank schuldete.

„Kein Problem, ich ..."

„Seid ihr beiden noch angezogen? Es ist verdächtig still bei euch drinnen."

Sam seufzte und ließ die Hände sinken.

„Lust, mit uns zu frühstücken?"

„Es ist beinahe elf, du hast doch sicherlich schon vor fünf Stunden gefrühstückt."

Sam lächelte müde.

„Lust, mit uns Mittag zu essen?", passte er die Frage an.

# Kapitel 21

„Du hast mir gar nicht erzählt, dass du eine Freundin hast, Sammy. Andererseits hast du mir bisher auch nie erzählt, wenn du eine Freundin hattest."

„Stimmt."

„Du solltest mehr mit mir reden, Sammy! Dein Leben teilen."

„Mhm."

„Aber wenn du öfter vorbeisehen würdest, wüsste ich wahrscheinlich auch mehr darüber, was und mit wem du es zu tun hast."

„Höchstwahrscheinlich."

„Wissen Sie Chloe, das ist wie damals, als er einfach nach Los Angeles gezogen ist, ohne mir etwas zu sagen."

„Ist das so?"

Chloe konnte sich nicht erinnern, in ihrem Leben schon einmal eine so unangenehme Unterhaltung geführt zu haben. Sie saßen verkrampft um den Küchentresen herum und Sam gab einsilbige Antworten von sich, ohne seiner Mutter dabei in die Augen zu sehen.

Chloe konnte noch nicht ganz benennen, welche Emotion Sam ausstrahlte, aber sie würde schon noch dahinter kommen.

„Ja." Wieder lächelte Mrs. Parker dieses Lächeln, das Chloe an eine Porzellanpuppe erinnerte. „Aber verstehen Sie mich nicht falsch – das nehme ich ihm nicht übel. Sam wollte schon immer mehr erreichen. Ruhm und Ansehen erlangen. Das konnte unsere Familie ihm einfach nicht bieten."

„Okay." Chloe hielt sich für eine relativ wortgewandte Person, aber auf solche Aussagen hatte selbst sie keine Antwort.

„Ich wünschte nur, du hättest Dominic mit dir nach Los Angeles genommen", redete sie weiter und berührte Sam leicht am Arm, der konzentriert auf das wackelnde Eigelb seines Spiegeleis sah. „Dann säße er jetzt vielleicht nicht im Gefängnis."

Chloes Kopf schnellte in die Höhe. „Was?"

„Oh, hat er Ihnen das gar nicht erzählt? Ja, Sammy ist nicht der Gesprächigste. Also, sein Bruder ..."

„Mom." Endlich nahm Sam den Blick von seinem Teller, bevor er gelassen sagte: „Lass es."

„Aber wieso? Sie ist deine Freundin. Sicher interessiert es sie, wie es deiner Familie geht."

Sam starrte aus dem Fenster. Er widersprach nicht bei dem Wort Freundin, aber bestätigen tat er es auch nicht. Er wirkte vollkommen ruhig. Weder angespannt, noch so, als würde er sich unwohl fühlen. Aber da war etwas in seiner Haltung. Und dieser eine Ausdruck in seinen Augen ...

Du liebe Güte. Es war so simpel! Die Emotion, die Sam die ganze Zeit über zu verbergen versuchte, war Wut. Nichts Kompliziertes. Sam war einfach wütend auf seine Mutter. Aber warum machte er so ein Aufheben darum, es zu verbergen?

„Ist schon in Ordnung, Mrs. Parker", sagte Chloe, „Familiensachen sind privat."

Auch wenn jede Zelle ihres Körpers danach schrie, dass sie doch bitte weiterreden mochte.

„Oh, na gut. Wenn Sie es nicht hören wollen ... es ist auch nicht wichtig."

Sams Mutter schob den Teller von sich. „Sammy hier wusste schon immer, dass er am besten nur auf sich selbst achten sollte. Ansonsten wäre er wohl auch nie so weit gekommen. Das verstehe ich."

„Das würde ich nicht so sagen", stellte Chloe fest und richtete sich in ihrem Sitz auf, „dass Sam nur auf sich selbst achtet. Er hat da ein ganzes Baseballteam, auf das er aufpassen muss. Und haben Sie eine Ahnung davon, wie groß eine Baseballmannschaft ist? Schon allein die ganzen Pitcher! Und die Delphie-Jungs sind wirklich eine Handvoll."

„Das glaube ich gerne, nichtsdestotrotz hat Sammy seine Prioritäten schon immer sehr ... zentral ausgerichtet."

So langsam wurde Chloe sauer.

Ein wenig auf Mrs. Parker, aber größtenteils auf Sam.

Warum verteidigte er sich nicht? Seine Mutter lag eindeutig falsch und auch wenn sie ihren Sohn nicht direkt angriff, für Chloe reichten die letzten Sätze aus ihrem Mund aus, um ihr das Spiegelei ins Gesicht drücken zu wollen. Gelb würde ihr ausgezeichnet stehen.

Es war nicht so, dass Sams Mutter unsympathisch war. Sie war nur verbittert. Vielleicht unzufrieden?

Stille legte sich über den Tisch, nur von den Kaugeräuschen der Anwesenden durchbrochen, bis Sams Mutter sagte: „Die Glühbirne, die du letztens angebracht hast, funktioniert wirklich ausgezeichnet."

„Freut mich. Ist auch 'ne gute Glühbirne."

Großer Gott! Warum war es eigentlich gesellschaftlich verwerflich, so früh morgens Alkohol zu trinken? So ein Glas Wein zum Frühstück hätte die Stimmung vielleicht gelockert.

„Vielleicht sollte ich mich auch so langsam auf den Weg machen", sprach seine Mutter weiter und ließ ihr angefangenes Brot zurück auf den Teller sinken. Sie sah nicht glücklich aus. „Nach New York sind es ein paar Stunden und ich will euch zwei nicht vom Feiern abhalten."

Sie stand auf und automatisch erhob Sam sich mit ihr.

„Ich bringe dich noch zum ...“

Sein Handy fing an zu klingeln und ungeduldig zog er es aus seiner Hosentasche. Stirnrunzelnd betrachtete er das Display.

„Tut mir leid, das ist mein Boss, da muss ich drangehen.“

„Kein Problem, ich begleite deine Mutter zu ihrem Auto“, sprang Chloe ein. „Geh du telefonieren.“

Sam blickte unwohl zwischen Chloe und seiner Mutter hin und her, nickte jedoch schließlich, bevor er sie in einer kurzen Umarmung an sich drückte und in seinem Zimmer verschwand.

Sie sahen ihm beide nach, bevor sie sich gezwungen anlächelten und in den Flur traten.

„Wie lange sind Sie jetzt schon mit meinem Sohn zusammen?“

Chloe zog sich ihren Mantel über.

„Wir ... sind nicht zusammen.“

„Aber Sie sagten, dass Sie mit ihm schlafen“, stellte sie verwundert fest.

„Das ist richtig.“

Einige Sekunden starrte Mrs. Parker sie an, dann murmelte sie: „Junge Leute ...“, und schritt vor ihr aus der Tür. Chloe lief ihr nach, betrachtete den angespannten Nacken, dir ruckartigen Schritte und als ihr die winterliche Luft entgegenschlug, hielt sie es nicht mehr aus.

„Darf ich Ihnen eine Frage stellen, Mrs. Parker?“

„Natürlich.“

Der Schnee wehte in dicken Flocken gegen ihre Gesichter und Chloe fuhr mit ihren Fingern unter den Mantelkragen, um ihn hochzuschlagen.

„Warum machen Sie es ihrem Sohn so schwer?“

Unverständnis zierte Mrs. Parkers Züge, als sie abrupt stehenblieb. „Wovon reden Sie?“

„Alles, was Sie gerade oben beim Frühstück von sich gegeben haben, war ein versteckter Vorwurf. Er besucht Sie nicht oft genug, er ist egoistisch, er interessiert sich nicht für seine Familie … sie haben es tatsächlich geschafft, innerhalb von fünf Minuten jede nur mögliche Beleidigung loszuwerden.“

Ihr Gegenüber verengte die Augen. „Es ist meine Sache, wie ich mit meinem Sohn rede.“

„Oh, da will ich gar nicht widersprechen. Alles, wonach ich gefragt habe, ist das Warum. So wie ich das verstanden habe, hat er sich sein ganzes Leben lang Mühe gegeben, für Sie und seinen Bruder da zu sein und Ihnen zu helfen. Wie können Sie ihm jetzt Vorwürfe dafür machen, dass er aufgegeben hat?“

„Sie kennen also die ganze Geschichte, ja?“, antwortete Mrs. Parker verkniffen. „Sie wissen also davon, dass er seinen Bruder eiskalt bei der Polizei verpfiffen hat und er seinetwegen im Gefängnis sitzt? Sie wissen, dass er seit drei Jahren nur nach Hause kommt, wenn ich ihn darum anbettle?“

Chloe musste ihre Kinnlade mit stummer Gewalt vorm Herunterklappen bewahren.

„Nun, ich … bin mir sicher, dass Sam seine Gründe hat.“

„Natürlich hat er seine Gründe! Er hatte schon immer für alles seine Gründe! Ich weiß, ich war nicht die beste Mutter und über seinen Vater möchte ich gar nicht reden, aber ich habe es nicht verdient, dass er so kühl mit mir umgeht! Er … er ist kalt geworden. Ich weiß nicht, ob das meine Schuld ist, ob das an Dominic oder seinem Vater liegt, aber er … er scheint kein Mitgefühl mehr zu haben.“

Kleine Nadeln stachen in Chloes Magen, während sie die aufkeimende heiße Wut zwanghaft in ihrem Bauch zu halten versuchte. „Das ist nicht wahr. Er fühlt eine Menge.“

„Na, Sie als seine Nicht-Freundin müssen das ja wissen", sagte sie verächtlich.

„Ja, ich weiß es!"

Und das tat sie. Seit Tagen war es ihr so klar wie nichts anderes. „Wissen Sie, warum er denkt, dass er nichts fühlt? Weil sein Schmerz und seine Schuld allgegenwärtig sind. Er selbst hält sich für kalt, weil er einfach nicht mehr fühlen kann! Gott, er fühlt sich so schuldig für alles, dass es seine einzige Lösung ist, sich komplett von seinen Emotionen abzuschotten!"

„Das ist ja ein schönes psychologisches Gutachten, was Sie sich da zusammengereimt haben, aber nicht wahr. Sein Bruder tut ihm nicht einmal leid, es geht ihm unglaublich gut damit, dass ..."

„So ein Schwachsinn!" Chloe ballte die Hände zu Fäusten und erinnerte sich an den Freitagmittag, an dem sie bei McDonald's essen gewesen waren. Daran, was Sam über eine Entscheidung gesagt hatte, die ihn für immer verfolgen würde.

*Ich bereue sie nicht. Aber das heißt nicht, dass sie mich nicht für den Rest meines Lebens verfolgen wird.*

„Natürlich geht es ihm nicht gut damit!", zischte sie. „Er ist sein Bruder. Aber die Entscheidung war richtig. Ich kenne seine Gründe nicht, aber ich vertraue ihm – und tief in Ihrem Inneren wissen Sie das: dass Sam sein Handeln nie schlichtweg nach seinen eigenen Bedürfnissen ausrichten würde. Er hat sich sein Leben lang um Sie gekümmert, dafür gesorgt, dass es Ihnen gut geht – all das getan, was eigentlich *Ihre* Aufgabe hätte sein müssen. Sie sollten anfangen, selbst die Verantwortung für sich und ihre Lebenssituation zu übernehmen und aufhören, alles auf ihn abzuladen."

Chloe konnte die Pupillen von Sams Mutter nicht mehr erkennen, weil sie ihre Augen so eng zusammengepresst hatte.

„Wie können Sie sich anmaßen, solche Dinge zu behaupten?"

„Mangelndes Feingefühl, stressige Lebensumstände und allgemeines Unverständnis helfen mir dabei, denke ich. Außerdem wird es Zeit, dass jemand Sam mal verteidigt, wenn er es schon selbst nicht tut! Frohe Weihnachten."

Die Arme vor der Brust verschränkt, drehte sie sich um und stapfte zurück zu Sams Wohnung.

Sie war es leid!

Sam und seine blöden, unterdrückten Gefühle machten sie wahnsinnig! Er verlangte von ihr, sie solle offen mit ihm und zu sich selbst sein, gab sich aber selbst als Eisklotz, damit er nicht mit seinen Emotionen konfrontiert wurde.

Nein, das war nicht in Ordnung und das würde aufhören. Sie würde Sam einen Kanal zu seinen Gefühlen schaffen, Dexter davon überzeugen, dass er ohne seine große Männerliebe nicht leben konnte und mit leichtem Herzen ins nächste Jahr gehen! Das waren ihre Vorsätze. Das mit dem Kinderkriegen und dem anderen Kram konnte sie sich ja noch nächsten Dezember auf die Liste setzen.

Sie klingelte an, weil sie natürlich nicht daran gedacht hatte, einen Schlüssel mitzunehmen und versuchte sich auf dem Weg in den ersten Stock Worte zurechtzulegen, mit denen sie das Gespräch einleiten könnte.

Sie lief durch die offene Wohnungstür, hatte sensible, durchdachte Sätze formuliert, sah Sam mit dem Rücken zu ihr vor der Spüle stehen und sagte: „Du bist scheiße wütend auf deine Mutter, was?"

Oh.

Das war nicht das, was sie hatte sagen wollen – aber es erschien ihr ebenso passend.

Sam hob eine fragende Augenbraue und klaubte die Teller von der Theke, um sie in die Spülmaschine zu stellen.

„Wovon redest du?"

Ja, wovon redete sie eigentlich?

„Deine Mutter, sie …" Chloe legte ihre Hände ineinander und massierte mit den Daumen ihre Finger. „Ich habe das Gefühl, dass da einiges zwischen euch steht. Und keiner von euch beiden hat es angesprochen. Und das stört mich."

„Machen wir eine Neuauflage vom ‚Kritisieren wir Sam-Tag'? Denn ich glaube nicht, dass ich für diese festliche Angelegenheit gekleidet bin."

Chloe seufzte leise und trat an den Küchentresen.

„Es ist keine Kritik. Nur eine Feststellung. Deine Mutter …"

„Sie ist ein guter Mensch", unterbrach er sie und trat die Spülmaschine mit seinem Fuß zu.

Oh, dies war ein Streit, der nur darauf wartete zu passieren – und Chloe hasste Warten, warum sich also nicht mitten hineinstürzen? „Das mag sein … und trotzdem bist du so wütend auf sie, dass du ihr kaum in die Augen sehen konntest."

„Das liegt bei uns in der Familie. Augenkontakt macht uns aggressiv. Wir sind da wie Hunde."

Chloe lächelte grimmig und nickte. „Natürlich … Sam?"

„Was?"

„Warum bist du so wütend auf deine Mutter?"

Ihr Nicht-Freund stöhnte auf und legte den Kopf in den Nacken. „Du verrennst dich in ein Hirngespinst."

Chloe sog ihre Wangen ein und schüttelte den Kopf. „Sie hat mir davon erzählt. Dass du … deinen Bruder an die Bullen verpfiffen hast."

Ruckartig flog Sams Blick von der Decke zu ihrem.

„Das hätte sie nicht tun sollen", sagte er abgehackt.

„Ich weiß. Aber es ... stimmt?“

„Natürlich stimmt es. Warum sollte sie bei so etwas lügen? Es schmeichelt keinem von uns beiden.“

Wo er recht hatte ...

„Weswegen?“

„Er war Drogendealer und ich hielt es für besser, ihn sicher im Gefängnis zu wissen als tot auf der Straße.“

Ihr Hals wurde eng und sie nickte. „Ich verstehe.“

„Ja, tust du das?“, fragte Sam kühl, während er ihr wieder seinen Rücken zuwandte und die Pfanne in die Spüle stellte. „Du siehst nämlich nicht so aus.“

„Doch“, beharrte sie und trat noch einen Schritt auf ihn zu. „Du bist wütend auf deine Mutter, weil sie dich nie die Schuld vergessen lässt.“

„Blödsinn.“ Er schaltete das Wasser ein.

„Du bist wütend auf sie, Sam.“

„Nein.“

„Natürlich bist du wütend.“

„Nein.“

„Doch!“, sagte Chloe jetzt lauter und beugte sich nach vorne, um gewaltsam den Hahn zu schließen. „Du bist wütend und wie könntest du auch nicht? Du versuchst zu helfen, du triffst all die schweren Entscheidungen und sie macht dir Vorwürfe.“

„Was zum Teufel soll das bezwecken Chloe?“ Sam fuhr zu ihr herum, tiefe Falten auf seiner Stirn, seine so heilig gehütete Gelassenheit nirgendwo mehr zu entdecken. „Warum hast du das Gefühl, mich immer provozieren zu müssen?“

Chloe schob ihre Unterlippe zwischen den Zähnen hin und her und zog ihre verschränkten Arme enger um ihren Körper.

„Ich will dir helfen, Sam. So, wie du mir geholfen hast.“

„*Womit* helfen? Ich flehe dich an, *womit* meinst du, mir helfen zu müssen?“

Seine grauen Augen schienen sich mit jeder verstreichenden Sekunde zu verdunkeln. Ein Gewitter anzukündigen. Doch darauf konnte sie keine Rücksicht nehmen. Sie holte tief Luft, bevor sie leise sagte: „Du hast keinen Zugang zu deinen Gefühlen, Sam. Du hast sie so lange kontrolliert, so lange weggesperrt, dass du einfach vergessen zu haben scheinst, wie du an sie herankommst."

Verständnislos sah er sie an.

„Was für ein Mist ist das? *Zugang zu meinen Gefühlen?* Bin ich eine Umfrage im *People Magazine?* Oder versuchst du mir gerade höflich beizubringen, dass du denkst, ich hätte keine Gefühle, Chloe?"

„Nein. Du hast sogar sehr viele Gefühle. Du weißt nur nicht, wie du sie erreichen und mit ihnen umgehen kannst. Was wirklich absurd ist, da du zu *meinen* Gefühlen wirklich einen unglaublich guten Zugang zu haben scheinst und ..."

„Was zum Teufel redest du da?"

„Sam", sagte sie bemüht sanft, eine Hand in seinen Unterarm krallend. „Es ist okay, alles rauszulassen. Es ist okay, deine Gefühle an die Oberfläche zu lassen. Auch wenn sie für dich Chaos bedeuten. Chaos ist nicht immer was Schlechtes. Wir brauchen das Chaos, bevor wir anfangen können, richtig aufzuräumen."

„Und warum sollte ich aufräumen?" Seine Stimme wurde bei jedem Wort lauter. „Mein Leben ist so ordentlich, dass sogar meine Sorgen alphabetisiert in Akten in meinem Kopf stehen! Warum denkst du, müsste ich also Chaos lostreten?"

„Weil es nur dein äußeres Leben ist, Sam!", rief sie frustriert und ließ ihre Hand fallen. „Weil dein Inneres so verkorkst ist, dass du mich noch übertriffst! Weil du deine Emotionen ignorierst und dein Leben so nie wirst kontrollieren und leben können, wie du es eigentlich verdient hättest!" Ihre Augen fingen an zu brennen.

„Weil du leidest und es nicht einmal merkst, weil du dich nicht verteidigen kannst, bevor du selbst siehst, dass du im Recht bist. Weil du denkst, dass Gefühle dich schwach machen und ihnen deswegen keine Chance gibst. Weil du ... weil du ... weil du so *nie* glücklich werden wirst!"

„*Na und?*" Seine Stimme hallte von den Wänden wider und klatschte ihr ins Gesicht. „Und wenn es so wäre? Es ist meine Sache! Warum interessiert dich das so? Warum ist dir das so wichtig? Warum verdammt ist es dir so wichtig, dass ich einen Zugang zu meinen Gefühlen finde?"

*Weil du mich sonst nie wirst lieben können!*
Die Worte flogen ihr in den Kopf, setzten sich fest und ließen sie nicht mehr los. Der Kloß in ihrem Hals wurde härter, nahm ihr für kurze Momente den Atem, bevor er sich verflüchtigte und nur noch ein Brennen zurückließ. Ein Brennen in ihren Augen, in ihrem Hals, in ihrem Herzen. Es machte keinen Sinn, die Gedanken wegzuschieben oder ihnen keine Bedeutung beizumessen. Chloe wusste schon längst, was sie bedeuteten.

Sie liebte Sam.

Sie hatte ihn immer geliebt. So sehr, dass es wehtat. Und sie war sich sicher, dass er sie auch liebte – wenn er es nur zuließ! Aber wie sollte er es je zugeben, je sehen, wenn er nicht einmal zeigen wollte, dass er wütend auf seine Mutter war?

„Jeder sollte zu seinen Gefühlen stehen, Sam", sagte sie mit erhobenem Kinn, bereit, ihm den Gnadenstoß zu geben. „Du bist ein guter Mensch. Du bist ein verdammt guter Mensch. Nur ... scheinst du auch ein Feigling zu sein. Ein Feigling, der Angst davor hat, zuzugeben, dass er wütend auf seine Mutter ist."

Sam starrte sie reglos an. Seine Brust hob und senkte sich, sein Blick brannte auf ihrer Haut.

„Du liegst falsch, Chloe. Ich fühle *nichts*! Ich habe meinen Bruder hinter Gitter gebracht und fühle *nichts*. Ich bringe meine Mutter zum Weinen – und fühle *nichts*! Also sag mir nicht, dass ich ein guter Kerl bin. Ich bin anständig, aber auch verdammt abgebrüht.“

„Das stimmt nicht.“

Wie konnte er es nicht sehen? Wieso fiel es ihm so schwer, es zu sehen?

„Natürlich stimmt es! Es ist egal, was du in mir sehen willst. Egal, was du glaubst zu wissen. Meine Familie ist mir verdammt egal geworden. Ich habe es versucht, aber letztendlich aufgegeben. Und ich muss mich nicht schuldig dafür fühlen!“

„Natürlich musst du das nicht!“, sagte sie mit zitternder Stimme. „Und trotzdem tust du es. Rational weißt du, dass du alles getan hast – aber denken tust du trotzdem, dass du, wenn du geblieben wärst, etwas hättest ändern können. Deswegen bist du nach Philadelphia gekommen. Weil du weggelaufen bist – aus den richtigen Gründen – aber nie aufgehört hast, dich dafür schuldig zu fühlen, dass es deine Mutter und dein Bruder nicht alleine hinbekommen haben. Dabei lag das nicht in deiner Verantwortung! Du bist nicht für die Taten deiner Familie verantwortlich, Sam. Du hast es versucht. Du hast alles für sie gegeben. Dein Geld, deinen Stolz, alles ... und das, was sie daraus gemacht haben, liegt nicht deiner Verantwortung.“

„Aber ich wusste es!“, schrie er sie plötzlich an und schlug mit der Faust auf den Tresen. Der dumpfe Ton, den der Schlag seiner Hand auslöste, ging ihr durch Mark und Bein. „Ich wusste, dass sie ohne mich nicht klarkommen würden!“

„Wie hättest du das wissen können?“

„Weil ich sie kenne! Weil es wahrscheinlich war, dass sie in ihre Muster zurückfallen würden!“

„Na und?“

„Na und!?"

Sie hob die Schultern. „Ja, na und. Dann war es wahrscheinlich. Aber du kannst doch nicht dein Leben nach der Wahrscheinlichkeit ausrichten, dass sie Fehler begehen. Du machst dir zu viel Druck. Fremden Druck. Herrgott, ich bin schon damit überfordert, mich um mein eigenes Leben zu kümmern, wie sollte da jemand von dir verlangen, dass du dazu fähig sein musst, gleich für drei zu sorgen? Es ist nicht deine Schuld, dass deine Mutter verbittert ist. Es ist nicht deine Schuld, dass dein Bruder mit Drogen gedealt hat und du musst endlich loslassen und akzeptieren, dass nicht du es bist, der bei ihnen versagt hat, sondern *sie* es sind, die darin versagt haben, dich zu würdigen. Also: Lass los, Sam! Du verdrängst und das wird dich irgendwann innerlich umbringen. Ich kenne das. Ich habe ein Jahr verdrängt, bevor du mir gesagt hast, dass ich weitermachen muss. Also hör auf, dich schuldig zu fühlen, hör auf ..."

„Ich fühle mich nicht schuldig!", brüllte er.

„Und warum nimmst du dann jeden lächerlichen Anruf deiner Mutter an? Warum fährst du dann zu ihr, um eine Glühbirne zu wechseln? Warum siehst du ihr nicht ins Gesicht und sagst ihr, dass sie im Unrecht ist? Du fühlst dich schuldig und bist gleichzeitig so wütend auf sie, dass sie es dir nicht erleichtert, sondern die Schuld noch schlimmer macht, dass ..."

„*Oh mein Gott!* Schön! Ich bin wütend!", schrie er. „Ist es das, was du hören willst? Lässt du mich dann in Ruhe? Sie hätte uns beschützen müssen. Wenn schon nicht mich, dann wenigstens meinen Bruder! Aber sie hat einen Dreck getan. Sie hat unserem Vater wie die gute Christin, die sie nicht war, die andere Wange hingehalten! Und ich musste es ausbaden. Ich musste Stärke zeigen. Sie beschützen. Und mein Gott, natürlich habe ich es getan! Sie war zu schwach. Offensichtlich. Natürlich habe ich sie beide da rausgeholt! Ich wollte nicht einmal Dank dafür. Aber ein wenig Respekt wäre schön gewesen. Natürlich bin ich wütend, dass sie all ihre Lasten auf mich ablädt, natürlich gibt sie mir die Schuld für alles, damit sie sich nicht damit herumschlagen muss. Aber meine Wut hilft niemanden. Es bringt mir nichts, wütend zu sein, es hilft mir nicht, einzusehen, dass ich sie dafür hasse, dass sie nicht stark genug dafür war, meinen Vater zu verlassen. Dass sie nie für uns gekämpft hat! Natürlich habe ich nicht damit abgeschlossen! Wäre der Bastard nicht bereits tot, hätte ich ihn schon tausendmal umgebracht! Aber was bringt es mir, an den alten Sachen festzuhalten? Sie bringen mich nicht weiter, Chloe. Ich kann sie nicht ändern. Ich kann überhaupt nichts ändern. Ich kann meine Vergangenheit nicht ändern, ich kann meine Mutter nicht ändern und ich kann meinen Bruder nicht ändern. Aber was ich kann, ist dafür zu sorgen, dass mein Leben verdammt nochmal so läuft, wie ich es haben will! Und wenn ich dafür alles und jeden kontrollieren muss, der mir da in den Weg kommt, dann werde ich das tun, verstanden!?" Wieder fuhr seine Hand auf den Tresen, wieder hallte der Schlag in Chloes Ohren wider, schien sich in ihr Herz zu bohren ... bevor Sam sich umwandte, ins Schlafzimmer stürzte und die Tür mit einem ohrenbetäubenden Schlag ins Schloss warf.

Chloe starrte ihm hinterher, unfähig sich zu bewegen.

Ihr tat alles weh. Ihre Glieder, ihr Kopf, ihre Lungen, ihr Herz. Sie fühlte sich, als würde sie trauern. Um das, was er an dem Tag verloren hatte, an dem er seine Gefühle das erste Mal weggesperrt hatte. Um das so viel einfachere, liebevollere Leben, das er verdient gehabt hätte. Um sein Herz, das sich davor fürchtete zu fühlen. Um das, was sie vielleicht nie miteinander würden teilen können.

Sie atmete ein und aus. Ihr fiel es schwer, den Sauerstoff in der Luft zu finden, als ihr die erste Träne die Wange hinabfiel. Ihre Lungen fingen an zu zittern, als die zweite folgte.

Bei der dritten öffnete sich die Tür von Sams Zimmer. Er blieb im Türrahmen stehen. Sein Gesicht war unbewegt und doch schrie es ihr seine Emotionen entgegen.

Chloe wusste nicht, wie lange sie so dastanden. Schweigend, bewegungslos, mit nicht mehr als ihren Blicken sprechend. Vielleicht waren es nur ein paar Sekunden. Vielleicht vergingen Tage.

Anfühlend tat es sich wie Jahrzehnte, bis er die Distanz zwischen ihnen überwand, ihr Gesicht umschloss, ihr mit den Daumen die Tränen von den Wangen wischte, die nicht aufhören wollten zu laufen, ihre Stirn küsste, ihr durch die Haare fuhr und sie schließlich in die Arme zog. So nah an sich heranzog, als habe er vor, mit ihr zu verschmelzen.

Er sagte immer noch nichts und das musste er auch gar nicht. Er musste sich nicht entschuldigen, er musste sich nicht rechtfertigen. Nicht bei ihr. Denn sie verstand ihn. Er hatte nicht sie angeschrien. Er hatte mit jemand völlig anderem gesprochen. Chloe presste ihre Nase an seine Schulter, griff mit ihren Fingern in sein T-Shirt und durchnässte mit ihren Tränen den Stoff.

Doch es fühlte sich nicht an, als wären es ihre Tränen. Sie weinte nicht für sich. Sie weinte für ihn.

„Diese Umarmungen tun's wirklich für mich", murmelte Sam in ihre Haare hinein, die Arme noch enger ziehend.

Sie hickste schniefend. Ja, für sie taten sie es auch.

„Warum weinst du, Chloe?", fragte er und küsste ihren Scheitel.

*Weil ich dich liebe und nicht weiß, ob du den Kampf gegen dich selbst gewinnen kannst.*

„Mir ist gerade wieder eingefallen, dass es noch so lange dauert, bis die nächsten Staffel *Game of Thrones* herauskommt“, flüsterte sie und klammerte sich fester an ihn.

Sie konnte ihn an ihrem Kopf lächeln spüren.

„Keine Sorge, ich warte mit dir.“

Ja. Nur wie lange noch?

# Kapitel 22

„Irgendwie siehst du komisch aus, Sam."

„Danke, Ryan. Ich werde jedes deiner Worte ins Herz schließen."

„Tyler, du siehst das doch auch, oder? Er sieht komisch aus!"

„Zieh mich da nicht mit rein, Alter. Sam, du siehst heute außergewöhnlich hübsch aus, was anderes sehe ich nicht."

„Schisser", schnaubte Ryan und ließ seine Gewichte sinken. „Hast du 'ne Gesichtsmaske oder so einen Schwachsinn benutzt? Sind deine Poren vielleicht reiner?"

„Ryan, wenn du jetzt sofort die Klappe hältst, kaufe ich dir ein Snickers", sagte Sam genervt und stellte das Laufband eine Stufe höher.

„Nee danke, brauche ich nicht. Du hast mir ja nahegelegt, auf meine Linie zu achten ... also, was sagtest du, ist mit deinem Gesicht los? Wenn ich es nicht herausfinde, kann ich heute Abend nicht schlafen."

„Wie gut, dass dein Schlaf mich einen Dreck interessiert."

Ryan legte eine Hand auf seine Brust. „Und ich dachte, das zwischen uns wäre etwas Besonderes ... aber jetzt mal ehrlich: Trägst du Make-up? Oder hast du zur Religion gefunden?"

„Ryan, warum bist du noch gleich Baseballer geworden? Mit deiner Fähigkeit, Blödsinn von dir zu geben, hättest du in die Politik gehen sollen."

„Ach, Politik ist nichts für mich. Da gibt's zu wenige Frauen."

„Natürlich. Im Vergleich zum Baseball, das ja bekanntermaßen mit dem weiblichen Geschlecht überflutet ist."

„Oh, ich glaub ich habe es!", ignorierte Ryan ihn selbstgefällig. „Du bist *entspannt*. Man könnte fast das Wort locker benutzen! Also doch zum Katholizismus konvertiert und letzte Nacht all deine Sünden vergeben bekommen?"

„Meine Fresse, du hast recht!", stimmte Tyler mit großen Augen zu, der bis vor wenigen Augenblicken noch schwer beschäftigt mit der Stemmbank gewesen war. „Er sieht voll locker aus ... äh hübsch. Wunderschön", schwenkte er hastig um, als er Sams Blick bemerkte. „Du glühst richtig, Sam! Als wärst du schwanger!"

Sam schnaubte, konnte sich aber ein kleines Lächeln nicht verkneifen. Die Jungs mochten viel Mist von sich geben, aber heute war an ihren Worten vielleicht etwas Wahres dran.

Sam fühlte sich seit einigen Tagen tatsächlich ein wenig leichter. Er hatte nichts mehr zu verbergen. Dex wusste von Chloe, Chloe wusste von seinem Bruder und sie war trotzdem noch da. Er wusste nicht, was er erwartet hatte, vielleicht, dass sie direkt nach seinem Ausbruch aus der Wohnung stürmte. Vielleicht, dass sie seiner Mutter recht gab, dass er Dominic nicht hätte ins Gefängnis verfrachten dürfen.

Aber er hatte falsch gelegen. Chloe war geblieben und soweit er wusste, immer noch bei ihm in der Wohnung – seit drei Tagen. Heute war der Achtundzwanzigste, morgen ihr Geburtstag und er wusste, dass sie seine Wohnung nur nutzte, um Dex aus dem Weg gehen zu können, aber er konnte den Enthusiasmus nicht aufbringen, sich darüber zu ärgern. Er mochte es zu wissen, dass sie da sein würde, wenn er nach Hause kam. Er musste arbeiten, der Pressekonferenz den letzten Schliff verpassen, die ja in zwei Tagen folgen würde, aber dennoch ... vielleicht sollte er heute einfach mal früher nach Hause gehen.

Ja, alles wies darauf hin, dass Ryan recht hatte.

Er fühlte sich freier. Ausgeglichener.

Als hätte jemand seine Oberfläche glatt gestrichen. Daran waren möglicherweise die Dinge schuld, die er endlich ausgesprochen hatte ... oder auch der Sex.

Er musste grinsen.

Er hatte in letzter Zeit wirklich eine Menge grandiosen Sex gehabt. Den sollte man nicht außer Acht lassen.

„Meine Güte, jetzt fängt er auch noch an zu lächeln!", sagte Ryan angewidert. „Kann man sich denn auf nichts mehr verlassen?"

Sam hörte, wie die Tür aufging und hob den Blick. Sein Gesicht fiel in sich zusammen.

„Ja! Das ist es, was wir von dir kennen und lieben", fuhr Ryan unbeirrt fort. „Mit dem Gesichtsausdruck fühle ich mich schon wohler ... oh, hey Dex."

„Sag mal, verbietest du ihr jetzt, nach Hause zu kommen oder was!?", fuhr Dex Sam an, Ryan nicht beachtend, und trat die Tür hinter sich zu.

Dexter war noch nie der Typ Mann gewesen, der ruhig blieb und eigentlich rechnete Sam schon seit Tagen mit einem Besuch von ihm. Was er ihm zu sagen hatte, wusste er dennoch nicht.

Sam lief langsamer und stellte das Laufband schließlich aus.

„Du kennst Chloe, oder? Denkst du, ich könnte das Unmögliche schaffen und ihr etwas verbieten? Du überschätzt mich."

„Sie will nicht mit mir reden, bis ich wieder mit dir *befreundet* bin", schrie Dex weiter. „Und weißt du, woher ich das weiß? Von meiner Freundin! Meiner mich belügenden Freundin! Denn mit ihr spricht sie. Mit mir nicht. Wieso bin ich jetzt der Arsch, obwohl du es bist, der mich angelogen und verdammt nochmal hintergangen hat?“

„Hintergangen?“, echote Tyler und wechselte mit Ryan einen Blick. „Sind wir in einem Mafia-Film?“

„Halt du dich da raus!“, brüllte Dex ihn an.

Ty war unbeeindruckt. „Meine Güte, was haben wir verpasst? Aber hey, Ryan, wenn Dexter und Sam sich trennen, dann haben wir eine Chance auf den Titel für das Paar des Monats.“

Ryan grinste. „Ich glaube, Dexter hat herausgefunden, dass Sam auf seine Schwester steht.“

„Was?“, fragte Tyler verblüfft.

„Du wusstest auch davon?“, fragte Dex ungläubig.

Ryan hob beide Hände in die Höhe. „Ich bin höchst sensibel und habe Augen im Kopf, Alter. Natürlich wusste ich davon.“

„Ich hatte keine Ahnung“, beschwerte sich Ty. „Sam und Chloe? Aber ... ich dachte, die beiden können sich nicht leiden.“

„Danke, Ty! Das dachte ich auch“, rief Dexter aufgebracht und fuchtelte mit seinen Händen Richtung Sam.

Sam kratzte sich die raue Wange, während Ryan nur den Kopf schüttelte. „Ihr habt wirklich kein Feingefühl, oder? Es war so verdammt offensichtlich, dass ...“

„Ryan, noch ein Wort und du wirst gleich in deinem ganzen Körper überhaupt gar kein Gefühl mehr haben“, zischte Dex.

Sam wischte sich mit einem Handtuch den Schweiß vom Gesicht und nickte seinem Freund zu.

„Einen Schlag, Dexter“, sagte er. „Ich gebe dir einen Schlag, bei dem ich mich nicht verteidigen werde. Den habe ich verdient. Aber bei jedem Schlag danach *werde* ich mich verteidigen, also belass es bei dem einen. Und dann will ich, dass du vernünftig mit mir redest.“

„Wieso bist du plötzlich in der Position, Anforderungen zu stellen?“, knurrte Dex, während Ty von der

Stemmbank aufstand und Ryan nervös zwischen Dex und Sam hin- und hersah. Sam wusste, dass niemand von ihnen etwas gegen eine vernünftige Schlägerei einzuwenden hatte. Aber beide schienen sich darüber im Klaren zu sein, dass eine Schlägerei zwischen Dex und ihm fernab von gesundem Menschenverstand sein würde.

„Es tut mir leid, okay?" Sam meinte jedes einzelne Wort so, wie er es sagte. „Ich habe Mist gebaut. Ich hätte es dir sagen sollen, ich hätte ehrlich sein müssen. Verdammt, ich wollte es ja, aber die Zeit ist vergangen und dann schien es unwichtig, dass ich überhaupt einmal etwas mit ihr hatte. Ich habe ganz sicher nicht geplant, mich wieder mit ihr einzulassen. Aber Chloe ist eine erwachsene Frau und ich habe sie weder dazu gezwungen, irgendetwas mit mir zu tun, noch dazu überredet. Und sie ist mir nicht egal Dex, okay? Sie ist mir wichtig."

Dex sah aus, als müsse er gegen den Drang ankämpfen, sich nach vorne zu beugen und seinen Kopf wie den eines Stiers in Sams Körper zu rammen.

„Das reicht mir nicht", knurrte er. „Du wirst sie verletzen. Das tust du immer. Du wirst sie verletzen – und das weißt du. Und das ist es, worüber ich nicht hinwegsehen kann. Dass du sie letztendlich doch nur benutzt."

„Ich benutze sie nicht", knirschte Sam und warf wütend das Handtuch vor seine Füße. „Chloe weiß genau, wie ich ticke. Und ich habe noch nie eine Frau verletzt!"

„Oh bitte, Sam! Wie blind kann man sein? Du verletzt sie alle. Jede einzelne deiner Frauen, die hofft, zu dir durchdringen zu können. Und dass du Chloe jetzt hinter diese Mädchen einreihst, die ..."

„Ich würde ihr nie absichtlich wehtun", rief Sam. Seine Stimme wurde unfreiwillig lauter. Seine Hände ballten sich zu Fäusten und er suchte nach seiner altbekannten Kontrolle, doch er schien sie nirgends finden zu können.

„Es ist egal, ob du es absichtlich tust oder nicht!", fluchte Dex und machte einen Schritt auf ihn zu. „Du wirst es tun! Du wirst ..."

„Okay Jungs, jetzt beruhigen wir uns und schauen zusammen ein paar Regenbögen an, in Ordnung?", schlug Ryan vor, der sich vorsorglich zwischen sie gestellt hatte.

„Ich schwöre dir, Sam", sagte Dex leise und schob Ryan mit roher Gewalt aus dem Weg. „Wenn Chloe deinetwegen auch nur eine Träne vergießt, dann werde ich vorbeikommen und dir jeden einzelnen Knochen brechen."

Sam machte sich keine Sorgen darum, dass er Dexter besiegen konnte – obwohl er ihm an Masse unterlegen war. Er befürchtete aber, dass Chloe etwas dagegen haben könnte, wenn Dex im Krankenhaus landete.

Seine Fäuste lösten sich wieder, sein Atem wurde ruhiger.

„Du unterschätzt sie immer noch, Dex", murmelte er. „Ihre Stärke."

„Es ist egal, wie stark ein Mensch ist. Ein gebrochenes Herz ist ein gebrochenes Herz", knirschte Dex, bevor er sich umwandte und ging.

Sam starrte ihm perplex nach.

*Du brichst mir das Herz, Sam Parker.*

Ruckartig bückte er sich, um das Handtuch vom Boden aufzuklauben.

Das würde nicht passieren. Chloe wusste genau, auf was sie sich eingelassen hatte. Er war ehrlich gewesen. Er wollte keine Liebe.

Und dennoch ... wäre es so furchtbar, von ihr geliebt zu werden?

***

„Ich habe gleich Geburtstag, ich kriege ganz viel Ge-
heeld, ich habe gleich Geburtstag, ich kriege zwei Hintern voller Geld!"

„Also willst du heute Abend bezahlen?"

„Na, so viel Geld dann auch nicht", sagte Chloe grinsend und zog die Schürze von ihrem Hals, die sie deko-
rativ umgelegt hatte. Nicht dass sie auch nur einen Finger gerührt hatte. Aber sie hatte sehr hübsch ausgesehen, während sie neben ihm am Herd gestanden hatte,
das rechnete er ihr an.

„Aber ich würde den Sekt ausgeben, mit dem wir
gleich auf mich anstoßen."

„Du meinst den, den ich schon gekauft und bezahlt
habe, weil du mich dazu gezwungen hast?"

„Genau den. Ach, Mist. Dann komme ich wohl wieder
zu spät. Aber der Wille war da. Das zählt."

Sam lachte leise und gab ihr Nudeln auf den Teller,
den sie ihm hinhielt. Sie hatten früher essen wollen,
aber ... eine Menge nackter Haut war dazwischenge-
kommen.

Und dem Sex schob Sam es auch in die Schuhe, dass
Chloe es tatsächlich geschafft hatte, ihn dazu zu über-
reden, zu kochen. Nudeln mit Pesto waren kein Fünf-
Sterne-Menü, aber im Topf gerührt hatte er trotzdem.

„Ich habe heute eine Wohnung gefunden", erzählte
Chloe weiter und trug die Teller zur hohen Anrichte, an
der die zwei Barhocker standen.

„Tatsächlich? Wo?"

Chloe redete weiter, erzählte ihm von der Lage, der
Größe, den Kosten der Wohnung und die Begeisterung
in ihrer Stimme hielt das Lächeln auf seinem Gesicht,
während sie aßen. Auch, wenn er nicht ganz bei der Sache war.

Sie wusste doch, auf was sie sich eingelassen hatte,
oder?

Und er wusste doch auch, auf was er sich eingelassen hatte, oder?

„… kann ich zum 15.1 einziehen, wenn ich innerhalb der nächsten fünf Tage die Kaution hinterlege. Die ich übrigens schon zusammengespart habe. Emma zahlt wirklich gut. Und ich werde morgen mit Dex reden und klar Schiff machen und dann kann das neue Jahr kommen.“

„Ich bin beeindruckt“, sagte Sam. „Keine Fünfundzwanzig und schon so erwachsen.“

„Ich weiß“, stellte sie lachend fest. „Wenn du nicht aufpasst, kümmere ich mich demnächst noch um eine Altersvorsorge und habe mein Leben fast so gradlinig auf der Reihe wie du.“

Um die Altersvorsorge musste sie sich wirklich keine Gedanken machen. Die hatte Dex ihr vor einem Jahr angelegt. Aber das konnte sie ja nicht wissen.

„Du hast dein Leben schon mehr auf der Reihe als du dir selbst zugestehst“, bemerkte Sam.

„Danke.“ Chloe lächelte breit und sah ihn eine Weile einfach nur an. Und das Absurdeste daran war, dass Sam sich nicht im Mindesten unwohl dabei fühlte.

„Ich mag das hier, Sam“, stellte Chloe schließlich leise fest. „Vielen Dank, dass du mit mir in meinen Geburtstag hineinfeierst. Obwohl ich weiß, dass du bei dem Wort feiern wahrscheinlich eine Gänsehaut bekommst.“

Wenn jede Feier so aussähe wie das hier, dann könnte er sich glatt dafür erwärmen.

„Soll ich dir was verraten?“, fragte er, während sie ihre Teller nahm und sie in die Spülmaschine stellte.

„Immer.“

„Ich habe tatsächlich ein Geburtstagsgeschenk für dich.“

Sie lachte laut und ließ ihre Arme um seinen Hals gleiten.

„Ist nicht wahr! Das ist ja schon fast menschlich von dir.“

„Ich gebe mir Mühe“, murmelte er und schlang seine Hände ebenfalls um ihren Körper.

„Ist es ein Pony?“

„Nein. Das wäre ja einfallslos.“

„Auch wieder wahr. Ein Auto?“

„Damit würde ich Bunnys Gefühle verletzten, also nein.“

Das Lächeln auf Chloes Gesicht wurde immer breiter.

„Ein Mann, dem die Gefühle eines Autos wichtig sind! Ich wusste es bis gerade nicht, aber das ist eine Qualität, die ich sehr zu schätzen weiß.“

„Das dachte ich mir.“

„Es ist aber kein Haus aus Schokolade, oder?“

„Mist, jetzt muss ich mir was anderes ausdenken“, sagte er bedauernd.

„Wäre besser, denn sonst schmilzt dein Geschenk im Sommer.“

„Das wäre ja unverantwortlich.“

„Eben ... also, was schenkst du mir dann?“

„Das verrate ich dir nicht.“

„Sam, ich liege schon in deinen Armen, du musst jetzt nicht auf geheimnisvoll tun, nur, damit ich dich noch heißer finde.“

Lachend ließ Sam seine Hände unter ihr T-Shirt gleiten, ihren nackten Rücken hinauf.

„Noch hast du nicht Geburtstag, also gedulde dich.“

„Und wann bekomme ich das Geschenk?“, wollte Chloe wissen.

„Möchtest du eine Uhrzeit haben?“

„Das wäre super.“

Er grinste. „Schön. Morgen Abend um acht.“

„Und wo?“

„Genau hier. Es sei denn, du willst stattdessen lieber in einem schicken Restaurant essen gehen?“

Sie verzog das Gesicht. „Schicke Restaurants sind immer so weit weg von schicken Betten", erklärte sie und ließ ihre Hände seine Seiten hinunterwandern.

Er mochte, wie diese Frau dachte.

„Dann genau hier ... wenn du keine anderen Pläne mit irgendwelchen Freundinnen hast."

Sie schüttelte den Kopf. „Keine Pläne."

„Was ist mit Dex?"

„Denkst du nicht, dass er morgen Abend stören würde?"

„So eine hübsche Klugscheißerin", murmelte er.

„Ich weiß ... und jetzt hör auf, dir Vorwürfe zu machen. Mit Dex werde ich morgen den Tag verbringen."

„Weiß er das?" Es hatte heute Mittag nicht danach ausgesehen.

„Noch nicht. Aber das lassen Sie mal meine Sorge sein, Mister Parker."

Er hätte es wohl nicht ihre Sorge sein lassen, hätte sie nicht angefangen ihn zu küssen. Denn mit Chloe O'Connors Lippen auf seinen fiel es ihm schwer daran zu denken, dass er so etwas wie Sorgen überhaupt besaß.

Als Chloe am nächsten Morgen aufwachte, war die andere Seite des Bettes leer. Sam hatte ihr gesagt, dass er arbeiten musste, morgen gäbe es irgendeine wichtige Pressekonferenz, deswegen war sie nicht überrascht. Sie würden sich ja heute Abend wiedersehen.

Sie drehte sich auf den Rücken und starrte an die Decke.

Sie war fünfundzwanzig.

Und sie fühlte sich gut. Alles fügte sich.

Das College, die Wohnung, Sam.

Und Dex.

Na ja, genau genommen hatte er sich noch nicht gefügt, aber er würde es gleich tun. Er war der nächste

Punkt auf ihrer Liste. Sam kam danach und machte ihr deutlich mehr Angst. Sie liebte ihn und sie hatte sich den ganzen gestrigen Abend auf die Zunge beißen müssen, um es ihm nicht einfach ins Gesicht zu schreien.

Aber sie durfte ihn nicht erschrecken. Sie musste mit Feingefühl vorgehen. Wenn er sich emotional überfordert fühlte, würde er weglaufen. Wenn sie darüber nachdachte, dann hatte Sam gewisse Ähnlichkeit mit einem Reh. Aber das würde sie ihm wohl lieber nicht sagen.

Sie stieß lang und gleichmäßig Luft aus, bevor sie die Beine über die Bettkante schwang.

Das Thema Sam würde sie vielleicht besser erst nächstes Jahr angehen. Fürs Erste galt es, mit Dex zu reden.


Als sie eine Stunde später ins Penthouse trat, saß er mit Kaylie am Tisch und frühstückte. Sie unterhielten sich gerade, stockten jedoch, als sie Chloe wahrnahmen.

Kaylie lächelte sie aufmunternd an, während Dex die Augenbrauen in sein Gesicht zog.

„Bist du jetzt gekommen, um dein Geld abzuholen?"

Chloe hatte das ungute Gefühl, dass ihr Bruder sich anstellen würde.

„Gerne", sagte sie betont fröhlich. „Hast du es hier herumliegen? Ich hätte es am liebsten in einem braunen Beutel mit Dollarzeichen vorne drauf."

Kaylie lachte, während Dexter nur den Kopf schüttelte.

„Du bist mit fünfundzwanzig noch genauso ätzend wie mit vierundzwanzig."

„Dankeschön. In der Hinsicht werde ich wohl nie alt werden."

Dexter murmelte irgendetwas, bevor er sich wieder dem Brot widmete, das er mit der Hand in der Luft gehalten hatte.

Unschlüssig stand Chloe vor dem Tisch, die Hände ineinandergelegt. Sie hatte ihm so viel zu sagen, doch nichts von alledem, was in ihrem Kopf herumspukte, schien richtig.

Kaylie stieß Dexter mit ihrem Ellbogen in die Seite, doch er weigerte sich, wieder aufzusehen.

„Dex", sagte Chloe schließlich. „Dex!"

„Was?", fragte er knurrend und hob den Blick.

„Kommst du mit mir zum Friedhof?"

Ihr Bruder runzelte die Stirn. „Wenn du mich umbringen willst, kannst du das auch hier tun. Kaylie wird dich schon nicht verpfeifen, denn es gebietet ihr ja die Ehre, deinen Rücken zu stärken."

Chloe schnalzte mit der Zunge. „Umbringen werde ich dich wohl nicht. Für manche Dinge bist du dann ja doch noch gut."

„Was willst du dann auf dem Friedhof?"

Sie hob eine Schulter an. „Mom und Dad besuchen. Also, kommst du mit?"

Dexter ließ seine Scheibe Brot nun endgültig sinken.

„Du ... warst noch nie bei ihrem Grab", sagte er überrascht. „Nicht mehr seit der Beerdigung."

Sie kratzte sich an der Schläfe und schüttelte dann den Kopf. Sie hatte sich vorgenommen, heute vollkommen ehrlich zu Dexter zu sein.

„Ich war andauernd bei ihrem Grab, Dex", flüsterte sie. „Fast jede Woche. Ich habe es dir nur nicht gesagt, weil ich nicht wollte, dass du mitkommst. Weil ich nicht schwach erscheinen wollte."

Bestürzt sah Dexter sie an. „Chloe ..."

„Ich weiß. Also, kommst du? Wenn das für Kaylie ... oh mein Gott Kaylie, nicht weinen ..."

Dexters Freundin liefen die Tränen die Wangen hinab, die sie fahrig mit ihren Handrücken wegwischte.

„Ich kann nicht anders, ihr seid beide solche Sturköpfe! Und euch so verdammt ähnlich! Keine Wunder, dass ihr beide so auf Sam abfahrt. Und ihr ... und ihr ... und ihr ...“

„Kaylie, alles ist gut“, versuchte Dex sie zu trösten und legte den Arm um ihre Schultern. „Chloe und ich raufen uns schon zusammen, das tun wir immer, wir ...“

Seine Freundin wand sich aus seiner Umarmung und schlug ihm mit der flachen Hand fest auf die Schulter. „Hör auf, dich um mich zu kümmern! Steh endlich auf, nimm deine Schwester in den Arm, und wünsch ihr alles Gute zum Geburtstag, du Strüh!“

Chloe wunderte es nicht, dass Dexter Kaylies Worten Folge leistete.

Der Friedhof war Chloe so vertraut wie Dexters Penthouse. Sie war in den letzten drei Jahren so unglaublich oft hier gewesen, dass sie die Namen auf den Grabsteinen, die zu der Ruhestätte ihrer Eltern führten, mittlerweile auswendig kannte.

Dennoch war es heute anders.

Nicht nur, dass sie mit Dex hier war, es war vielmehr die Stimmung. Sie war nicht traurig. Sie hatte keine Tränen in den Augen, fühlte sich nicht verloren, als sie die Blumen auf die gefrorene Erde legte und den grau glänzenden Stein betrachtete. Ja, sie vermisste ihre Eltern, würde sie immer vermissen, aber heute war sie nicht hier, um zu trauern. Heute war sie hier, weil sie ihre Unterstützung dafür brauchte, vollkommen ehrlich zu Dexter zu sein.

„Wusstest du, das Dad nie eine Beerdigung wollte?“, fragte sie in die Stille hinein. „Er meinte, wenn sich jemand ein Trauerspiel ansehen wolle, solle er lieber zu den Chicago Cubs gehen."

„Ich habe drei Jahre bei den Cubs gespielt", stellte Dex fest, den Blick wie Chloe auf den weißen Schriftzug gerichtet.

„Ich weiß, deswegen hat er es nur hinter deinem Rücken gesagt", sagte sie lächelnd. „Und wusstest du, dass Mom im Spülkasten Zigaretten versteckt hatte? Für Notfälle."

Dex lachte leise und legte einen Arm um ihre Schultern.

„Ja, das wusste ich. Ich habe sie beim Rauchen erwischt, als Dad die brillante Idee hatte, den Rasenmäher zu pimpen und aus Versehen die Hecke der Nachbarn umgenietet hat. Wusstest du, dass er heimlich Münzen gesammelt hat? Er hat unglaublich viel Geld für die seltensten Stücke ausgegeben und sie dann vor Mom versteckt, weil er wusste, dass sie ihm dafür den Kopf abreißen würde."

„Mom war das klar", sagte Chloe lachend, „sie hat es ihm nur durchgehen lassen, um etwas in petto zu haben, falls er je herausfinden sollte, dass sie fünf Mixer mit Tiefkühlobst geschrottet und immer wieder mit dem gleichen Modell ersetzt hat, obwohl Dad sie davor gewarnt hat."

Dexter drückte sie kurz an sich. „Die beiden hatten wirklich ihre Ticks, was?"

Chloe nickte. „Ja, das hatten sie … ich weiß noch, dass sie, bevor wir ins Auto gestiegen sind, darüber diskutiert haben, wer der Verkorkstere von ihnen beiden ist."

„Wer hat gewonnen?", fragte Dex leise.

„Niemand. Ich habe sie unterbrochen, gemeint, dass sie sich endlich wie Erwachsene benehmen sollen und dass wir noch zu spät kämen, wenn wir jetzt nicht losführen. Und das Absurde ist … ich kann mich nicht einmal mehr daran erinnern, wohin wir überhaupt wollten. Ich weiß es schlichtweg nicht mehr, als hätte es jemand aus meinem Gehirn gewischt. Ich erinnere mich an alles andere, aber nicht mehr daran, wohin wir wollten. Bescheuert, oder?"

„Nein, ist es nicht. Es ist unwichtig."

Sie atmete einmal tief ein und aus. „Du hast recht, das ist es …" Schweigen legte sich über sie, während die kalte Sonne auf ihre Gesichter schien und sich auf dem Raureif reflektierte, der die harte Erde des Grabs überzog.

„Weißt du, ich träume immer noch davon", flüsterte Chloe nach einer Weile.

„Wovon?"

„Vom Unfall. Deswegen geh ich nachts oft so spät schlafen, weil ich … es nicht noch einmal erleben will."

Sie starrte weiter nach vorne, hatte keine Lust, in Dexters bestürzte Miene zu sehen.

„Chloe! Warum hast du nichts gesagt?"

„Weil ich mir schwach vorkomme, Dex. Weil ich mir neben dir schon immer schwach vorgekommen bin."

„Du … aber …"

„Wusstest du, dass ich immer und überall nur als die Schwester von Dexter O'Connor bezeichnet wurde?", unterbrach sie ihn leise.

„Was?"

„In der Schule, dann auf dem College. Ich bin mir ziemlich sicher, auch schon im Kindergarten. Überall, wo ich hingegangen bin, wurde ich als Schwester vom fantastischen Dexter O'Connor vorgestellt. Und ich habe es gehasst. Als hätte ich keine eigene Identität!"

„Das hat dich gestört?", fragte Dex kaum vernehmbar.

Sie nickte. „Ja, sehr. Ich meine, ich war stolz, deine Schwester zu sein und ich liebe dich wirklich, Dex, auch wenn es manchmal nicht so aussehen mag, aber … ja, es hat mich gestört. Ich wollte nur Ich sein und hatte das Gefühl, nie die Chance dazu zu bekommen. Natürlich konnte ich im Vergleich zu dir nur verlieren. Natürlich wirkte ich neben dir ... schwach."

„Das ... tut mir leid. Ich hatte keine Ahnung."

„Es ist nicht deine Schuld", sagte sie ruhig und lächelte leicht. „Ich glaube, ich war nur eine lange Zeit ... neidisch auf dich. Weil dir alles so leichtfiel. Weil du nie Probleme zu haben schienst."

„Chloe, ich hatte Probleme! Ich wäre diverse Male beinahe vom College geflogen, ich ..."

„Ich weiß, Dex", sagte sie und stieß mit ihrer Schulter sanft gegen seine Seite. „Genauso wie ich weiß, dass du es nie darauf angelegt hast. Ich glaube nur, dass das der Grund ist, warum ich mich damals so schnell in Sam verliebt habe."

„Weil du neidisch auf mich warst und ihn mir wegnehmen wolltest?", fragte Dex verdattert.

Chloe lachte laut und schüttelte den Kopf. „Nein, du Psycho! Weil er nicht absichtlich nett zu mir war, um an dich heranzukommen. Im Gegenteil: Er wollte mich nicht mögen – deinetwegen. Er wollte wirklich keine Gefühle für mich haben – deinetwegen – aber trotzdem ist er mit mir ausgegangen. Er hat dagegen angekämpft und ich war einfach zu unwiderstehlich, als dass es funktioniert hätte. Das war irgendwie romantisch und ich hatte das Gefühl, dass ich was Besonderes bin. Für ihn zumindest."

„Das ist nicht romantisch, das ist widerlich."

„Halt die Klappe und hör mir zu. Was ich sagen will: Sam hat schon damals ein schlechtes Gewissen gehabt. Er hat schon damals nichts mit mir anfangen wollen, genauso wenig wie heute. Weil er dich respektiert und seit wir das erste Mal miteinander geschlafen haben ..."

„Oh Gott ..."

„Seit wir das erste Mal miteinander geschlafen haben", sagte Chloe nun lauter, über seine Gotteslästerung hinweg, „sagt er, dass wir ehrlich zu dir sein müssen. Ich war es, die es immer wieder aufgeschoben hat. Er ist ein guter Kerl. Das weißt du doch am besten, Dex! Und er braucht dich als Freund. Eure Freundschaft ist ihm heilig. Und ..." Wieder holte sie tief Luft. „Ich liebe ihn."

Das machte Dexter doch tatsächlich sprachlos. „Du ... was?"

„Ich liebe ihn", wiederholte sie.

„Scheiße", murmelte er und ließ seinen Arm sinken. „Chloe, er ..."

„Er liebt mich auch, Dex."

Er sah nicht überzeugt aus. „Hat er dir das gesagt?"

„Nein, aber ich bin mir trotzdem sicher, dass er es tut. Ich glaube nur, dass er sich das nicht eingestehen kann. Sam und die Liebe sind nicht die besten Freunde. Er hat gelernt, dass es das Beste ist, sich nur um sich selbst zu kümmern, damit man nicht von den Menschen, die man liebt, enttäuscht werden kann. Oder so ähnlich. Keine Ahnung. Jedenfalls ... bin ich mir sicher."

„Oh Mann Chloe, ich hoffe wirklich, du irrst dich nicht."

Sie irrte sich nicht. Die Frage war nur, ob Sam stark genug war, seine so hartgesottene Lebenseinstellung für die Liebe über Bord zu werfen.

Und selbst wenn er es nicht schaffen sollte – sie würde ihr Leben schon leben können. Denn diesmal ... diesmal würde sie ihre Vergangenheit nicht gewinnen lassen.

# Kapitel 23

Sam hatte acht Stunden damit verbracht, die morgige Pressekonferenz zu perfektionieren, Clint Panther zu versichern, dass alles zu seiner Zufriedenheit sein würde und Savannah damit beauftragt, die Journalisten morgen in Empfang zu nehmen. Er sollte eigentlich gestresst und müde sein. Aber das war er nicht. Alles funktionierte, alles lief perfekt und pünktlich um sechs verließ er das Delphies-Quartier.

Er hatte noch genügend Zeit zu duschen, die Torte aus der Tiefkühltruhe zu holen, die Pizza zu bestellen und die Piñata aufzuhängen.

Er hatte nichts Großes geplant und das war auch nicht nötig. Chloe hatte ihm gestern extra noch einmal gesagt, dass sie einfach nur einen ruhigen Abend verbringen wollte, gefeiert habe sie in ihrem Leben schon genug. Dennoch: Er hatte sich ein paar Gedanken gemacht und er war sich verdammt sicher, dass Chloe sich freuen würde.

Er zog sich Jeans und T-Shirt an und dachte, dass es doch merkwürdig war, dass er sein Leben lang danach gestrebt hatte, zur oberen Schicht zu gehören, als der Mann im Anzug bekannt zu sein – und er sich nie so sehr auf eines der schicken Geschäftsevents gefreut hatte wie auf diesen Abend.

Ein unbestimmtes Gefühl hatte sich in den vergangenen Tagen bei ihm in der Brust breit gemacht, das er nicht ganz benennen konnte. Vielleicht nur Sodbrennen.

Vielleicht aber auch Zufriedenheit?

Er hatte nie geglaubt, dass man alles haben konnte. Eine erfolgreiche Karriere und ein erfolgreiches Privatleben, aber zurzeit sah es fast so aus.

Wer hätte damit rechnen können?

Eine halbe Stunde später klingelte Chloe und ihr Lächeln war so breit, dass Sam sich extra viel Zeit nehmen musste, um auch wirklich jeden Punkt ihrer Lippen zu küssen.

„Es ist acht, wo ist mein Geschenk?", fragte sie atemlos, als er von ihr abließ und die Tür hinter ihr ins Schloss warf.

Kopfschüttelnd lachte er. „Man könnte fast meinen, dass mein Geschenk wichtiger sei als ich selbst."

„Na ja, das ist es ... aber nur so ein kleines bisschen", sagte sie und ließ Zeigefinger und Daumen fast aufeinander treffen.

„Damit kann ich mich arrangieren."

Er drehte sie an den Schultern herum und schob sie ins Wohnzimmer. „Ich nehme an, ich kann dich nicht dazu überreden, erst zu essen und dann ..."

„Wo sagtest du, ist das Geschenk?", unterbrach sie ihn und ließ ihren Blick schweifen. „Und ..."

Sie fing laut an zu lachen. „Hast du mir eine Piñata gekauft? Ich hatte seit meinem achten Geburtstag keine."

„Aber sie gefällt dir?"

„Natürlich gefällt sie mir! Es sind Süßigkeiten drin."

„Ich weiß eben, was die Frauen wollen", stellte Sam klar und ließ ihre Schultern los, um das längliche Päckchen aus seinem Schlafzimmer zu holen, das er selbst verpackt hatte – und das auch dementsprechend aussah. „Und die Piñata ist Teil deines Geschenks."

„Mysteriös, mysteriös ...", murmelte Chloe. Ihre Augen hatten angefangen zu leuchten wie die eines sechsjährigen Mädchens, das seine Lieblingsbarbie geschenkt bekommen hatte.

„Du stehst auf Geschenke, oder?“

„Wie kommst du darauf?“, fragte Chloe unschuldig und zog ihm das Paket aus der Hand.

„War nur so eine Eingebung von mir“, bemerkte er grinsend, während sie das Papier aufriss.

Ihre Finger gingen grob vor und innerhalb von zwei Sekunden hielt sie den Inhalt des Pakets in ihren Händen.

Chloe Mundwinkel schienen nun fast ihre Augenwinkel zu berühren und Sam dachte im Stillen, dass sie sich gar nicht bei ihm bedanken musste. Die Grübchen in ihren Wangen reichten ihm.

„Ein Baseballschläger“, stellte sie das Offensichtliche fest.

„Damit du deinen eigenen hast, falls du noch einmal wütend auf einen Haufen Müll einschlagen willst.“

Sam hielt es nicht für möglich, aber ihr Lächeln wurde noch breiter. „Das ist ziemlich praktisch. So ein Schläger gehört in jeden Haushalt.“

„Ich weiß.“

„Interessante Farbauswahl übrigens, Sam.“

„Stört dich etwas daran?“

„An Pink? Nein. Sehr hübsch. Aber ich würde gerne wissen, wie peinlich es dir war, ihn zu kaufen.“ Sie ließ grinsend das Geschenk auf die Couch sinken.

„Überhaupt nicht peinlich. Ich kaufe andauernd pinke Gegenstände.“

„Tatsächlich?“

Er nickte ernst. „Ständig. Immer zusammen mit meinen Tampons.“

„Na dann“, lachte sie. „Und was hat es mit der Piñata in Form einer Weltkugel auf sich?“

„Na ja, du brauchtest doch etwas zum Üben, oder? Und die Welt in Grund und Boden zu stampfen, kam mir metaphorisch richtig vor.“

„Du bist so weitsichtig", murmelte sie, stellte sich auf die Zehen und küsste ihn sanft. „Danke, Sam."

„Du wolltest ja nichts Großes und es ist ..."

„Es ist perfekt", flüsterte sie. „Und jetzt will ich Torte, bevor der Welt der Garaus gemacht wird."

Sie löste sich von ihm und schlenderte zum gedeckten Tresen. Sam folgte ihr mit seinem Blick, beobachtete sie dabei, wie sie ihren Finger durch die Sahne auf der Torte zog und ihn dann ableckte ... und vielleicht hätte ihm in diesem Moment klar sein sollen, dass das Leben nicht wirklich so gut sein konnte.

Vielleicht hätte er an dieser Stelle ahnen sollen, dass man nicht alles haben konnte.

Sein Kopf dröhnte.

Hatte er getrunken?

Nein, er trank nicht.

Er zog die Arme enger um den Körper neben sich, sank zurück in das Kissen. Was hatte ihn geweckt?

Für zwei Sekunden war es ruhig, dann ging dieses Dröhnen wieder los. Aber nein, es war kein Dröhnen, viel eher ein Vibrieren. Er öffnete die Augen. Licht fiel durch das einzige Fenster in seinem Schlafzimmer und er kniff sie sofort wieder zusammen. Etwas nagte an seinem Bewusstsein, während das Vibrieren weiterhin seine Ohren füllte. Gähnend ließ er Chloe los, die sich wie immer auf seiner Seite des Bettes befand und er brauchte ein paar Sekunden, um endlich zu verstehen, dass es sein Handy war, das diesen Ton von sich gab.

Er tastete seinen Nachttisch ab und hob es schließlich an sein Ohr.

„Ja?"

„Wo zum Teufel bist du, Sam?"

Er zog gähnend seinen linken Arm unter Chloes Kopf weg und richtete sich auf seine Ellenbogen auf.

„Wer ist da?"

„Sam! Die Pressekonferenz der Panthers geht in fünf Minuten los, alle sitzen auf ihren Plätzen – *wo bist du!?*"

Mit einem Mal saß er kerzengerade im Bett. Sein Blick flog zu der Uhr, die über der Badezimmertür hing. Fünf vor acht.

Das konnte nicht sein. Das ...

„Scheiße!"

Fluchend sprang er aus dem Bett. „Scheiße, scheiße, scheiße!"

„Ja, scheiße!", zischte Savannah zurück. „Bist du unterwegs? Steckst du im Stau?"

Sam fuhr sich mit der flachen Hand übers Gesicht, während er zu seinem Schrank lief.

„Nein, ich ... halt die Stellung, okay? Leite du die Konferenz. Ich ... ich ... werde zu spät kommen."

Zu spät.

Er.

Der Gedanke hämmerte in seinem Kopf.

Seine Welt drehte sich auf einmal rückwärts, drehte sich zu schnell, drehte sich und drehte sich und wollte nicht mehr aufhören.

Wie konnte das sein? Wie konnte er ... er hatte noch nie ... in seinem ganzen Leben ... er ...

„Was ist denn los?", kam eine Stimme von seiner Linken und als er herumfuhr, sah er eine verschlafene Chloe, die den Kopf in seine Richtung hob.

„Sam", schnarrte Savannah in sein Ohr. „Das ist die wichtigste Pressekonferenz des ..."

„Ich weiß!", rief er aufgebracht. „Bis gleich. Du wirst das schon machen."

Er legte auf und steckte das Handy in die Gesäßtasche der Hose, die er sich hastig überzog.

„Sam?" Chloe gähnte und sah ihn fragend an. „Was ist passiert?"

„Ich hab ver... ich hab ver..." Er konnte das verdammte Wort kaum aussprechen.

„Ich habe verschlafen!", knurrte er schließlich und zerrte ein Hemd aus seinem Schrank.

Chloe gähnte erneut herzhaft und lehnte sich gegen die Rückenlehne des Bettes „Ist doch keine große Sache, das passiert jedem mal."

„*Keine große Sache?*" Er konnte einzelne Blutgefäße in seinem Kopf platzen hören. „Das ist die wichtigste Pressemitteilung meiner Karriere, Chloe! Und ich habe ... verschlafen!"

Er musste den Wecker überhört haben. Aber das konnte er sich nicht erklären, er überhörte den Wecker nie! Eigentlich brauchte er ihn auch gar nicht, denn er wachte jeden Tag zur selben Zeit auf, ganz automatisch. Hatte er immer. Bevor ... jetzt das!

„Oh verdammt." Chloe stieß die Laken von sich und sprang aus dem Bett. „Zieh dich an, ich mach dir Kaffee."

„Ich brauche keinen Kaffee! Ich brauche Zeit!", fluchte er und knöpfte das Hemd zu.

„Sam, Zeit kann ich dir nicht geben, Kaffee schon, also ..."

Er fuhr zu ihr herum. „Chloe! Würdest du einmal in deinem Leben ruhig sein und mich einfach machen lassen?"

Sie starrte ihn überrascht an und machte einen Schritt zurück. „Okay, tut mir leid. Ich wollte dir nur helfen."

„Ich brauche keine Hilfe! Ich habe noch nie in meinem Leben Hilfe gebraucht und ich werde heute nicht damit anfangen!"

Er legte sich eine Krawatte um, die ihn jetzt schon zu strangulieren schien und stürmte ins Bad. Zeit sich zu rasieren oder zu duschen hatte er nicht mehr, also würde Deo reichen müssen. Er war in Rekordzeit fertig, schlüpfte in das Sakko, das an einem Haken an der Schlafzimmertür hing und achtete nicht auf die dampfende Tasse, die Chloe ihm hinhielt, sondern zog sich seine Schuhe und Jacke über und eilte in den Flur.

„Sam."

Ihre Stimme ließ ihn innehalten. Dieser Ton – es war der bittende Ton.

Er schloss die Augen, die Klinke bereits in seiner Hand und drehte sich noch einmal zu Chloe um, die nur in seinem T-Shirt bekleidet dastand.

„Was?", fragte er, sich zur Ruhe zwingend.

„Mach da nicht mehr draus, als es ist. Okay? Bitte. Du ..."

„Ich habe da keine Zeit für, Chloe", sagte er schroff, bevor er die Tür ins Schloss zog.

Als Sam endlich beim Stadion ankam, war die Pressekonferenz bereits in vollem Gange. Auf dem Podium saßen Clint Panther, sein Sohn und Savannah, die statt seiner dort Platz genommen hatte und die Fragen anleitete. Er blieb für einige Momente im Türrahmen stehen und hörte zu – Savannah erledigte einen einwandfreien Job, was ihm nicht im Geringsten half – bevor er sich wieder nach draußen stahl. Jetzt würde er es eher schlimmer machen, wenn er das Podium stürmte, deswegen wartete er draußen, bis die aufgeregte Reportermeute wieder aus dem Saal drängte.

Das Blut pochte schmerzhaft in seinen Ohren, während er sich einredete, dass Chloe recht hatte. Er hatte verschlafen, das passierte jedem mal.

*Jedem, aber nicht mir.*

Er schloss die Augen, kontrollierte seine Emotionen, dachte nach und als er sie wieder öffnete, starrte er Clint Panther ins Gesicht.

„Parker!", bellte er. „Na, da haben Sie es ja doch noch geschafft."

Sam stand da und wusste nicht, was er antworten sollte. Er hatte sich in seinem ganzen Leben nicht vor einem Arbeitgeber rechtfertigen müssen. Er wusste gar nicht, wie das funktionierte. „Hören Sie", hetzte Panther weiter. „Ich verstehe, dass die Familie manchmal vorgehen muss und so einen Notfall kann man ja auch nicht voraussehen, aber machen Sie das nicht zur Gewohnheit, Parker, haben wir uns verstanden?"

Sam starrte ihn weiter an. Er verstand kein Wort. Es dauerte eine geschlagene Minute, bis er hervorbrachte: „Ein Notfall?"

Savannah hob bedeutungsschwer die Augenbrauen und machte mit ihrem Kopf ruckartige Bewegungen zu Clint Panther hin.

„Oh, natürlich. Das mit den familiären Notfällen wird nicht zur Gewohnheit", fing er sich. „Das war eine komplette Ausnahmesituation."

„Hoffen wir es", rief Panther, bevor er sich auf den Weg zum Ausgang machte, bei dem sein Sohn stand und mit einem der Journalisten sprach.

Sobald er außer Reichweite war, atmete Sam langsam aus. „Danke, Savannah. Ich schulde dir was."

„Ich weiß. Wie wäre es mit einer Gehaltserhöhung?"

„Denke ich drüber nach", murmelte er und rieb sich mit der Faust über die Stirn.

Kopfschüttelnd betrachtete ihn seine Angestellte.

„Was ist nur los mit dir? Verschlafen? Ich war der festen Überzeugung, dass du komplett ohne Schlaf auskommst."

„Es wird nicht wieder vorkommen", sagte er leise und schloss für einen Moment die Augen.

Es durfte einfach nicht wieder vorkommen.

***

Er würde es ihr in die Schuhe schieben.

Chloe taperte vor Sams Couch auf und ab und versuchte sich zu beruhigen – versagte jedoch auf ganzer Linie.

Er würde ihr die Schuld geben.

Nein, er würde sich selbst die Schuld dafür geben, dass er es mit ihr versucht hatte.

Sie wusste, wie es enden würde. Sam würde nach den Dingen suchen, die er in seinem Leben geändert hatte, nach dem suchen, was dazu geführt haben könnte, dass er plötzlich wie ein normaler Mensch schlief. Und er würde zu diesem so offensichtlichen Schluss kommen.

Sie kannte ihn so gut, dass sie seine Worte bereits in ihren Ohren hören konnte.

Sie atmete tief ein und aus und als sie den Schlüssel im Schloss hörte, musste sie sich mit aller Gewalt davon abhalten, zur Tür zu stürzen.

Einige Momente später stand Sam im Türrahmen und sie musste ihm nur einmal ins Gesicht sehen, um zu wissen, dass sie ihn nicht von seiner Entscheidung würde abbringen können.

Er konnte sich nicht aus seinen Mustern befreien. Er konnte sich nicht dazu zwingen, richtig hinzusehen. Er war nicht mutig genug, um dem Chaos zu verfallen.

Sie starrte ihn an, ihr Herzschlag verlangsamte sich und ihre Schultern sackten nach unten.

„Ich mache es dir einfach, Sam", murmelte sie müde und bückte sich nach ihrer Handtasche. „Ich gehe. Du musst mich nicht einmal rauswerfen."

Sam seufzte und rieb sich mit den Fingern über die Augen. „Chloe, kannst du mich wenigstens zu Wort kommen lassen?"

Nein, das konnte sie nicht. Denn das würde alles nur noch schlimmer machen.

„Du brauchst doch gar nichts zu sagen, Sam", flüsterte sie. „Es steht doch schon alles in deinem Gesicht. Dein Pokerface funktioniert längst nicht mehr bei mir. Du hast verschlafen, beinahe deine Karriere zerstört und die einzige Konstante, die du in letzter Zeit in deinem

Leben geändert hast, das bin ich. Es ist nur logisch, dass du mich als Variable eliminierst, damit deine schön kontrollierte und seit Jahren geplante Gleichung aufgeht.“

Sam sah sie an und kein einziger Widerspruch war aus seiner Miene zu lesen.

„Du bist mir nicht egal, Chloe“, sagte er ruhig. „Du warst mir nie egal.“

„Das ist es, was eine Frau hören will“, lachte sie verbittert auf und schulterte ihre Tasche. „Dass sie dir nicht egal ist, deine Arbeit aber dennoch wichtiger.“

„Das habe ich nicht gesagt ...“

„Aber das brauchst du doch auch gar nicht!“, sagte sie lauter. „Hörst du mir nicht zu, Sam? Ich habe dich doch schon längst durchschaut. Es ist okay. Du bist nicht mutig genug, du kannst nicht gegen dich selbst gewinnen. Es ist wirklich okay, Sam. Ich passe nicht in dein ordentliches, perfektes Leben. Ich kenne dich, ich weiß, dass du immer von Sicherheit, Ruhe und Ordnung geträumt hast. Und mit mir ... mit mir bekommst du das absolute Gegenteil. Und ich werde dich nicht anlügen und behaupten, dass ich das ändern könnte. Denn das kann ich nicht. Und ganz ehrlich: Ich will es auch nicht. Ich bin chaotisch und das macht mich zu dem, was ich bin. Und ich mag, wer ich bin. Und dafür, dass ich das jetzt weiß, muss ich dir danken. Ich hatte mich verloren, Sam und ich werde immer dankbar dafür sein, dass du ... dass du ... dass du mich gefunden hast.“

Sie wischte sich die erste Träne von der Wange, die natürlich hatte fließen müssen. Aber sie hatte dazugelernt und Tränen waren da, um geweint zu werden, nicht, um sie zurückzuhalten.

„Chloe, du hast dich nicht ...“

„Doch, ich hatte mich verloren. Ich hatte keine Ahnung mehr, wer ich war. Ich war versunken in Selbstmitleid und der Welt, die mich verschluckt hat. Aber das ist schon okay. Jeder verliert sich mal. Jeder vergisst mal, wer er ist. Aber du …" Sie lächelte zittrig. „Ich glaube du wusstest es noch nie. Wer du bist. Du wusstest immer nur, wer du sein wolltest. Das ist in Ordnung, aber … so wirst du nie verstehen, dass ich dir in deinem Leben fehle."

Sam schien unfähig dazu, seinen Blick abzuwenden, den Mund perplex geöffnet. Es vergingen Ewigkeiten, bis er anfing zu sprechen: „Du verstehst das nicht, Chloe. Du weißt nicht, wie das ist, wenn dir etwas so unglaublich wichtig ist. Wenn du dein Leben lang darauf hingearbeitet hast, an genau diesem Punkt zu stehen und … ich kann nicht riskieren, dass das wegen einer Frau zunichte gemacht wird."

Sie schüttelte den Kopf, immer wieder, denn was sollte sie schon anderes tun? Wie konnte sie ihn sehen lassen, was sie sah?

„Ich verstehe dich sehr gut, Sam", widersprach sie leise. „Aber manchmal lohnt es sich, von seinem geplanten Weg abzulassen. Denn … es ist doch nur die Arbeit, Sam! Arbeit ist nicht alles. Arbeit kann vielleicht dein Leben sein, aber doch nicht die verdammte Kür!"

Ein Schweigen breitete sich zwischen ihnen aus, das den gesamten Raum zu füllen schien, das die weißen Wände grau zu färben schien.

„Ich weiß ehrlich nicht, was ich dazu sagen soll", murmelte er schließlich und hob hilflos die Schultern. Sie hätte beinahe angefangen zu lachen.

Natürlich wusste er es nicht. Er wusste nicht, was er fühlte. Er wusste nicht, was das Protokoll in einer solchen Situation war.

„Dann sag einfach nichts, Sam", flüsterte sie, legte die paar Schritte zu ihm zurück und stellte sich auf die Zehenspitzen, um ihm sacht auf die Wange zu küssen.

„Es ist okay, wenn du denselben Fehler wiederholst, aber ich werde das nicht tun. Ich werde dich diesmal loslassen, Sam. Ich kann nicht ewig an dir festhalten. Nicht ewig der romantischen Vorstellung nachhängen, dass du irgendwann doch mutig genug bist, uns eine wirkliche Chance zu geben."

„Chloe …"

„Ich liebe dich, Sam Parker", unterbrach sie ihn und lächelte wacklig. „Das sollte diesmal wirklich gesagt werden. Dann kann ich nichts bereuen, oder?"

Sams Mund öffnete sich leicht und dann schüttelte er den Kopf.

„Sag das nicht."

„Zu spät. Ich liebe dich, ich liebe dich, ich liebe dich, ich liebe dich, ich liebe dich. Ein wenig Desensibilisierungstraining wird dir vielleicht guttun."

Durch seine Augen flackerte eine Emotion, die Chloe entgegenzuspringen zu schien. Es war Panik. Sam wurde panisch. Wieder wunderte es Chloe nicht.

„Du liebst mich nicht", sagte er gezwungen ruhig.

„Aber natürlich liebe ich dich, Sam."

„Das stimmt nicht. Es wäre dumm von dir, mich zu lieben." Er schüttelte den Kopf. „Ich habe dir von Anfang an gesagt, dass ich keine Liebe suche. Keine Liebe will. Mich zu lieben wäre reine Selbstzerstörung."

„Na ja, wir beide wissen ja, dass ich eine masochistische Ader habe, oder?"

„Chloe, das ist nicht witzig!" Sein Kiefer verhärtete sich.

„Ich weiß, dass das nicht witzig ist", schnaubte sie und wischte sich weitere Tränen von der Wange. „Glaub mir, ich weiß das von allen am besten. Du machst es mir wirklich nicht leicht, dich zu lieben, aber ich stehe offenbar auf Herausforderungen."

„Du liebst mich nicht, Chloe!" Seine Stimme wurde immer lauter. „Es wäre vollkommen unlogisch, wenn …"

„Ja, natürlich ist es unlogisch! Das verdammte Leben ist unlogisch", fuhr sie ihn an.

Sie hatte keine Geduld mehr übrig. Ihr Herz tat weh als würde jemand regelmäßige Stromstöße hindurchjagen und er sah sie an als sei er das Opfer! Und wenn man es genau betrachtete, dann war er das vielleicht sogar. Das Opfer seiner Kontrolle ... aber wie konnte er ihr das jetzt vorwerfen?

„Logik ist nicht mein Freund, Sam. Logik ist nicht das, was Emotionen erklärt. Ich könnte jemand viel Besseren als dich bekommen. Jemand Besseren als einen hässlichen, schlechten Autofahrer. Aber ich will nun mal dich! Und das hat nichts mit Logik zu tun, sondern damit, dass du mich besser machst und es ist egal, was du sagst, ich mache dich auch besser, nicht schlechter, so wie du es siehst. Man kann nicht alle Teile seines Lebens verschlossen, kontrolliert und ordentlich halten."

Sam machte einen Schritt zurück und fuhr sich fahrig durch die Haare.

„Tu mir das nicht an, Chloe. Ich werde als das Arschloch hier rauskommen. Auf mich wird der ganze Scheiß zurückfallen, dabei habe ich dir gesagt ..."

„Mir ist egal, was du gesagt hast, Sam", sagte sie ruhig. „Und was genau tue ich dir an? Zwinge ich dich zu Gefühlen?"

„Chloe, hör auf damit. Hör auf, mir Schuld aufzu..."

„Aber das tue ich doch gar nicht, Sam. Ich gebe dir keine Schuld. Denn du trägst sie nicht. Du musst dich nicht schuldig fühlen. Du hast recht. Du hast mir gesagt, dass du keine Liebe willst. Es ist meine Schuld. Ich habe mir Dinge eingebildet. An Geschichten geglaubt. Natürlich tut es weh, aber damit komme ich zurecht. Die Frage ist: Wirst du es auch? Du liebst mich, Sam! Und irgendwann wirst du aufwachen und es so vor dir sehen, wie ich es tue. Aber darauf kann ich nicht warten. Darauf kann ich einfach nicht mehr warten!"

„Chloe ... du irrst dich."

„Nein, *du* irrst dich, Sam." Ihre Stimme zitterte und sie lächelte, während sie die Salzspuren von ihrem Gesicht strich. „Es tut mir leid. Ich wollte dich nicht unter Druck setzen. Ich wollte es dir nur sagen, dass ich dich liebe. Weil ich es das letzte Mal nicht getan habe. Und weil ich das immer bereut habe. Aber jetzt habe ich es wenigstens versucht, oder?"

Sie schniefte, spürte die Tränen, die immer weiterflossen – und trotzdem konnte sie lächeln. Denn sie würde sich nie mehr fragen, was gewesen wäre, wenn.

„Hör auf damit, Chloe." Sam starrte sie an und sie konnte sehen, wie sein Adamsapfel sich hob und senkte. „Hör auf."

Sie nickte, schloss die Augen und atmete durch.

„Ich höre auf."

Sie schulterte ihre Tasche und lief an ihm vorbei, doch bevor sie die Klinke drückte und verschwand, wandte sie sich noch einmal zu ihm um, blickte ihm in die Augen und sagte: „Du brichst dir das Herz, Sam Parker. Es ist nicht meines, dass du auf dem Gewissen hast. Es ist deins."

# Kapitel 24

Der Wagen startete nicht.

Zwischen hysterischen Lachern und hysterischen Schluchzern legte Chloe ihren Kopf auf das Lenkrad.

Das konnte nicht Bunnys Ernst sein!

Verstand sie denn nichts von Timing?

Ihr Herz tat weh und sie musste hier weg, bevor Sam einen neuen Versuch startete, mit Rationalität zu versuchen ihr zu erklären, dass sie ihn nicht liebte.

Denn Herrgott, Sam war einfach dämlich bei solchen Sachen!

Sie fischte ihr Handy aus der Tasche und weil sie Dexter nicht anrufen wollte, wählte sie die Nummer von Liv, die innerhalb einer Viertelstunde mit ihrem Auto neben dem von Chloe hielt.

Die besorgte Miene ihrer neuen Freundin führte dazu, dass Chloe gleich einen erneuten Tränenausbruch erlitt.

*„Du* hast einen Zugang zu deinen Gefühlen!", beschwerte sie sich hicksend, als Liv sie in die Arme zog. „Wir sind seit ein paar Monaten befreundet, haben uns ein paar Mal gesehen und schon holst du mich ohne weitere Nachfrage ab. Das ist ... sehr gefühlvoll."

„Danke." Liv lächelte und tätschelte ihren Rücken. „Immer wieder gerne. Willst du mir sagen, was ..."

„Er liebt mich, Liv! Ich weiß es einfach! Er liebt mich, aber kann es nicht sehen, weil er ... weil er ... weil er ... der totale Strüh ist!"

Liv hielt ihr die Tür auf, knuffte ihre Schulter und nickte. „Natürlich. Ich habe keine Ahnung, was ein

Strüh ist, aber du hörst dich sehr überzeugt an – ich werde dir also glauben."

„Danke", schniefte Chloe und schnallte sich an. „Wirklich – danke. Es ist schön, wieder eine Freundin zu haben."

Liv lächelte und tätschelte weiter ihre Schulter. „Da hast du recht. Ich gehe also davon aus, dass du mich auch abholen wirst, sollte mein Auto je den Geist vor dem Haus eines meiner Ex-Freunde aufgeben?"

„Ich werde dich nicht nur abholen, sondern auch mit Schokolade füttern."

„Wink mit dem Zaunpfahl verstanden", sagte Liv und nickte. „Wir fahren beim Supermarkt vorbei."

Liv hielt Wort und sie und Chloe saßen für geschlagene zwei Stunden im Auto und aßen Schokolade. Chloe erzählte ihr, was passiert war, erklärte ihr, was ein Strüh war, weinte, lachte und hatte das Gefühl, dass der Tag nicht verloren war. Denn sie hatte eine echte neue Freundin gewonnen und auch, wenn das nicht so außergewöhnlich sein sollte ... für sie war es das.

Sie würde es überleben, dass Sam zu dumm war, um sie lieben zu können. Sie wusste jedoch nicht, ob das für die nächste Unterhaltung mit Dex auch galt. Aber vielleicht merkte er ihr ja gar nichts an.

„Ich bringe ihn um! Ich schwöre dir, ich bringe ihn um! Du hast mir gestern gesagt, dass er dich lieben würde, Chloe! Gestern! Wie lang anhaltend war diese Liebe wohl?"

„Dex, lass ihn in Ruhe. Es ist nicht seine Schuld."

„Es ist nicht seine Schuld, dass du aussiehst, als hätte es in deinem Gesicht geregnet?"

„Nein, ist es nicht", sagte sie fest und drängte an ihrem Bruder vorbei ins Wohnzimmer. „Und er liebt mich! Ich bleibe dabei. Er kann nur nicht aus seiner Haut. Ich dachte, er könnte – mit mir – aber ..." Sie schluckte. „Er kann nicht. Das ist nicht seine Schuld. Das ist die Schuld seiner Lebensumstände und all den Jahren, die er seine Gefühle hinuntergeschluckt hat. Aber ich musste es wenigstens versuchen, oder?"

„Ich glaube, da haben wir geteilte Meinungen."

Wütend verschränkte sie die Arme vor der Brust. Wo war Dexters Mitgefühl?

„Wie kannst du so etwas sagen?", knurrte sie. „Er ist dein bester Freund! Du weißt doch, wie er ist. Hat er es in deinen Augen nicht verdient, endlich glücklich zu werden?"

„Nicht, wenn es gleichzeitig bedeutet, dass du unglücklich bist", sagte Dex abgehackt.

„Aber ich bin nicht unglücklich!" Ihre Stimme wurde immer lauter. „Ich bin enttäuscht und ja, verletzt, aber ich bin nicht unglücklich! Nicht auf die Art und Weise wie die letzten Jahre. Und ganz ehrlich: Du solltest nicht versuchen, mich zu trösten, sondern du solltest bei Sam sein! Denn er ist der mit dem größeren Problem!"

Dexter sah sie verdattert an und ließ die Arme sinken. „Du bist immer noch auf seiner Seite? Wo er dir versprochen hat ..."

„Er hat mir überhaupt nichts versprochen!", unterbrach sie ihn wirsch. „Also ... lass ihn. Und hiermit verbiete ich dir, ihn anzufassen oder auch nur zu berühren, es sei denn, du willst ihn umarmen oder küssen ... oder was ihr männlichen Pärchen so miteinander tut. Wenn du ihn schlägst, Dex, rede ich kein Wort mehr mit dir."

Sie kickte ihre Stiefel von den Füßen und stapfte die Treppe zu den Schlafzimmern hoch, als Dexter ihr noch nachrief.

„Chloe, was ... was soll ich denn jetzt tun?"

Verständnislos drehte sie sich noch einmal um.

„Überhaupt nichts, Dex. Das ist etwas, um das du dich ausnahmsweise nicht kümmern musst. Ich brauche keine Hilfe, ich komme klar damit."

„Warum ..." Er räusperte sich unangenehm berührt. „Warum weinst du dann?"

„Weil ... weil ... weil dein T-Shirt überhaupt nicht zu deiner Hose passt und das wirklich traurig mitanzusehen ist", sagte sie stockend, bevor sie im dunklen Flur verschwand und sie in ihr Zimmer flüchtete. Neue Tränen fanden ihren Weg aus den Augenwinkeln und Chloe wusste, dass sie Sam nicht angelogen hatte: Ihr Herz war nicht gebrochen. Es war nur leer. Ein Sam-großes Loch befand sich darin.

Und wie bitte sollte sie ihn loslassen, wenn ihre Haut nach ihm roch, ihre Lippen nach ihm schmeckten und sie ihn bereits jetzt so sehr vermisste, dass sie ohne darüber nachzudenken das Atmen dafür aufgegeben hätte, dass er zur Vernunft kam?

Doch es lag nicht an ihr. Sie konnte nichts tun. Sie hatte alles gegeben – und sie würde damit zurechtkommen müssen, dass sie verloren hatte.

Aber nicht heute.

Akzeptanz war keine Emotion für diesen Tag.

***

Sam schlief nicht.

Er saß auf seiner Couch, starrte in die Nacht hinaus und wusste nicht, was los war.

Er sollte erleichtert sein.

Chloe hatte es ihm einfach gemacht. Sie hatte ihm keine Szene gemacht, sie hatte ihn von jeder Schuld freigesprochen.

Und er glaubte ihr. Dass sie ihn nicht verurteilte. Dass sie ihn nicht hatte unter Druck setzen wollen.

Doch er glaubte ihr auch, wenn sie sagte, dass sie ihn jetzt loslassen würde. Und er konnte nicht sagen, was er bei dem Gedanken an diese Worte empfand – aber es war nicht gut.

Es war egal, ob er ihren Worten, dass sie ihn liebte, Glauben schenkte. Sie schien davon überzeugt und der Gedanke, von Chloe O'Connor geliebt zu werden, machte ihn rastlos, euphorisch, verwirrt und ernüchtert zugleich.

Sie hatte recht. Sie passte nicht in sein ordentliches, kontrolliertes Leben und er sollte beruhigt sein, dass jetzt alles zum Alten zurückfinden würde.

Doch er war es nicht.

Unruhe – das war es, was ihn wachhielt.

Unruhe und Wut darüber, dass sie ihre Liebe nicht einfach hatte für sich behalten können. Das Verlangen, ihren pinken Baseballschläger, den sie hier hatte liegen lassen, für seinen Kopf zu benutzen, der einfach nicht aufhören konnte zu arbeiten.

Er ließ seinen Nacken auf die Sofalehne sinken und starrte an die Decke.

Als Stunden später sein Wecker klingelte, saß er immer noch in derselben Pose. Er stand nicht auf. Er hatte keinen Hunger und er fühlte sich nicht danach, Sport zu machen.

Heute war Silvester.

Chloe hatte eine ganze Liste an Vorsätzen gehabt, doch egal, wie lange Sam darüber nachdachte, ihm wollte kein einziger einfallen.

Er hatte alles in seinem Leben erreicht, was er je hatte erreichen wollen.

Warum war er dann immer noch nicht zufrieden?

Er hievte sich von der Couch und stellte sich unter die Dusche. Er schien das Wasser kaum auf seiner Haut zu spüren.

*Faszinierend. Ich hätte fast damit gerechnet, dass die Regentropfen einfach so auf deiner Haut gefrieren.*

*Aber du musst die Kälte irgendwie in deinem Herzen festhalten können.*

Gott, ihre Stimme verfolgte ihn.

Sie hatte ihre Worte zurückgenommen. Gesagt, er sei nicht kalt. Doch er fühlte sich verdammt nochmal so. Alles schien kalt. Gefiltert. Er sah Dinge nicht scharf. Vielmehr verpixelt.

Er starrte auf die Wassertropfen, die seine Arme hinabrannen und erwartete fast, dass sie tatsächlich zu Eis gefroren.

Doch nichts passierte.

Er stieg aus der Dusche, lief in sein Schlafzimmer und öffnete den Schrank. Er zog ein Hemd heraus – und sein Blick blieb an einem goldschimmernden Etwas hängen.

Chloes Kleid.

Er hatte es ihr nie zurückgegeben.

Scheiße.

Hastig schloss er die Tür wieder und zog sich an. Er war gerade bis zum obersten Knopf gekommen, als es klingelte. Verwirrt sah er auf die Uhr. Es war nicht einmal sechs. Wer würde so früh läuten?

Sein erster Gedanke war Chloe.

Sein zweiter: Chloe würde nie freiwillig vor acht aufstehen.

Er knöpfte sich auch die Manschetten zu und ging in den Flur.

„Ja?", fragte er durch die Sprechanlage.

„Hier ist Dexter", kam eine schroffe Stimme zurück.

Sam hielt einige Momente inne, bevor er schließlich den Summer betätigte. Wenn er Glück hatte, war Dexter hier, um ihn zu verprügeln.

Er öffnete die Tür und keine zwei Sekunden später erschien sein ehemals bester Freund im Rahmen.

„Hey", sagte Dex tonlos, seine Gesichtszüge hart – und dennoch triefte jede kleinste Emotion aus seinen Poren.

Anfänger.

„Was tust du hier?", fragte Sam ruhig. „Willst du den Schlag einlösen, den ich dir versprochen habe?"

„Nein", knurrte Dex und wischte ihn mit dem rechten Arm aus dem Weg, sodass er eintreten konnte.

„Sie hat mir verboten, dich zu schlagen. Aber ich darf dich immer noch treten, also pass auf, was du sagst."

Sam wünschte, Chloe hätte ihm stattdessen den Befehl gegeben, ihm einen Kinnhaken zu verpassen.

„Dex. Was willst du?", fragte er und trat die Tür mit dem Fuß ins Schloss.

Sein Freund gab ein Geräusch von sich, das eine Mischung aus Knurren, Stöhnen und Seufzen war. Er lief ins Wohnzimmer und Sam folgte ihm.

„Sechs wäre wohl wirklich noch zu früh für ein Bier", konnte er Dex murmeln hören. „Nicht dass du plötzlich Alkohol im Haus hättest ..."

Er warf ihm einen prüfenden Blick zu, als wolle er seine Worte bestätigt haben.

„Habe ich nicht. Und du hast immer noch nicht gesagt, was du willst. Falls du es nicht mitbekommen haben solltest."

Dexter verzog den Mund und lehnte sich schließlich gegen die Kücheninsel. Für einige Momente starrte er mit zusammengezogenen Brauen auf seine Füße, bis er kurz den Kopf schüttelte und ruckartig sein Kinn hob.

„Okay. Das Ding ist: Ich bin der Einzige, mit dem du redest und obwohl du dir wirklich was geleistet hast ..." Er gab ein erneutes Knurren von sich. „... bleibe ich wohl der Einzige, mit dem du je geredet hast, also rede! Denn Gott weiß, du solltest mehr reden, Alter."

Sam hob eine Augenbraue. „Du bist zum *Reden* hier?", stellte er klar.

„Ja. Ich möchte deine nächste absurde Begründung dafür hören, warum du schon wieder mit einer ..." Er gab ein Knirschen von sich, was nur vom Wetzen seiner Zähne stammen konnte. „… mit einer Frau Schluss machen musstest.“

„Du willst ernsthaft wissen, warum das mit Chloe …“

„Kannst du einfach darauf verzichten, ihren Namen zu verwenden? Das würde mir sehr weiterhelfen“, unterbrach ihn Dex düster. „Tun wir einfach so, als wäre sie eine deiner … x-beliebigen Freundinnen.“

Diese Situation kam Sam mehr als abstrus vor.

„Was zum Teufel willst du hören?“, fragte er ungeduldig.

„Es geht nicht um das, was ich hören will. Es geht um das, was du denkst.“

„Es hat nicht gepasst. Wir sind zu verschieden.“

„Sagt wer?“

„Ich.“

„Wusste ich doch, dass so ein Mist nur aus deinem Mund kommen kann.“ Kopfschüttelnd betrachtete sein Freund ihn. „Unterschiede sind nicht immer schlecht.“

„Nicht immer. Aber manchmal.“

„Das reicht mir nicht als Argument“, sagte Dex steinern. „Ich will mehr. Hat sie merkwürdige Zehen? Ist sie verheiratet? In einen anderen Mann verliebt? Hast du irgendwelche guten Gründe, warum du dich von ihr getrennt hast? Irgendetwas? Magst du sie nicht? Findest du sie nervig? Zwingt sie dich zum Trinken?“

„Hör auf mit dem Scheiß, Dex! Chloe ist nicht nervig und natürlich mag ich sie! Aber sie passt einfach nicht. Sie ist nicht wie die Frauen, die … keine Ahnung. Sie ist nicht die Art von Frau, die ich brauche!“

„Aha.“ Dexters Kiefer knackte und langsam hob er die Arme, um sie vor seiner Brust zu verschränken.

„Sam, hast du schon einmal darüber nachgedacht, dass du dir immer den gleichen Typ Frau aussuchst?“

„Ich …“

„Halt die Klappe, das war eine rhetorische Frage. Bring mich nicht aus meinem Flow. Also: Du suchst dir immer den gleichen Typ Frau aus. Kühl. Zivilisiert. Hoch gebildet. Jemanden wie dich.“

„Verfolgst du ein Ziel oder willst du nur unter Beweis stellen, dass deine weibliche Seite heute besonders ausgeprägt ist?“

„Ich habe gesagt, du sollst die Klappe halten“, sagte Dexter trocken und richtete den Finger auf ihn. „Tatsache ist, mit keiner deiner Frauen hat es geklappt. Weil sie dir einfach zu ähnlich sind. Weil du einer blöden Fantasie von Ordnung und Perfektionismus nachhängst. Kommen wir jetzt zu Chloe ... Chloe ist nichts von alledem. Sie ist emotional, chaotisch, zwar intelligent, aber protzt doch ziemlich oft mit erfundenen Theorien und bescheuertem Halbwissen herum.“

Er holte Luft. „Sam, ich will wirklich nicht, dass du mit meiner Schwester zusammen bist. Wirklich nicht. Ich kann das nicht genug betonen. Du bist nicht gut genug für sie. Du bist verkorkst und verdammt nochmal ein Arsch – zumindest in den letzten Wochen – aber ich will, dass sie glücklich ist. Und wenn sie sich in den Kopf gesetzt hat, dass das nur mit dir geht, dann ist das so. Und ... obwohl ich dir wirklich gerne eine reinhauen würde: Du bist immer noch mein bester Freund und verdammt nochmal, du warst so viel lockerer in den letzten Wochen! Die Jungs schwören, dass sie dich öfter lächeln gesehen haben und Ryan meint, du würdest alle Anzeichen eines verliebten Vollidioten zeigen. Keine Ahnung, warum er da Experte ist, aber er war überzeugend.“ Dexter holte tief Luft.

„Außerdem sagt Kaylie, dass ihr zusammenpasst und euch gegenseitig besser macht und den ganzen Scheiß, den ich jetzt sicher nicht wiederholen werde. Jedenfalls habe ich gelernt, dass Kaylie immer recht hat – es sei denn, sie verlangt von mir, ein Spiel zu verlieren.“

Sam starrte seinen Freund an und schwieg.

„Willst du dazu irgendetwas sagen, Sam?", fragte Dex ungeduldig.

„Nein, nicht wirklich."

„Alter, Sam. *Reden.* Du musst reden!"

„Ich muss überhaupt nichts."

Dex nickte steif. „Du musst nichts. Lass mich dir nur eine Frage stellen: Ist es das wert?"

„Ist es *was* wert?"

„Sag du es mir. Ich habe keine Ahnung, was du über Chloe stellst, aber dennoch bleibt die Frage: Ist es das wert?"

„Ich ..."

„Und auch das war eine rhetorische Frage, Strüh", sagte Dexter kopfschüttelnd und ging.

# Kapitel 25

Chloe hatte überraschend gut geschlafen.

Sie hatte weder schlecht geträumt, noch war sie weinend aufgewacht. Sie fühlte sich einfach nur erschöpft.

Es war ermüdend jemanden zu lieben, der zu dumm war, um einzusehen, dass er einen ebenfalls liebte. Denn anders konnte Chloe sich das nicht erklären. Es musste Dummheit sein, die Sam davon abhielt, endlich auf Tuchfühlung mit seinen Gefühlen zu gehen.

Sie fragte sich, ob es für Sam ebenso anstrengend war, sich gegen seine Gefühle zu wehren.

Chloe zog sich an und packte einen Rucksack. Sie hatte ein paar neue Punkte zu ihren Jahresvorsätzen hinzugefügt, von denen sie einige noch heute angehen würde. Auch wenn das neue Jahr erst morgen anfing: Es konnte ja nicht schaden, früh zu beginnen, oder? Alles was sie ablenkte, war gut.

Eines war auf jeden Fall klar: Sie würde nicht zu Hause herumsitzen und darauf warten, dass Sam plötzlich doch an der Tür klingelte, auf die Knie sank und sie darum anflehte, seine Dummheit zu entschuldigen, er wäre jetzt bereit, für immer mit ihr glücklich zu sein.

Es läutete und sie konnte hören, wie Dex etwas durch die Freisprechanlage sagte und den Summer betätigte.

Wie erstarrt stand sie auf der Treppe.

Hatte sie Sam gerade nur durch die Macht ihrer Gedanken hergezaubert?

Sie wartete einige Zeit unschlüssig auf der obersten Stufe, bis sie hörte, wie Dex die Tür öffnete. Sie riss sich zusammen und ging mit klopfendem Herzen die Stufen hinunter und ... oh.

Es war nicht Sam, der im Wohnzimmer stand. Natürlich nicht. Sie befand sich ja nicht in einem Liebesroman!

„Hey", sagte sie unsicher. „Was macht ihr denn alle hier?"

„Dex hat angerufen und gemeint, dass er überfordert ist", stellte Kaylie lächelnd fest und klopfte ihrem Freund auf die Schulter, der stöhnend das Kinn auf die Brust gedrückt hatte.

„Oh." Chloe sah die Reihe der Frauen hinauf und dann wieder hinab. Grace, Michelle, Kaylie.

„Emma konnte leider nicht kommen, sie ist mit Luke über Silvester in Deutschland", erklärte Grace, schlüpfte aus ihrem Mantel, reichte ihn Dex und umarmte Chloe fest. „Aber ich soll dir von ihr ausrichten, dass Männer blöde Blödmänner sind, die einfach nur blöd sind. Sie war in Eile und hatte keine Zeit, nach anderen Adjektiven zu suchen."

„Aber uns fallen bestimmt noch welche ein", versprach Michelle, die ihren Mantel ebenfalls in Dexters Arme drückte und Chloe nach Grace umarmte.

„Aber ... ich möchte Sam gar nicht beschimpfen", stellte Chloe verdattert fest.

„Süße, es geht nicht darum, was du willst", seufzte Kaylie und ließ ihre Jacke über Dex' Schulter sinken. „Es geht darum, was wir wollen. Und wir wollen dir helfen. Also werden wir Sam beschimpfen, so wie es uns passt. Das machen Freunde so."

Chloe ließ sich auch in ihre Umarmung ziehen und bevor sie blinzeln konnte, liefen ihr auch schon die ersten Tränen die Wangen hinab.

Es war schön, Freunde zu haben.

Das hatte sie vermisst.

„Danke, Kaylie", flüsterte sie und zog die Nase hoch.

„Gerne. Und wo wolltest du mit dem Rucksack hin?"

„Nach New York, alte Freunde besuchen."

Es wurde Zeit, diejenigen, die ihr früher so wichtig gewesen waren, die sie über den Tod ihrer Eltern hinweg vergessen hatte, aufzusuchen und sich zu entschuldigen.

„Gute Idee ... aber das kannst du auch noch machen, nachdem sich deine neuen Freunde um dich gekümmert haben, oder?"

Chloe hickste und nickte. Das konnte sie.

***

„Was zum Teufel willst du!?"

„Hast du deine Pillen heute Morgen nicht genommen, Sam?"

„Savannah, ich stelle die Frage zum letzten Mal: Was ..."

„Ich wollte wissen, ob ich dir einen Kaffee mitbringen soll, aber da ich jetzt vermutlich hineinspucken würde, würde ich dir davon abraten."

„Oh." Ernüchtert ließ Sam sich in seinen Stuhl zurücksinken. „Nein, danke."

„Mhm, ich glaube auch. Also dafür, dass ich dir gestern den Job gerettet habe, bist du ziemlich undankbar."

„Ja, ich weiß. Ich bin ein Arsch", murmelte Sam und blickte wieder in die Papiere, die vor ihm lagen.

„Gemein von dir, das vorwegzunehmen! Ich hätte es so gerne gesagt."

„Ja", sagte er schroff. „Tut mir sehr leid. Könntest du bitte die Tür hinter dir schließen?"

Für einige Momente herrschte Stille und Sam hoffte schon fast, dass seine Assistentin den Raum verlassen hatte, als sie laut fragte: „Was ist denn los mit dir, du Psycho? Gestern zu spät gekommen, heute das reinste nervliche Wrack mit Augenringen, die jeden Zombie neidisch machen würden und dann auch noch

einsichtig, dass du ein Arsch bist? Ziehst du den April-
scherz vor, oder was?"

„Savannah, ich zahle dir kein Geld dafür, dass du
mich mit Fragen nervst."

„Du zahlst mir überhaupt kein Geld, das machen die
Panthers. Also? Lust, mir die dramatischen Erlebnisse
der letzten Tage zu erörtern?"

„Hast du keinen anderen Kram zu erledigen?",
knurrte er und blickte auf.

„Doch, aber das hier ist so viel interessanter."

„Hau ab, Savi. Der Papierstapel hier ist keine Dekoration. Ich muss arbeiten."

„Erzähl mir was Neues", schnaubte sie, verließ jedoch
endlich sein Büro.

Sam starrte auf die geschlossene Tür und versuchte
seinen Atem zu regulieren.

Er wollte nach unten in den Keller und Dinge kaputt-
schlagen. Er wollte zu Chloe fahren und ihr anbieten,
dass sie doch immer noch Freunde sein könnten.

Nur dass er keine Ahnung hatte, wie so etwas funktionierte – ein Freund zu sein. Der Freund einer Frau, mit
der er eigentlich kontinuierlich schlafen wollte. Aber
er würde das schon hinbekommen. Irgendwie.

Aber nein.

Das würde nicht klappen. Sie würde ihn wieder ablenken und er würde verschlafen oder ... oder anderes.

Er legte sich eine Hand an den Kopf, starrte auf die
Zahlen vor sich, die immer wieder vor seinen Augen zu
verschwimmen schienen, doch je mehr Luft er versuchte einzuatmen, desto dünner schien der Sauerstoff
zu werden.

Er konnte sich nicht konzentrieren. Vielleicht sollte
er eine Pause machen. Einen Arzt aufsuchen. Er hatte
die absurdesten Symptome. Schlaflosigkeit, plötzliche
Wut, enge Brust ... möglicherweise bekam er ja einen

Herzinfarkt. Wenn er so darüber nachdachte, dann wäre der ihm gerade äußerst willkommen.

Dann würde sein verdammter Kopf vielleicht endlich aufhören, sich zu drehen. Was stimmte mit diesem beschissenen Tag nicht? Er unterschied sich doch nicht von den vorherigen.

Sam saß am Schreibtisch, arbeitete und ... es war alles anders!

Es sollte nicht anders sein. Er hatte seine Normalität wieder. Er hatte das, was er wollte, das, was er ... er hatte keinen verdammten Schimmer, was er hatte.

Da war nur noch Unordnung.

In seiner Wohnung, obwohl alles am selben Platz stand.

In seinem Kopf, obwohl er keinen Schlag dagegen bekommen hatte.

In seinem Leben, obwohl er zur alten Routine zurück hätte finden müssen. Oben war unten, rechts war links, richtig war falsch und Ruhe war plötzlich Lärm.

Sam stützte seine Ellenbogen auf dem Tisch ab, massierte seine Schläfen und fuhr mit den Nägeln über seine Kopfhaut. Da war so viel in seinem Kopf, doch er wusste nicht, wohin damit, er ...

Es klopfte an der Tür und sofort saß er aufrecht in seinem Stuhl.

„Savannah!", fluchte er. „Wenn du das bist, dann ...“

„Hey Sammy.“

Sams Mund öffnete sich und unbewegt starrte er zur Tür.

Was ging denn heute ab!?

„Mom? Was tust du hier? Wir haben uns doch erst vor ein paar Tagen ... was tust du hier?“

Er wollte aufstehen, doch seine Mutter hob nur die Hand und winkte ab.

„Bleib ruhig sitzen. Ich will gar nicht lange stören.“

„Was tust du hier?", wiederholte er aus Mangel an kreativen Einfällen.

Er hatte schon genug derzeitige Probleme, da wollte er seine Mutter nicht zur Liste hinzufügen.

„Ich dachte, wir könnten uns ein wenig unterhalten", sagte sie und sah sich in seinem Büro um.

„Ich habe keine Zeit", knirschte er. „Ich muss arbeiten, ich ..."

„Diese Frau", unterbrach seine Mutter ihn und ließ mit ihrem Blick endlich von seinen Wänden ab. „Diese Frau, die mit uns gefrühstückt hat, an Weihnachten, sie ... sie hat da einige Dinge gesagt."

Verwirrt schüttelte Sam den Kopf. „Was? Wovon redest du?"

„Sie ..." Seine Mutter holte tief Luft. „Sie hat Dinge gesagt, die ... die ... mich zum Nachdenken gebracht haben, Sammy."

„Chloe? Chloe hat Dinge gesagt?"

Mussten sich denn alle heute kryptisch ausdrücken? Erst Dex und dann auch noch seine Mutter ...

„Ja, richtig. Chloe. So hieß sie. Sie meinte ..." Seine Mutter räusperte sich, bevor sie hastig sagte: „Sie meinte, dass ich mein schlechtes Gewissen und meine Schuldgefühle auf dir ablade und das der Grund wäre, warum du ... kalt wirkst. Weil es zu viel für dich ist und du dich deswegen emotional abschottest."

Ihm klappte die Kinnlade herunter. Er musste sich in einem Paralleluniversum befinden.

„Nun, ich bin vorbeigekommen, um dich zu fragen ... ob sie wohl recht damit hat?"

Sam war sprachlos. Er wusste wirklich nicht, was er zu dem Gesagten beitragen konnte.

Seine Mutter fingerte nervös am Reißverschluss ihrer Handtasche herum und lächelte etwas zittrig.

„Ich weiß, ich habe in letzter Zeit zu oft angerufen. Dich gebeten, Dinge zu reparieren. Es ist nur: Du hast mich nie gebraucht, Sammy. Noch nie. Du hast nie jemanden gebraucht. Und wenn ich dich nicht dauernd anrufen würde, würden wir wahrscheinlich gar nicht miteinander reden. Ich weiß, dass du es mir immer übelgenommen hast, wie ich die Sache mit deinem Vater gehandhabt habe und ..."

„Du hast sie überhaupt nicht gehandhabt."

Die Worte hatten seinen Mund verlassen, bevor er sie zurückhalten konnte.

Seine Mutter verstummte und blickte ihn erschrocken an.

„Was?"

„Du hast sie überhaupt nicht gehandhabt", wiederholte Sam steinern. Seine Worte schienen ihm davonzurennen und fielen unverarbeitet, unkontrolliert aus seinem Mund.

„Du hast alles einfach nur geschehen lassen, Mom. Du hast überhaupt nichts getan. *Ich* war es, der uns verteidigt hat."

Die Augen seiner Mutter glänzten verdächtig, während sie hastig nickte. „Das weiß ich natürlich. Ja. Das hast du. Du hast ... sehr viel getan, was ich hätte tun müssen."

„Ich habe *alles* getan, was du hättest tun müssen." Sams Hände verkrampften sich auf dem Tisch ineinander.

„Ich war es sogar, der die Beerdigung organisiert hat – obwohl der Bastard keine einzige Blume verdient gehabt hätte. Aber ich wusste, dass es dir wichtig war. Also habe ich es getan."

Er konnte seine Mutter schlucken sehen, während sie erneut nickte. „Ja. Das hast du. Ich habe wohl doch mehr auf dir abgeladen als mir bewusst war."

Dazu sagte Sam nichts. Denn das musste nicht kommentiert werden.

Seine Mutter sah ihn an, senkte den Blick und er konnte sehen, wie sie zittrig einatmete, bevor sie flüsterte: „Als du Dom verraten hast – als die Polizei bei uns geklingelt und ihn mitgenommen hat … war ich einfach nur erleichtert. Ich habe mich selbst dafür gehasst, aber ich war froh, dass ich keine Angst mehr haben musste, Sammy. Aber es war einfacher, dir die Schuld zu geben als einzusehen, dass ich in meiner Erziehung versagt habe. Aber das war nicht gerecht von mir. Chloe hat recht. Das sollte nicht deine Bürde sein, das zu tragen. Denn du trägst keine Schuld. Dominic wusste, was er tat, er wusste, was für Konsequenzen darauf folgen könnten – ich habe ihn etliche Male gebeten, damit aufzuhören, aber er war nicht stark genug. Das hat er von mir, schätze ich.“

Sams Lungen brannten und er war unfähig, auch nur ein Wort von sich zu geben.

Er hörte die Worte seiner Mutter und wusste, dass er so sehr auf sie gewartet hatte. Dass er sie gebraucht hatte. Und dennoch war er nicht erleichtert. Sie schienen vielmehr das Gegenteil zu bewirken. Er wurde panisch. Denn wenn Chloe damit recht gehabt hatte – damit, dass er sich trotz jeglicher Rationalität, die er sein Eigen nannte, dennoch die Schuld für alles gegeben hatte … wer sagte dann, dass sie nicht noch mit mehr Dingen richtiggelegen hatte?

Seine Fingernägel gruben sich in seine Handfläche und sein Herz schien ihm gegen den Kehlkopf zu schlagen.

„Es ist … nicht nur deine Schuld, Mom“, sagte er und wenn er sich nicht verhörte, dann zitterte seine Stimme. „Dominics Leben liegt nicht in deiner Verantwortung.“

„Das ist lieb, dass du das sagst Sam, aber ich hätte ihn beschützen müssen. Euch beschützen müssen.“

Er widersprach nicht.

Seine Mutter nickte bei seiner stummen Zustimmung und versuchte zu lächeln. „Dein Mädchen hat ganz schön Mumm gehabt. Das muss man ihr lassen."

„Sie … ja. Das hat sie."

„Ist sie hier?", fragte seine Mutter und sah sich um, als würde Chloe sich hinter einem Regal verstecken.

„Sie ist nicht hier. Wir … haben uns getrennt."

„Oh, das ist aber schade."

Ja. Das war mehr als schade.

Er starrte seine Mutter an.

Seine Augen brannten.

Ihm fiel das Atmen schwer.

Sein Herz … es tat weh.

*Es ist okay, wenn du denselben Fehler wiederholst, aber ich werde das nicht. Ich werde dich diesmal loslassen, Sam. Ich kann nicht ewig an dir festhalten.*

Aber …

*Du liebst mich, Sam! Und irgendwann wirst du aufwachen und es so vor dir sehen, wie ich es tue. Aber darauf kann ich nicht warten! Darauf kann ich einfach nicht mehr warten!*

„Scheiße", fluchte Sam und sprang von seinem Stuhl auf. „Scheiße, scheiße, scheiße."

Er fuhr sich mit den Händen in die Haare, schluckte, versuchte einen klaren Gedanken zu fassen – doch er konnte nicht. Denn er hatte falsch gelegen. Alle anderen hatten recht.

Chloe hatte auch recht. Mit allem.

Wie emotional dumm war er bitte?

Er las! Er war gebildet! Sollte er nicht wissen, wie Liebe aussah?

Verdammt.

Verdammt, verdammt, verdammt!

Die Panik in seinem Inneren wurde immer größer und stahl ihm die Macht über seine Gedanken.

Sie durfte ihn nicht loslassen! Er hatte es doch gerade eben erst geschafft, sich einen Zugang zu seinen verdammten Gefühlen zu graben! Zumindest zu denen für sie. Das sollte sie ihm anrechnen!

„Mom, ich muss los", sagte er gehetzt. „Ich habe Mist gebaut und ..." Er lachte trocken. „... muss jemandem meine Liebe gestehen."

„Oh, okay." Verblüfft machte seine Mutter einen Schritt zurück. „Da will ich dir wirklich nicht im Weg stehen."

„Danke." Er beugte sich zu ihr hinunter und gab ihr einen Kuss auf die Wange. „Wirklich, danke. Danke, Mom. Wir reden. Irgendwann."

Er stieß die Tür auf und wäre beinahe mit einem grimmig aussehenden Clint Panther kollidiert.

„Parker!", bellte er. „Ich will mit Ihnen über die Marketing- Maßnahmen sprechen, die Sie für die nächste Saison ..."

„Das muss warten, Sir", unterbrach ihn Sam.

„Warten?" Er sah ihn so verdattert an, dass Sam die Vermutung hatte, der ältere Herr war noch nie darum gebeten worden, sich zu gedulden.

„Ja, warten", wiederholte er, fahrig auf seine Uhr sehend. „Ich muss wohin."

„Aber ..."

„Sie können alles mit Savannah besprechen!", stieß er erleichtert hervor, als er seine Assistentin im Türrahmen sah, einen Stapel Papiere in der Hand.

„Aber sie ist lediglich eine Assistentin!", meinte Panther entrüstet.

„Savannah? Du bist befördert. Ich denke, ich werde demnächst sowieso gezwungen werden, meine Stunden zurückzuschrauben. Nein – ich hoffe, ich werde demnächst dazu gezwungen werden, meine Stunden zurückzuschrauben."

„Was ist hier eigentlich los!?", verlangte Panther schneidend zu wissen.

„Das ist eine verdammt gute Frage", sagte Sam und rannte im nächsten Moment zu den Treppen.

Er holte fahrig sein Handy aus der Tasche, während er die Stufen hinuntersprang, doch sein Anruf wurde direkt zur Mailbox weitergeleitet und er mochte zwar emotional dumm sein, aber Liebe gestand man keinem elektronischen Gerät.

Zwei Minuten später saß er in seinem Auto und hatte Schwierigkeiten damit, die Straße zu erkennen. Das war suboptimal, aber damit würde er zurechtkommen müssen.

Wie hatte er so dumm sein können? Er hätte Chloe an sein Bett ketten und nie wieder gehen lassen sollen. Sie mochte sein äußeres Leben durcheinanderbringen, aber sein inneres hatte sie in den letzten Wochen so penibel genau geordnet, dass es ihm gerade schwerfiel, ohne sie an seiner Seite einen klaren Gedanken zu fassen.

Er bog in die Straße ein, in der Dex' Penthouse lag, und fand keinen Parkplatz, stellte seinen Wagen also kurzerhand mit Warnblinkanlage in die zweite Reihe – sollte man ihn doch abschleppen.

Er klingelte Sturm und als ihm endlich jemand öffnete, war er kurz davor, die Treppe zu nehmen, weil der Fahrstuhl ewig brauchte, um ins Erdgeschoss zu tuckern. Hastig trat er in die verspiegelte Kabine und lockerte seinen Krawattenknoten, der ihm auf einmal furchtbar eng vorkam.

Schweiß stand ihm auf der Stirn und er hätte dafür gerne einen männlicheren Grund gefunden, konnte ihn jedoch nur auf seine blanke Angst zurückführen, dass Chloe nichts mehr von ihm würde wissen wollen. Dass sie ihn bereits losgelassen hatte.

Was würde er tun, wenn sie keinen Grund darin sah, ihm noch eine Chance zu geben, denn wenn er darüber nachdachte ... dann hatte er wirklich keine verdient.

Verdammt.

Er zog die Krawatte gänzlich von seinem Hals.

Er konnte es nicht riskieren zu ersticken. Nicht bevor er gesagt hatte, was er sagen musste.

Endlich erreichte er das Obergeschoss und als er Dex mit verschränkten Armen und düsterem Blick im Türrahmen stehen sah, stieß er zischend Luft aus.

„Ist sie da?", fragte er gehetzt.

Dex starrte ihn an und schwieg.

„Dex! Ist sie da?", fragte Sam lauter.

„Kaylie ist nicht hier", sagte sein Gegenüber trocken.

Sam presste die Zähne aufeinander, suchte Beherrschung, seine altbekannte Ruhe – und versagte so skandalös, dass er beinahe angefangen hätte zu lachen. Vielleicht hätte er das auch getan, wäre er nicht zu beschäftigt mit Schreien gewesen.

*„Hör auf mit dem Scheiß, Dexter, und sag mir wo Chloe ist!"*

„Warum so nervös, Sam? Ich schweige doch nur, darauf stehst du doch."

„Willst du mich verarschen!?"

„Mhm, nein. Ich fühle mich gerade nicht danach."

„Dexter! *Wo ist sie?*"

„Ich wüsste nicht, warum dich das interessieren sollte."

Alleine die Möglichkeit, dass es seine Chancen bei Chloe womöglich schmälern könnte, hielt Sam davon ab, Dex mit der Faust niederzustrecken und einfach in die Wohnung zu stürmen.

Stattdessen ballte er schmerzhaft fest seine Hände zusammen und konnte nur mühsam ein Knurren verhindern, das aus seiner Kehle kommen wollte.

Herrgott, er war doch kein Werwolf – aber wenn Dexter nicht sofort mit dem Scheiß aufhörte, würde er ihm die Kehle herausreißen!

„*Wo ist Chloe*? Ich muss mit ihr reden! Sofort. Und ...“

„*Jetzt* willst du reden?“, fragte Dexter ungläubig. „Alter! Du hattest deine Chance. Mehr als einmal, wenn ich das bemerken darf.“

„Ich weiß!“, schrie er ihn an. „Denkst du, das weiß ich nicht!?“

„Keine Ahnung. Die letzten Tage zeugen nicht gerade von hoher Intelligenz deinerseits.“

„Halt die Klappe Dex, wenn du die nächsten zehn Sekunden bei Bewusstsein bleiben willst!“, knurrte er. „Ich *weiß*, dass ich es versaut habe, okay? Und verdammt, vielleicht habe ich es nicht verdient, auch nur ihren Schatten zu sehen, aber darauf kann ich jetzt wirklich keine Rücksicht nehmen, denn ich muss ihr zumindest sagen, dass sie mit allem recht hatte und dass ich ... ich ... ich ... dass ich sie ...“ Wieso waren diese Worte so verdammt schwer?

„Dass du sie *was*?“, hakte Dex unbeeindruckt nach. „Heiß findest? Gerne zu einem Ritt auf deinem Einhorn mitnehmen würdest? Dass du sie gerne zu Kaffee und Kuchen einla...“

„Dass ich sie liebe, verdammt nochmal!“, fuhr Sam ihn an. „Ich liebe sie, okay?!“

„Du ...“ Dex blinzelte verwirrt. „Du ... was?“

„Ich liebe sie! Also, ist sie ...“

„Hallo? Ich habe dir nie erlaubt, sie zu lieben! Wie kannst du dann ...“

„Großer Gott, Dex, ich weiß, ich sollte mehr reden, aber bei allem, was mir heilig ist: Du solltest es wirklich *weniger* tun! Ist Chloe jetzt hier oder nicht?“

Sam hatte keine Geduld mehr übrig. Er hatte Angst, seine Gefühle überforderten ihn vollkommen und die einzige Person, die ihn ansehen und verstehen würde, was in ihm vorging, hasste ihn womöglich und würde ihn nie wieder in eine ihrer beruhigenden Umarmungen ziehen, die so ziemlich das Beste auf der Welt zu sein schienen.

Außer vielleicht Rummachen mit selbiger Person.

Oder der Sex.

Höchstwahrscheinlich war es der Sex.

Dexter hatte sich in den Türrahmen gelehnt und die Augen zu Schlitzen verengt. „Bist du dir sicher?"

„Ja! Du solltest wirklich weniger reden!"

„Damit, dass du sie liebst, du Strüh!"

„Ja, verdammt!", brüllte Sam ihn an. „Ich bin langsam mit meinen Gefühlen: Verklag mich doch dafür! Hauptsache, du sagst mir endlich, ob ..."

„Sam, ich warne dich", unterbrach ihn Dex unwirsch. „Wenn du mit Chloe zusammen bist, dann ist unsere Freundschaft Geschichte."

„Schön!", schrie Sam. „Es tut mir wirklich leid, dir das sagen zu müssen, Dex, aber ich würde deine Schwester jeden Tag über dich stellen und auch wenn du mein bester Freund bist und ich ... keine Ahnung, die Freundschaft nicht verlieren will und bla bla bla, Mädchenkram, bla, ... ich ... verdammt, kannst du mir einfach sagen, ob sie hier ist? Ich ... bitte! Sag mir einfach, wo sie ist!"

Dex sah ihn eine Weile ausdruckslos an, bevor er langsam die Arme sinken ließ.

„Mhm", machte er verwundert. „Wer hätte das gedacht? Vielleicht hast du sie ja doch verdient."

Sam schnaubte, denn das war Schwachsinn. Aber es war ihm egal. Heute war er selbstsüchtig.

Heute würde er nicht akzeptieren und hinunterschlucken.

Er wollte Chloe, verdammt nochmal! Und er würde alles tun, damit sie sich dem Irrglauben hingab, dass er es war, den sie brauchte. Dass er genug war. Dass er das Beste war, was sie in ihrem Leben bekommen konnte.

„Dexter!", fluchte er. „Ich schwöre dir, wenn du mir nicht sofort sagst, wo ..."

„Sie ist nicht hier", unterbrach ihn sein Freund nüchtern.

„Wo dann?"

„Auf dem Weg nach New York."

„Was? Was will sie in New York?"

Dex zuckte mit den Schultern. „Keine Ahnung. Sie hatte überlegt, zur NYU zu wechseln und wieder Vollzeit zu studieren. Außerdem hat sie irgendetwas von Ex-Freunden gesagt, denen sie deinetwegen nie eine ehrliche Chance gegeben hat. Irgendetwas davon, dass sie alte Verbindungen wieder neu aufleben lassen will, jetzt, wo ihr Leben wieder weitergehen kann und ..."

„Was!?", schrie Sam aufgebracht. „Und das lässt du zu?"

Großer Gott! Alte Verbindungen wurden überschätzt! Man sollte alte Verbindungen ruhen lassen und ... na ja, es sei denn, er galt als alte Verbindung, dann sollte man ... dann ... scheiße!

„Hey, ich habe keine Macht über das, was sie tut. Ich sollte mich mehr aus ihrem Leben raushalten, schon vergessen?", fragte Dex unschuldig. „Du hast gemeint, ich solle nicht weiter versuchen, ihr zu helfen und sie einfach machen lassen. Ich habe nur auf dich gehört, Sam."

„Einen Dreck hast du! Du kannst sie doch nicht ... du ... verdammt, ist sie mit dem Auto los? Wohin?"

„Nein, Bunny ist in der Werkstatt. Sie wollte mit dem Zug fahren."

„Welchem? Welchem Zug?"

Warum ließ Dex sich so verdammt viel Zeit?

„Mhm." Dex sah auf seine Uhr. „Keine Ahnung. Aber er fährt in zwanzig Minuten."

„Du bist ein Arsch, Dex!", fluchte Sam, bevor er sich umwandte und wieder in den Fahrstuhl hechtete.

***

Chloe war seit Ewigkeiten nicht mehr mit dem Zug gefahren. Und als sie am überfüllten Gleis stand, erinnerte sie sich auch warum. Hier waren zu viele Menschen.

Furchtbar. Überall wurden Blicke getauscht, Taschen gegen ihre Hüfte geschlagen und Schultern gegen ihre gerempelt. Ja, schön, die Umwelt sollte geschützt werden – aber doch nicht, wenn ihre Schienbeine darunter leiden mussten, weil ständig irgendein Geschäftsmann seine Laptoptasche dagegen rammte. Da sollten lieber alle Vegetarier werden, damit der $CO_2$-Ausstoß gesenkt werden konnte.

Aber nein. Ohne Burger konnte sie nicht leben.

Es war eine Pattsituation.

Sie ließ seufzend ihre überfüllte Handtasche zu Boden sinken und starrte auf die Gleise vor sich. Der Zug hatte Verspätung. Aber das war okay. Ihr Leben hatte auch Verspätung und damit kam sie zurecht.

Sie schloss die Augen und versuchte das Ziepen in ihrem Herzen zu ignorieren. Es war nur ... sie konnte nicht. Weil es so wehtat, dass sie am liebsten auf den dreckigen Boden gesunken wäre. Denn sie war doch unglücklich. Nicht auf die verzweifelte Art und Weise der letzten Jahre – aber sie vermisste Sam so sehr, dass sie sich schon einbildete, ihn überall in der Menschenmenge zu erkennen. Dabei hatten sie sich erst seit einem Tag nicht mehr gesehen.

Sie wischte sich die Haare aus dem Gesicht und starrte auf ihre Füße. Nicht einmal ihre Schuhe konnten sie aufheitern und sonst gaben ihr die High Heels immer ein gewisses Gefühl der Befriedigung.

Verdammt.

Sie hatte es ernst gemeint. Dass sie Sam loslassen wollte. Denn sie musste. Sie konnte so nicht weitermachen. Sie würde die Augen schließen, sie öffnen und ein neues Kapitel in ihrem Leben beginnen.

Sie presste ihre Augenlider fest aufeinander, kämpfte gegen die aufkeimenden Tränen an und hob den Blick.

Ein Schrei floss ihr über die Lippen und erschrocken zuckte sie zurück. Da war ein Gesicht direkt vor ihrem …

„Chloe, beruhige dich! Die Leute gucken her, als hätte ich dich unzüchtig angefasst."

„Sam!", stieß sie aus, die Augen ungläubig geweitet. „Willst du, dass ich vor Schreck auf die Gleise falle?"

Sam schüttelte den Kopf, den Mund leicht geöffnet, seine Finger um ihr Handgelenk geschlossen. So als fürchte er, sie könne immer noch umkippen.

„Nein. Nein, will ich nicht. Ich … Chloe, ich …"

Erst jetzt fiel ihr auf, dass er vollkommen außer Atem war.

„Bist du hergerannt?", wollte sie verwirrt wissen und starrte auf den schnell schlagenden Puls an seinem Hals. Sie wollte die Hand danach ausstrecken, ihn irgendwie berühren, doch hielt sich davon ab.

„Was tust du hier?", fragte sie und atmete durch.

„Ich …" Sam starrte ihr in die Augen und es war das erste Mal, dass Chloe so etwas wie Unsicherheit und … Angst erkannte.

„Ich …", fing Sam erneut an, die Finger fester um ihre Handgelenke schließend. „Ich … ich …"

„Was?"

Sie konnte ihn schlucken sehen, bevor er die Augen schloss und schließlich flüsterte: „Weißt du noch, was du damals gesagt hast?"

„Damals?", fragte sie irritiert.

„Bei … unserem ersten Date?"

„Sam! Wir hatten nie ein Date.“

„Doch, hatten wir.“ Sein Daumen strich über ihre Handfläche. „Mehr als eins sogar, finde ich, aber … ich spreche hier vom Abend, an dem wir zusammen essen gewesen sind. Im College. Erinnerst du dich?“

Ihre Augen brannten, während sie steif nickte, ihre Zähne in ihre Unterlippe geschlagen. „Mhm.“

„Nun, du …“ Wieder konnte sie ihn schlucken sehen. „Du sagtest, dein tiefster Wunsch wäre es, glücklich zu sein. Und mir ist heute klargeworden, dass … nun“, er lachte kurz und tonlos auf. „Ironischerweise, habe ich die ganzen Jahre lang übersehen, dass das auch mein tiefster Wunsch ist.“

„Dass du glücklich bist?“, fragte sie mit gerunzelter Stirn.

Er schüttelte den Kopf.

„Nein. Mein tiefster Wunsch ist es, dass *du* glücklich bist. Es könnte nur sein, möglicherweise … nein, nicht möglicherweise. Ich bin mir ziemlich sicher, dass das ein und dasselbe ist.“

„Was? Wovon redest du?“ Verwirrt schüttelte sie den Kopf. Sams Worte waren vollkommen wirr. Das passte so überhaupt nicht zu ihm. Vielleicht sollte sie sich Sorgen machen.

„Es ist ein und dasselbe“, wiederholte er mit zitternder Stimme. „Wenn du glücklich bist, dann bin ich es auch, denn … mein ordentliches Leben bringt mir überhaupt nichts ohne dich darin, die es unordentlich macht. Und … es tut mir leid, dass ich dumm bin. Es tut mir so unglaublich leid, dass ich das nicht letztes Jahr gemerkt habe oder auch schon vor sechs Jahren, aber ich … liebe dich, Chloe.“

Sie blinzelte, öffnete den Mund, schloss ihn wieder. „Was?“

Sams Mundwinkel zuckten nervös in die Höhe.

„Ich liebe dich. Ich liebe dich. Ich liebe dich, Chloe. Ich liebe dich, ich liebe dich, ich ...“

„Versuchst du gerade, dich zu desensibilisieren, damit es dir leichter fällt, die Worte zu sagen?“, fragte sie verdattert.

Sam nickte und ließ ihre Handgelenke los, um die Hände um ihr Gesicht legen zu können.

„Ja. Das hast du mir doch empfohlen. Ich habe da einen ganz neuen Zugang zu meinen Gefühlen und ... ganz ehrlich, der macht mich fertig und ... ich könnte eine deiner Umarmungen gebrauchen. Und dann würde es mir sehr helfen, wenn du sagen könntest, dass du mich nicht schon losgelassen hast und dass du die Ex-Freunde vergisst, denen du noch eine Chance geben wolltest, weil ich sie wirklich nicht schlagen will, aber wahrscheinlich werde, wenn sie dich ansehen oder anfassen oder was auch immer und wenn du nach New York ziehen willst, dann finden wir schon eine Lösung, auch wenn es heißt, dass ich in der gleichen Stadt wie meine Mutter wohnen müsste ...“

„Oh mein Gott, du bist ja völlig durch den Wind!“, lachte Chloe verblüfft auf und ihr Herz tat die merkwürdigsten Dinge in ihrem Körper. Es fiel in ihren Magen, sprang in ihren Kopf, wurde leicht, wurde schwer und ... sie konnte nicht mehr drauf achten, was ihr Herz tat, denn ihr Kopf wiederholte immer und immer wieder Sams Worte.

*Ich liebe dich.*

Sie hatte immer geglaubt, Schokotorte und Lieferservice wären ihre Lieblingsworte, aber die waren soeben vom Thron gestoßen worden.

„Kannst du dich bitte konzentrieren“, forderte Sam sie auf, seine Daumen über ihren Kiefer streichen lassend.

„Ich soll mich konzentrieren?“, wiederholte Chloe ungläubig, während ihre Mundwinkel sich immer weiter nach oben zogen. „Du gibst einen merkwürdigen Satz nach dem anderen von dir!"

Sam betrachtete sie verständnislos.

„Was? Nein. Ich ergebe endlich Sinn!"

Chloe fing an zu lachen und einzelne Tränen verfingen sich in ihren Wimpern, während sie sich endlich gewährte, ihre Hände seine Brust hochwandern zu lassen. „Der Part, in dem du mich liebst, macht Sinn – auch, wenn ich das schon wusste – aber alles andere? Warum sollte ich nach New York ziehen? Und von was für Ex-Freunden redest du?"

Sam zog die Brauen ins Gesicht. „Willst du nicht alte Beziehungen wieder aufleben lassen, jetzt, wo du mich losgelassen hast und zur NYU wechseln?"

„Nicht dass ich wüsste."

„Aber Dex sagte ..."

Chloe grinste breit und ihr Herz wurde so leicht, dass es ihren Körper vollkommen verlassen zu haben schien.

„Dex hat dir totalen Mist erzählt, Sam", flüsterte sie. „Ich gehe nirgendwohin, ich wollte nur in New York ein paar alte Freunde besuchen und ... ich versuche seit sechs Jahren, dich loszulassen. Denkst du wirklich, dass ich das plötzlich innerhalb eines Tages hinbekomme?"

„Gott, ich hoffe nicht!", murmelte er. „Du solltest keine Rücksicht darauf nehmen, dass ich ein Emotions-Idiot bin – aber bitte, tu es. Ich schwöre dir, ich bin ein verdammt harter Arbeiter und ich kriege das mit den Gefühlen und menschlich zu sein und dem Reden ..." Er verzog das Gesicht. „Ich krieg das schon hin. Na gut, das mit dem Reden vielleicht nicht, ich ..."

Sie unterbrach ihn, indem sie sich an seine Brust presste, auf die Zehen stellte und ihn küsste.

„Halt die Klappe, Sam", murmelte sie und krallte ihre Finger in seinen Rücken. „Du musst mich einfach nur

lieben und es mir ab und zu – so jede Stunde – sagen,
mehr will ich gar nicht."

„Okay", flüsterte er an ihrem Mund. „Okay ... ich finde
außerdem, dass wir heiraten sollten ..."

Abrupt ließ Chloe sich auf ihre Absätze sinken.

„Bitte was?"

„Wir sollten heiraten", wiederholte er völlig humor-
los.

Sie schnaubte laut. „Bist du bescheuert? Ich heirate
dich doch nicht. Wir sind seit zwei Sekunden zusammen."

„Na ja, du meinst, ich wäre nicht impulsiv genug
und ..."

Sie verdrehte die Augen. „Mich zu heiraten, wäre
nicht impulsiv. Das bereitest du doch quasi seit sechs
Jahren vor."

Seine Mundwinkel zuckten, zogen sich immer weiter
auseinander, bis sie ein vollständiges Lächeln ergaben,
das Chloe kurzzeitig vergessen ließ, worüber sie gerade
redeten.

„Ich muss mich absichern, Chloe. Wenn ich wieder
dumm bin, will ich eine Urkunde haben, die dich ver-
traglich dazu verpflichtet, damit klarzukommen."

„Sei einfach nicht wieder dumm, dann haben wir
kein Problem."

„Komm schon: Heirate mich, Chloe."

„Nein!"

„Du willst doch, dass ich spontaner werde ..."

„Spontaner, nicht verrückter! Wir können nicht heiraten."

„Natürlich können wir heiraten. Wenn ich sagen
kann, dass ich dich liebe, dann kann ich dich auch heiraten. Also, heirate mich."

„Sam!"

„Heirate mich."

„Du meinst das wirklich ernst?"

„Natürlich meine ich das ernst!“

„Mhm, okay, ich heirate dich. Wenn wir für mindestens zwei Jahre verlobt bleiben.“

„Anderthalb.“

„Zwei.“

„Anderthalb.“

„Zwei.“

„Anderthalb.“

Sie fing an zu lachen.

„Meine Güte! Schön! Aber nur, wenn ich es Dexter sagen kann.“

„Deal“, bestätigte Sam und küsste sie erneut. „Danke.“

„Dafür, dass ich dich heirate?“, frage sie leise.

„Nein“, flüsterte er und Chloe hatte das Gefühl, dass seine grauen Augen noch nie so gesprächig gewesen waren.

„Dafür, dass du mich nie losgelassen hast.“

„Versprich mir einfach, dass du mich im Gegenzug auch nie wieder loslässt, Sam Parker.“

„Nie, Chloe O'Connor.“

# Epilog

„Sam, wir haben ein großes Problem."

„Ist das so?"

„Ja. Wer kocht? Ich kann es nicht, du willst es nicht … ich fürchte, diese Beziehung ist zum Scheitern verurteilt."

„Da hätten wir vielleicht drüber nachdenken sollen, bevor wir Dex und Kaylie zum Essen eingeladen haben."

„Mhm. Möglich. Das ist jetzt aber auch keine Lösung für das Problem … und meine Güte, ich schwöre dir, wenn du noch einmal auf dein Handy starrst, drücke ich deinen Kopf in den Topf."

„Damit habe ich kein Problem, der Herd ist nicht an und du wärst wahrscheinlich unfähig, mich zu kochen."

Chloe grinste. Denn er hatte vermutlich recht.

„Dein Gesicht ist auch viel zu hübsch, um es zu kochen. Ich würde es vielleicht dünsten …"

„Ich bin überrascht, dass du das Wort kennst", murmelte Sam und stützte die Hände neben sie auf die Anrichte, um sie zu küssen.

„Ich habe gestern *Kochbegriffe* bei Google eingegeben, damit ich heute schlau wirken kann."

„Und das ist dir ausgezeichnet gelungen", stellte Sam lächelnd fest, bevor er sie gleich nochmal küsste und …

„Ihr wisst schon, dass wir hier stehen, oder?", fragte Dex laut von der anderen Seite des Raumes her. „Und Augen haben wir auch im Kopf!"

Sam richtete sich ruckartig auf und deutete mit seinem Finger auf seinen besten Freund. „Du hast mir erzählt, dass sie nach New York ziehen und mit all ihren Ex-Freunden etwas anfangen will!"

Chloe drehte sich in Sams Arm und konnte gerade noch sehen, wie Dex schnaubend mit den Schultern zuckte.

„Alter, du schläfst mit meiner Schwester. So viel Rache sollte mir vergönnt sein."

„Nein", meinte Sam schlicht.

„Nein?", fragte Dex ungläubig. „Hallo, entschuldige mal, aber ..."

„Halt einfach die Klappe, Dex", seufzte Chloe. „Sam muss noch etwas loswerden, bevor wir die Essensfrage klären. Sam?"

Sam grinste und wandte Dex demonstrativ den Rücken zu.

„Ich liebe dich, Chloe."

„Oh Gott", stöhnte Dex und verzog das Gesicht.

„Ist doch süß", sagte Kaylie lächelnd.

„Kay, wir hatten das doch!", entrüstete sich Dex. „*Wir* sind süß – *sie* sind eklig!"

„An das Gespräch kann ich mich nicht erinnern."

„Sam kann nichts dafür, Dex", sagte Chloe weise. „Er muss mir das jede Stunde sagen, sonst verliert er womöglich noch den Zugang zu seinen Gefühlen ... und ich glaube, du bist nur eifersüchtig, weil Sam es nie zu dir sagt."

„Mir was sagt?"

„Dass er dich liebt!"

„Ja, und ich werde es auch nicht tun", bemerkte Sam trocken. „Bestellen wir einfach was zu essen?"

„Das ist eine brillante Idee", bemerkte Chloe und stellte sich auf die Zehen, um ihn mit einem weiteren Kuss dafür zu belohnen.

„Gott", stöhnte Dexter, „Ich weiß nicht, ob ich je damit klarkommen werde."

„Du hast einfach zu schwache Nerven, Dex. Das sieht man schon auf dem Spielfeld, wenn du aufgeregt auf und ab hopst."

„Sam, wenn ich du wäre, würde ich besser die Klappe halten. Ich habe dir zwar die zeitweilige Erlaubnis gegeben, mit ihr zusammen zu sein, aber die kann ich auch jede Sekunde wieder zurückziehen."

„Kann er nicht", flüsterte Chloe ihm ins Ohr. „Du darfst ihm also weiter auf die Nerven gehen. Ich würde das sogar sehr begrüßen."

„Sam", sagte Kaylie laut, „ist dir eigentlich klar, dass wir beide die Opfer sind? Das wird ab jetzt immer so sein. Dex wird eifersüchtig auf die Aufmerksamkeit sein, die du Chloe gibst und Chloe wird sich darüber lustig machen."

„Was?" Verdattert starrte Dex seine Freundin an. „Ich bin nicht eifersüchtig."

Kaylie hob vielsagend die Augenbrauen. „Nun, ein wenig schon, oder?"

Chloe konnte sehen, wie Sam versuchte, ein Lächeln zu verbergen. Er vergrub sein Gesicht schließlich in ihrem Haaransatz, um damit Erfolg zu haben.

„Damit werde ich klarkommen", murmelte er. „Du auch?"

„Ich werde es lieben", sagte sie.

„Das dachte ich mir. Wie müssen ein wenig an deiner diabolischen Seite arbeiten, wenn wir Dex nicht ..." Er wurde vom Klingeln seines Handys unterbrochen.

Er blickte zu seiner Tasche, griff jedoch nicht danach.

Chloe verdrehte die Augen. „Der letzte Anruf für heute Abend und dann packe ich es in den Kühlschrank."

„Ich liebe dich wirklich, Chloe", sagte Sam mit ernstem Gesichtsausdruck. „Und wenn du es vorher in eine Plastiktüte packst, kannst du das gerne tun."

Er küsste sie ein weiteres Mal und nahm dann das Telefonat an.

Chloe lächelte, als sie sah, wie er sich meldete und sein Gesicht sofort in den Geschäftsmodus fiel.

Ja, ein wenig Ordnung war gar nicht so schlecht. Solange sie aussah wie Sam ... dessen Augenbrauen sich nun tief ins Gesicht zogen, als er sagte: „Entschuldigung, könnten Sie das wiederholen? Ryan hat *was* getan?"